УИЛЬЯМ
ПАУНДСТОУН

ГОЛОВА как РЕШЕТО

Зачем включать мозги
в эпоху гаджетов и Google

АЗБУКА БИЗНЕС
МОСКВА

УДК 37.03; 001.3
ББК 74.202
П21

William Poundstone
HEAD IN THE CLOUD
Why knowing things still matters when facts are so easy to look up

Перевод с английского Александра Ковальчука

Паундстоун У.
П21 Голова как решето : Зачем включать мозги в эпоху гаджетов и Google / Уильям Паундстоун ; пер. с англ. А. Ковальчука. – М. : Азбука Бизнес, Азбука-Аттикус, 2017. – 352 с. : ил.

ISBN 978-5-389-08780-4

В наш перенасыщенный информацией век фундаментальные знания приходят в упадочное состояние. Сегодня люди знают о Хлое Кардашян больше, чем о Рене Декарте. И даже когда дело касается обычных бытовых вопросов, немногие с ходу ответят, сколько минут следует варить яйцо вкрутую или поджаривать стейк. Но так ли важно забивать голову фактами? Ведь стоит только нажать на кнопки, и за считаные секунды мы получаем практически любую информацию. С подобной постановкой вопроса не согласен автор бестселлеров Уильям Паундстоун. В этой книге он указывает на корреляционную связь между различными областями знания, с одной стороны, и качеством жизни – достатком, здоровьем, счастьем и даже политическими взглядами и поведенческими реакциями – с другой.

УДК 37.03; 001.3
ББК 74.202

ISBN 978-5-389-08780-4

Посвящается Кэти с благодарностью
за все хорошие времена

Единственное, чему меня научили в школе и от чего в дальнейшем был хоть какой-то прок: если на карандаше послюнявить резинку, то можно стирать и чернила[1].

Дороти Паркер

Чем больше ложь, тем скорее в нее поверят.

Высказывание, которое приписывают министру пропаганды гитлеровской Германии Йозефу Геббельсу до того часто, что 14% американцев верят, будто Геббельс так и сказал[2]

Введение

ФАКТЫ УСТАРЕЛИ

На очередной вечеринке кинодеятелей в Малибу группа гостей взялась за обычное в Голливуде развлечение — критиковать чей-нибудь фильм. Вспомнили кассовый провал дорогостоящего псевдовикторианского «Гамлета» Кеннета Браны. Высокооплачиваемым звездам — начиная с Дерека Джекоби и Джуди Денч и заканчивая Робином Уильямсом и Билли Кристаллом — поручили неподходящие роли. Но даже этим не объяснить, почему премьерный показ, состоявшийся в выходные, собрал всего 90 тысяч долларов.

— Может быть, — пошутил кто-то, — виноват тот, кто написал сценарий?

— А кто же его написал? — заинтересовалась руководитель студии.

— Да я про Шекспира…

Руководитель студии все равно не поняла. Пришлось ей объяснить, что Шекспир — это Уильям Шекспир. Не какой-то современный сценарист, а величайший английский драматург, живший несколько веков назад.

Конечно, выпускница Южно-Калифорнийского университета, с отличием окончившая юридический факультет, о Шекспире кое-что слышала. А вот того, что фильм «Гамлет» снят по одной из шекспировских пьес, она и не знала.

В Лос-Анджелесе, где я живу, подобные истории — обычное дело. Эрудиция и невежество в кинематографической среде всегда шагали рука об руку. Взять хотя бы «Поклонника», триллер 2015 г. Там есть эпизод, в котором героиня Дженнифер Лопес получает от сексуально озабоченного соседа первое издание Илиады.

— Оно стоит целое состояние! — восклицает она, не решаясь принять подарок.

— Всего доллар на распродаже, — отвечает подросток.

Илиаду Гомер написал за две с лишним тысячи лет до возникновения книгопечатания. Ролик про «первое издание» стал очень популярен среди более литературно образованных пользователей интернета. Вот что они писали в Twitter:

> «Есть у меня первое издание Торы, как-нибудь покажу[1]. Вытащил из мусорного бака», «Машину времени и комнату, где Гомер прикован цепью к письменному столу, — этого нам точно никогда не покажут», «Вот те раз! Западная цивилизация попала впросак».

На просьбу эту оплошность объяснить киносценарист Барбара Карри ответила, что про первое издание Илиады она «в своем варианте сценария ничего не писала»[2].

Впрочем, библиофилы действительно говорят о «первом издании Илиады и Одиссеи». Текст на греческом языке отпечатали во Флоренции в 1488 г. Аукционная фирма Sotheby's недавно продала один такой экземпляр за 25 тысяч фунтов[3], что действительно можно расценить как целое состояние. И он ничуть не похож на книгу из фильма, с английским текстом и безупречным золотым обрезом. Насмешки в интернете появились совсем не без причины: одно лишь упоминание о первом издании гомеровской Илиады собьет с толку любого образованного зрителя. Могли бы просто взять первое издание «Завтрака у Тиффани», «Бесконечной шутки» или другого современного романа, которые и правда можно купить на домашней распродаже. Создатели фильма либо решили, что никто из зрителей «Поклонника» странности не заметит, либо не заметили ее сами. Дженнифер Лопес в этом фильме играет роль учительницы английской литературы.

В 2011 г. выходит «Ранго» — мультфильм про хамелеона, который становится шерифом в одном из городов Дикого Запада, населенном обаятельными существами, нарисованными на компьютере. О том, как возник замысел, режиссер Гор Вербински рассказывает так: «Мы лишь перебирали разные варианты. А что, если анимационный вестерн с обитателями пустыни?.. Это, в общем, и стало точкой отсчета. Дальше нужен герой — чужак в классическом смысле. А раз пустыня, то почему бы не водное животное? А если водное, то почему бы не хамелеон?»[4]

В яблочко! Героем стал хамелеон. Вот разве что хамелеоны в воде не живут. Они — ящерицы и обитают в лесах, саваннах и пустынях Африки. Хамелеон в пустыне — это никак не рыба, вытащенная из воды.

Выходит, что Вербински, преуспевающий режиссер суперпопулярного цикла «Пираты Карибского моря», этого факта просто не знал. И ни на одной презентации кинопроекта никто ему не сказал: «Знаешь, Гор, с чужаком идея-то блестящая, но хамелеон, видишь ли, в воде не живет…»

Не все ли равно? Это только мультфильм. К тому же хамелеоны не говорят, зато Ранго разговаривает. Смотреть в кино, как животные разговаривают, интересно как раз потому, что все знают: животные не говорят. Назвать же хамелеона водным животным — значит сделать обыкновенный ляп, отклониться от действительности, не добавив ни художественности, ни зрелищности. Вербински достиг вершины в одной из самых высококонкурентных профессий нашего времени. Так что допущенный им промах свидетельствует не о том, что он мало знает, а о том, что он принадлежит к культуре, в которой на факты обращают мало внимания. И это культура не Голливуда, а современной Америки.

ЧАСТЬ 1

ЭФФЕКТ ДАННИНГА — КРЮГЕРА

1

«ВЕДЬ Я ЖЕ НАМАЗАЛСЯ СОКОМ»

Упустить приземистого и пухлого грабителя было просто невозможно. 19 апреля 1995 г. он среди бела дня совершил налет на два питтсбургских банка. На видеозаписи с камер слежения четко видно и его лицо — он был без маски, — и как он наставил пистолет на кассира. Полиция распорядилась, чтобы видеозапись показали в местных 11-часовых новостях. Через несколько минут в участок поступил звонок, а около полудня полицейские стояли на пороге дома в Мак-Киспорте и стучали в дверь. Подозреваемым оказался Макартур Уилер. Как его вычислили, он не понимал. «Ведь я же намазался соком»[1], — повторял он.

В участке Уилер объяснил, что натер лицо лимонным соком, чтобы оно стало для камер невидимым. Полицейские пришли к заключению, что дело не в галлюцинациях или наркотиках — этот человек всего-навсего глубоко заблуждается.

Уилер знал, что лимонный сок используют как невидимые чернила. Он рассудил, что с помощью лимонного сока можно сделать невидимым для камер также и лицо. Перед ограблением он это проверил, намазав лицо соком и щелкнув себя на поляроид. Лица на фотографии не оказалось! (С этим детективы так и не разобрались. Скорее всего, Уилер в фотографии понимал не больше, чем в банковских налетах.) В его плане, как заверил Уилер, был лишь один недостаток. Лимонный сок так сильно щипал глаза, что он почти ничего не видел.

Уилера отправили в тюрьму и записали в число самых непутевых в мире преступников. История, попавшая в 1996 г. на страницы «Всемирного альманаха», оказалась до того захватывающей, что привлекла внимание Дэвида Даннинга, профессора психологии из Корнеллского университета. В этой печальной повести о недалеком человеке он усмотрел некоторую закономерность. Чем меньше мы знаем и умеем, тем больше не подозреваем о своем невежестве. В дальнейшем это наблюдение стало известно как эффект Даннинга — Крюгера.

Профессор Даннинг и аспирант Джастин Крюгер решили провести серию тестов, чтобы проверить свою догадку. Они предложили студентам задания на проверку грамматики, логики и чувства юмора. Затем попросили каждого оценить свои собственные результаты, а также насколько они хороши по сравнению с результатами остальных (в процентах). Оказалось, что студенты с низкими показателями имеют на свой счет несоразмерно высокое мнение. Даннинг этого ожидал, но не в таких масштабах. «Ничего себе!»[2] — воскликнул он, увидев результаты. Те, кто выполнил меньше всего заданий, посчитали, что превосходят своими знаниями двоих студентов из каждых трех.

Студенты, выполнившие больше заданий, оценили свои способности, казалось бы, более объективно. Но те, кто справился лучше всех (готовы это услышать?), свои знания относительно остальных несколько *недооценили*.

Исследователи заметили: чтобы оценить, насколько ты выполнил задание по грамматике, нужно грамматику знать. Другого способа нет. Те, кому не хватает знаний, также неспособны оценить, насколько их не хватает.

Каждый думает, что знает, что́ смешно, а что нет. Тест на чувство юмора состоял из двух пунктов:

1. *Вопрос:* Что ростом с человека, но ничего не весит? *Ответ:* Его тень.
2. Если ребенок спросит, откуда берется дождик, скажите ему: «Это Боженька плачет». А станет допытываться почему, ответьте: «Ну, наверное, ты что-то сделал не так».

В задании предлагалось выбрать самую смешную шутку из двух. У Даннинга и Крюгера на руках были результаты опроса, проведенного среди профессиональных юмористов. Полученный от них средний результат считался единственно верным. Комики отметили первую шутку как совершенно не смешную, тогда как вторую (написал ее Джек Хэнди, участник телепередачи «Субботним вечером в прямом эфире») сочли чрезвычайно смешной. Некоторым выбор дался с трудом, но в своих способностях определять смешное никто не сомневался.

В дальнейшем сфера исследования вышла за пределы университета. Даннинг и Крюгер провели еще один эксперимент среди любителей пострелять по тарелочкам на природе и по мишеням в тире[3]. Добровольцы ответили на 10 вопросов по технике безопасности стрельбы и стрелковым навыкам — сокращенный вариант тестового задания, позаимствованного у Национальной стрелковой ассоциации. И снова владельцы оружия, которые в технике безопасности не понимали почти ничего, поставили своим знаниям сильно завышенную оценку.

У этого правила, как и у многих других, есть исключения. «За примером далеко ходить не надо, — пишут Даннинг и Крюгер, — чтобы отыскать людей, обладающих поразительно глубокими познаниями, допустим в тактике и стратегии баскетбола, но даже под угрозой смерти не способных забросить мяч в корзину (речь идет о тренерах)»[4]. Но тренеры, конечно, осознают пределы своих физических возможностей. Равно как и «многие люди без колебаний признают себя неспособными перевести пословицы со словенского языка, собрать восьмицилиндровый V-образный двигатель или диагностировать острый рассеянный энцефаломиелит».

Для срабатывания эффекта Даннинга — Крюгера человеку необходимы зачаточные знания и опыт в той области, в которой он толком не разбирается (при этом о своем незнании он не догадывается). К примеру, эффект действует среди водителей: плохой шофер обычно считает себя хорошим шофером. Не действует он на того, кто никогда не садился за руль.

С тех пор как в 1999 г. Даннинг и Крюгер впервые опубликовали научную статью «В незнании и неведении: как трудности в осознании собственной некомпетентности ведут к завышенной самооценке»[5], названный в их честь эффект превратился в стереотип. Он задел понятную каждому струну: по выражению Даннинга, «кому ж не встречался самоуверенный болван»[6]. В 2000 г. ученым была присуждена шуточная Шнобелевская премия. На YouTube есть популярный видеоролик[7], в котором эффект Даннинга — Крюгера объясняет актер Джон Клиз: «Если человек очень, очень глуп, как вообще он может понять, что очень, очень глуп? Ему нужно быть относительно умным, чтобы осознать, насколько он глупый… И этим объясняется не только Голливуд, но и почти все, происходящее на Fox News». В интернете эффект Даннинга — Крюгера стал популярен в саркастических комментариях (хотя те, кто их пишет, совсем не обязательно что-то в нем понимают). В статье 1999 г. авторы высказались на этот счет достаточно определенно: поиск неучей по Даннингу — Крюгеру начинать следует перед зеркалом.

«Знания»

Первой успешной поисковой системе дали название, синонимичное выражению «назойливый простак». В середине 1990-х Yahoo открыл нам мир, в котором факты стали доступны каждому. Стоит пару раз нажать на клавиши или произнести заветные слова, как словно по волшебству почти любой записанный факт предстанет перед нашим взором. А были времена, когда в спорных вопросах на избитые темы политики, шоу-бизнеса, секса и спорта обращались за советом к бармену. Теперь же посетители достают смартфоны или умные часы. Благодаря этим волшебным мобильным устройствам зайти в сеть можно за столиком в кафе, на беговой дорожке в спортзале или в пути на заднем сиденье. А еще на совещании, во время лекции и в кровати перед сном.

Так зачем беспокоиться и забивать голову фактами?

Да хотя бы ради «Знаний» — известного своей сложностью экзамена для лондонских таксистов. В информации для соискателей сказано:

> Чтобы соответствовать стандартным требованиям и получить лицензию[8] на работу таксистом по всему Лондону, вам необходимо в первую очередь доскональное знание территории в радиусе 10 км от центрального перекрестка Чаринг-Кросс. Также вам потребуется знать: все улицы, микрорайоны; автобусные остановки и станции метро, офисы авиакомпаний; финансовые и коммерческие центры, здания дипломатических представительств, штаб-квартиры компаний; учреждения и департаменты, здания муниципалитета, отделы ЗАГС, больницы, храмы; школы, колледжи и университеты; гражданский, уголовный и коронерский суды, тюрьмы, полицейские участки; парки и рощи, спортивные стадионы и развлекательные центры, отели, клубы, театры, кинотеатры, музеи, картинные галереи, туристические достопримечательности. Фактически расположение любого места, куда пассажир попросит отвезти.

В границах 10-километрового радиуса требуется запомнить 25 тысяч улиц. Кроме того, предполагается, что водитель лондонского такси, как живой навигационный прибор, способен мгновенно выстроить удобный маршрут между двумя названными точками.

Но в воздухе витает дух перемен. В Лондоне, как и в других крупных городах, в сферу услуг такси вклинился Uber, мобильный сервис, позволяющий вызвать непрофессионального таксиста. Нет сомнения, что водитель Uber не сравнится с лондонским таксистом, имеющим сертификат «Знаний». Очевидно и то, что водитель Uber будет пользоваться навигатором.

Что лучше — ехать со знающим водителем или с тем, кому каждый поворот диктует приложение? В Лондоне об этом сейчас много спорят. Таксисты и их сторонники говорят об ограничениях и сбоях GPS-навигации так, будто сами никогда не ошибаются. Подоплека этого в том, что «Знания» — еще одна уникальная британская традиция, которая может исчезнуть.

Догадаться, чем кончится дело, несложно. Приложение Uber в Лондоне или запретят, или примут, сам переход произойдет либо быстро, либо растянется на десятилетия, но в какой-то момент цифровой прогресс победит. Водители по найму перестанут запоминать городские карты.

Передача прерогативы знаний цифровым устройствам — сюжет, популярный в XXI в. Какими бы ни были ваши профессиональные знания, в «облаке» они уже есть или скоро будут. Ваши знания окажутся не такими актуальными, как те, что в сети, а сама сеть станет быстрее выдавать результаты, и качество соединения улучшится. А что потом?

В XX в. панически боялись, что людей заменят машины. В веке нынешнем мы панически боимся того, что нас заменят низкооплачиваемые менее компетентные работники, взаимодействующие с машиной. Вместо настоящих знаний низкооплачиваемый работник имеет знания-полуфабрикат — умеет, к примеру, пользоваться системой GPS. Сторонники технического прогресса считают, что этот вид созидательного разрушения неизбежен и станет в итоге благом для всех. Насчет неизбежности они совершенно правы. Прискорбно, но нет никаких гарантий, что после этих перемен мы будем жить в лучшем из возможных миров.

Экзамен «Знания» — это настоящий социальный лифт, которых пока еще так мало в чопорной Британии. Классовая принадлежность, раса, религия, пол и возраст не имеют значения. Важно только знать улицы. И хотя на подготовку к экзамену могут понадобиться годы, времени и средств обычно уходит гораздо меньше, чем на обучение в колледже. В Лондоне таксист зарабатывает больше, чем многие выпускники колледжа, и в отношении рабочего графика сам себе хозяин.

Uber предъявляет к водителям гораздо меньше обязательных требований. «Гораздо меньше» и их заработок. Водитель Uber не имеет никакого отношения ни к карьерному, ни к социальному продвижению. И так будет до того неминуемо грядущего дня, когда на смену водителям Uber придет беспилотный автомобиль.

Умнее ли вы первоклассника, обучавшегося по «Единым образовательным требованиям»?

Как говорится, менять программу обучения — все равно что переносить кладбище. Но кое-что все-таки меняется. В 2013 г. в «Единых образовательных требованиях» из набора предметов убрали обучение безотрывному письму по прописям, вычеркнув его из списка навыков, необходимых американскому школьнику. Линден Бейтман, представитель штата Айдахо, пришел в ярость. «Современные исследования показывают, что, когда ребенок пишет от руки, задействовано больше участков мозга, чем когда он печатает на клавиатуре», — негодовал он. — Я просто не могу поверить, что штаты позволили убрать прописи из стандартного набора предметов». Бейтман заметил, что в год пишет более ста писем от руки[9].

Бейтман, которому 72, несколько старше современных американских школьников. Но в своих взглядах он оказался не одинок. Вслед за изменением школьной программы сразу послышались упреки… от лоббистов, тоскующих по прошлому? Но им хватило влияния, чтобы в семи штатах, включая Калифорнию и Массачусетс, вернуть обучение слитному письму в образовательную программу штата[10].

Вопрос не в том, считать ли письмо полезным навыком, а в том, считать ли его *более* полезным. Ведь можно было бы обучать чему-нибудь другому. Каждый учебный час, отведенный на прописи, — это учебный час, не отведенный на что-нибудь еще.

Перед образованием всегда стоит дилемма: обучать фактам или навыкам. С одной стороны, механическое запоминание: таблица умножения, правила, даты. С другой стороны, обучение критическому мышлению и соответствующим навыкам (например, как искать информацию в интернете, если понадобится уточнить какой-то факт). Если вот так все упростить, многие из нас предпочтут обучаться навыкам. Лучше научиться ловить рыбу, чем получить мешок селедки.

«Должен ли школьник знать столицу Колумбии?»[11] В 2009 г. Брайан Кэткарт, профессор кафедры журналистики Кингстонского университета, задал этот вопрос Дэвиду Фэнну, председателю комитета по начальному общему образованию Национальной ассоциации директоров школ Великобритании. Ответом Фэнна стало звучное «нет». «Заучивать столицы городов мира им не нужно, — пояснил он. — Столицу Франции — да, но не столицу Колумбии. Им гораздо больше пригодится навык работы с атласом».

Мнение Фэнна не ново. Викторианские методы обучения, основанные на зубрежке, высмеял еще Чарльз Диккенс, создав Томаса Грэдграйнда, бессердечного директора школы в романе «Тяжелые времена». «Итак, я требую фактов, — повторял Грэдграйнд. — Учите этих мальчиков и девочек только фактам»[12]. Со временем Грэдграйнд, подобно Эбенезеру Скруджу, прозревает. Он приходит к мысли, что это еще один кирпич в стене образования, в котором, как пели Pink Floyd, мы не нуждаемся.

Доля правды в романе Диккенса (как и в рок-опере «Стена» группы Pink Floyd), конечно, есть. Того, кто, подобно Скруджу, прозрел, бесполезно убеждать в значимости каждого факта-кирпича. Если убрать кирпич, стена останется. Если убрать много кирпичей — но не слишком много и не в одном месте, — стена все равно останется.

Этот принцип дает сбой тогда, когда заходят слишком далеко и начинают считать, что большинство кирпичей совсем не нужны. Но если их убрать, другие останутся без опоры, и стена обрушится. Учащимся необходимо накопить критическую массу фактов, которая создаст примерное представление о том, что они знают и чего не знают. Только тогда им удастся избежать эффекта Даннинга — Крюгера, незнания о собственном невежестве. И только тогда они смогут восполнить пробелы при помощи Google.

Подумаем над тем, что значит «посмотреть» столицу Колумбии. Для этого требуется не только умение пользоваться атласом или искать информацию в сети, но также знание нескольких фактов:

1. Есть страна под названием Колумбия.
2. Практически у каждой страны есть столица.

Первому факту учат в школе. Второй редко когда сообщают напрямую, в школе или где-то еще. Это допущение, к которому ученики приходят самостоятельно, после того как познакомятся со многими странами и столицами. Тот, кто не знает первого и второго фактов, просто не догадается, что у Колумбии есть столица, название которой можно посмотреть. На деле факты и навыки не так-то просто разграничить. В образовательной программе слишком большой перекос в сторону чего-то одного приводит к неэффективной работе мозга обучающегося.

В «Единых образовательных требованиях» набор предметов сформировался как результат консервативной реакции на либеральные веяния в образовании. Ее идеологом стал профессор английского языка и литературы Виргинского университета Эрик Доналд Хирш-младший, понявший, что предубежденность против обучения фактам приняла слишком категоричную форму. Он заметил, что у студентов появились пробелы в культурном бэкграунде, которых у предыдущих поколений не было. Хиршу вспомнилось, как отец, занимавшийся в Мемфисе торговлей хлопком, использовал в деловой переписке аллюзии на Шекспира, которые его партнеры по торговле прекрасно понимали.

Хирш ругал образовательную систему, в которой упор делают на обучение навыкам и критическое мышление, а фактами пренебрегают. Зачастую детям приводят факты только в качестве примеров. Хирш доказывал, что факты на самом деле значат многое. Вместе с помощниками он составил список, в котором насчитывается около пяти тысяч персоналий, событий и идей — все, о чем, по их мнению, должен знать каждый образованный человек. В перечень вошли такие понятия, как *гамма-излучение, рококо, абсолютный ноль, бестактность* и *зависть к пенису*. Они, как отметил Хирш, являются частью «информационного поля[13], которое есть у каждого компетентного читателя», «фоновых знаний, хранящихся в памяти, благодаря которым он, беря в руки газету, воспринимает написанное на адекватном для понимания уровне: ухватывает суть, улавливает подтекст, соотносит прочитанное с контекстом, без которого прочитанное не получилось бы осмыслить».

Список Хирша лег в основу бестселлера «Культурная грамотность: Что должен знать каждый американец», написанного в 1987 г. В ней Хирш описывает такой эксперимент. Студент Гарвардского университета Дуглас Кингсбери, находясь на Гарвардской площади, спрашивал прохожих: «Как попасть на Центральную площадь?»[14] Большинство отвечали просто: «Одна остановка на метро».

Затем Кингсбери прикинулся туристом и спросил так: «Я приезжий. Можете подсказать, как попасть на Центральную площадь?» На этот раз отвечали гораздо подробнее.

> Да, конечно, вам надо спуститься в метро[15]. Вон там увидите вход. Как спуститесь по лестнице, купите жетон, опустите в турникет и идите на ту сторону, где написано «Куинси». Сядьте на поезд до «Куинси», но ехать совсем недалеко, первой же остановкой будет «Центральная площадь», на ней вам и надо сойти. Увидите, на стене будет крупно написано «Центральная площадь».

Все не задумываясь понимали, что туристу понадобятся более подробные указания. Здесь для него не будет знакомых ориентиров, а то, что могло бы показаться жителям Бостона очевидным, придется объяснить ему на пальцах. Кингсбери установил, что указания станут еще подробнее, если говорить с миссурийским акцентом. Хирш увидел в этом подтверждение тому, что благодаря общности культурных ориентиров коммуникация становится проще и полнее — в выигрыше оказываются все.

Принять главный довод Хирша несложно, а вот сказать, в какой мере он справедлив, не так-то просто. В списке Хирша полно терминов, заимствованных у древних греков и римлян — цивилизаций, память о которых живет в таких словах, как *менторский, платонический, лесбийский* (хотя древнему греку догадаться об их нынешнем значении было бы нелегко). Однако чтобы понять эти слова, читать Софокла не нужно.

Сегодня мало кого волнует, что подрастающее поколение не сумеет распознавать аллюзии на классиков Троллопа и Теккерея. Нас больше озадачивают публицистические статьи с цитатами из мало кому известных телесериалов, публикации на Facebook с отсылками к взглядам представителей микросубкультур в отношении еды, музыки, политики, моды и кино. Повод ли это для беспокойства или всего лишь очередная причуда нашей жизни?

В любом случае идеи Хирша остаются влиятельными (и противоречивыми). Без них в «Единых образовательных требованиях» не было бы того набора предметов, который утвержден сейчас в 42 штатах и федеральном округе Колумбия[16]. Выражение «Единые образовательные требования» многие родители и политики воспринимают в штыки. Некоторые считают, что «Единые образовательные требования» — это попытка навязать прогрессивные взгляды (в том числе на теорию Дарвина и общественную значимость женщин и меньшинств) наименее прогрессивным в Америке школьным округам. Как выразилась губернатор Южной Каролины Никки Хейли, «нам никогда не захочется, чтобы в Южной Каролине детей обучали так, как в Калифорнии»[17].

В действительности «Единые образовательные требования» — это вполне безобидная образовательная программа, определяющая перечень тем, которые необходимо раскрыть на каждом этапе обучения. В разделе, посвященном развитию родного языка и культуры речи, указано, что дети, отучившиеся в первом классе, должны:

- знать, что Месопотамия — это «колыбель цивилизации»;
- находить Египет на карте мира или глобусе и знать, что это часть Африки;

- знать, что древние египтяне писали иероглифами;
- объяснить, что христианство возникло позже иудаизма;
- считать Солнце звездой;
- объяснить, что, когда на другом конце света наступает ночь, у нас начинается день;
- считать Плутон карликовой планетой;
- знать, что сердце — это мышечный орган, который постоянно работает;
- знать, откуда взята строка «Одну, если сушей, а морем — две»*;
- объяснить, что первые негры в английских колониях приехали работать в Джеймстаун по контракту, а не как рабы;
- объяснить значение праздника Четвертое июля.

Вы можете возразить: «Погодите, но ведь это совсем не похоже на “Единые образовательные требования” . Уж я-то видел на Facebook, какие бредовые задания даются школьникам...» Действительно, выражение «Единые образовательные требования» стало интернет-мемом. Теперь это универсальный хештег для любого эксцентричного задания, которое получат школьники в каком-нибудь американском штате, где действует программа[18]. Конечно, каким будет домашнее задание, решает учитель. И с тем, что он может оказаться не в себе или просто встать не с той ноги, ничего не поделаешь. Никто же не станет выкладывать в сети домашнее задание, если оно самое обыкновенное. «Единые образовательные требования» могут казаться бредовыми потому, что информацию о них в социальных сетях публикуют выборочно — наглядный пример искажения действительности с помощью информационных технологий.

И все-таки основания критиковать «Единые образовательные требования» имеются: в них от учащегося требуется

---

* *Лонгфелло Г.* Скачка Поля Ревира. Перевод М. А. Зенкевича.

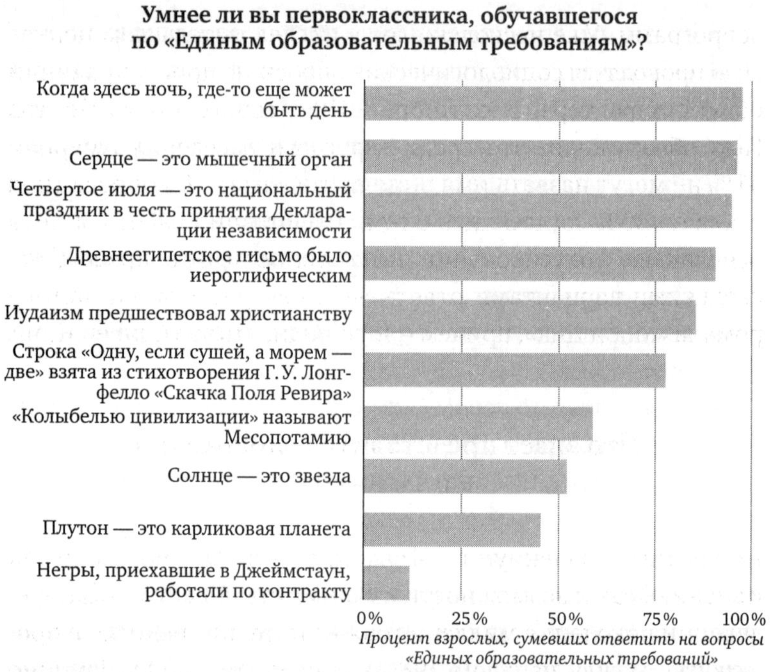

слишком многое, пожалуй, даже невозможное. Я провел исследование, чтобы проверить, знают ли взрослые то, что должен знать первоклассник[19]. В среднем из списка, о котором речь шла чуть выше, взрослый американец сумел ответить на семь вопросов из десяти.

Результаты опроса больше всего радуют тем, что идея «день тут, а ночь там» усвоена накрепко. Пожалуй, можно не обращать внимания на то, что о понижении Плутона в ранге до карликовой планеты помнят меньше половины. Изменение, по сути, номенклатурное, однако об этом в 2006 г. много и охотно писали в СМИ. В голове не укладывается другое: как может каждый второй жить и не знать, что Солнце — это звезда. Ведь это же совсем не новость.

Демонстрации публичного невежества стали обычным делом, на них, кстати, строятся сюжеты ночных комедийных телепрограмм. Уже несколько лет в Исследовательском центре Пью проводятся социологические опросы на проверку знаний общего характера. В сентябре 2010 г. социологи из Центра Пью обнаружили, что среди взрослого населения Америки 41% не могут назвать имя вице-президента[20]. В вопросе типа «да/нет» 20% согласились с тем, что принцип работы лазера основан на фокусировании звуковых волн. В вопросе с несколькими вариантами ответа 58% неверно указали автора романа «Моби Дик», причем 4% решили, что это Стивен Кинг.

Что знает представитель поколения миллениума

Поколение миллениума — законодатель как новых путей к знанию, так и возможности его не иметь. В нестрогом определении поколение миллениума — это те, кто родился в промежутке между началом 1980-х и началом 2000-х. Именно они впервые при подготовке домашней работы стали вместо бумажных энциклопедий цитировать Википедию, а вместо теленовостей смотреть юмористические передачи. Если современным СМИ все-таки удалось размягчить человеческий мозг, это поколение должно было пострадать сильнее всех.

Психологи Джон Данлоски и Кэтрин Росон опросили 671 студента Кентского университета и Университета штата Колорадо, предложив им список из 300 вопросов на знание общеизвестных фактов[21]. В их числе оказались следующие пять:

Кто написал роман «Братья Карамазовы»?[22]

Как называется горная цепь, отделяющая Европу от Азии?

Как звали капитана британского корабля «Баунти», на котором подняли мятеж?

Кем по профессии был Джон Кеннет Гэлбрейт?

Как звали кубинского лидера, свергнутого Фиделем Кастро?

Такие вопросы могли бы прозвучать в семейной викторине для приятного времяпрепровождения. Попробуете догадаться, сколько студентов дало на них ответ?

Нисколько. Из 671 студента никто не сумел ответить ни на один из этих пяти вопросов.

Стоит отметить, что поколению миллениума страна дала лучшее образование. Но более образованный не означает более знающий. К такому заключению можно прийти, посмотрев результаты опубликованного в 2015 г. доклада Службы образовательного тестирования — организации, проводящей отборочные тесты в масштабах всей страны. В докладе сравнивались языковые, математические и компьютерные знания и навыки учащихся поколения миллениума в Америке и 22 странах. Баллы американских абитуриентов оказались одними из самых низких во всех категориях.

Результаты, полученные Службой образовательного тестирования, сводятся к трем показателям[23]: средний уровень по стране, 10-й процентиль (результат тех, кто справился не лучше, чем 10 % учащихся с самыми низкими баллами в каждой стране) и 90-й процентиль (результат тех, кто справился не лучше, чем 90 % учащихся с самыми высокими баллами в каждой стране). Таким образом, получилось три разных величины, но все они ударили по самооценке американцев.

Среди американских абитуриентов 10 % с наиболее низкими баллами превзошли в невежестве всех, выполнив задания хуже своих ровесников из остальных стран, писавших тесты. Результаты среди группы 90-го процентиля оказались почти такими же печальными. Самые умные и сообразительные абитуриенты в Америке справились с заданиями лучше, чем в Испании; согласно статистике, с участниками из некоторых стран они оказались на равных. И все же американские учащиеся поколения миллениума с наиболее высокими баллами оказались далеко позади ровесников из Словакии, Норвегии, Японии, Германии, Канады и Австралии.

В Службе образовательного тестирования пришли к выводу, что

> по сравнению с прошлыми поколениями американцев эти молодые люди прошли лучшую образовательную подготовку[24]. Однако в среднем они демонстрируют относительно слабую языковую, математическую и технологическую грамотность по сравнению с их ровесниками в других странах... Неменьшие опасения вызывает то, что полученные результаты свидетельствуют о снижении языковой и математической грамотности американских подростков относительно уровня, выявленного тестированиями прошлых лет.

Почему поколение миллениума в Америке отстает от других, никто на самом деле не знает. Бытует мнение — никем, однако, не доказанное, — что отчасти виноваты мобильные телефоны. Молодежи со смартфонами в Америке гораздо больше, чем где-то еще. В 2014 г. среди американцев не старше 30 смартфон имелся у 86%, среди китайцев — у 69%, среди русских — у 46% и среди бразильцев — у 25%[25]. Благодаря смартфону интернет, где можно найти ответы, теперь всегда под рукой. Тому, кто с малых лет привык получать мгновенную справку в сети, трудно усвоить традиционные взгляды на необходимость запоминать факты. В этом отношении американская молодежь, быть может, олицетворяет наше всеобщее будущее: меньше знаний, потому как меньше необходимости что-либо знать.

Проведенное мной исследование подтверждает то, что удалось обнаружить другим. В Америке поколение миллениума не знает многих фактов, которые можно считать фундаментальными в плане культурной грамотности[26]. Вот для наглядности некоторые из них.

Большинство представителей поколения (более 50%) не могут назвать ни одного убийцу американского президента, ни одного ученого, открывшего планету. Они не знают, кого из учеников Сократ любил больше всех и какой смертельный яд он принял. Не могут сказать, кто написал «Кентерберийские рассказы», «Трамвай “Желание”» или «1984». Не знают названия дворца, построенного Людовиком XIV, или усадьбы Томаса Джефферсона в Виргинии. Не в состоянии подобрать односложный синоним к выражениям «мясо оленя», «человек, занимающийся исследованием пещер» или «клевер как символ Ирландии». Не знают имени эстрадного певца, исполнившего шлягеры «Heartbreak Hotel» и «All Shook Up», или актеров, сыгравших главные роли в фильмах «Унесенные ветром» и «Касабланка». Незнакомы с художниками, написавшими «Гернику», «Постоянство памяти» и «Американскую готику», или со знаменитым иллюзионистом, прославившимся своими «побегами» и умершим от перитонита. Не знают, кто изобрел пароход, телеграф, фонограф и радио. Не догадываются, кто высказал идею о вращении Земли вокруг Солнца, кто опытным путем показал электрическую природу молнии, кто сформулировал теорию относительности. Не могут назвать хотя бы две самых ярких звезды на небе (которые, кстати, называются Солнце и Сириус). Не знают, какой океан на Земле самый большой, как называется самая длинная в мире южноафриканская река, в каком городе находится аэропорт Хитроу и какой горной цепи принадлежит Эверест. Не помнят имен ни той женщины, которая открыла радий, ни той, что по легенде придумала и сшила первый американский флаг, ни той царицы Египта, которая заключила с Марком Антонием военный союз против Рима. Не могут узнать на фотографии Карла Маркса, королеву Викторию, Чарльза Диккенса. Не могут одним словом назвать ни отряд вымерших пресмыкающихся, буквально означающий «ужасные ящеры», ни огромных волосатых пауков, предпочитающих кроны деревьев в экваториальных лесах, ни ядовитых змей, которых укрощают индийские заклинатели, ни пушистого зверька, для которого эти змеи — добыча. Не найдутся с ответом, если спросить о столице штата Нью-Йорк или какой металл при комнатной температуре находится в жидком состоянии. Не припомнят, чем Фрэнк Ллойд Райт зарабатывал себе на жизнь. Не скажут, как звали в «Моби Дике» капитана китобойного судна «Пекод», на каком корабле Чарльз Дарвин совершил кругосветное путешествие, как называлась секретная программа создания атомной бомбы, как назывался первый искусственный спутник. Не знают ни древнего города, знаменитого висячими садами Семирамиды, ни города, разрушенного при извержении Везувия, ни имени императора, который декламировал поэму, пока горел Рим. И большинство из них не смогут назвать то единственное слово, которое молвил ворон в стихотворении Эдгара Аллана По.

Рациональное невежество

Обыкновенно на такие заявления реагируют с негодованием и изумлением. Ужасно, как мало знает молодежь или обыватель — ведь так? Задаться бы лучше вопросом, откуда мы знаем, что это ужасно, и ужасно ли это в принципе.

Невежество может быть рациональным[27]. Об этом в 1950-х заявил экономист Энтони Даунс. Он имел в виду, что во многих ситуациях усилия, необходимые для приобретения знаний, превосходят пользу от них. Примером тому избиратель, который следит за развитием событий в мире политики. Зачем ему это? Все, что есть у избирателя, — право одного голоса, ни разу не переломившего исход выборов и не способного его изменить.

И наоборот, вы получили диплом и высокооплачиваемую работу, но так и не познакомились со стихотворением о вороне, который что-то молвил. Зачем оно вам?

В современном мире к знаниям относятся двояко. С одной стороны, мы обожаем учиться и придерживаемся взгляда на знания как на самоцель. Но для нашей другой, себялюбивой, стороны знание — не самоцель, а способ подняться по социальной лестнице, обогатиться, получить власть или *что-то еще*. К образованию, которое не сулит перспектив, мы относимся с недоверием и, увидев статью «Восемь специальностей, на которые больше потратишь, чем потом заработаешь»[28], обязательно перейдем по ссылке.

Мы живем в золотом веке рационального — и рационализированного — незнания. С невероятной скоростью информация порождается, обесценивается и устаревает. Каждый день на наших глазах меняется сама культура. Стало труднее не только отслеживать происходящее, но и верить, что быть в курсе событий действительно нужно. И мы рассуждаем о том, как важно следить за событиями на Ближнем Востоке, в мире современной литературы, местной политики, передовых технологий и университетского баскетбола. Недавно мой приятель спросил, нормально ли не знать ничего об «Игре престолов». Ответить ему, что всю необходимую информацию можно найти в сети, в этом случае не получится — Google за нас мнения не составит.

Знания того, кто эрудицией не блещет, необязательно скудные. Они полнее в чем-то другом. Геймер день и ночь проводит за видеоиграми — его познания в этой области энциклопедические. Невеждой его можно назвать только в тех вопросах, которые принято считать важными. В том, что есть четкий список фактов, которые должен знать каждый, с Хиршем согласны не все. Однако без такого списка понимание того, что значит быть хорошо осведомленным, оказывается безнадежно размытым.

Сегодня средства массовой коммуникации служат далеко не лучшим ориентиром. Они поощряют нас создавать индивидуальные, солипсистские информационные фильтры, отсеивающие действительно важное и пропускающие с небывалой легкостью сплетни из мира звезд, телесериалы, спортивные матчи, политические дебаты и технологические новинки. Таким образом, времени и сил смотреть что-то другое почти не остается. Настоящая опасность не в том, что из-за интернета мы становимся менее знающими или получаем иногда неверные сведения. Возможно, из-за него мы становимся *метаневежественными* — все меньше знаем о своем незнании.

Эффект Google

Сегодня многие исследователи пытаются установить, какое влияние оказывает интернет на то, что мы узнаём и запоминаем. Все началось с эффекта Google. В 2011 г. гарвардский профессор Дэниел Вегнер предложил добровольцам список из сорока общеизвестных фактов — кратких и ясных утверждений вроде «Глаз страуса больше, чем мозг». Каждому поручили набрать на компьютере все сорок предложений. Одну половину эти факты попросили запомнить, другую — нет. Кроме того, каждому второму сообщили, что набранные предложения сохранятся на компьютере. Всех остальных заверили, что по завершении работы всю информацию тут же сотрут.

Позже добровольцам устроили проверку на знание тех фактов, которые они набирали. Группа, которую попросили эти факты запомнить, справилась с тестом не лучше остальных испытуемых, которых ничего запоминать не просили. Но добровольцы, знавшие, что набранные ими предложения сотрут, выполнили тест гораздо лучше тех, кого заверили, что информация сохранится на компьютере. Причем независимо от того, просили их факты запоминать или не просили.

Пруст был не первым, кто назвал память великой загадкой. Мы помним кусочек печенья «мадлен» в чашке чая, но забываем многие более значимые события и факты. На сознательном уровне мы практически не можем выбирать между «помнить» и «забыть». Ведь никто не станет специально забывать имени делового партнера или постоянно твердить слова из набившей оскомину популярной песни. Это получается само по себе.

Результаты, полученные в Гарварде, подтверждают прагматические особенности нашей памяти. Запомнить все невозможно. Судя по всему, в мозге происходят процессы непрерывной сортировки воспоминаний, независимые от нашего сознания. И похоже, мозг понимает, что если за информацией можно снова обратиться к источнику, то нет особой нужды напрягаться и ее запоминать. (Кто знает, сколько времени пройдет, пока вам пригодится знание о том, какой большой у страуса глаз.) Получается, когда мы верим, что факты у нас под рукой, забываются они чаще. У этого феномена есть собственное название — эффект Google, — и означает он непроизвольное забывание той информации, которую можно отыскать в сети.

Эффект Google открывает ряд интересных и даже сомнительных возможностей. Сообщения, отправленные при помощи приложений вроде Snapchat и Confide — а в них и фотографии, и текст исчезают сразу же после просмотра, — помниться будут, видимо, гораздо лучше, чем содержание SMS-сообщения или электронного письма. Если так, Snapchat перестает быть лучшим средством для отправки пьяных фото с корпоратива.

Попробуем довести эффект Google до абсурда и скажем, что селфи могут вызывать амнезию. Но именно в этом направлении провела научное исследование в 2013 г. Линда Хенкель из Фэрфилдского университета[29]. Хенкель заметила, что посетители художественных музеев обожают делать снимки на мобильные телефоны и при этом мало уделяют внимания самим экспонатам. В Белларминском художественном музее Фэрфилдского университета она поставила эксперимент. Студентов пригласили на выставку, где экскурсовод провел их к некоторым картинам. Одним поручили их фотографировать, а другим велели делать в блокноте пометки. На следующий день в обеих группах провели опрос, чтобы проверить, как много они помнят. Студенты, которые фотографировали, запомнили хуже, что это за картины и что на них изображено.

Должно быть, наши бессознательные хранители из отдела памяти понимают, насколько быстро и легко любой нужный нам факт можно где-нибудь посмотреть. Из этого следует, что нейронные сети мозга выработали новый режим усвоения и запоминания информации, согласно которому факты реже откладываются в памяти и быстрее забываются. Через несколько лет все мы, наверное, будем носить на себе устройства, круглосуточно записывающие каждое событие нашей жизни. Станет ли интернет причиной всеобщей амнезии?

Что знает Google

Память на источники — это способность вспомнить, когда и где почерпнут тот или иной факт. Память на источники часто подводит, влечет за собой ложные воспоминания[30]. «Да, хамелеоны обитают в воде. Не помню, где-то я об этом слышал...»

В Гарварде провели эксперимент, показав, до какой степени мы можем полагаться на этот вид памяти. Каждый испытуемый получил список общеизвестных фактов. Было сказано, что храниться они будут в отдельных папках с надписями «Факты», «Даты», «Сведения». Оказалось, что участники эксперимента лучше запомнили, в какой папке какие факты хранятся, но не сами эти факты, хотя они были броскими и краткими («Глаз страуса больше...»), а названия папок — скучными и обезличенными.

Смогли бы мы нормально жить, если б не знали почти ничего, кроме того, где посмотреть нужное? Уже есть люди, которые работают в таком режиме. Например, прокуроры. «Незнание — не довод» — эта язвительная поговорка в ходу у американских юристов. Один только конгресс ежегодно увеличивает законодательную базу где-то на 20 миллионов слов. И если бы кто-то взялся их прочесть, потратил бы около 10 месяцев. А ведь это только те слова, которыми обрастают новые федеральные законы. Стоит добавить к ним старые законы — федеральные, штатов и местные — за давностью в несколько веков, а также все судебные решения, вынесенные на их основании, и получится объем документов, прочесть который физически невозможно. Прокуроры могут знать закон лишь в общих чертах, но им необходимо быть асами в поиске прецедентных случаев.

В одном из самых впечатляющих за последние несколько лет экспериментов, посвященных исследованию памяти, ученые показали, что непроизвольно мы задействуем память на источники все чаще. Исследователи Даниэль Вегнер и Эдриан Уорд несколько по-своему провели классический тест Струпа, который хорошо описан в популярной психологии: вам показывают слова, обозначающие любой цвет, за исключением цвета шрифта, которым они набраны. Представьте, что слово «красный» напечатали синим цветом. Загвоздка в том, что нужно назвать именно цвет, а не прочесть написанное слово. Сделать это труднее, чем кажется.

Попробуйте назвать цвета этих слов:

СЕРЫЙ

БЕЛЫЙ

ЧЕРНЫЙ

Обычно за этим следует неловкий смех. Когда цвет и значение слов не совпадают, цвета называют в два раза медленнее.

Этому открытию посвящена диссертация Джона Ридли Струпа 1935 г., благодаря которому он стал самым, пожалуй, цитируемым в мире экспериментальным психологом. Получив степень доктора психологии, Струп решил, что цвета слов ему интересны меньше Священного Писания. Он оставил психологию и стал пастырем сельского прихода в Теннесси.

А между тем открытие Струпа дополнялось новыми фактами, вдохновляя ученых на множество других психологических исследований. Тест Струпа полезен тем, что позволяет измерить уровень внимания и выявить подсознательные мысли. Проводились эксперименты с участием голодных добровольцев, которым предлагали пройти тест Струпа, построенный на списке как будто произвольно подобранных слов[31]. Когда попадались такие слова, как «гамбургер» или «обед», задержка в назывании цвета у голодных испытуемых увеличивалась. Мысли о еде были у них на переднем плане, поэтому требовалось дополнительное усилие, чтобы не озвучивать слова, означавшие что-либо съедобное.

Вернемся к Вегнеру и Уорду. Этот же принцип лег в основу их исследования, в ходе которого добровольцы сначала отвечали на трудные вопросы, к примеру «На флаге всех стран есть хотя бы два цвета?». Сразу после этого им предлагали пройти тест Струпа, в котором перечислялись хорошо известные торговые марки, написанные разными цветами[32]. От испытуемых требовалось назвать цвет каждой торговой марки так быстро и точно, как только возможно.

Задержка в назывании цвета увеличивалась, когда испытуемым попадались такие слова, как Google и Yahoo. И оставалась прежней, когда прочесть требовалось, например, Nike и Target. По-видимому, трудные вопросы из теста на общую эрудицию настроили испытуемых на мысль, что хорошо бы поискать ответы в сети.

NIKE
GOOGLE
TARGET
YAHOO

В подтверждение этого ученые чуть изменили опыт. Вопросы в тесте на общую эрудицию подобрали настолько простые, что каждый участник сумел на них без труда ответить. Когда же участникам предложили тест с торговыми марками, задержки в назывании цвета слов Google и Yahoo не наблюдалось. Мысль, что ответ надо бы поискать в сети, возникала только тогда, когда звучали сложные вопросы.

Вегнер связывает эффект Google с общим феноменом «распределенной памяти». Набрать на клавиатуре — лишь один из множества способов, которыми мы можем воспользоваться, чтобы сохранить информацию, не нагружая мозг. Задолго до появления социальных сетей мы делились воспоминаниями, знаниями и опытом в реальном, а не виртуальном пространстве. Сам я не гурман, но у меня есть друзья, которые посоветуют какой-нибудь интересный ресторан. У меня нет знакомых врачей-специалистов, зато есть терапевт, который посоветует нужного. В этом мире мы держимся на плаву не потому, что знаем все, а потому, что знаем нужных людей.

«Распределенная память» препятствует распространению ошибочной информации — во всяком случае, до некоторой степени. Как показали исследования, большинство людей убеждены, что антибиотиками можно победить вирусы. Нет, это не так. Но, как верно заметил психолог из Йельского университета Дэн Кахан, едва ли это важно. Большинство из нас сами себе азитромицин не выпишут. Зато действительно важно знать: когда что-то болит, лучше всего сходить к врачу и последовать его указаниям.

Эффект Google — еще одно свидетельство, как мы приспосабливаемся к «распределенной памяти». Получается, что «облако» нам вроде друга, который все знает. Он всегда рядом, на раздумья тратит секунды и никогда не устает от глупых вопросов. Настоящее маленькое чудо, и наша зависимость от него доведена до абсурда. Экономист Сет Стивенс-Давидовиц отметил, что в поисковике Google среди запросов, содержащих фразу «мой пенис», на третьем месте по частотности оказался вопрос «Не мал ли мой пенис?»[33]. Как будто на то нет линейки.

Когда сенаторы списывают

То, как мы полагаемся на «облако», напоминает о существовавшей во времена древних греков и римлян должности под названием «мнемон». Ее занимал профессиональный мнемонист[34]. Когда сенаторы выступали с речами и вели споры, он всегда находился рядом и сообщал им необходимые факты. Что это вредит репутации оратора, похоже, никто не считал. В наше время должность общественного «мнемона» занял интернет, и современным политикам приходится с ним состязаться.

Сенатора Рэнда Пола, опубликовавшего в 2012 г. книгу «Обидчики от государства», уличили в заимствовании материала из Википедии и других электронных ресурсов. Вот небольшой фрагмент из статьи Forbes Билла Сингера, появившийся в книге Пола точно в таком виде и без ссылок на источник:

> По результатам судебного соглашения каждая из двух компаний — Kinder Caviar и Black Star Caviar Company — обязуется выплатить штраф в размере пяти тысяч долларов и согласна

с решением о пробации сроком до трех лет, в течение которого запрещается запрашивать или получать разрешение на экспорт продукции в рамках Конвенции по международной торговле вымирающими видами дикой фауны и флоры[35].

Удивительно, как пришло кому-то в голову выдавать этот образчик протокольного стиля за собственное творчество — с какой бы ни было целью. И это лишь один пример того, как политиков, журналистов и знаменитостей уличают в списывании из сети. Хотя среди отъявленных плагиаторов больше людей среднего возраста, молодых обвиняют чаще. Подрастающее поколение привыкло считать, что копировать и вставлять фрагменты текста естественно, этически нейтрально, как слушать музыку онлайн.

Сьюзен Дракер, профессор кафедры журналистики Университета Хофстра, видит различия даже среди студентов, казалось бы, одного поколения. «Студенты, которые сейчас в магистратуре, пока еще смотрят на литературный плагиат как на воровство[36]. Но 17–18-летние бакалавры не видят здесь ничего плохого. “Скопировать материал в интернете так просто, — говорят они. — Что тут может быть плохого?”»

Интернет не только подталкивает нас к нарушению авторского права, но своими мнемоническими способностями направляет в сторону бескрайнего невежества. В другом тесте на общую эрудицию Даниэль Вегнер и Эдриан Уорд позволили одной половине участников посмотреть ответы в сети, а другой — нет. Затем всем раздали опросные листы на проверку памяти, знаний, уровня интеллекта[37].

Как и следовало ожидать, обнаружилась связь между тем, насколько хорошо участники справились с заданиями, и их самооценкой. Примечательно, что самооценка тех, кто все посмотрел в сети, оказалась выше. Переписав ответы из Google и Википедии, участники решили для себя — «Да, я умен» (был вопрос типа «да/нет»).

Естественно, что, подсмотрев ответы, они также набрали более высокие баллы. Затем Вегнер и Уорд условия эксперимента несколько изменили. Всем участникам сказали, что справились они с заданием практически идеально. Но и в этом случае у тех, кто посмотрел ответы в сети, самооценка оказалась выше.

Вы можете возразить, что повышение самооценки никак не связано с вопросами этики при использовании чужих произведений без ссылки на источник. Возражение вполне справедливое, но именно субъективные чувства лежат в основе наших поступков, рассуждений и в конечном счете эстетического чувства. Этот эксперимент показывает, что интернет стал нашей коллективной памятью.

Получить доступ к «облаку» сейчас легко, а в ближайшем будущем станет только легче. Фильм «Энни Холл» 1977 г. местами кажется устаревшим — или же, наоборот, опередившим время? В одном эпизоде Вуди Аллен стоит в очереди, а за ним мужчина с умным видом рассказывает девушке о Маршалле Маклюэне[38]. Аллен вмешивается и говорит, что тот ничего не понимает в идеях Маклюэна. Мужчина отвечает, что читает лекционный курс «Телевидение, СМИ и культура» в Колумбийском университете. Аллен не достает смартфон, потому что смартфонов тогда пока еще не изобрели. Вместо этого он откуда-то из-за экрана выводит Маршалла Маклюэна, чтобы тот лично потрудился разоблачить хвастуна.

Сейчас мы все ближе подходим к чему-то подобному. Специалист по вычислительной технике Крис Харрисон из Университета Карнеги — Меллона прогнозирует «активное слушание», при котором хитроумное устройство будет следить за речью владельца и отыскивать фоновую информацию. Когда вы (или какой-нибудь стоящий рядом крикун) заговорите о Маршалле Маклюэне, на экране прибора появится справка о нем — вдруг что-нибудь пригодится. Беглого взгляда на экран может быть достаточно, чтобы выхватить аргумент получше, повесомее. А может, появится видеофрагмент лекции Маклюэна, именно та ее часть, где докладчик опровергает только что сказанные вашим собеседником слова.

Едва ли это можно считать научной фантастикой. Распознавание голоса, позволяющее запросить информацию в сети, уже работает. Активное слушание пока еще невозможно лишь из-за недолговечности батареек и высокой стоимости обмена данными. Только найдется решение, как предсказание Харрисона станет вполне реальным.

Задуматься о ценности знаний в таком вот будущем стоит уже сейчас. Разумеется, чтобы разойтись во взглядах насчет Маршалла Маклюэна, нужно иметь о нем хотя бы какое-то представление. Иначе какой смысл призывать Маклюэна выйти из «облака».

Ценность знаний

Представляет ли ценность знание фактов в мире, где факты так легко посмотреть в интернете? Эта книга — попытка ответить на вот такой простой вопрос. Для его решения я проанализировал результаты оригинальных исследований, посвященных тому, что знают люди вокруг.

Исследования, о которых говорится в этой книге, проводились согласно новой опросной методике, возможно, известной не многим. Стоит о ней немного рассказать. Сетевое панельное исследование проводится организацией, которая набирает большую группу людей («панель»), согласных участвовать в дальнейших опросах. В начале нового исследования программа в произвольном порядке из панели набирает респондентов. Затем рассылает им по почте электронное письмо с материалами исследования, обычно в несколько заходов, чтобы группа респондентов своим социальным составом и структурой оказалась как можно ближе к населению в целом. Состав респондентов может меняться в зависимости от пола, возраста, расовой принадлежности, уровня образования, размера доходов и прочих демографических показателей — от того, что интересует интервьюеров и маркетологов.

Сетевые панели имеют два существенных преимущества по сравнению с традиционными опросами по телефону. Первое: от участия отказываются редко. Поскольку, по мнению большинства, звонок от интервьюера радует не более, чем звонок от телемаркетолога, то мало кто вообще снимает трубку или же сразу ее кладет, как только выясняется, с какой целью звонят. Принцип произвольности оказывается под вопросом. Если, к примеру, окажется, что 50-летние замужние белые женщины чаще в этой ситуации трубку не вешают, то группа респондентов подобрана неверно. А при проведении сетевого панельного исследования все респонденты согласились на участие уже заранее (из них согласие подтверждают около 90%). Следовательно, алгоритм набора для участия в исследовании работает так, что подобрать социально сбалансированную группу гораздо легче.

Одна небольшая оговорка: в сетевую панель попадают те, у кого есть доступ к интернету. В 2013 г. Всемирный банк определил, что среди американцев интернетом пользуются 84%[39]. Так вот эти 84% представляют собой группу людей, чуть более обеспеченных, образованных и технически продвинутых, чем население в целом. Это нужно учитывать. И все же почти каждый, у кого есть телефон, может выйти в интернет (пусть даже благодаря передаче данных через оператора). Охват исследования ограничивается пользователями сети, но все же этот вариант более удачен, чем опросы по телефону.

Сетевые панельные опросы проводятся некоммерческими организациями (как, например, RAND American Life Panel) и некоторыми информационно-технологическими компаниями и стартапами (GfK, KnowledgePanel, SurveyMonkey, Amazon's Mechanical Turk). Обычно организация, проводящая опрос, в знак благодарности за участие предлагает выбрать, на какую благотворительность направить небольшое пожертвование. Это и скромное поощрение, и способ исключить из участия желающих заработать. Напроситься на участие в каком-то определенном опросе нельзя, а алгоритм подбора группы респондентов работает так, что участвовать в исследованиях можно не чаще нескольких раз в год.

В инструкциях, которыми я сопроводил опросники, объясняется, что цель моих исследований сводится к оценке уровня знаний у населения. Кроме того, я попросил испытуемых не искать готовых ответов. Возможно, что некоторые все-таки списали, притом что не было смысла выполнять работу на самый высокий балл. Впрочем, на бóльшую часть заданий времени отводилось совсем мало, так что едва ли кто успевал искать ответы. Из окончательных результатов, как правило свидетельствовавших о невероятно низком уровне знаний респондентов, стало ясно, что учитывать фактор списывания необходимости нет.

В последнее время сетевыми панельными исследованиями охотно пользуются в научных и деловых кругах. Для социологов этот метод обладает существенными преимуществами над прежними, когда приходилось развешивать объявления в университетском городке и проводить среди студентов опросы. Маркетологи используют сетевые панели, чтобы опробовать торговую новинку, рекламу и новый дизайн. Такие СМИ, как NBC News, Wall Street Journal, Los Angeles Times и Bloomberg News, используют сетевые панели для проведения опросов на темы политики.

Второе существенное преимущество нового метода заключается в том, что он быстрый и недорогой по сравнению с традиционной формой проведения опросов и позволяет получить представление об уровне таких знаний населения, какие пару лет назад сочли бы слишком несущественными, чтобы по этому поводу проводить опрос. Примеры в этой книге я еще приведу.

Исследования подтверждают, что́ люди знают, а что нет в целом ряде областей: от квантовой физики до современного искусства и поп-культуры. Также обнаруживается зависимость между знанием фактов и благосостоянием, здоровьем, счастьем, политическими взглядами и культурой поведения. В большинстве глав приводятся фрагменты тестовых вопросов (в прямоугольной рамке), чтобы можно было соотнести свои знания со знаниями других.

Книга разделена на три части. Каждая посвящена какой-то одной теме, но не исключает двух других:

- *Эффект Даннинга — Крюгера.* Из-за интернета мы не становимся глупее, но можем стать менее осведомленными о собственном незнании. Неполное знание создает искаженные ментальные карты мира. Ошибочные представления сказываются на наших решениях, поступках и суждениях как в личной, так и в общественной жизни.
- *Надбавка за знания.* Существует корреляционная связь между способностью отвечать на так называемые «тривиальные» вопросы и более высоким доходом в числе прочих показателей успешной жизни. Общая эрудиция играет существенную роль даже тогда, когда не важен ни возраст, ни ступень образования. В реальном мире ценятся знания, а не только (и не столько) диплом или появившиеся за годы учебы полезные знакомства.
- *Стратегии для культурно неграмотного мира.* Здесь я опишу способы, которые помогут обычным людям наиболее эффективно использовать современные СМИ, чтобы оставаться в курсе событий, компаниям и организациям — приспособиться к обществу с невысоким уровнем культурной грамотности, демократическим правительствам — принимать мудрые решения вопреки невежеству избирателей.

ТЕСТ НА ВОЗРАСТ

Сколько в США сенаторов?

Как называется столица Бразилии?

Кто такой шорт-стоп?

Если вы ответили «сто», «Бразилиа» и «игрок между второй и третьей базой», то совершенно правы. Согласно статистике вы должны быть старше тех, кто на эти вопросы не ответил.

Хотя приведенные факты могут показаться безотносительными ко времени и поколению, есть вещи, с которыми люди помоложе знакомы не так хорошо. Те, кто назвал число сенаторов правильно, оказались в среднем на девять лет старше ответивших неверно. С вопросами про Бразилию и шорт-стопа справились те, кто был старше на шесть и семь лет[40].

2

КАРТЫ НЕВЕЖЕСТВА

Медсестра и школьная учительница католического вероисповедания Сьюзен Шерман, вернувшись в родной Кентукки из миссионерской поездки в Кению, обнаружила, что в школе г. Луисвилла ее больше не ждут[1]. Был конец 2014 г., когда Гвинею, Либерию и Сьерра-Леоне охватила эпидемия лихорадки Эбола. Родители испугались, что вдруг учительница подхватила вирус Эбола и теперь заразит их детей.

В Кении лихорадки Эбола не было. Тем не менее руководство школы отстранило Шерман от преподавания на 21 день и потребовало представить медицинскую справку об отсутствии у нее вируса. Вместо этого Шерман решила уволиться.

Этот случай наглядно показывает, какое влияние оказывает на всех нас знание и незнание географии. Для многих американцев Африка — небольшое по площади и однородное по населению местечко, вроде Лас-Вегаса или Кабо-Сан-Лукаса. На самом деле Кения расположена примерно в 5600 км от тех стран, где в 2014 г. случилась вспышка Эболы. На несколько сот километров дальше, чем от Луисвилла до бразильского города Манаус. По логике школьного руководства получается, что туристов, побывавших в Луисвилле, нужно тщательно досматривать: вдруг в багаже обнаружатся пираньи.

Тест на знание карты — проверенный способ демонстрации нарциссизма и глупости американцев. Сколько из них сумеют отыскать на карте Афганистан? Только 12% американцев в возрасте от 18 до 24 лет. Это показал опрос, проведенный в 2006 г. для Национального географического общества и Роуперовского центра изучения общественного мнения. Организации, занимающиеся опросами, год за годом задают подобные вопросы, не без причины переживая за состояние американского образования.

Я воспользовался такими преимуществами сетевого панельного исследования, как скорость и гибкость, и провел более трудоемкий тест на знание карты. Вместо того чтобы дать несколько популярных стран, я спросил про все 50 штатов США, 170 независимых государств по всему миру и еще ряд территорий и регионов. От каждого испытуемого требовалось найти от 10 до 15 штатов или стран, предложенных из общего набора, на электронной карте Соединенных Штатов, на каком-то одном из континентов и на карте мира с обозначенными, но неподписанными границами.

Затем я отобразил полученные результаты на картограммах[2]. Картограммы — это карты с искаженными границами: размер каждого региона зависит от численности населения, количества голосов выборщиков или иной величины в процентах. В моем исследовании размер штатов или стран зависел от процента тех респондентов, которые показать эти территории на карте не сумели. Получились карты невежества.

Практически каждый взрослый американец отыщет Флориду, Техас и Калифорнию на карте США. Легко найти и «угловые» штаты вроде Мэна и Вашингтона. Поэтому на картограмме они сжались до неузнаваемости. Аляска и Гавайи не отображены, поскольку оказались бы на картограмме точками, ведь показать их сумел почти каждый.

Распухли те штаты, которых многие американцы отыскать не смогли. Труднее всего оказалось найти Делавэр: не справились с заданием 58 %. Чуть больше трети испытуемых не сумели показать Небраску, Миссури и Алабаму.

Почему так много американцев затрудняется найти на карте штаты? Некоторых сбивают с толку сходства в очертаниях и звучании.

Карта невежества: США

Размеры каждого штата зависят от того, какой процент американцев не может показать его на карте

Иллинойс то и дело путают с Индианой и другими соседними штатами, начинающимися с гласной. Также смешивают Миссури и Миссисипи.

Множество ошибок приходится на штаты северных равнин и Скалистых гор, различать штаты более-менее прямоугольной формы оказывается непросто. И еще путают не очень похожие друг на друга «штаты-близнецы»: Нью-Гэмпшир и Вермонт, Алабаму и Миссисипи.

В опросник теста на знание карты мира я включил все страны площадью более 480 км². Исключены были в основном островные государства (Гренада, Тувалу, Мальдивы) и несколько крошечных европейских стран (Лихтенштейн, Монако, Ватикан, Сан-Марино). На картограмме они в любом случае выглядели бы точками.

Среди участников выборки практически всем удалось отыскать США, Канаду, Мексику и Австралию. На картограмме размеры этих без труда опознаваемых стран многократно уменьшились. Так же хорошо американцы указали Россию, Китай, Японию и популярные среди туристов страны Западной Европы. Опрошенные участники находили Италию не хуже, чем США.

Карта невежества: мир

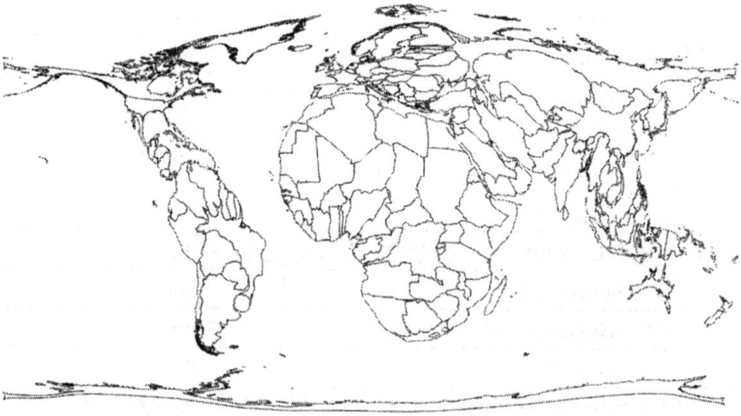

Размеры каждой страны зависят от того, какой процент американцев не может показать ее на карте

Интересно почему? Быть может, мы едим много пиццы. На коробках из пиццерии часто изображен «итальянский сапог», ставший почти что товарным знаком.

На карте — проекции американского невежества из всех континентов Африка — самый большой. Балканы и Ближний Восток распространились на большую часть Евразии, оказавшись на территории легче опознаваемых России и Китая. Бразилия — ее на картах найти легко — перестала быть самой большой на Южноамериканском континенте.

Страна	Сколько американцев могут показать ее на карте?
США	98%
Австралия	98%
Италия	98%
Мексика	97%
Россия	92%
Китай	91%
Япония	90%
Бразилия	88%
Индия	84%
Великобритания	82%
Франция	80%
Северная Корея	73%
Иран	53%
Израиль	45%
Казахстан	42%
Венесуэла	40%
Нигерия	27%
Коста-Рика	10%
Республика Конго	5%

Вполне логично, что выборочной группе проще всего было находить большие нации и территории. Показатель узнаваемости Гренландии и Антарктики оказался достаточно высоким, возможно, благодаря их увеличенным размерам в обычных картографических проекциях (из-за чего на картограмме они сжались).

Казахстан, девятая по величине страна на поверхности нашей планеты, почти в четыре раза больше Техаса. Однако показать ее на карте смогли меньше половины испытуемых. Как правило, американцы спотыкались на каждом государстве, оканчивающемся на «стан». Многие из нас все еще не в курсе того, какой стала карта мира после распада Советского Союза и геополитического кризиса в Югославии.

Бесспорно, некоторые из этих стран редко когда попадают в американские новости.

Но большинство американцев не могут отыскать государства, о которых постоянно говорится в новостях. Показать на карте Ирак и Афганистан, где США не так давно воевали, оказалось под силу едва ли половине опрошенных.

Некоторые пары стран действительно легко спутать. Республику Конго (со столицей Браззавиль) следует отличать от ее более крупного соседа — Демократической Республики Конго (бывшего Заира, столица — Киншаса). Конго поменьше оказалась наименее обнаруживаемой страной в моем исследовании: в выборочной группе показать ее на карте смогли всего лишь 5% испытуемых[3].

Помимо результатов теста на знание карты есть масса других свидетельств тому, сколь нетвердо мы знаем географию. В 2006 г. Национальное географическое общество совместно с Роуперовским центром провело опрос, показавший, что 18% молодых американцев считают, будто Амазонка находится в Африке[4]. Кроме того, 20% нашли Судан в Азии, а 10% поместили его в Европу. Три четверти опрошенных ответили, что самый распространенный в мире язык — английский (на самом деле северокитайский — у него в 2,6 раза больше носителей, чем у английского). В Национальном географическом обществе заключили с явной досадой: «Только к американцам население планеты не сводится, но многие молодые американцы смотрят на вещи так, словно мы в этом мире одни»[5].

В 2013 г. сотрудники газеты Harvard Crimson сняли видеоролик, в котором журналист просит студентов назвать столицу Канады[6]. Некоторые отвечали так: «Не знаю, может, какой-нибудь Ванкувер», «Без понятия. Случайно, не Альберта?» и «Торонто, что ли?».

Американское невежество породило новый видеожанр, ставший привычным и для ток-шоу, и для YouTube. Все просто: наводишь на очередного прохожего камеру, задаешь простой вопрос, а затем выбираешь самые дурацкие ответы на потеху зрителям. Только не нужно показывать тех, кто ответил правильно, иначе будет совсем не смешно. Как бы это ни выглядело со стороны, оператору приходится опросить сотни людей, прежде чем наберется пара-тройка неверных ответов. Раньше я думал, что эти видеоролики наполнены высокомерием и по большей части сфабрикованы. Теперь я думаю иначе. Высокомерие в них действительно есть, но вот невежество журналистами не придумано.

Проведенное мною исследование, в котором выборочная группа представлена американцами всех возрастов и уровней образования, показало: что столицей Канады является Оттава, знают 47%. К этому вопросу прилагалось пять вариантов ответа (это легче, чем заполнить пропуски). Вопрос «Как называется столица Канады?» также был задан в двух обстоятельных исследованиях, организованных специалистами для оценки уровня знаний студентов колледжа. Из них более позднее, проведенное в 2012 г., показало, что правильно ответили только 1,9%[7].

Я обнаружил, что примерно 9% взрослых американцев не знают, в какой стране находится Нью-Мексико[8]. «В Мексике» — самый популярный неправильный ответ. Нью-Мексико стал американским штатом так давно, что на земле не осталось практически никого, кто родился бы раньше. Голоса его избирателей учитываются на каждых президентских выборах. И там снимали телесериал «Во все тяжкие». Но примерно одному из десяти это просто неинтересно.

По результатам совместного опроса, проведенного Национальным географическим обществом и Роуперовским центром в 2006 г., выяснилось и кое-что обнадеживающее. Представители поколения миллениума хорошо справились с тестом на умение работать с географической картой. Им показали выдуманную карту несуществующей страны и задали ряд вопросов вроде «В каком из городов следует искать порт?»[9]. Большинство знали, что показать нужно город на воде, в котором сходится множество дорог. Наша образовательная система готовит поколение, которое понимает карту, но не понимает территорию.

Поэтому не исключено, что знание географии станет таким же ненужным, как и умение писать от руки. Так ли это плохо?

Что все-таки плохо, подтверждения имеются. В 2014 г. российские войска вошли на территорию Крымского полуострова. Американцы спорили о том, что необходимо предпринять по этому поводу. Три политолога — Кайл Дропп, Джошуа Керцер и Томас Цайтцофф — провели исследование, в котором американцам предлагалось отыскать Украину на карте мира.

Никаких подписей на этой карте мира не было, обозначались только границы разных стран. Испытуемых попросили щелчком мыши обозначить точку на том участке, который, по их мнению, и есть территория Украины. Правильно ответил всего лишь каждый шестой.

Догадки остальных разбросаны буквально по всей карте. Отмечены страны всех обитаемых материков, причем немало точек оказалось в Гренландии, а несколько — в континентальной части США. Некоторые щелкали мышью даже не по островам, а прямо по водным просторам Мирового океана. Либо им казалось, что Украина — это что-то вроде Атлантиды, либо отличить на карте воду от суши они не могли.

А вот самое главное. Исследователи обнаружили, что чем дальше отмеченная на карте точка от действительного местоположения Украины, тем больше поддержки встречает идея военного вторжения США на территорию Украины.

Карты в командных пунктах развешаны не просто так. География помогает решить, представляет ли военная операция интерес с точки зрения национальной безопасности или не представляет, осуществима или потребует непомерных затрат. Решение о том, отправлять ли солдат воевать на Украину, не должно приниматься человеком, который не знает, расположена ли Украина на территории США или является самостоятельной страной, находится она на суше или же под водой.

Корреляционная связь между знаниями фактов и взглядом на политику этим не ограничивается. Я провел исследование, в ходе которого задал 16 вопросов на общую эрудицию, включая два вопроса на знание карты (спросил, где находятся Северная Каролина и Украина). Был также вопрос, в котором спрашивалось мнение: «Сейчас много говорят о том, что для предотвращения незаконной иммиграции нужно обносить границы стеной. Как бы вы оценили эту идею по шкале от 0 до 10?»

Чем больше правильных ответов давал респондент, тем меньше его привлекала идея пограничных заграждений. Эта взаимосвязь прослеживалась поразительно четко, даже если взять группу респондентов одинакового уровня образования и возраста[10]. Дело не только в том, что сторонники заграждений были менее образованны. Просто они меньше знали, по сравнению со своими ровесниками, получившими точно такое же образование.

Участники, показавшие блестящее знание фактов и ответившие на все 16 вопросов правильно, оценили идею огораживания границ в среднем на 2,25 из 10 — то есть очень невысоко[11]. Участники, показавшие свое незнание и ответившие на все вопросы неправильно, оценили идею огораживания границ на 7,22 из 10. Им эта идея понравилась.

Те, кто найти Украину на карте не сумел, отзывались на идею отгородиться также с большей охотой[12]. А вот еще вопрос, имеющий к этой идее самое прямое отношение:

> Ученые полагают, что первобытные люди охотились на таких динозавров, как стегозавры и тираннозавры. Это утверждение верно?

Участники, ответившие «верно», идею пограничных заграждений поддержали, в отличие от тех, кто ответил «неверно»[13].

Огораживание границ — это вопрос не только идеологический, но и практический. Некоторые сторонники жесткого политического курса носятся с идеей некой волшебной ограды от иммигрантов, возвести которую можно в два счета и по самой низкой цене. Люди более мыслящие вынуждены задавать вопросы по существу. Во сколько это обойдется налогоплательщикам? Окажется ли эффективным? Прикинуть стоимость можно с опорой на географические познания, а определить степень эффективности — благодаря знанию истории. (Древнее оборонительное сооружение, Великую Китайскую стену, возвели для защиты от нападений кочевников, но остановить вторжение она все-таки не смогла.)

Благополучие демократических государств не зависит от осведомленности каждого конкретного гражданина. Среди избирателей всегда будут менее знающие. Ничего страшного тут нет, до тех пор пока политические взгляды невежд не слишком отличаются от взглядов людей более информированных. Повод для беспокойства появится, если людей информированных окажется меньше, чем невежд, занявших иную политическую позицию. Поддержку абсурдных политических идей я бы назвал «принципом огораживания границ», потому что некоторые такие идеи можно по-настоящему понять только с оглядкой на эффект Даннинга — Крюгера.

Дефицит бюджета, долг и что-нибудь там еще

Незнание географии искажает наши ментальные карты и нередко сказывается на наших суждениях. Искажать мировоззрение могут и другие виды невежества. Часто это происходит, когда приводятся очень большие цифры.

В октябре 2013 г., когда из-за дефицита федерального бюджета сенатор Тед Круз добивался приостановки работы правительства США, новостная компания Business Insider опросила по всей стране 500 американцев с целью выяснить, знают ли они размер бюджетного дефицита США. На выбор предлагалось несколько вариантов, а полученные ответы расположили по популярности в порядке убывания.

Самый популярный ответ, который выбрали 23% респондентов, указывал на долларовый диапазон от 1 млрд почти до 10 млрд долларов. А на самом деле в 2013 г. дефицит бюджета составил 642 млрд долларов — примерно в сто раз больше, чем представлял себе среднестатистический респондент.

Другие недооценивали показатель дефицита еще более существенно. Более 10% выбрали вариант, где значилось несколько миллионов долларов или меньше. Эта группа людей обитает в какой-то параллельной вселенной, где в курортном городе Бока-Ратон вышедший на пенсию оптик может выписать чек, который покроет в текущем году бюджетный дефицит.

В опросе также спрашивалось насчет дефицита в прошлом году. Был он больше, меньше или же примерно таким?

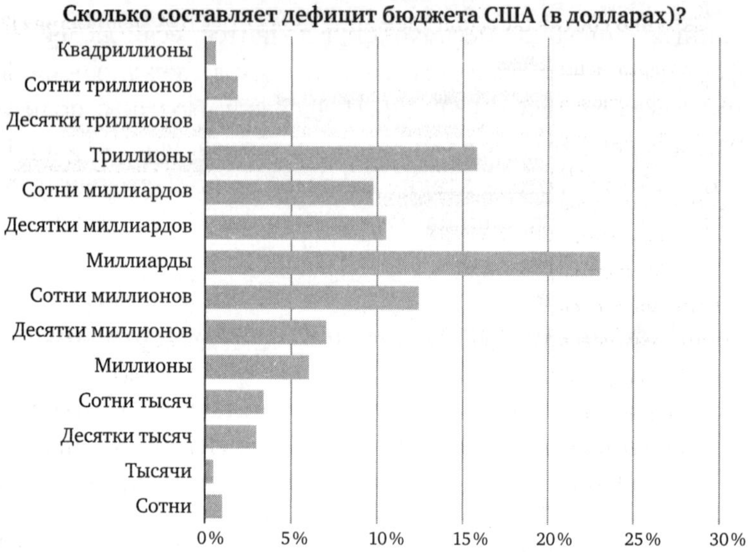

Люди более знающие должны понимать, что постепенное восстановление экономики, сокращение расходов и увеличение налогов в совокупности привели к сокращению дефицита с 1,09 трлн долларов в 2012 г. до 642 млрд долларов в 2013-м. Однако 68% уверены, что в 2013 г. дефицит стал больше.

Вслед за тем я провел собственное исследование, обратившись за услугами к той же компании, что организовала для Business Insider сетевую панель. Новой группе респондентов, набранной произвольно, задали те же два вопроса, только вместо слова «дефицит» я использовал слово «долг».

Ниже на этой странице сопоставлены ответы и тех и других: разница очевидна! Долгом называется общая сумма, взятая государством взаймы (вроде задолженности по кредитной карте). Дефицит — это сумма, на которую государственный долг *увеличился* за фискальный год (продолжая аналогию — насколько увеличилась задолженность по кредитной карте за текущий год).

Сколько составляет долг/дефицит бюджета США (в долларах)?

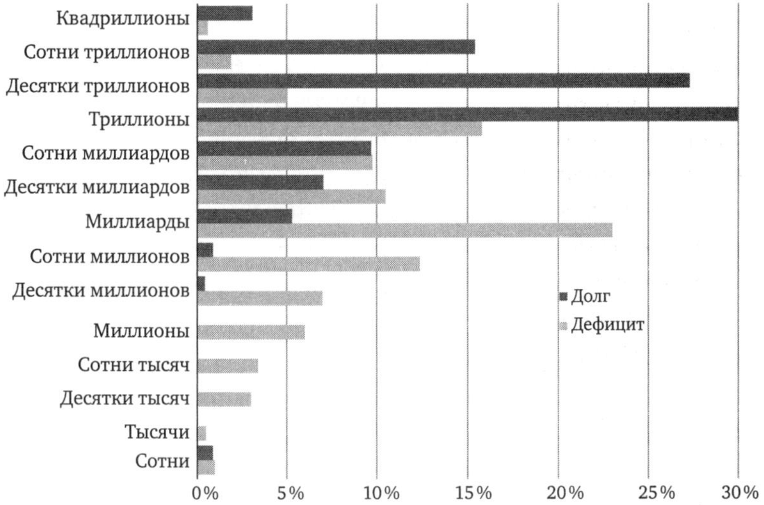

При Джордже Вашингтоне, облагавшем страну налогами и опустошавшем госбюджет, государственный долг после Войны за независимость оказался таким огромным, что погасить его смогли только к 1830 г. Последующее десятилетие долг США равнялся нулю, но в 1840 г. снова вырос — с тех пор США так и не могут никак рассчитаться. Когда я проводил опрос, государственный долг превышал 17 трлн долларов. На диаграмме результаты опроса, в котором речь шла о долге, приводятся над результатами опроса, где говорилось о дефиците.

В ответах наблюдается изрядное количество совпадений. И это притом, что долг почти в 26 раз превышает дефицит. В опросе, посвященном не дефициту, а долгу, процентные показатели резко поднялись — к самому верху диаграммы, что вполне закономерно. Но выбрали верный диапазон (от 10 до 100 трлн долларов) только 27% респондентов.

В моем исследовании примерно две трети респондентов ответили, что в прошлом году долг вырос вдвое. Тут они не ошиблись, как не ошибаются дважды в сутки сломанные часы.

В том, что происходит, никакой тайны нет. Люди полагаются на слова больше, чем на цифры, и на чувства больше, чем на слова. Об этом знает каждый политик и журналист. Политиканы, хватаясь за проблему вроде бюджетного дефицита, убеждают избирателей, что дефицит, или долг, или что-нибудь там еще угрожают американскому образу жизни. Им это удается благодаря тому, что многие подлинные факты не сообщаются, а на первый план выдвигаются «факты», которые на самом деле никакими фактами не являются. Многие американцы в цифрах не разбираются: они лишь понимают, что проблема есть и со временем становится все хуже (даже если это не так).

Можно задаться вопросом — действительно ли размер дефицита или долга имеет такое принципиальное значение для обычного гражданина? В любом случае нет смысла дефицит оценивать вне контекста, который представлен численностью населения США. По-настоящему важен именно долг на душу населения. Чтобы его подсчитать, надо знать количество жителей в стране. Национальное географическое общество попросило участников исследования выбрать из четырех вариантов тот, который соответствует числу жителей США[14]. В результате 69% оказались далеки от правильного ответа или сказали, что не знают.

Факты и неравенство

В 2011 г. психолог Дэн Ариели и преподаватель делового администрирования Майкл Нортон провели сетевое панельное исследование, в котором 5522 американца попросили предположить, как распределяется благосостояние народа. Испытуемым объяснили, что население страны нужно разделить на пять частей в зависимости от достатка. Получилось 20% самых богатых, 20% богатых и так далее, вплоть до 20% самых бедных. Затем испытуемых попросили предположить, какой процент национального достатка приходится на каждую из пяти частей.

Обратите внимание, что в исследовании речь идет не о доходе, а именно достатке. Четко указывалось, что исследователей интересует «собственный капитал… под которым понимается общая стоимость имущества физического лица за вычетом его долгов», и приводились примеры («имущество, акции, облигации, произведения искусства, коллекции ценных предметов и т. д. минус текущие и долгосрочные долговые обязательства»)[15]. Также испытуемых попросили указать «идеальные» пропорции распределения достатка.

Начнем с того, что происходит в действительности (верхняя полоса на диаграмме). Действительность такова, что в руках самых обеспеченных 20% сосредоточено порядка 84% богатств США. Практически все остальное поделили между собой вторая и третья части из пяти. Две оставшиеся — самые бедные — едва ли можно на верхней полосе разглядеть, поскольку на них приходится лишь 0,2 и 0,1% общего достатка.

Напомним, что речь идет именно об имуществе. Те, чей достаток ниже среднего, живут в основном от зарплаты до зарплаты. Зачастую они снимают квартиру или живут в доме, ипотечный заем за который больше его стоимости, или выплачивают студенческие долги и не имеют никаких сбережений.

Американцы понимают, что достаток распределен несоразмерно. Но как видно по средней полосе, эту несоразмерность они недооценивают. Респонденты предположили, что из пяти групп самая богатая обладает 58% всеобщего благосостояния и на каждую из оставшихся приходится все меньше и меньше, вплоть до 3% в группе самых бедных.

Иными словами, американцы сочли, что достаток самых богатых в 20 раз выше, чем у самых бедных. В действительности их достаток выше в 840 раз.

Когда участников исследования попросили указать «идеальные» пропорции распределения достатка, их ответы снова образовали несоразмерные части. И все же несоразмерность оказалась не настолько большой, как в двух предыдущих слу-

чаях (полоса внизу диаграммы). Согласно тому как участники предпочли разделить всеобщее благосостояние, самые богатые получили бы 32%, а самые бедные — 10%. Разница в достатке богачей и бедняков сократилась бы практически до трех раз.

В ходе исследования Нортон и Ариели получили также весьма неожиданный результат: расхождение во мнениях различных политических и демографических групп в отношении действительного и желаемого оказалось незначительным. Они, конечно, выяснили, что сторонники Республиканской партии и в целом мужчины предпочли чуть бо́льшую, но ненамного разницу в достатке бедняков и богачей, нежели приверженцы Демократической партии и женщины. Достаток самой богатой группы точнее всего определили респонденты обеспеченные, и они, в отличие от респондентов менее обеспеченных, представили такой вариант утопии, при котором разрыв между уровнями благосостояния оказался существеннее. Но опять же разница составила всего несколько процентных пунктов.

Респонденты даже сошлись во мнениях насчет того, что́ в существующем положении вещей не так. Многие сочли, что в идеале уровень благосостояния самой богатой группы должен уменьшиться, а у трех беднейших — увеличиться. Вторая же группа, просто богатых (по сути, верхушка среднего класса), имеет оптимальный или близкий к такому достаток, по крайней мере с точки зрения этого исследования.

За эти результаты, полученные в год протестного движения «Захвати Уолл-стрит», ухватились политики самого разного толка. В дебатах по проблемам минимальной зарплаты, подоходного налога и социального страхования обязательно ссылаются на предполагаемое мнение безмолвствующих 99 % граждан. Но если люди не знают о существующем положении дел, так ли они хорошо понимают, чего хотят?

СМИ завалили нас статистическими данными вроде «*икс* процентов американцев контролируют *игрек* процентов богатств». В памяти лучше запечатлевается *идея* неравенства и наш эмоциональный отклик, чем собственно цифры. Получается, что Нортон и Ариели попросили участников исследования предположить, как распределяется благосостояние, в период, когда об этом много писали в СМИ. Быть объективным в таких условиях непросто. Ведь экономика — это сложная машина с множеством подвижных частей.

Представьте, что авиакомпания обратится к пассажирам с просьбой набросать эскиз «идеального» авиалайнера. На рисунках, бесспорно, появятся преувеличенно просторные места и вместительные отсеки для хранения ручной клади. На них не будет механических и навигационных систем, поскольку обычные люди об этом ничего не знают. Авиакомпания, решившая эти идеи учесть, обнаружит, что самолет не может взлететь, а просторное место стоит так дорого, что вряд ли кто-нибудь захочет купить билет.

«Идеал» распределения национального достатка американцев не так уж и далек от реальности. Эгалитаризма в нем немногим больше, чем можно наблюдать в Швеции — стране, которая вполне нормально развивается (и где в ВВП доля налогов доходит до 48 %). Но американцам, в отличие от шведов, приходится откладывать себе на пенсию и особо не полагаться на частные или государственные пенсионные фонды.

В США достаток граждан более старшего возраста превышает в среднем достаток граждан более младшего возраста в 18 раз[16]. Таким образом, представители поколения бебибума (пятая часть населения) оказываются более обеспеченными, чем молодежь (также пятая часть). В этом случае неравенство никак не обусловлено ни социально-экономическими причинами, ни их принадлежностью к группе «самых бедных». Если человек постоянно и на протяжении всей жизни работает и сохраняет нажитое, это уже порождает неравенство, значительно превышающее общественный «идеал».

Учитывая, что люди путают такие слова, как «долг» и «дефицит», я предположил, что они, возможно, не заметят разницы между «достатком» и «доходом». Чтобы это проверить, я провел исследование по той же схеме, что и Нортон и Ариели, но вместо благосостояния попросил распределить доходы.

Доходы американцев распределены тоже неравномерно, но все-таки не так, как их достаток. Самые богатые 20% имеют чуть больше половины национального дохода (а вот достатка на их долю приходится 84%)[17].

На диаграмме видно, что на долю двух групп, расположенных по другую сторону полосы, приходится некоторый доход, несмотря на их практически нулевые показатели собственного капитала.

Стало быть, есть большая разница между тем, как распределяются достаток и доходы в реальности. Но люди представляют между ними разницу не такой уж существенной. Просто им кажется, что доходы, как и достаток, распределяются более равномерно, чем это происходит на самом деле.

Больше всего поражает то, что «идеальное» распределение доходов и достатка оказалось практически одинаковым. Респонденты обеих выборочных групп решили, что на долю самых богатых должно приходиться порядка 30% (и доходов, и достатка), а на долю самых бедных — 11%.

Похожие термины нетрудно перепутать при запоминании. Вы прочли статью о равенстве доходов, а потом, спустя пару дней, кто-то спросил вас о том, как распределяется достаток. Ваш ответ, возможно, будет опираться на статью про доходы, хотя прямого отношения к поставленному вопросу она не имеет.

Однако важнее всего то, что не так-то просто преобразовать взгляды и ощущения в величины, годные для математических расчетов. Многие просто не привыкли делить население по заданному основанию на пять частей. Рассуждать они начинают с того, что показатель для самой богатой группы должен быть в несколько раз больше, чем показатель для самой бедной, а затем они определяют значения показателей для средних групп. Какое-то время они подгоняют результаты, чтобы показатели в сумме давали 100%, а затем удовлетворенно откладывают задание в сторону.

В другом исследовании не стали рассчитывать показатели для пяти групп [18]. Майкл Нортон и Сорапоп Киатпонгсан опросили множество респондентов (55 тысяч человек) из сорока промышленно развитых стран и предложили им определить реальный и идеальный уровень доходов неквалифицированного рабочего в их собственной стране, а также попросили указать, сколько составляет реальный и идеальный доход генерального директора крупной корпорации.

Как распределяются доходы в США?

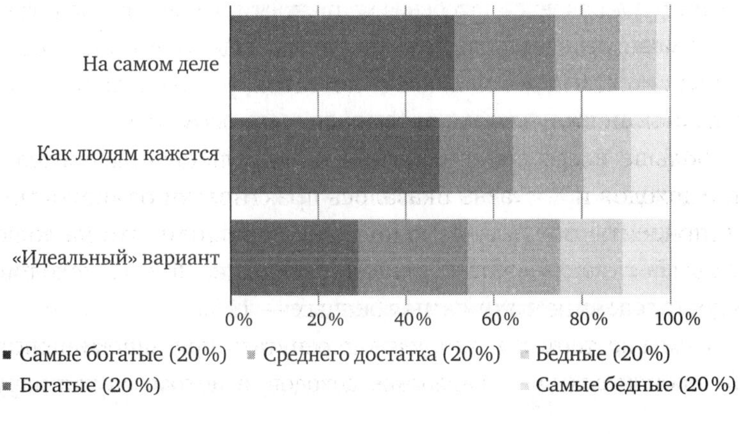

Благодаря ответам респондентов исследователи вычислили, каким представляется соотношение доходов директора и рабочего, а затем эти результаты сравнили с тем, что есть на самом деле. Так, в США это соотношение на данный момент составляет 354 к 1. Но американские респонденты определили его лишь как 30 к 1. В идеальном соотношении доходов разрыв оказался еще незначительнее — 6,7 к 1.

Аналогичные результаты были получены по всему миру, хотя в большинстве стран реальные доходы во много раз меньше, чем в США. Жители каждого государства без исключения сильно недооценили наличествующий у них уровень неравенства и указали, что при идеальном распределении доходов разрыв должен быть гораздо меньше. Идеальное соотношение в среднем составило 4,6 к 1. Как и в прошлый раз, политические убеждения респондентов не особенно повлияли на ответы.

Исследования убедительно показывают, что и консерваторы, и либералы *утверждают*, что распределение доходов в скандинавском «государстве всеобщего благосостояния» можно считать идеальным. А раз так, то Нортон и Ариели не могли не задаться вопросом:

> Если различные группы сходятся во мнениях насчет разрыва между идеальным и реальным распределением достатка[19], то почему американцев (особенно с мизерным доходом), требующих лучшего перераспределения достатка, не становится больше?

Им видится несколько возможных причин:

> Во-первых, полученные нами результаты показывают, что американцам свойственно значительно недооценивать нынешний уровень неравенства в распределении достатка, и позволяют предположить, что относительно существующего разрыва американцы пребывают в самом обыкновенном неведении. Во-вторых, раз у людей имеются ложные представления насчет распреде-

ления достатка, их взгляды на социальную мобильность в США также могут оказаться чересчур оптимистичными… В-третьих, хотя консерваторы и либералы, оказавшись в одной выборке, соглашаются с тем, что нынешний уровень неравенства далек от идеала, общественные разногласия насчет причин этого неравенства могут отодвинуть само неравенство на второй план.

Не нужно проводить исследование, чтобы установить, что согласно общественному мнению «идеальное» количество смертей от огнестрельного оружия равно нулю. Одни видят выход в том, чтобы оружие запретить, другие предлагают повсюду носить его заряженным. Так как же нам быть?

Оружие и преступления

Что касается оружия, то опрос 2015 г., проведенный Исследовательским центром Пью, свидетельствует о резком увеличении сторонников огнестрельного оружия. Бóльшая половина американского общества утверждает, что защищать права владельцев на свободное ношение оружия гораздо важнее, чем вводить дальнейшие ограничения на его продажу[20]. Есть такая точка зрения. В некоторых исследованиях ставили и такой вопрос: «За последнее время уровень насильственной преступности поднялся, опустился или остался приблизительно таким же?»

Недавно проведенный в Институте Гэллапа опрос показал, что люди, уверенные в повышении уровня преступности, поддерживали меры правительства по контролю над оружием менее охотно. Если говорить точнее, среди тех, кто полагал, что уровень преступности за прошлый год возрос, за более строгие законы по огнестрельному оружию высказались 45%. Среди тех, кто был убежден, что уровень преступности остался прежним либо снизился, за более строгие законы о ношении оружия высказались 52%.

А вот некоторые важные в данной ситуации сведения: с 1993 по 2010 г. уровень насильственной преступности резко пошел на спад[21]. Количество погибших от огнестрельного оружия сократилось почти вдвое (от 7,0 до 3,6 случая на 100 тысяч человек), а показатели насильственных преступлений без смертельного исхода составили чуть более четверти от прежнего числа. Трудно найти другую общественную проблему, в которой произошли бы настолько существенные улучшения.

Однако это малоизвестный факт. В 2013 г. в опросе Исследовательского центра Пью спрашивалось, увеличилось ли за последние 20 лет число преступлений с применением оружия, уменьшилось или же осталось прежним[22]. В результате 56% ответили, что уровень преступности увеличился (неверно), и 26% — что остался прежним (тоже неверно). О том, что он уменьшился, знали только 12%.

Ирония в том, что обе стороны оружейного спора верят, будто каждая из них способна предложить более действенный способ борьбы со всплеском преступности, которого на самом деле нет. Тем, что преступлений с применением оружия вдруг стало меньше, мы едва ли обязаны законопослушным владельцам оружия или принятым мерам контроля. По мнению специалистов, дело в демографии. Насильственные преступления — это удел людей молодых, а поколение бебибума вышло из этого возраста уже в 1990-х.

Бигмак и демократия

Большая проблема свободного общества — принимать верные решения, когда вокруг практически все заблуждаются. Но иногда толпа судит гораздо лучше, чем мы предполагаем.

Я спрашивал у людей: «Сколько калорий в бигмаке из McDonald's?»

Правильный ответ, как указано на сайте McDonald's, — 550 калорий. В данном исследовании самым частотным ответом и в самом деле оказался правильный вариант (от 400 до 799 калорий). Верно ответили 41%, а многие выбрали близкие варианты. Таким образом, где-то 80% назвали цифры, которые, по крайней мере, не противоречат здравому смыслу.

Это можно считать примером здравомыслия толпы. Когда люди берутся определить какую-нибудь численную величину, их догадки обычно оказываются на удивление точными.

Классический пример — задача, где нужно на глаз определить, сколько в банке драже. Некоторые назовут число слишком маленькое, другие — слишком большое, остальные — близкое к правильному (хотя никто не может знать точно, сколько драже в банке на самом деле). Усредненный вариант («срединное значение» или «мода») часто ближе к точному значению, чем подавляющее большинство названных наугад величин.

Здравомыслие толпы непреложным законом не назовешь. Были времена, когда все вокруг верили, что Земля плоская. Все ошибались. Общественное мнение едва ли поможет физикам разрешить проблемы в теории струн. Чтобы здравомыслие толпы работало, людям необходимы базовые знания, без которых невозможно дать взвешенный ответ. В задаче с драже участникам эксперимента видно, насколько банка большая и какого размера в ней конфеты. Одни производят простой подсчет, вторые берутся за сложные вычисления, а третьи полагаются на интуицию. Если множество людей подходит к решению задачи с разных сторон, зачастую их общее мнение оказывается здравым. Но если они даже не располагают фактами, на которые в ходе рассуждений можно опереться (к примеру, как с «плоской» Землей в Средние века или современной теорией струн), то мнение толпы здравым быть перестает.

Как вы заметили, догадки насчет размера государственного долга и бюджетного дефицита оказались чрезвычайно далеки от действительности. Возможно, одним из факторов стал феномен под названием «нечувствительность к масштабу». В ходе знаменитого эксперимента, разработанного Уильямом Десвоуджесом совместно с коллегами, испытуемых спрашивали, сколько они готовы платить за решение (не существующей в действительности) проблемы[23]. Суть ее в том, что перелетные птицы по ошибке садятся на незакрытые нефтехранилища и тонут. Уберечь их от смерти возможно, если все нефтехранилища накрыть защитным материалом, но это потребует существенных денежных затрат. Вопрос в том, сколько денег вы были бы готовы заплатить, чтобы спасти птиц?

Испытуемых разделили в случайном порядке на три группы и задали этот вопрос. В каждой группе саму проблему описали одинаково. Только одним сообщили, что на кону жизнь двух тысяч птиц. Другим сказали, что речь идет о спасении 20 тысяч птиц. Ну а третья группа была уверена, что от их решения зависит судьба 200 тысяч птиц.

Средняя сумма, которую испытуемые в каждой из этих трех групп готовы были бы заплатить, оказалась 80, 78 и 88 долларов соответственно. Количество птиц заметной роли не сыграло.

Поставленная перед испытуемыми проблема, как отмечает Десвоуджес, вызывает в сознании образ «одинокой истощенной птицы с пропитанными черной нефтью крыльями, неспособной

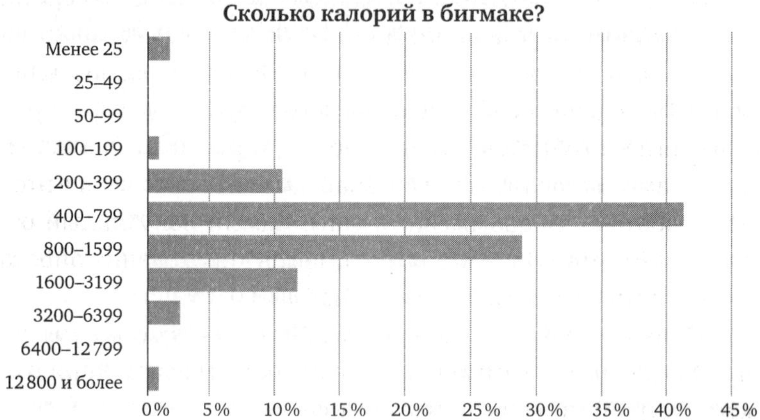

спастись». Представив такую картину, мы либо сочувствуем, либо нет. Если нас это трогает, то смерть одной птицы кажется такой же трагичной, как если бы погибали тысячи. Логично или нет, но вот именно так человек понимает разумом и чувствует сердцем.

Тест на нечувствительность к масштабу воспроизводили не раз, ставя перед испытуемыми самые разнообразные проблемы вроде хлорирования питьевой воды и геноцида в Руанде. Результаты свидетельствуют о том, что все решают не цифры, а чувства. Нечувствительность к масштабу сказывается и на известных нам фактах. Многозначное число нас впечатляет не столько тем, какую конкретную величину оно обозначает, сколько тем, что оно большое само по себе. Мы знаем, что государственный долг большой, вот только не знаем насколько. Подобная мыслительная неточность, когда дело касается не одного миллиона избирателей, может стать помехой принятию адекватных решений. Фундаментом демократии служит здравомыслие толпы.

Узнать о нечувствительности к масштабу было бы полезно маркетологам. В этом плане Apple показала свою сообразительность. Блогеры, пишущие о технике, бранят компанию за то, что она не раскрывает точный объем оперативной памяти и другие характеристики айфонов и айпадов. Но подавляющему большинству покупателей подобные цифры мало о чем говорят.

Я провел опрос, в котором нужно было определить «средний объем памяти современного планшетного компьютера». Уточнять, о какой памяти речь, я не стал (было совершенно ясно, что это уточнение особой роли бы не сыграло).

Многие покупатели все еще не видят разницы между килобайтами, мегабайтами и гигабайтами. Но, похоже, и в этот раз сработало здравомыслие толпы. Самый популярный ответ (10–99 гигабайт) оказался на момент проведения опроса и самым адекватным. Его выбрали 40 %.

Однако столько же испытуемых ответили в корне неверно. Это как раз те самые покупатели, которых характеристиками устройства едва ли впечатлишь.

Какой объем памяти у планшетного компьютера?

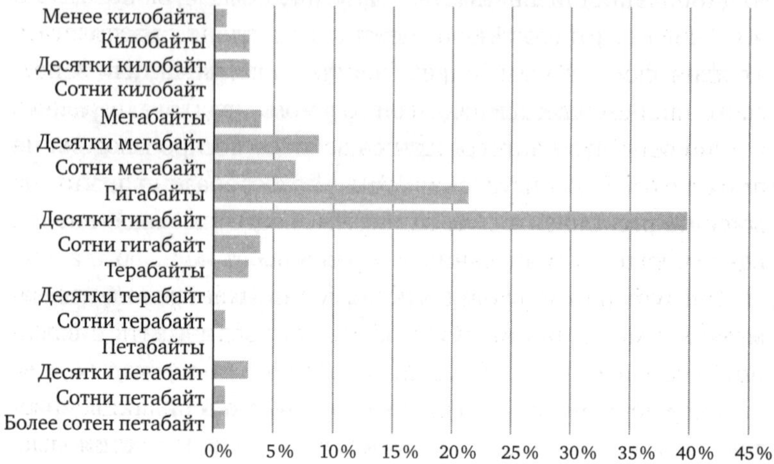

Продукция Apple по своим параметрам в общем-то не претендует на статус «самый-самый» (если, конечно, речь не идет о заоблачных ценах и выручке от продаж). Взамен компания предлагает ряд удачных компромиссных решений. Благодаря ее маркетинговой стратегии обсуждаются не цифры, а нюансы вроде удобного интерфейса и первоклассного дизайна. Всем прочим производителям только и остается, как делать ставку на описание характеристик. Но информация о характеристиках примерно у половины пользователей в одно ухо влетает, из другого вылетает. Рекламная кампания, построенная на характеристиках, прежде чем убедить, должна сначала обучить. А ведь дать в рекламном объявлении 101 совет по различению единиц объема компьютерной памяти не так-то просто.

Христиане и остальные

Среди жителей США я провел опрос, в котором у испытуемых спрашивалось, какой процент американского населения приходится на азиатов. Причем не уточнялось, людей каких национальностей понимать под «азиатами» и включать ли в их число метисов. Бюро переписи населения располагает юридически точным определением «американцев азиатского происхождения». По его сведениям, в 2010 г. перепись установила, что на американцев азиатского происхождения приходится 5,6% населения США. Я же обнаружил, что, по мнению респондентов, на азиатов приходится 13% — почти вдвое больше, чем по данным переписи.

Эти результаты вполне закономерны. Как вы можете заметить, американцам свойственно преувеличивать численность самых разных меньшинств. И чем меньше группа, тем сильнее переоценен ее размер. В среднем американцы полагают, что на долю граждан США испанского или латиноамериканского происхождения приходится 25% (а не 17, как сообщает бюро), на афроамериканцев — 23 (не 12,6, как показала перепись), а на гомосексуалистов и лесбиянок — 11%. Хотя данных переписи по секс-меньшинствам нет, обычно ссылаются на результаты опроса, проведенного в 2011 г. Юридической школой Калифорнийского университета в Лос-Анджелесе: доля мужчин и женщин нетрадиционной ориентации вместе взятых составляет 1,7%. Общественное мнение преувеличило этот показатель в шесть раз: выходит, что азиатов примерно столько же, сколько и геев, хотя на самом деле в США на каждого гомосексуалиста или лесбиянку приходится по три американца азиатского происхождения.

Вполне возможно, что некоторые под «геями и лесбиянками» понимают ЛГБТ — слово, часто употребляемое в новостях. У респондентов я также спросил количество представителей ЛГБТ (указав, что это акроним «лесбиянок, геев, бисексуалов, трансгендеров»), которых, по логике, должно оказаться либо столько же, либо больше, чем лесбиянок и геев. По мнению большинства, представителей ЛГБТ в США 15%, тогда как геев и лесбиянок — 11%. Подобно «долгу» и «дефициту», слова «геи» и «ЛГБТ» могут представляться общественности синонимами.

Представители поколения миллениума еще больше склонны все переоценивать. Испытуемые младше 30 лет полагают, что доля азиатов в США составляет 21 %, геев — 15 %[24]. Молодым, по сравнению с пожилыми, кажется, что азиатов больше в два раза, а геев — в полтора. Насчет же процентной доли латиноамериканцев и негров их взгляды практически совпадают.

Загадок тут по меньшей мере три. Почему численность меньшинств преувеличивают? Почему молодежь преувеличивает ее сильнее? Почему, если меньшинство совсем малочисленное, его преувеличивают в гораздо большей степени?

В качестве яркого примера последнего случая можно привести результаты исследования, проведенного независимым агентством Ipsos MORI. Американцев просили назвать количество мусульман среди населения США в процентах. На самом деле их где-то 1 %. В среднем у респондентов получилось 15 %.

Только вдумайтесь. Согласно общественному мнению, латиноамериканцы, негры, азиаты, гомосексуалисты и мусульмане составляют примерно 25, 23, 13, 11 и 15 % населения соответственно. Сложите эти цифры — получится 87 %. Даже если группы перекрываются, на долю этих явных меньшинств приходится две трети населения США, так, во всяком случае, думает среднестатистический американец.

В этом отношении заблуждаются не только американцы. Ipsos MORI провело опрос среди граждан 14 индустриально развитых государств. Испытуемых попросили назвать, сколько в их стране мусульман. В Венгрии размер этого меньшинства действительно небольшой — составляет 0,1 % населения. Венгерские респонденты ответили, что среди их соотечественников мусульман 7 %. А ведь это в 70 раз больше, чем на самом деле.

Однако не все общественные представления оказываются преувеличенными. Ipsos MORI попросило американцев определить, сколько процентов жителей США исповедуют христианство. Усредненный ответ — 56 %. На самом же деле христиан в Америке 78 %. В этом вопросе разрыв между дей-

Американцы думают, что чернокожих, азиатов и геев гораздо больше, чем на самом деле

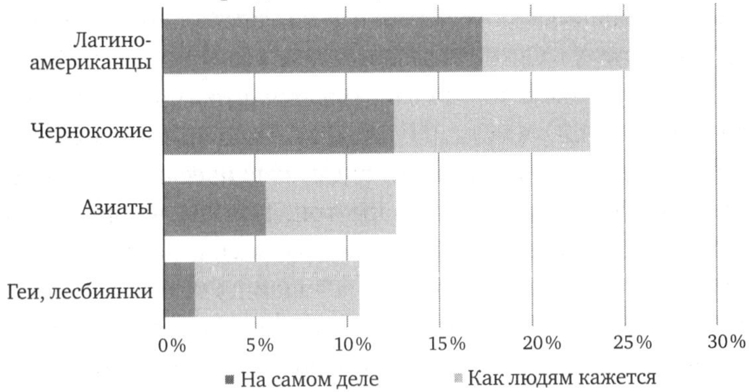

ствительным и предполагаемым оказался наибольшим у американцев. Хотя у представителей других стран, где христиане в большинстве, этот разрыв также оказался существенным. Показательным исключением стала Германия, усредненный ответ ее респондентов попал в самую точку: христиан в Германии 58%. И наоборот, в Японии и Северной Корее, где христиане в меньшинстве, их процент среди населения переоценивают. Похоже, людям свойственно численность больших групп недооценивать, а маленьких — переоценивать.

Наши демографические заблуждения могли бы показаться забавными, если бы не тот факт, что они формируют мнения и влияют на реальные политические решения. Неверное представление о том, что численность меньшинств гораздо больше, чем на самом деле, приводит к измышлениям, что гетеросексуальные белые христиане в местах традиционного проживания превращаются в вымирающий вид.

Похожие исследования показали, что люди также сильно переоценивают процентную долю несовершеннолетних матерей, иммигрантов, пожилых граждан и безработных[25]. Американцы полагают, что целых 32% их сограждан не имеют работы, хотя в действительности на момент проведения опроса (2014 г.) безработных насчитывалось всего 6%. Таким образом, население США склонно переоценивать показатель безработицы в пять раз. А вот жители Южной Кореи переоценили собственную безработицу в восемь раз.

Этот вид ошибки особенно тревожит, поскольку избиратели — как нам то и дело напоминают политики и журналисты — часто оценивают деятельность чиновников по уровню безработицы в стране, точнее, по тому уровню безработицы, *каким они его видят*.

Устранить ошибки иногда бывает непросто, как выяснило Ipsos MORI, побеседовав после проведения опроса с его участниками. Сотрудники бюро связались с британцами, переоценившими процент иммигрантов в два и более раз, сообщили им официальную цифру 13% и попросили объяснить, почему те назвали 26% и более. Испытуемым предложили варианты на выбор и разрешили не ограничиваться одним. Большинство согласилось с утверждением «Людей, проникших в страну незаконно, никто не считает»[26]. Половина ответила: «Я все равно уверен, их на самом деле больше». А в качестве доводов — «Такой я вижу ситуацию в нашем районе», «Об этом говорят по телевизору» и «Рассказывают друзья и родственники».

Слишком уповать на точность официальных данных по иммиграции неразумно. Но полагать, что неспециалист способен на основании лишь нескольких «жизненных случаев» вывести точную цифру, по меньшей мере глупо. Однако именно такой логикой руководствовались многие в выборочной группе. С утверждением «Я только предположил» согласилась всего лишь треть, хотя по идее так ответить должен был практически каждый.

Для здравомыслия толпы не требуется, чтобы правильный ответ был известен каждому. И чтобы оно работало, в демократичном обществе должен быть выполнен целый ряд условий. Избирательные кампании стараются как можно доступнее изложить программы кандидатов, за которых люди приходят голосовать. У избирателей есть множество источников информации и масса времени, чтобы сделать обдуманный выбор.

Но людская толпа перестает мыслить здраво, если количество людей, у которых ментальные карты искажены одинаково, становится слишком большим. Для принятия политически взвешенных решений часто крайне важно, чтобы избиратели располагали определенной демографической статистикой и понимали разницу между миллионом, миллиардом и триллионом. Как заметил журналист Эндрю Романо:

> Вновь и вновь опросы показывают, что испытуемые не представляют себе, на что в действительности похож бюджет[27]. В 2010 г. организация World Public Opinion провела опрос и выяснила, что американцы не прочь решить проблему дефицита, сократив помощь иностранным государствам до скромных 13%. По их мнению, сейчас государство расходует 27% бюджета. На самом же деле расходует оно менее 1%. Кроме того, по результатам опроса, проведенного CNN 25 января [2011 г.], выяснилось, что, хотя 71% избирателей выступают за сокращение чиновничьего аппарата, подавляющее большинство высказывается против уменьшения расходов на программы социального страхования Medicare (81%), «Социальная защита» (78%) и Medicaid (70%). Вместо этого они предлагают резко сократить объем ненужных трат. Похоже, в их сказочном мире на этот вид расходных статей уходит 50% бюджета. Об этом свидетельствуют результаты опроса, проведенного Институтом Гэллапа в 2009 г. О том, чтобы ликвидировать дефицит бюджета при помощи таких советов, не может быть и речи. Но политики все равно потакают этим советчикам и даже поощряют подобные заблуждения.

Из рассуждений Романо следует печальный вывод: у предпосылки — знать факты не нужно, их всегда можно посмотреть — недостаток в том, что посмотреть факты никто не удосуживается. Большинство из нас никогда не станут искать в Google, где находится Украина, каков процент мусульман в США и чему равен федеральный бюджет. Просто мы не находим эти факты достаточно интересными. Нам не кажется, что хорошо было бы их знать. При этом мы смотрим на мир сквозь призму ложных представлений, принимая решения, голосуя на выборах и поддерживая тот или иной политический курс.

ИСКАЖЕННЫЕ МЕНТАЛЬНЫЕ КАРТЫ

Найдите Колумбию на карте мира.

Чему равен в этом году федеральный бюджет США?

Какой процент населения США приходится на граждан старше 65?

Если вам известно, где находится Колумбия, то карту вы знаете лучше, чем примерно половина американцев.

Если, отвечая на вопрос про бюджет, вы правильно назовете хотя бы количество нулей, то уже этим покажете очень высокий результат. В 2015 г. бюджет был представлен 13-значным числом: 3,9 триллиона долларов. Верно оценить масштаб этой величины сумели только 36% опрошенных. Здесь прослеживалась четкая корреляционная связь между ответом респондента и размером семейного дохода: у тех, кто верно указывал числовой разряд, годовой доход оказался примерно на 21 тысячу долларов больше[28].

В США на граждан старше 65 приходится 14% населения. Американцы считают, что 36%, как сообщили в Ipsos MORI. Налицо заблуждение, которое, по-видимому, дает о себе знать в ходе дискуссий на тему финансирования «Социальной защиты» и Medicare. Процентный показатель пожилого населения существенно переоценивают все опрошенные нации, как правило, в два раза или более.

3

ИСТОРИЯ ДЛЯ ЧАЙНИКОВ

Вам знакома поговорка «историю пишут победители»? Но только не в бывших Конфедеративных Штатах Америки. В Техасе Совет штата по вопросам образования требует, чтобы в учебниках инаугурационной речи Джефферсона Дэвиса уделялось не меньше внимания, чем речи Линкольна[1]. В Штате одинокой звезды также хотят, чтобы Томасу Джефферсону в учебниках отводилась более скромная роль в деле основания нации. Пусть он упоминается как Джефферсон, в честь которого Джефферсон Дэвис получил свое имя. Третий президент США, основной автор Декларации независимости, был сторонником разделения церковной и светской власти — это деликатный для Техаса вопрос.

Таковы лишь некоторые из множества правил, которые намеревалось установить радикальное крыло техасского Совета по вопросам образования. В 2010 г. они поставили на обсуждение требование, согласно которому в учебниках следует всякий раз приводить второе имя Барака Обамы — Хусейн.

Подобные правила появляются потому, что политики, не особо знакомые с историей, могут заручиться голосами избирателей, знающих историю еще хуже, — вот они и говорят историкам и преподавателям, что писать в учебниках. Имеется множество доказательств того, что знания по истории у людей слишком обрывочны, чтобы самостоятельно во всем разобраться. В 2010 г. Маристский институт общественного мнения провел опрос, у какой нации американцы отвоевали свою независимость[2]. Четверть респондентов не знали либо ответили неверно.

Согласно результатам исследования, проведенного Центром государственной политики Анненберга в 2011 г., американцы лучше знают судей из музыкального телешоу American Idol, чем членов Верховного суда[3]. В том же году журнал Newsweek провел среди тысячи американцев тест, обязательный для иностранных граждан, желающих получить гражданство США[4]. С заданиями не справились 38%. Большинство не смогло сказать, кто был президентом во время Первой мировой войны (Вудро Вильсон), или ответить, что Сьюзен Энтони боролась за права женщин. Примерно 40% не знали, с какими странами воевали США в ходе Второй мировой (Япония, Германия, Италия). Треть не сумела назвать дату принятия Декларации независимости (4 июля 1776 г.). А 6% так и не отыскали в календаре День независимости.

Подобные результаты взбудоражили общественное мнение. В 2014 г. губернатор Аризоны Даг Дьюси подписал закон, обязывающий вручать аттестаты выпускникам средней школы только после того, как они будут в состоянии успешно сдать тест на гражданство[5]. Представители организации «Инициатива в граждановедческом образовании» надеются ввести подобные законы во всех 50 штатах.

Дело обстоит так: гораздо легче с благими намерениями заручиться поддержкой электората, чем придумать, как повысить нынешний уровень образования. Граждановедение всегда было уделом начальной и средней школы. Так следует ли учителям уделять меньше внимания чтению, математике и информатике, чтобы изучать, как законопроект становится законом? Обширный запас невежества исчерпать не так просто, как полагают.

В субъективной истории половина событий произошло после 1948 г.

Я провел исследование, в котором попросил испытуемых назвать «важные новостные или исторические события», произошедшие в определенные периоды времени, начиная с третьего тысячелетия до н. э. и по сегодняшний день. Периоды исчислялись годами, десятилетиями, веками и тысячелетиями. Каждой группе, подобранной произвольно, досталось всего по одному временному периоду, чтобы не требовать от испытуемых слишком много.

Опрос состоялся в мае 2014 г. Назвать хотя бы одно медийное или историческое событие, случившееся в прошедшем 2013 г., не смогли 18 %. А 11 % дали неверный ответ.

Участники опроса, которым достался 2012 г., называли события почти так же плохо. Самым популярным ответом стало переизбрание президента Обамы. Четырехгодичный избирательный цикл служит опорой для памяти, и мне представляется, что вспомнившие про переизбрание едва бы смогли назвать за этот период какое-нибудь еще общественно значимое событие.

Сколько людей могут назвать хотя бы одно важное событие за прошедшие десятилетия?

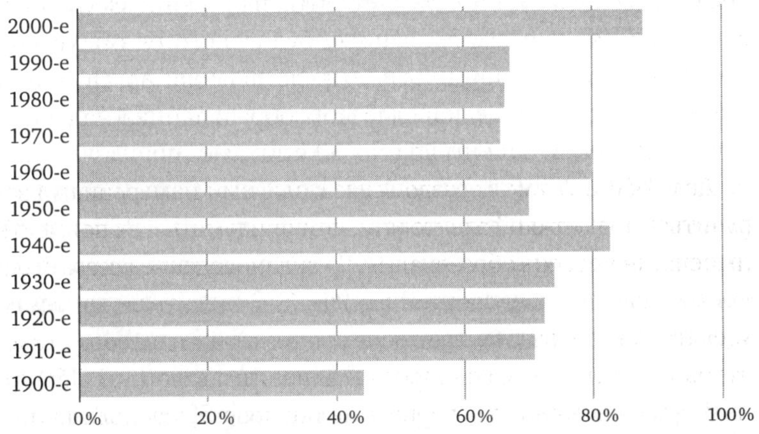

Для 2011 г. показатель запоминаемости событий упал до 36%. Вот именно — большинство людей не смогли вспомнить ни одного общественно важного события, произошедшего в течение трех лет. Результаты 2010 г. оказались такими же.

Значительная часть ответов пришлась не столько на новости, сколько на события в мире спорта, природные явления, криминальные происшествия и закулисную жизнь звезд. Вспоминали про результаты Мировой серии по бейсболу и Суперкубка по американскому футболу, случившиеся в США ураганы и наводнения, громкие преступления, смерти и скандалы в мире знаменитостей. Все это засчитывалось, если только испытуемые не промахивались с годом.

Ответ мог быть признан неверным по двум причинам. Кто-то называл события, которые никогда не происходили, например «к президенту Никсону применили импичмент». (Никсон, чтобы избежать этого позора, подал в отставку.) Но чаще ошибка заключалась в том, что реальное событие соотносили с другим временным периодом. Некоторые относили смерть Усамы бен Ладена к 2012 или 2010 вместо 2011 г. Это вполне понятно. Люди сходятся во мнениях насчет того, что с появлением Google необходимость запоминать даты уменьшилась и что достаточно иметь общее представление о том, какое событие за каким следует. Но среди испытуемых, участвовавших в моем исследовании, мало у кого оно было. Отвечали, что Колумб приплыл в Америку в начале XVII в., а ледниковый период был в первом тысячелетии до нашей эры.

В выбранной мною группе одно событие, произошедшее между 2000 и 2009 гг., сумели назвать 88%. Самым популярным ответом стали террористические атаки на Всемирный торговый центр и Пентагон в 2001 г. Показатели запоминаемости событий, случившихся в 90-х, 80-х и 70-х, уменьшились примерно до двух третей.

Воспоминания нахлынули при мысли о «лихих 60-х» (80%) и отступили, когда спросили про «скучные 50-е» (70%), вос-

Сколько людей могут назвать хотя бы одно важное событие за прошедшие столетия?

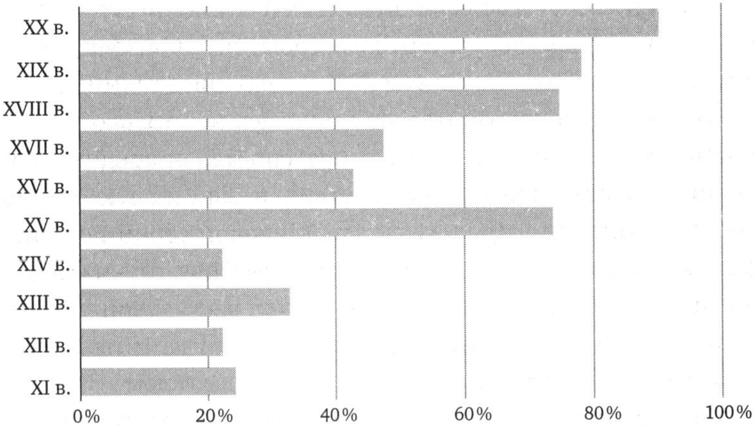

прянули с новой силой (84%), стоило только упомянуть 40-е. Про Гитлера, Перл-Харбор, холокост или Хиросиму большинство участников вспомнило.

Затем показатели запоминаемости пошли на убыль. За первое десятилетие XX в. больше половины респондентов не смогли назвать ни одного важного исторического события.

Переходим к векам. О XIX в. что-нибудь вспомнили 78% (Гражданская война и освобождение от рабства — самые популярные ответы). Почти такие же хорошие показатели приходятся на XVIII в. (Война за независимость, Декларация независимости). Но за весь XVII в. большинство участников не смогли назвать ни одного события.

В то столетие много чего произошло. Отцы-пилигримы высадились в Плимуте. В Англии произошла революция, в городе Салем велись процессы над ведьмами. Умер Шекспир, и родился Бах. Изобрели телескоп. Галилео, Кеплер и Ньютон заложили фундамент современной науки. Более половины участников выборочной группы об этих событиях не вспомнило.

Некоторые даты отпечатались в памяти еще со школьной скамьи, например 1492 г. Этого оказалось достаточно, чтобы

Сколько людей могут назвать хотя бы одно важное событие за прошедшие тысячелетия?

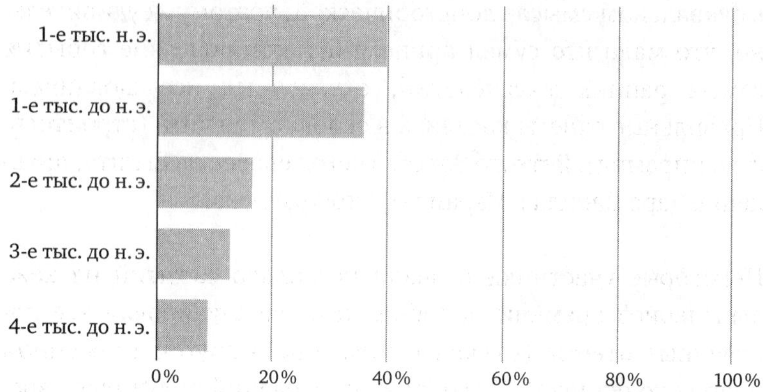

показатель запоминаемости событий XV в. резко подскочил. Из тех, кто смог что-нибудь сказать про этот период, путешествие Колумба вспомнилось четверым из пяти. Но эпоху раннего Средневековья большинство обошло молчанием.

Респондентов, которым достался период с 1000 г. н. э. и назад в прошлое, я просил называть события, случившиеся в том или ином тысячелетии. Я не стал полагаться на то, что несколько сбивающие с толку формулировки вроде «первое тысячелетие нашей эры» будут понятны всем. Поэтому в исследовании спрашивалось о «важном историческом событии, произошедшем с 1 по 999 г. н. э.».

Вы можете подумать, что раз уж человек это понял, то не вспомнить совершенно ничего, что случилось в первом тысячелетии нашей эры (к примеру, жизнь и смерть Иисуса Христа или закат и падение Рима) или до нашей эры (классическую Грецию, Клеопатру) просто-напросто невозможно. Многие не вспомнили.

Историки полагают, что Иисус родился либо в 6-м, либо в 4 г. до н. э. Следовательно, рождение Христа приходится на первое тысячелетие до нашей эры. Некоторых это сбило с толку, и они ответили неверно, но таких оказалось не настолько много, чтобы существенно изменить итоговый результат.

Бо́льшая часть земной поверхности до 1000 г. до н. э. была в буквальном смысле доисторической, поэтому неудивительно, что мало кто сумел припомнить исторические события самых ранних тысячелетий, охваченных исследованием. Правильные ответы касались в основном Египта (строительство пирамид), Ветхого Завета (исход евреев из Египта, правление царя Давида в Израиле), Стоунхенджа.

Некоторые участники назвали несколько событий на каждый период времени. Я собрал и проанализировал все полученные ответы (включая попавшие в другой временной период по ошибке). Из собранных сведений получилась временная шкала субъективной истории. На ней центральной точкой, отделяющей одну половину запомнившихся исторических вех от другой, оказался 1948 г. Грубо говоря, из всех исторических событий после 1948 г. люди, похоже, помнят

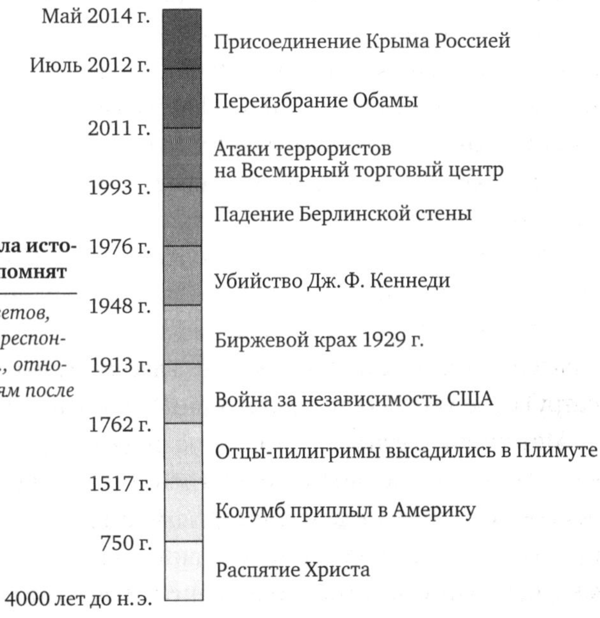

Временная шкала истории, которую помнят

Половина ответов, полученных от респондентов в 2014 г., относится к событиям после 1948 г.

примерно столько же, сколько со времен зарождения цивилизации вплоть до администрации Трумэна. Это еще одна искаженная ментальная карта. Здесь временную шкалу разделили надвое по числу названных событий.

Принимая личные и коллективные решения, мы слишком сильно полагаемся на те события, которые произошли в очень недалеком прошлом. Это видно по тому, как реагируют на мировые катастрофы: землетрясения, эпидемии, экономические депрессии, обвалы фондовых бирж, террористические акты, массовые расстрелы и войны. После каждого трагического потрясения принимаются меры, чтобы оказаться более подготовленными в следующий раз — подготовленными, по сути, к тому, что только-только случилось. Мы не можем подготовиться к предсказуемым проблемам и катастрофам, которые случались многократно, если они не происходили совсем недавно.

Забывая президентов

Большую часть карьеры Генри Редигер посвятил изучению того, как американцы забывают своих президентов. Вышел он на эту проблему случайно. В некоторых психологических экспериментах полезно среди заданий, интересующих исследователей, дать задание постороннее. В одном эксперименте Редигер в качестве такого вот заполнителя предложил студентам за пять минут письменно перечислить как можно больше президентов США, которым довелось побывать у власти. Он заметил, что среднестатистический студент Университета Пердью или Йельского университета может вспомнить только 17 президентов из 36 или 37 (исследование, опубликованное в 1976 г., проводилось между правлением Ричарда Никсона и Джеральда Форда).

Редигер, работающий сейчас в Университете Вашингтона в городе Сент-Луис, не ставил себе задачей в очередной раз указать на пробелы в культурных познаниях студентов. Его интересовала человеческая память, и он обнаружил высокую вариативность показателей запоминаемости каждого отдельного президента. Практически все назвали Вашингтона, Линкольна и несколько совсем недавних имен. Мало кто (менее 20%) вспомнил не особо известных президентов вроде Джона Тайлера и Честера Артура.

Конечно, вы можете возразить, что некоторые президенты действительно более значимы и помнить о них важнее. Это как в бейсболе. Мы помним легендарных игроков вроде Тая Кобба и Бейба Рута плюс еще многих современных, а остальных — забываем. Но Редигер построил график, который заставляет в этом усомниться. На нем президенты расставлены в хронологическом порядке (ось *x*) и отображена кривая по показателям их запоминаемости (ось *y*) от 0 до 100%. Получился, грубо говоря, U-образный график. Студентам лучше запомнились несколько первых президентов и несколько самых недавних. Между этими двумя полюсами распростерлась глубокая пропасть забвения, с одним лишь заметным исключением: Линкольна вспоминали очень охотно (U-образная кривая на самом деле походила на W, у которой нижние углы сглажены).

Генри Редигер и Роберт Краудер увидели в этом проявление «эффекта края»: из расположенного в ряд заучиваемого материала элементы, находящиеся в начале и в конце, запоминаются лучше. Хуже всего вспоминаются элементы, расположенные чуть дальше середины ряда. В 2015 г. в забвении оказались Ратерфорд Хейс, Джеймс Гарфилд, Честер Артур.

Конечно, в любом списке найдутся элементы, которые будут запоминаться лучше вне зависимости от их позиции в списке. Линкольн выиграл войну, которая разделила, а затем вновь объединила нацию. Он отменил рабство, поступок, которым не перестают восхищаться и о котором продолжают говорить. О трагических обстоятельствах его убийства в театре рассказывают каждому школьнику. Несложно понять, почему имя Линкольна противоречит эффекту края. Гораздо интереснее то, что нескольких президентов до и после него также помнят гораздо лучше, чем можно было бы ожидать; эффект ореола особенно благоприятно сказался на следующих за Линкольном Эндрю Джонсоне и Улиссе Гранте.

В эксперименте с именами президентов Редигер получает схожие результаты вот уже сорок с лишним лет, разве что всё новые президенты переходят в забвение. В 2014 г. Редигер и К. А. Десото пригласили для участия в эксперименте взрослых людей всех возрастных групп и обнаружили, что возрастной фактор имеет большое значение: президента вспоминают гораздо реже, если не жили при его правлении. Среди представителей поколения X — те, кто родился от начала 1960-х до начала 1980-х гг., — Эйзенхауэра назвали менее четверти испытуемых. Дело не в том, что они никогда об Эйзенхауэре не слышали; просто, когда сосредоточенно вспоминали президентов США, Эйзенхауэр на ум не пришел. Становится ясно, как последующие поколения будут думать об Эйзенхауэре — или, точнее, как они не будут думать о нем.

Похоже, что постепенное забывание президентов — явление предсказуемое. К 2040 г., по прогнозу Редигера, вспомнить Линдона Джонсона, Ричарда Никсона и Джимми Картера сможет менее четверти населения. Можно вообразить, что некоторые президенты вроде Линкольна становятся исключениями, но обычно это не так. Редигер начал свое исследование во времена Уотергейтского скандала. Тогда ему казалось, что Джеральд Форд, став первым президентом, которого на этот пост не выбрали, а назначили, раз и навсегда вошел в историю и накрепко запечатлелся в памяти. Теперь же обстоятельства его прихода к власти мало что значат, и Форд вполне предсказуемо оказался в забвении. После того как Редигер упомянул этот факт в интервью, с ним связался представитель Президентской библиотеки и музея Джеральда Р. Форда в городе Анн-Арборе и сообщил, что посетителей у них все меньше и меньше, поинтересовавшись, есть ли у Редигера на этот счет какие-нибудь идеи[6].

Пик воспоминаний

В Белойтском колледже, где с 1998 г. ежегодно публикуется список, отражающий состояние фоновых знаний первокурсников, деликатно предупреждают преподавателей, что культурные аллюзии давних лет ни о чем не скажут новому поколению студентов. Абитуриенты 2016 г. «никогда не покупали бумажный билет на самолет... Роберта Де Ниро они воспринимают как много повидавшего тестя Грега Факера, а не как Вито Корлеоне или Джимми Конвея»[7].

Даже преподавание истории должно до некоторой степени подстраиваться под скоротечную память молодежи. Историки спорят о том, что считать актуальным, а что из учебного плана можно убрать. Однако между историей культуры и ностальгией нет отчетливых границ. Нужно ли молодым людям знать, кто такая Билли Холидей? Граучо Маркс? Аль Капоне?

На такие периоды нашей жизни, как молодость и отрочество, приходится несоразмерно много воспоминаний. Свойство хорошо помнить события, произошедшие в возрасте примерно от 10 до 30 лет, называется пиком воспоминаний. К ним относятся радости и горести подросткового периода, школьных и университетских лет, первой любви, первого места работы и первого опыта самостоятельной жизни вдали от родительского дома. И наоборот — мы совсем ничего не помним о младенчестве и очень мало из раннего детства. Людям средних лет помнится относительно мало из того, что приключилось на просторах необъятной долины памяти после 30 и до недавнего времени. Таким образом, на собственную жизнь мы не можем посмотреть объективно. Решающими оказываются события двух десятков лет, причем случившиеся в тот период жизни, на который нацелены рекламные кампании.

Датские психологи Джонатан Коппел и Дорте Бернтсен обнаружили, что эффект пика воспоминаний распространяется также и на события мирового масштаба[8]. Люди чаще вспоминают то, что слышали в новостях в возрасте примерно от 10 до 30 лет. Не факт, что лучше всего помнят Вудсток те, кто так и не попал на него, но нет сомнений, что, когда он проводился, они были именно в таком возрасте.

В моем историческом исследовании принимала участие взрослая аудитория: от 20 до 70 лет. У 20-летних участников как раз наступил самый расцвет периода крепкой памяти. У 70-летних — этот период случился 40–60 лет назад. То есть вполне можно было ожидать от этой выборочной группы относительно ясных воспоминаний о событиях, уходящих в прошлое на 60 лет назад. Кстати, на «память настоящего» отводится почти половина шкалы субъективного времени, а все остальное сжимается и занимает другую половину.

Задача истории — представить действительность крупным планом, познакомить с величием мира, который существовал до нас, — осложняется тем, что приходится считаться с естественными ограничениями памяти и объема внимания.

32 лица из прошлого

История — это не только имена и даты. Представить Шекспира, королеву Викторию и Эйнштейна нам сейчас несколько легче, потому что мы четко помним их лица, запечатленные на портретах, ставшие частью коллективной памяти. Я задался вопросом, а многих ли деятелей истории широкая публика знает в лицо. Наполеона, Вашингтона и Линкольна узнает практически каждый, но оказалось, что деятелей, ставших настолько известными, на удивление мало. Их значительно меньше, чем знаменитостей, о которых все слышали, но никто не знает в лицо. Более того, практически каждый лучше узнает в лицо современных артистов и спортсменов, чем исторических личностей. Следовательно, результат любого подсчета самых узнаваемых «исторических» личностей зависит от того, где именно провести черту между деятелями истории и современными знаменитостями.

Я предложил испытуемым опознать практически каждого, кто есть в списке ста самых значимых личностей истории, составленном Стивеном Скиеной и Чарльзом Уордом в 2013 г. Исследователи уверяют, что расположили исторических деятелей в соответствии с принципом, по которому «Google ранжирует веб-страницы, то есть привели разнообразные характеристики, составляющие их репутацию, к единому общему значению»[9]. Метод исследователей во многом опирается на данные Википедии: какой у статьи объем, много ли у нее просмотров, как часто на нее ссылаются. Точность этого подхода можно оспаривать. В моем исследовании было важно, что этот подход охватывает широкий перечень личностей. Из них в первую десятку входят: Иисус, Наполеон, Мухаммед, Шекспир, Линкольн, Вашингтон, Гитлер, Аристотель, Александр Великий и Джефферсон. (Все мужчины, как и большинство редакторов Википедии.)

Участникам эксперимента я предложил опознать знаменитостей, оставив от каждого изображения только небольшой квадрат на 160 пикселей, на котором было запечатлено лицо. Я постарался как можно сильнее облегчить задачу, отобрав самые популярные и узнаваемые изображения. Понятно, что черты внешности некоторых деятелей, изменивших ход истории, нам доподлинно неизвестны. Однако портрету не обязательно быть подлинным, чтобы его узнавали. Облик Иисуса — чистой воды выдумка. При этом американцы совершенно четко представляют себе, как «должен» выглядеть Иисус.

Самый канонический образ Иисуса принадлежит кисти Уорнера Саллмана, иллюстратора религиозной литературы XX века. Если бы в 1941 г. изображенная им «Голова Христа» не печаталась массовым тиражом в книгах и на поздравительных открытках, о Саллмане сейчас никто бы не знал. Иисусов, которых показывают в кино или в мультфильме «Южный парк», изображают по образу, созданному Саллманом.

Среди участников моей выборочной группы опознать небольшой квадрат, вырезанный из изображения саллмановской «Головы Христа», сумели все без исключения.

Я нашел достаточно пригодные изображения для всех ста личностей из списка Скиены и Уорда, за исключением Мухаммеда, царя Давида и нескольких ранних христианских святых. Про них я испытуемых не спрашивал. На выбор предлагалось пять вариантов ответа, среди которых был один правильный, что значительно облегчало припоминание, плюс вариант «Не знаю».

Помимо недавних президентов США есть пять исторических личностей, которых узнает действительно каждый американец: Иисус Христос, Адольф Гитлер, Авраам Линкольн, Альберт Эйнштейн и Джордж Вашингтон. Среди хорошо узнаваемых лиц оказались главы государств, а также трое писателей (Уильям Шекспир, Марк Твен, Эдгар Аллан По), двое ученых (Эйнштейн и Ньютон) и государственный деятель, просветитель, эрудит Бенджамин Франклин.

Узнаваемость обусловлена не только исторической значимостью. Ей способствует незаурядная внешность. Генрих VIII одутловат, Линкольн сухопар, а у Гитлера зловещие усы. Томас Джефферсон, напротив, как-то затерялся среди прочих «отцов-основателей» в одинаковых париках. Джефферсона узнали едва ли 50%, хотя с 1938 г. его портрет чеканят на американском пятицентовике.

Более 50% испытуемых сумели опознать из списка Скиены и Уорда только 31 человека из ста (притом что в зоне погрешности оказалось порядка 12 имен)[10]. Я полагаю, что общее число всех хорошо узнаваемых людей на самом деле больше, хотя и ненамного.

И вот почему. Сотня имен Скиены — Уорда расположена в порядке убывания. Последняя десятка такова:

91. Иоанн Павел II
92. Рене Декарт
93. Никола Тесла
94. Гарри Трумэн
95. Жанна д'Арк
96. Данте Алигьери
97. Отто фон Бисмарк
98. Гровер Кливленд
99. Жан Кальвин
100. Джон Локк

Вы и без меня догадаетесь, что в этой десятке большинство американцев знают в лицо только Гарри Трумэна (и действительно — в выборочной группе его опознали лишь 58 %).

В моем исследовании больше половины испытуемых сумели опознать среди первой полусотни Скиены и Уорда 23 человека. Во второй полусотне (номера 50–100) — только восьмерых. Если предположить, что обозначенный темп убывания закономерен, тогда в третьей полусотне (номера 100–150) мысленно продолженного списка узнают в лицо примерно троих, а среди следующих 50 имен (151–200), пожалуй, только одного. Представить эти выкладки с помощью сходящегося ряда — и общее число всех исторических деятелей, которых более половины людей знают в лицо, окажется в районе тридцати пяти.

В списке Скиены — Уорда значатся и недавние президенты. По результатам исследования Редигера ясно, что ореолу их славы свойственно постепенно меркнуть. Джеральда Форда знают в лицо почти так же хорошо, как Шекспира или Наполеона, но, конечно, в мировом порядке вещей это явление аномальное и временное.

Я руководствовался в ходе исследования таким бесспорно произвольным определением: исторический деятель — это человек, совершивший свое главное достижение не менее 50 лет назад. Получается, что отсеиваются близкие нам по

Большинство людей узнают по портрету всего 32 исторических деятеля

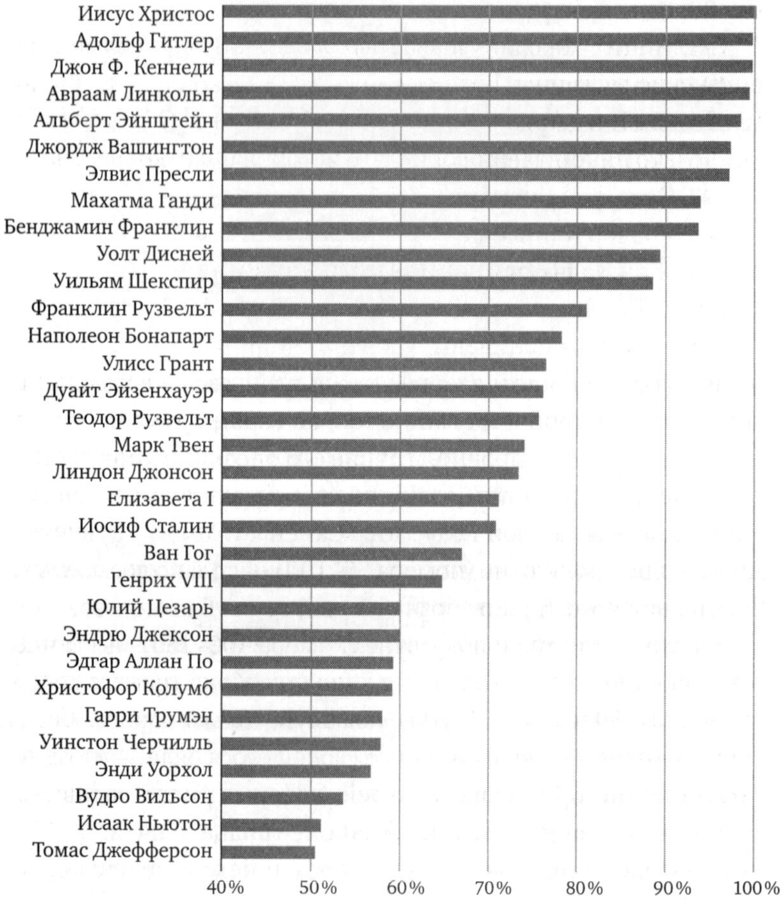

времени Никсон, Рейган и Буш-младший. Вне списка Скиены — Уорда мне удалось обнаружить всего четверых деятелей, которых большинство людей знают в лицо: Уолта Диснея, Дуайта Эйзенхауэра, Энди Уорхола и Линдона Джонсона (который едва преодолел 50-летний барьер). В среднем получилось 32 исторических деятеля. В истории, как древней, так и современной, хорошо узнаваемых личностей оказалось меньше, чем президентов США.

Знание обществом истории в лицах, бесспорно, указывает на еще одну искаженную ментальную карту.

Среди этих хорошо узнаваемых людей 58% — белые американские мужчины. В списке значится только одна женщина (Елизавета I) и один представитель небелой расы (Махатма Ганди). Никто никогда не говорил, что история политкорректна.

Переиначивая Эйнштейна

Исследователи оценивают уровень знаний по истории точечно: сколько людей назовет изображенную знаменитость, знает тот или иной факт, вспомнит о каком-нибудь событии. Однако связи между фактами не менее важны, а может, гораздо важнее. В начале этой книги я рассказал про образованную женщину, которая знала о Шекспире и «Гамлете», но не видела между ними связи. Подобная фрагментарность знания встречается повсеместно.

В ходе исследования с участием студентов обнаружилось, что имя ученого, предложившего теорию относительности, могут назвать всего 30%[11]. Студенты точно знали имя Альберта Эйнштейна и как он выглядит. Но в вопросе спрашивалось не про Эйнштейна. Спрашивалось про теорию относительности.

Как и любая другая историческая фигура, Альберт Эйнштейн существует в виде свободно парящего облака идей, ассоциаций и цитат, далеко не всегда привязанных к конкретному лицу или имени. Великие люди и события не только постепенно забываются, но также постепенно упрощаются. В жизни Эйнштейн был сложной и разносторонней личностью. Он был неудачником, не сумевшим найти место преподавателя и устроившимся в швейцарское патентное бюро, евреем, ускользнувшим от Третьего рейха, американской знаменитостью, активистом движения за гражданские права, называвшим расизм «болезнью белого человека»[12]. С каждым разом рассказ о жизни Эйнштейна становится все упрощеннее. Неоднозначность остается в монтажной комнате истории.

В эксперименте, посвященном исследованию памяти, Редигер совместно с коллегами обратились к людям разных возрастных групп с просьбой перечислить события времен Гражданской войны в США, Второй мировой войны и Иракской войны[13]. Согласия во мнениях о том, как разворачивались события Гражданской войны, оказалось гораздо больше, чем насчет хода Иракской войны. Воспоминания тех, кто видел войну собственными глазами, оказываются субъективными и своеобразными. Те же, кто знаком с войной лишь по учебникам и следам в массовой культуре, излагает события более последовательно.

Таким образом, прошлое из хитросплетений действительности переходит в категорию «истории для чайников». А по пути его события становятся менее внятными. Я попросил участников исследования установить авторство следующего заявления:

> Безумие — это значит раз за разом делать одно и то же и ожидать другого результата.

В интернете это высказывание обычно приписывают Эйнштейну, и его обожают употреблять политики. (Псевдо)цитирование остается простейшим способом мгновенно заработать себе авторитет. Однако высказывания о безумии нет ни в одной изданной Эйнштейном публикации или взятом у него интервью. Похоже, оно сделано через десятилетия после смерти физика. С незначительными разночтениями эта цитата обнаруживается в двух очень разных книгах, напечатанных в 1983 г.: в «Базовом тексте» общества анонимных наркоманов[14] (ссылок на Эйнштейна нет, да и от зависимости он не лечился) и «Внезапной смерти» Риты Мэй Браун — романе-аллюзии про турнир по женскому теннису (где цитата приписывается вымышленному персонажу женского пола и не физику). Это пример «отсылки к Черчиллю»[15], в результате которой удачные изречения не особо известных людей приписываются кому-нибудь более известному (например, Уинстону Черчиллю). Явление это возникло раньше интернета, но ему способствует обилие сайтов, где никто не следит за проверкой цитат.

Другую широко распространенную ошибку совершают, когда смешивают $E = mc^2$ и атомную бомбу. Первого июля 1946 г. на обложке журнала Time изобразили Эйнштейна на фоне ядерного взрыва. Внутри грибовидного облака разместили надпись $E = mc^2$. С тех самых пор американцы приняли на веру, что легендарное уравнение каким-то образом является важным для бомбы. Действительно, уравнение $E = mc^2$ принадлежит Эйнштейну и в письме 1939 г. президенту Франклину Рузвельту Эйнштейн поставил свою подпись, предупредив, что Германия может сконструировать атомную бомбу. Однако сама бомба с теорией относительности никак не связана, ее бы создали и без теории Эйнштейна. Сам же Эйнштейн, как известно, в создании бомбы участия не принимал, будучи пацифистом и не имея допуска к государственным секретам.

Я попросил выборочную группу определить «отца атомной бомбы». Эту расплывчатую формулировку применяют к нескольким физикам, но никогда — в компетентных кругах — к Эйнштейну. Тем не менее самым распространенным ответом стал именно Эйнштейн (42%), оставив позади Роберта Оппенгеймера (8%) и Эдуарда Теллера (3%).

Среди популярных художников XX столетия видное место занимает Фрида Кало. Но при внимательном изучении становится ясно, что в массовом сознании представления о жизни и достижениях Кало расплывчаты. Почти половина американцев не знает, что она художница и родом из Мексики. Мало кто соотносит ее с сюрреализмом, знаменитыми автопортретами и Диего Риверой. Что осталось от Кало, если люди не знают о ней ничего существенного? Как в шутке про Санта-Клауса, который существует на самом деле — только живет в Майами, сам тощий и терпеть не может детей.

Кто такой Альберт Эйнштейн?

	Фотографии постаревшего седовласого Эйнштейна знакомы практически каждому, но на этом портрете 1921 г. 42-летнего ученого узнают только 68 %.
Физик	48 % могут сказать, кем Эйнштейн работал (ответ «ученый» тоже засчитывался)
Германия	42 % могут назвать страну, где Эйнштейн родился
$E = mc^2$	66 % знают, кто вывел это уравнение
Относительность	30 % знают, кто придумал теорию относительности
Интеллект	98 % осознают, что имя Эйнштейна стало синонимом понятия интеллекта
Атомная бомба	42 % говорят, что Эйнштейн создал атомную бомбу
«Безумие — это значит раз за разом делать одно и то же и ожидать другого результата».	41 % верят, что это слова Эйнштейна, хотя их нет ни в его публикациях, ни в его интервью

Кто такая Фрида Кало?

По этой фотографии Кало узнают 8%.

Художница	53% знают, чем занималась Фрида Кало
Нет в живых	44% не знают, жива Фрида Кало или нет, а 4% полагают, что еще жива
Мексиканка	48% знают ее национальность
Сюрреалист	18% могут определить направление в искусстве, к которому принадлежала Кало
Диего Ривера	9% могут назвать известного человека, за которого Кало вышла замуж
Не Джорджия О'Киф	15% ошибочно характеризуют Кало как «художницу, которая жила в Нью-Мексико и создавала красочные изображения цветов и костей животных, а также рисовала пустынные пейзажи»
Не Грант Вуд	5% приписывают кисти Кало «Американскую готику»

Битва за учебники

Летом 2014 г. Совет колледжей представил обновленные положения программы углубленного изучения истории США. Обычно это мероприятие довольно скучное, но уже через несколько дней о нем заговорили в новостях. В Национальном комитете Республиканской партии эти положения назвали «радикально ревизионистским взглядом на американскую историю[16], который акцентирует внимание на отрицательных сторонах истории государства, при этом отрицая или преуменьшая значение ее положительных сторон». В Техасском агентстве по образованию стали строить планы, как утвердить вместо программы Совета колледжей свои собственные стандарты. Кен Мерсер, стоявший за инициативой Техаса, пояснил: «Дети, когда пошли в колледж, рассказали мне, что их там учат не истории США, а ненависти к США»[17].

К сентябрю 2014 г. школьный совет штата Колорадо утвердил политику поощрения изучения предметов, пропагандирующих патриотизм, экономику свободного рынка и уважительное отношения к властям[18]. В 2015 г. Законодательный комитет Оклахомы официально запретил программу по истории США, разработанную Советом колледжей, поскольку счел ее не соответствующей вышеупомянутым ценностям[19].

Почему же учебный план по истории задел за живое? Стенли Куртц в журнале National Review посетовал, что Совет колледжей поддался влиянию историков, которые хотят, чтобы «в ранней американской истории меньше говорилось об отцах-пилигримах, Плимутской колонии и "Городе на холме" Джона Уинтропа, зато больше о роли плантационного хозяйства и работорговли в развитии международного эксплуататорского капитализма»[20].

Куртц (однофамилец антигероя-колонизатора из «Сердца тьмы» Джозефа Конрада) определил, в чем расходятся мнения родителей и историков. Многие родители мечтают, чтобы детей учили истории по той же самой программе, что когда-то была у них, тогда как сами историки часто бывают ревизионистами. Своей задачей они видят пересмотр сложившихся взглядов. Учебники постепенно дополняются новыми сведениями, в результате их содержание меняется от поколения к поколению.

Наша образовательная система не смогла научить студентов тому, кто такой Джон Уинтроп. В этом Куртц прав. Я обнаружил, что лишь 44 % респондентов смогли определить его как пуританского губернатора колонии Массачусетского залива, несмотря на то, что к вопросу прилагались возможные варианты ответа. Так ли важны идеи Уинтропа, чтобы о них знал каждый? Для консерваторов Уинтроп — проповедник американской исключительности, однако слава эта пришла к нему относительно недавно и весьма ревизионистским путем, после того как имя Уинтропа прозвучало в двух речах Рональда Рейгана.

Как и любой человек, Уинтроп был весьма противоречив. Он владел рабами, а заявления о том, что «более развитым» людям даровано право на земли коренных американцев[21], подкреплял цитатами из Писания. Уинтроп будет святым или грешником в зависимости от того, какие факты мы рассматриваем. В этом-то и суть проблемы учебников по истории.

Исследование, проведенное среди представителей 30 стран Джеймсом Лю, психологом Университета Виктория в Веллингтоне, иллюстрирует эту проблему как нельзя лучше. Добровольцев со всего света попросили назвать тех людей, которые оказали самое сильное влияние на ход мировой истории, не важно, положительное или отрицательное. В одной стране десятью самыми влиятельными личностями *мировой* истории стали

1. Махатма Ганди
2. Адольф Гитлер
3. Усама бен Ладен
4. Мать Тереза
5. Бхагат Сингх

6. Шиваджи Бхонсле
7. Альберт Эйнштейн
8. Субхас Чандра Бос
9. Авраам Линкольн
10. Джордж Буш-младший

Пожалуй, вы догадались, в какой стране ответили именно так. Если вы американец, то, скорее всего, не знаете, кто эти люди под номерами 5, 6 и 8.

Дело не в том, что у индийцев представление о мировой значимости собственной страны завышено. У каждого народа так. В исследовании Лю участников также попросили оценить значимость собственной страны в масштабах мировой истории, по шкале от 0 до 100 %.

Генри Редигер, помогавший в сборе данных по США, рассказал мне, как «вздрогнул», увидев результаты[22]. Американцы ответили, что на США приходится порядка 30 % мировой истории!

Редигер несколько пришел в себя, когда узнал, что канадцы оценивают значимость Канады практически так же. На деле оказалось, что около 30 % — это расхожий ответ по странам, принявшим в опросе участие (в основном среди крупных, промышленно развитых стран, где у Лю имелись коллеги). После сложения всех усредненных показателей у них получилось где-то 900 %. По логике, цифра не должна превышать 100 %, а в реальности — и того меньше, поскольку Лю опросил жителей только 30 суверенных государств мира из ста девяносто шести.

Историки, взявшиеся написать учебник, понимают, что решение о закупке будут принимать самые разные школьные советы, и у каждого свои требования. К добру ли, к худу ли, события в американских учебниках по истории изложены в политически корректном и нейтральном стиле. Но нюансы существуют, поскольку историки принимают множество самостоятельных решений: какой материал добавить, какой опустить, сколько внимания уделить тем или иным событиям, какие причинно-следственные связи обозначить. Суммарный эффект от всех этих решений неизбежно отражает точку зрения автора. Куртц, как и его либеральные коллеги, не выдают желаемое за действительное, когда находят в школьном курсе истории культурный и политический подтекст. Вопрос в том, какую точку зрения считать приемлемой.

Можно было бы написать учебник, в котором Адольф Гитлер будет представлен в положительном свете (на материале фактов) — в нацистской Германии такие пособия имелись[23]. Можно было бы написать марксистский и даже либертарианский учебник истории США, в котором педантично изложить события, не прибегая к риторическим уловкам. Большинство согласится, что подобные исторические трактовки не годятся в качестве основных учебных пособий для американской начальной и средней школы. От учебника разумно ожидать лишь то, что в нем отражаются политические и культурные ценности усредненного американца, да и то почти незаметно.

Однако все больше факторов, которые этим разумным ожиданиям противоречат. Мы погружены в век избирательного информационного вещания. Круглые сутки предвзятые телекомпании незамедлительно реагируют на информационные поводы и выплескивают новости в социальные сети, охватывая столь широкую аудиторию, какой никогда прежде у желтой прессы не было. Привыкнув к такой новостной подаче, родители и политики хотят, чтобы учебники по истории тоже стали писаться избирательно. В девизе Fox News — «Справедливый и взвешенный» — схвачен этот новый дух эпистемологического допущения. Мы принимаем как должное не только тот вариант истории, который близок нашим политическим взглядам, но также заверения, что наша-то история и есть единственно объективная и непредвзятая, а все прочие — основаны на предубеждениях.

МЕРТВЫЕ БЕЛЫЕ МУЖЧИНЫ

Европейцев, чьи портреты встречаются в учебниках по истории, американцы не очень-то знают в лицо. Кто эти двое, в США ответит примерно лишь половина опрошенных.

В вопросе про бородатого мужчину, изображенного на фотографии слева, предлагалось выбрать один из нескольких вариантов: Чарльз Дарвин, лорд Теннисон, Карл Маркс, Чарльз Диккенс и Генри Уодсворт Лонгфелло.

Возможные ответы для господина справа: Сэмюэл Джонсон, маркиз де Сад, Иоганн Себастьян Бах, Петр I и Жан Батист Мольер.

Правильные ответы — Дарвин и Бах. Никто, конечно, не спорит с тем, что их внешность никакого отношения к их достижениям не имеет. Тем не менее мы живем в обществе, в котором роль визуального компонента только увеличивается. Изображения встречаются в учебной и биографической литературе, в кинотеатрах и музеях. Раз уж половина людей не узнаёт Дарвина или Баха, выходит, их портреты они видят не часто.

4

ПРАВИЛО КАЖДОГО ПЯТОГО

Если взяться за изучение границы человеческого невежества, то правило «каждого пятого» встретится довольно скоро. Суть его в том, что около 20 % людей верит… ну практически в любую безумную идею, о какой только у интервьюера хватит смелости спросить. Как персонаж анекдотов «каждый пятый американец» теперь не уступает «жителю Флориды». Автор статьи в Huffington Post[1] за 2010 г., проведя выборку среди недавних исследований, сообщает, что маловедущие 20 %:

- верят в существование ведьм,
- считают, что Солнце вращается вокруг Земли,
- верят в похищение людей инопланетянами,
- верят, что Барак Обама мусульманин, и
- считают, что лотерея — хорошее вложение капиталов.

Стоит ли принимать всерьез правило каждого пятого? Задайте глупый вопрос — получите глупый ответ. Постановка осмысленных вопросов как раз и является задачей интервьюера.

В 2014 г. самолет, выполнявший рейс 370 Malaysia Airlines, таинственно исчез, что вызвало обилие новостных сообщений при почти полном отсутствии фактов. В опросе CNN людей попросили оценить возможные объяснения этому исчезновению: террористический захват, неадекватные действия пилота и т. д. Последним вариантом значилось «вмешательство пришельцев из космоса, путешественников во времени или существ из другого измерения». Три процента сочли это объяснение «очень вероятным», а 6% ответили, что «вполне вероятное». Получается, что у 9% оно вызвало доверие.

Спросить об инопланетянах или путешественниках во времени — значит задать наводящий вопрос. Большинство оставят его без внимания, но некоторые все же ухватятся. Едва ли испытуемым, посчитавшим эти нелепости «вероятными», подобные версии вообще приходили в голову до участия в опросе. Некоторые вопросы сами по себе рождают эксцентричные ответы.

Если бы испытуемых просто спросили: «Что случилось с рейсом 370 Malaysia Airlines?», желающих ответить нелепицу оказалось бы меньше. Возможно, ответы, полученные в ходе исследования, неправильно принимать за то, «что люди думают». Возможно, они так вовсе не думают, пока не сочтут ответ верным, а после тут же забудут, что именно ответили, и выбросят эти мысли из головы. Стоит лишь подобрать дурацкий вопрос и проявить немного находчивости, тогда сфабриковать статистику по правилу каждого пятого — дело нехитрое.

От интервьюеров требуют как можно более нейтрально формулировать вопросы. Не всегда ясно, как этому предписанию следовать. В опросе, проведенном Антидиффамационной лигой в 2014 г., колоссальное число участников по всему миру (53 100 человек в ста странах) попросили обозначить свои взгляды на холокост[2]. В результате выяснилось, что сработало незабвенное правило каждого пятого: обычное, изложенное в учебниках представление о холокосте не разделяет почти каждый пятый американец.

Подробности исследования сообщают более сложную картину. У испытуемых первым делом спросили, знают ли они о холокосте. Тех, кто ответил утвердительно, попросили высказать на этот счет свое мнение. Предлагалось три варианта:

- Холокост — это миф, его на самом деле не было.
- Холокост был, но число погибших в нем евреев историки сильно преувеличивают.
- Холокост был, и число погибших в нем евреев историки определили точно.

Ответа «Не знаю» в качестве четвертого варианта не предлагалось, но, если испытуемый так отвечал, результат вносили в таблицу. Ниже приводятся результаты по некоторым странам[3]:

Страна	Никогда о холокосте не слышал	Холокост — это миф	Холокост сильно преувеличивают	Холокост описывается точно	Не знаю
Германия	8%	0%	10%	79%	4%
США	10%	1%	5%	79%	4%
Китай	31%	2%	22%	42%	3%
Египет	71%	3%	15%	6%	6%
Западный берег реки Иордан и сектор Газа	51%	5%	35%	4%	5%

Хотя в голове не укладывается, что кто-то может отрицать холокост, всегда найдутся те, кто откажется признать что угодно. В отношении холокоста их число варьируется от 0%

(в Германии для непризнания надо ежедневно заниматься самовнушением) и до 5% (Западный берег реки Иордан и сектор Газа).

Большее недоумение вызывает количество респондентов, которые выбрали средний вариант, сказав, что холокост был, но число убитых евреев «сильно преувеличивают». В США так часто говорят белые расисты в попытке перед телекамерой выглядеть «рассудительно». Этот же взгляд на холокост разделяют в Германии 10%, в Китае — 22%.

Нельзя сказать наверняка, сколько человек было убито в нацистских лагерях смерти, поэтому утверждение о том, что общее число погибших, возможно, «преувеличивают», не является в полном смысле ошибочным. В некоторых случаях выбор этого варианта — способ выразить свою культурную идентичность или политические взгляды. В нем могут оказаться заинтересованы приверженцы суверенного палестинского государства или те, кто против израильских поселений на Западном берегу Иордана. В Антидиффамационной лиге по результатам опроса фактически установили, что между преуменьшением масштабов холокоста (как и полным его отрицанием) и негативным отношением к евреям прослеживается устойчивая связь.

Больше всего недоумения вызвало количество тех, кто утверждает, что никогда не слышал о холокосте. В США свое невежество признали лишь 10%, но для Египта этот показатель составил 71%, а для Индонезии — 90%. В странах Ближнего Востока большинство людей ответили, что никогда не слышали о геноциде, способствовавшем образованию Израиля как самостоятельного государства, — событии, которое в настоящее время влияет на политические и военные события региона.

Но под маской невежества может скрываться непопулярное или противоречивое мнение. Допустим, в опросном листе Антидиффамационной лиги значатся 15 вопросов на тему отношения к евреям и только после этого спрашивается про холокост. Стало быть, совершенно ясно, что организаторы имеют особый интерес к еврейскому народу, так что респонденты, относящиеся к нему предвзято, возможно, решили, что лучше сослаться на собственное невежество, чем давать ответ, который исследователям не понравится. В анкетировании разница между знанием и мнением не всегда очевидна.

10% мозга

Исследования, в которых выясняется, что некоторые отрицают реальность холокоста или верят в пришельцев, похищающих самолеты, свидетельствуют о человеческом легковерии. Нужно проявлять, как нам говорят, больше скептицизма, чаще мыслить критически, лучше распознавать глупости. Именно об этом любят говорить скептики. Однако наше отношение к ерунде более сложное, чем может показаться на первый взгляд.

«Если заправить автомобиль и не нажать кнопку “Сброс”, оплата следующего клиента пойдет через вашу кредитную карту». Это утверждение широко распространено в интернете. Оно неверно. Когда я включил его в опрос, проводимый по схеме «истинно — ложно», убедительное число испытуемых (80%) признали это утверждение неверным и только 2% дали утвердительный ответ. Прочие сказали, что не знают. По-видимому, это те 2%, которые без конца делают перепосты на Facebook.

В основном люди понимают, что есть утверждения ложные, но звучащие убедительно, которые подхватывают, принимая за чистую монету. Просто об этом не всегда вспоминают, когда узнают что-нибудь еще. Мы знаем, *как* быть скептиками, но не знаем *когда*. Слепой скептицизм столь же сильно вводит в заблуждение, как и слепая вера.

Во время террористических актов 11 сентября в подвалах Всемирного торгового центра находилось хранилище золотых слитков. Так или не так?

Да, это так. После атак в течение нескольких недель из хранилища, расположенного под зданием, было извлечено золотых и серебряных слитков на сумму порядка 230 миллионов долларов. Это утверждение я включил в опрос, потому что оно больше походит на городскую легенду. Как и следовало ожидать, 70 % сочли его выдумкой и только 9 % признали правдой. Люди, похоже, осознают, что вокруг 11 сентября возникла не одна теория заговора. А история про тайник с золотом настораживает еще больше. Ответы испытуемых были основаны не на знании фактов, а на поверхностном, интуитивном скептицизме.

Человек задействует около 10 % мозга. Так или не так?

Нет, не так. Эта неизменно популярная «статистика» приводит неврологов в ярость. Разоблачениям здесь нет числа[4] — и все же каким-то образом они никогда не доходят до широкой аудитории, которая нуждается в них больше всего. В моей выборочной группе это утверждение назвали верным 66 %.

Почему оно так популярно? Мифы, завязанные на десяти процентах, имеют свойство совпадать с интуитивными, творческими и нетрадиционными убеждениями эксцентричных личностей. Одни им пользуются, когда восхваляют достоинства медитации, йоги и прочих «просветляющих разум» практик, другие так укрепляют веру в телепатию, ясновидение и жизнь после смерти. Мало кто из верящих рассматривает 10 % как непреодолимый барьер, для них это скорее повод пофантазировать на тему безграничности человеческих возможностей, помочь в раскрытии которых им обещает очередное сообщество по саморазвитию.

По моим догадкам, этот вымысел не подвергается сомнению потому, что похож на обыкновенную констатацию научного факта, вроде «в воздухе 20 % кислорода». Кстати, утверждение про 10 % иногда приписывают… Кому бы вы думали? Альберту Эйнштейну.

Параноидальность в мышлении американцев

Если человек верит, что принцессу Диану убили[5], тогда он охотнее других поверит и в то, что она инсценировала собственную смерть. Если человек верит, что Усама бен Ладен во время американского рейда 2011 г. был уже мертв, тогда он охотнее других поверит и в то, что он на самом деле жив и где-то прячется. Так, по крайней мере, сообщается в недавнем исследовании, которое подтверждает, что некоторые люди в силу своего душевного склада в большей степени склонны верить теориям заговора. Обычно они верят сразу многим теориям, а не какой-то одной и даже иногда умудряются сочетать заговоры, логически противоречащие друг другу.

Бредовые идеи имеют вес, поскольку ими руководствуются, когда высказывают мнение по вопросам, касающимся нас всех. В 2014 г. психологи Стефан Левандовский, Жиль Жиньяк и Клаус Оберауэр сообщили о результатах исследования, посвященного некоторым теориям заговора. Верно или неверно:

- «Аполлон» никогда не был на Луне[6], а высадку астронавтов отсняли в Голливуде.
- Правительство США не стало препятствовать атакам 11 сентября, поскольку они стали поводом для достижения определенных внешних и внутренних целей (например, войны в Афганистане и Ираке, урезания гражданских свобод), которые были определены еще до начала атак.
- Вред от пассивного курения вымышлен, исследования на эту тему антинаучны и представляют собой попытку коррумпированной картели медиков-исследователей подменить рациональную науку догматической.
- Американские компании намеренно создали вирус СПИД и опробовали его на неграх и гомосексуалистах в 1970-х.

У испытуемых также спросили, согласны они или нет со следующими заявлениями:

- При вакцинации риск покалечить или убить ребенка выше, нежели польза здоровью.
- Воздействие человека на окружающую среду не настолько сильное, чтобы ощутимо повлиять на мировой климат.
- Я полагаю, что экология уже пострадала из-за генетически модифицированных продуктов.

Испытуемые, верившие в очевидные теории заговора, охотнее других соглашались с приведенными выше заявлениями (первые два ошибочны, третье не доказано). Вера в них, в отличие от обычных теорий заговора, сказывается на повседневных решениях, принимаемых как в избирательной кабинке, так и в любом другом месте. Делать ли ребенку прививку? Есть ли смысл переплачивать за гибридный привод? Какие помидоры купить? Легковерный «каждый пятый американец» всегда где-то рядом.

5

МАЛОСВЕДУЩИЙ ЭЛЕКТОРАТ

«Сложно представить важный политический спор, в котором факты действительно что-нибудь значат, — написал в New York Times либеральный экономист Пол Кругман. — Это непоколебимая догма на все времена»[1].

«Сейчас электорат Демократической партии представлен по большей части людьми малосведущими, которых едва ли можно убедить при помощи фактов, если они противоречат их политическим убеждениям», — отметил научный сотрудник консервативных взглядов Джереми Карл в National Review[2].

Кругман обвиняет «весомую часть политического пространства Америки» в том, что «в своих политических взглядах она полностью расходится — и совсем не желает считаться — с практическим опытом... Если вас втянут в любые дебаты такого рода, вы быстро убедитесь, что эти люди отнюдь не представляют собой одухотворенных воинов: лица их красны от ярости, а к всезнайкам, указывающим, что их суждения не соответствуют фактам, они относятся с особенной злобой»[3].

«Либеральные взгляды часто насквозь пропитаны идеологией, — говорит Карл, — так что некоторые “правдивые” утверждения принимаются на веру, чтобы показать свои моральные предпочтения, а откровенно неудобную правду отбрасывают… тяжело вести рациональный спор с фанатиком о том, чему он так фанатично предан»[4].

Карл и Кругман сетуют на одну и ту же проблему. Многие избиратели не только мало знают, они еще и внемлют только тем доводам, которые подкрепляют их предвзятые мнения. Консерваторы и либералы никогда не устают говорить о том, как непроходимо глупы в своей массе либералы и консерваторы… *Потому что это действительно так.*

Попасть в бюллетень

В 1992 г. уважаемый многими в Калифорнии судья Авраам Апонте Хан проиграл на выборах практически безвестному кандидату, которого в Ассоциации адвокатов округа Лос-Анджелес признали «неквалифицированным». Его звали Патриком Мерфи. Он победил, потому что фамилия Мерфи более походит на американскую, чем Хан. Позже Мерфи, судья с популярной в Америке фамилией, подал в отставку из-за обвинений в отмывании денег и хроническом уклонении от должностных обязанностей.

В 2006 г. судья Дзинтра Янавс, признанная той же Ассоциацией адвокатов «исключительно высококвалифицированной», проиграла на выборах Линн Диане Олсон, которая живет в Эрмосе-Бич на юге Калифорнии и торгует в собственной лавке бубликами.

«Знаете, что самое страшное в выборах судьи? — спросил политический консультант Парке Скелтон, работавший на бывшего мэра Лос-Анджелеса Антонио Виллараигосу. — 80% выбирает просто кого-нибудь»[5].

Обычный американец может назвать только шесть выбранных представителей власти

Кому, как не консультантам вроде Скелтона, понимать толк в невежестве избирателей. Они-то знают, что в новостях ничего не говорится о выборах судей. За ними следить скучно, ведь результат никому не интересен, кроме нескольких прокуроров. Следовательно, даже самые хорошо информированные избиратели не знают почти ничего о кандидатах, значащихся в бюллетенях. Выборы судей почти всегда внепартийны, так что решить, за кого голосовать, не помогает даже членство в той или иной партии; выбирать приходится практически наугад. Такое положение дел превращает баллотирование в весьма показательный психологический эксперимент по выявлению скрытой предвзятости. Вот только другая цель — выбирать компетентных судей — достигается не так хорошо.

Газетное дело приходит в упадок, и многие избиратели теперь не имеют новостного источника, в котором события излагались бы последовательно. По кабельным телеканалам и в сводках интернет-новостей преимущество отдается шумным национальным избирательным кампаниям, которые собирают огромное количество просмотров. Одиозного кандидата или скандала достаточно, чтобы из нашего поля зрения выпали все прочие события. Но посмотрите, как проходят в США обычные выборы. Число избирательных кампаний может достигать нескольких десятков, но должным образом освещается с полдюжины, не больше, — и так по всей стране.

Я попросил выборочную группу, состоящую из взрослых американцев (не только тех, кто ходит голосовать), перечислить людей, занявших 14 выборных должностей в масштабах страны, штата и города. Испытуемым также предлагалось написать имена любых чиновников, чьих должностей не было в списке.

Президента, естественно, назвали все. Имя вице-президента смогли вспомнить 89% (больше, чем сообщается в некоторых исследованиях)[6]. Хотя бы одного сенатора от своего штата назвали 62%. Обоих сенаторов — чуть меньше половины. Конгрессмена от своего округа — 55%.

Вспомнить губернатора тоже было несложно. Главу исполнительной власти в своем штате знают 81%. Впрочем, среди опрошенных, живущих в городе с мэром или городским управляющим, имя этого чиновника припомнить смогла едва ли половина.

Знаний рядового жителя хватило только на эти шесть должностей. Сказать, кто на данный момент занимает прочие должности, не сумела даже треть респондентов. Они не вспомнили ни одного представителя законодательного собрания штата и городского совета, а ведь именно там решаются основные административные вопросы.

Я также попросил участников описать свои политические предпочтения по пятибалльной шкале: от «очень консервативных» до «очень либеральных». Никакой связи между этими ответами и знанием имен выборных чиновников я не обнаружил[7].

Однако существует связь между знаниями и грамотными решениями. Избиратель, не знающий даже имени мэра или представителя законодательного собрания штата, вряд ли будет о нем знать что-нибудь еще, например какими вопросами занимался, чего удалось достичь, какие были провалы, есть ли судимости — все, что имело бы отношение при заявке на переизбрание. С городским советом не повоюешь? Его бы сперва отыскать — большинство этого не сможет даже по навигатору.

Иногда политики оговариваются

Исследование 2014 г., проведенное Центром государственной политики Анненберга при Пенсильванском университете, подтвердило бытующее теперь мнение: американцы не понимают, как у них в стране работает система государственной власти[8]. Взрослым респондентам дали тест на знание фактов, которые проходят на занятиях по граждановедению.

- Что произойдет, если Верховный суд вынесет вердикт пятью голосами против четырех?

21 % испытуемых ответили: «Решение отправят на повторное рассмотрение в конгресс США». Неверно.

- Каким должно оказаться большинство голосов сената США и палаты представителей, чтобы преодолеть президентское вето?

Правильный ответ «Две трети голосов» дали только 27 %.

- Слышали ли вы о какой-нибудь ветви государственной власти? Из трех назовите те, которые помните.

Все три назвали только 36% (исполнительную, законодательную и судебную).

Пробелы в знании основ гражданского права случаются не только у обывателей, выпивающих после работы кружку за кружкой. В 2014 г. федеральный судья Аренда Райт Аллен, отменив в штате Виргиния закон, запрещающий однополые браки, написала по этому поводу: «В нашей Конституции сказано, что "все люди" созданы равными»[9]. Гм, на самом деле так сказано в Декларации независимости.

«Оговорка» — самое субъективное слово в политике. Если политик вам нравится, то он «оговорился». Если политик не нравится, то он «продемонстрировал свое невежество». В своей речи 2015 г. Рик Перри, бывший губернатор Техаса и кандидат в президенты, процитировал великого патриота: «Томас Пейн писал, что "долг патриота — защищать свою страну от ее правительства"»[10]. Эти слова вызвали аплодисменты в зале ричмондского отеля Marriott и негодование среди тех, кто проверяет факты. В канонических текстах Пейна этой цитаты нет. Она появляется на страницах дневника Эдуарда Эбби, леворадикального защитника окружающей среды.

Своей ошибкой Перри обязан сборникам цитат в интернете и эффекту «отсылки к Черчиллю». Чего не скажешь о Мишель Бахман, баллотировавшейся когда-то в президенты. В 2011 г. в Нашуа на юге Нью-Гэмпшира она заявила тем, кто пришел ее поддержать: «Вы тот самый штат, где на весь мир прозвучал раздавшийся в Лексингтоне и Конкорде первый выстрел Войны за независимость»[11]. Оба города на самом деле находятся в Массачусетсе.

Путаница по поводу того, что отцы-основатели сказали (реже — что хотели сказать), возникает сплошь и рядом. В 1997 г. в Центре федеральной Конституции выяснили, что 84% американцев верят, будто слова «все люди созданы равными» имеются в Конституции. Можно было бы предположить, что уж кто-кто, а федеральный судья будет знать лучше, не говоря уже о лидере свободного мира. В октябре 1996 г. Билл Клинтон, на тот момент президент США, произнес: «Когда я в прошлый раз заглядывал в Конституцию[12], там было сказано “властью народа, именем народа, во имя народа”. Вот что говорится в Декларации независимости». Он смешал два великих документа, хотя ни в одном нет этой строки. «Власть народа, именем народа, во имя народа» — так написано в Геттисбергской речи.

Клинтон прежде всего политик, но, в отличие от большинства собратьев по профессии, он получил великолепное образование. Учился в Оксфордском университете по стипендии Родса, преподавал студентам право.

Не стоит зацикливаться на том, что Клинтон знал, или думал, что знает, или говорил, что знает. Лучше послушайте аудиозапись этой речи. Президент ошибся, а толпа сторонников разразилась одобрительными выкриками, аплодируя этой ошибке.

Миф о силе характера

Может, мы и не хотим, чтобы президентом у нас был какой-нибудь всезнайка. Оценивать претендентов «по характеру», не заостряя внимания на их образованности и осведомленности в текущих делах, — очередное американское кредо. Среди политиков никому не хочется прослыть интеллектуалом. Многие успешно создают себе совершенно противоположный имидж.

Иногда все решает не идеология, а преклонение перед силой характера. На каждых выборах колеблющиеся избиратели говорят, что из двух кандидатов с разными идеологическими взглядами остановятся на том, который сильнее характером, харизматичнее или просто «больше подходит» на эту должность.

Политолог Калифорнийского университета в Лос-Анджелесе Линн Вэврекк обнаружила, что избиратели, голосующие за кандидатов различных политических партий, хуже разбираются в происходящем по сравнению с теми, кто придерживается одной партийной линии. В исследовании Вэврекк размеры выборочной группы оказались впечатляющими: 45 тысяч человек. Участников спросили, чем сейчас занимаются политики вроде Нэнси Пелоси и Джона Робертса. Политолог сопоставила результаты исследования с распределением голосов избирателей. Оказавшиеся в нижней трети по степени осведомленности стали бы на выборах сенаторов и президента в 2012 г. голосовать за кандидатов различных партий с вероятностью 12 %[13]. В верхней, самой осведомленной, трети избирателей вероятность голосовать за кандидатов различных партий — всего 4 %[14].

Кроме того, плохо осведомленные избиратели чаще других признавались, что не имеют четкой позиции в отношении злободневных вопросов: иммиграции, однополых браков, увеличения налога на роскошь — закономерность, которая отвечает понятию «посредственной середины». В институтах общественного мнения понимают, что многие из тех, кто свои политические взгляды определяет как умеренные, просто-напросто мало что знают.

Мы надеемся, что избиратели, оказавшиеся посредине, предпочитают проверять факты на деле, а не руководствоваться политическими симпатиями, и способствуют достижению компромисса, без которого демократичное общество немыслимо. Такие избиратели, с прочными, хорошо обоснованными политическими убеждениями, оказывающимися как раз где-то между программами двух партий, действительно существуют. Но, похоже, их не так уж много.

«Заманчиво полагать, что решение важных задач, вроде управления делами сената, полностью зависит от воли тех избирателей, которые тщательнейшим образом решают, за какого кандидата в бюллетене проголосовать на очередных выборах. Однако вряд ли это так, — замечает Вэврекк. — Гораздо вероятнее, что голосующие за кандидатов различных партий руководствуются такими побочными факторами, как занимаемая должность, размах предвыборной кампании, тон и частота появления новостей о том или ином претенденте»[15].

Авторы публицистических статей на дух не переносят кампании, построенные на тактике запугивания или сфабрикованных административных скандалах. Но поскольку такие кампании хорошо работают, политики их проводят. С помощью политической рекламы, рассчитанной на самые невзыскательные вкусы, проще всего заручиться поддержкой среди людей малосведущих. Они-то и поставят в избирательной гонке точку, если у кандидатов шансы на победу примерно равны.

Электоральная лотерея

Лос-Анджелес — столица безразличия и невежества избирателей. Весной каждого нечетного года по заведенному кем-то обычаю в городе проводятся муниципальные выборы. В 2013 г., когда мэром второго по величине города страны стал Эрик Гарсетти, пришли и проголосовали всего лишь 23 % зарегистрированных избирателей[16]. А в 2014 г., когда выбирали членов школьного совета по Лос-Анджелесскому муниципальному школьному округу, явка составила 8 %[17].

Другим свидетельством отчаянного положения в Лос-Анджелесе служит предложение городского комитета по этике, поступившее в 2014 г., об учреждении избирательной лотереи. Всякий, кто придет голосовать, одновременно становится участником денежной лотереи и может выиграть порядка 25 тысяч долларов. Увеличить на выборах процент явки при помощи лотереи, которую окрестили «выбореей», пожалуй, возможно. Но если не найдется способа рассказать избирателям о кандидатах в муниципалитет и его текущих задачах, то грош цена такому плану.

Экономисты уже давно твердят, что голосование — поступок иррациональный. Вероятность, что на выборах все решит один голос, крайне низка и, похоже, не оправдывает даже такую малость, как необходимость дойти до избирательного участка, не говоря уж о том, чтобы разобраться должным образом в кандидатах и текущих задачах. Здравомыслящие люди, как говорится, должны обладать некоторой долей здорового безразличия (особенно насчет выборов не в масштабах страны — на званых обедах о них не говорят).

Но люди все равно голосуют. А поскольку противоречий экономисты не любят, то говорят о «парадоксе голосования». Его можно представить, сравнив демократическое государство с казино. Казино существуют за счет иррациональности человеческих поступков, и, если вдуматься, более стабильных учреждений не так уж много. Избирателей, поступающих «иррационально», хватает, чтобы выразить здравомыслие толпы и выбрать кандидата, который соответствует общественному мнению и который, как правило, оказывается не так уж плох.

Сколько людей составляет толпу, на здравомыслие которой мы уповаем? В Ipsos MORI провели исследование, в ходе которого людей по всему миру попросили предположить, какой процент населения в их стране ходил голосовать на прошлых выборах[18]. И вот вам настоящий пример американской исключительности: значительно недооценили количество ходивших голосовать все 14 стран, принявших участие в опросе, кроме США. Американцы в среднем предположили, что на выборы пришло 57% населения, и практически угадали.

Заслуживают ли США главный приз или только утешительный, решить непросто: по количеству пришедших голосовать (58%) американцы вторые с конца. Из 14 стран явка избирателей оказалась ниже только у Польши.

А знаете, может, американцы и не голосуют, но мы хотя бы не питаем на этот счет иллюзий. И у нашей страны хорошо развита электоральная этика. С приближением дня национальных выборов нас заваливают ворохом предложений с явными и неявными требованиями проголосовать. Разумеется, политические партии, видя, что население склоняется к их кандидату, имеют все основания агитировать за необходимость голосовать. Но и беспартийные патриоты увещевают. ГОЛОСУЙ! Не важно, кто из кандидатов тебе по душе и много ли ты понимаешь в политике… иди и *голосуй*!

В своем исследовании я попросил испытуемых не только назвать выбранных представителей власти, но также спросил, ходили они или нет на последние президентские выборы (2012 г.). Избиратели в том году были хорошо подкованы: те, кто пришел на избирательные участки, знали имена должностных лиц штата и города почти в два раза лучше.

Поэтому, если человек голосовать не хочет, может, и не стоит тащить его силой. Тем более если нет возможности его по части выборов просветить. Подобное давление обернется тем, что не по своей воле пришедшие на избирательный участок станут выбирать кандидатов так, как если бы доставали из мешка лотерейные фишки. Никто не хочет, чтобы выборы превратились в электоральную лотерею.

НАЗОВИТЕ СВОИХ ПРЕДСТАВИТЕЛЕЙ ВЛАСТИ

Постарайтесь вспомнить, кто сейчас занимает эти семь выборных должностей: хотя бы одного сенатора США из двух от вашего штата, губернатора штата, генерального прокурора штата, сенатора штата, шерифа округа, члена городского совета и представителя школьного совета. Некоторые из должностей в вашем штате могут называться по-другому, а в отдельных административных образованиях их может вовсе не быть.

Среднестатистический взрослый вспомнит из семи только три. Этот вопрос — индикатор семейного дохода[19]. Респонденты, назвавшие всех семерых чиновников, зарабатывают в год примерно на 43 тысячи долларов больше тех, кто не назвал ни одного, да и на выборы они ходят гораздо чаще.

ЧАСТЬ 2

НАДБАВКА ЗА ЗНАНИЯ

6

КАЖДЫЙ ФАКТ ИМЕЕТ СВОЮ ЦЕНУ

Уильям Поуст по прозвищу Старина был отпетым мошенником без цели и занятий. Чтобы обзавестись наличными, он либо сбывал фальшивые чеки — за что привлекался к ответственности, — либо брался за работу, которая под руку подвернется, вроде повара на ярмарках или водителя грузовиков. В 1988 г. остаток на его банковском счете составлял 2,46 доллара. Затем Поуст сделал первый блестящий финансовый ход в своей жизни. Заложил кольцо и купил лотерейные билеты.

Один билет сорвал джекпот «Пенсильванского лото» — 16,2 миллиона долларов. За первым блестящим финансовым ходом тут же последовал второй: Поуст решил не забирать всю сумму сразу, а получать по частям ежегодно в течение 26 лет[1].

После розыгрыша лотереи прошло несколько недель, и Поуст получил первый годовой чек на сумму 497 953,47 доллара. Бóльшую часть суммы он тут же потратил. Купил себе самолет и лицензию на торговлю спиртными напитками, а также арендовал ресторан и автостоянку для двух своих братьев.

Через три месяца Поуст, растратив всю сумму по первому чеку, имел долг в полмиллиона долларов.

Год спустя Поуст решил, что пришла пора купить дом своей мечты. Им оказался старый особняк за 395 тысяч долларов, расположенный в Ойл-Сити, Пенсильвания. Затем все пошло наперекосяк. Один из братьев нанял убийцу, чтобы убрать Поуста вместе с женой (шестой по счету), в надежде унаследовать состояние. Покушение провалилось, и брата арестовали. Поуст получил судебный запрет на ношение оружия и обвинение в нападении, после того как самолично выстрелил из ружья в жену, а затем подстрелил сборщика долгов.

Бывшая домовладелица Поуста, его случайная подружка, потребовала в судебном порядке свою долю джекпота. Это она принесла лотерейные билеты, и, по ее версии, Поуст согласился поделить любой выигрыш. Сам Поуст это упорно отрицал. Судья, заслушав показания в духе «он сказал, она сказала», пожал плечами и потребовал выплатить истице треть выигранной суммы.

Поуст ответил, что требуемых денег у него нет. Все без остатка поглощал особняк, и каждая вещь была куплена в кредит. Судья распорядился приостановить лотерейные выплаты.

Поуст начал распродавать имущество, а особняк тем временем пришел в упадок. В газете Washington Post писали:

> Те, кто побывал в разваливающемся особняке Ойл-Сити, рассказывают, что в окна вставлены куски фанеры, душевые кабинки кто-то вывез, плавательный бассейн замусорен, в запущенном саду ржавеет машина без колес, а неисправная система безопасности срабатывает по шесть раз в минуту.
>
> Неопрятный на вид мистер Поуст медленно передвигается по 16-комнатному дому. Вставные челюсти он не носит, говорит, что от них болит голова.
>
> «Я жил гораздо счастливее, когда был на мели», — горько сожалеет он[2].

Оказался на мели Поуст и теперь, объявив себя банкротом. Продал дом своей мечты за 65 тысяч, выручив по 16 центов за каждый вложенный доллар. Будущие лотерейные выплаты пошли с молотка.

После оплаты долгов у него осталось 2,65 миллиона долларов. Поднимите руки те, кто понял, чем кончится дело.

Оставшуюся вполне крупную сумму Поуст просадил на два дома, три машины, два мотоцикла «Харлей-Дэвидсон», грузовик, «дом на колесах» и парусник. Он сказал, что парусник собирался сдавать напрокат в Мексиканском заливе как рыболовецкое судно.

На этом самом паруснике его арестовали по давнему обвинению в нападении и дали непродолжительный тюремный срок. На свободу он вышел практически нищим. Остаток жизни он продержался на продовольственных талонах и ежемесячном пособии по нетрудоспособности в 450 долларов; умер в 2006 г.

К грустной истории Уильяма Поуста невозможно быть равнодушным. Всем нам хочется верить, что любви, здоровья и счастья можно достичь с помощью удачи, труда, образования… и, конечно, денег. Поуст — образчик эффекта Даннинга — Крюгера: человек, не знавший практически ничего о том, как вести бюджет, инвестировать в недвижимое имущество, открывать собственное дело, и, следовательно, веривший, что все это дается легко. Пожалуй, деньгами счастье действительно не купишь, но из-за невежества его можно потерять.

В следующих главах мы подробно рассмотрим, как знание фактов (либо невежество) влияет на личное благополучие.

Обычно причинно-следственные связи прослеживаются довольно четко. К примеру, я предложил 445 американцам опросник из десяти вопросов на общую эрудицию по темам истории, географии, права, науки, литературы, искусства и финансового дела. Благодаря этому я смог (точнее, смогли программы статистической обработки данных) проверить, есть ли между знаниями и доходами респондентов какая-либо корреляционная связь. Оказалось, что есть. Кто знал больше самых разных фактов, тот больше и зарабатывал. Для дальнейших объяснений мне придется сначала немного рассказать о статистике (обещаю, буду краток).

(Не)значимость статистической значимости

Когда речь заходит о статистике, большинство людей знает, что результаты опросов и исследований не вполне точны. Мы выбираем испытуемых наугад и надеемся, что они представляют собой население в целом. То есть существует «предел погрешности».

Как эту погрешность определить? Вот, например, так: в тесте на общую эрудицию я попросил в одном из заданий назвать нынешнего спикера палаты представителей. Джона Бейнера — правильный в те годы ответ — выбрали 70,6% испытуемых. На самом же деле нашей задачей было установить, какой процент от всего населения США ответил бы правильно. Наверняка мы этого не знаем, потому что я опросил не каждого жителя страны, а только 445 выбранных наугад людей, участвовавших в сетевом панельном исследовании. Статистика говорит о том, что если в выбранной наугад группе 445 человек, то предел погрешности для 70,6% равен ± 4,2%. Следовательно, в масштабах всей страны эта величина, вероятно, оказывается в промежутке 66,4–74,8%.

Нас также интересуют корреляционные связи — область более зыбкая. Как я уже упоминал, чем лучше испытуемый справлялся с тестом, тем больше, как правило, был у него доход. Это открытие потенциально интересно, но опять же насколько можно быть уверенным, что оно отражает состояние всего населения?

Допустим, я опросил 10 случайных добровольцев, один из которых оказался миллиардером, и притом весьма любознательным. Одно только это укажет на предполагаемую связь между широтой кругозора и уровнем дохода, однако на деле это статистический «шум», который не стоит учитывать.

По этому поводу специалисты по статистике беспокоятся, и довольно сильно. Свои сомнения они выражают через оценку значения *p*. Говоря простым языком, *p*-значение — это вероятность того, что получен совершенно случайный результат, а выводы исследования ошибочны. Поскольку нам нужны результаты, соответствующие действительности, а не ошибочные, чем меньше *p*-значение, тем лучше.

Условно *p*-значение, не превышающее 0,05 (что соответствует 5%, или одному из двадцати), считается «статистически значимым». Другими словами, исследователи хотят быть уверенными хотя бы на 95%, что результат получен не по ошибке. Конечно, вся эта «статистическая значимость» свидетельствует лишь о том, что вероятность, с которой вывод подкрепляется данными, достаточно высокая. Чего-то таинственного в этом 5%-м пороге нет, да и залогом истинности он быть не может. Тем не менее этот порог важен для публикации в академических журналах. Поскольку существует принцип «публикуйся или умри», скептики утверждают, что достижение порогового *p*-значения 0,05 похоже на выкидывание игральной кости с 20 гранями: повторяйте эксперимент достаточно долго, и непременно появится что-нибудь, что можно опубликовать. (Подобные действия считаются подтасовкой *p*-значения.) Журналисты и интервьюеры широко, хотя и не повсеместно, пользуются 0,05 *p*-значением, когда пишут о результатах проведенного исследования.

Вернемся к тесту на общую эрудицию. *P*-значение для связи между количеством правильных ответов и размером семейного дохода оказалось равным < 0,001. Это означает, что вероятность ошибочного результата составила менее одного шанса из тысячи. Как вам теперь известно, низкое *p*-значение само по себе не доказывает истинность результатов. Но если вышло < 0,001, то, по крайней мере, можно сказать, что лучшего *p*-значения нельзя и желать. (И на этом в рассуждениях на тему *p*-значений я ставлю точку. Скажу лишь тем, кому может быть интересно, что *p*-значения для многих исследований, упомянутых в этой книге, приводятся в приложении. Все корреляции, о которых пойдет речь, будут существенными, а у большинства пороговое значение гораздо ниже 0,05.)

Пришло время поговорить о еще одном важном правиле статистики: *корреляция не доказывает причинно-следственную связь*.

В качестве наглядного подтверждения я с удовольствием вспоминаю веб-сайт Spurious Correlations[3] о ложных корреляциях, где приводится впечатляющая и совершенно бессодержательная статистика. С 1999 по 2009 г., к примеру, прослеживается корреляционная связь между числом лю-

Корреляция между возрастом победительниц «Мисс Америка» и числом смертей из-за обваривания кипятком и других ожогов

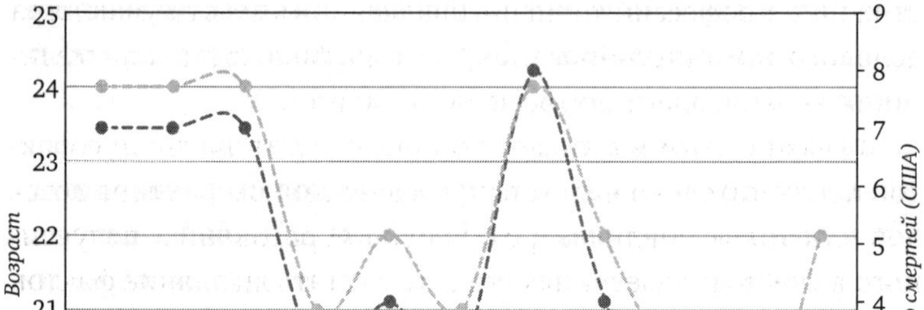

дей, утонувших в бассейне, и количеством фильмов с Николасом Кейджем. Существует корреляция за тот же период между возрастом победительниц конкурса «Мисс Америка» и числом смертей из-за обваривания кипятком и других ожогов.

В наш перенасыщенный данными век отыскать бессмысленные совпадения вроде этих довольно просто.

Некоторые из них успешно проходят тест на статистическую значимость. Всякий, кто станет искать корреляции достаточно долго и упорно, обязательно их найдет.

Вот почему разумно сосредоточиться на корреляциях, которые не лишены смысла. Существует очевидный фактор, объясняющий связь между знанием фактов и уровнем дохода: образование.

Если человек знает много фактов, он наверняка больше времени посвятил учебе. Кто хорошо образован, тот зарабатывает лучше. Помимо прочего, это подходящий девиз для рекламы подготовительных курсов и студенческого кредита. Дипломы Лиги плюща, Стэнфорда или Массачусетского технологического института приносят неплохие дивиденды (как было многократно засвидетельствовано)[4]. Для многих престижных профессий степени бакалавра искусств, магистра делового администрирования, доктора философии или медицины — эквивалент профсоюзного билета.

В связи с этим возникает вопрос: считать ли знание фактов исключительно надежным предвестником размера доходов или только индикатором уровня образования, полученного в учебных заведениях (то есть считать ли знание фактов «суррогатом» образования)?

Специалистам по статистике часто хочется определить влияние не одного, а сразу нескольких факторов, ответственных за определенный результат. Один из наиболее часто используемых методов — *линейные регрессии*. За мудреным названием стоит простая идея. Допустим, вам кажется, что между количеством пончиков, которые съедает человек, и его весом существует взаимосвязь. Можно ли по съедаемым пончикам предсказать вес едока? Один из способов это выяснить — собрать личные данные о весе и недельном пончиковом рационе. Затем возьмите лист миллиметровой бумаги и для каждого едока — персонального набора данных — отметьте точку (получится точечная диаграмма). Положение точек указывает на число съедаемых пончиков (по оси x) и вес соответствующего едока (по оси y).

Если корреляция имеется — люди, которые съедают много пончиков, весят больше, — то на диаграмме появится облако точек, устремленное вверх от нижнего левого угла к верхнему правому. Эта линия и называется линейной регрессией. С ее помощью можно строить прогнозы. Понадобилось узнать, сколько будет весить человек, съедающий в месяц 14 пончиков? От отметки 14 на «пончиковой» оси проведите вертикальную линию вплоть до ее пересечения с диагональю предполагаемой зависимости. Прямая, проведенная из этой точки по горизонтали, упрется в отметку на «весовой» оси. Так вы узнаете вероятный вес едока.

По сути, именно так и работают программы статистической обработки данных при создании линейных регрессий. И хотя машина, строя точечную диаграмму, на миллиметровке линий не чертит — для этого у нее есть четкий набор математических команд, — программы действуют по тому принципу, который я только что описал.

Гораздо интереснее учитывать не один, а несколько факторов, влияющих на результат. Предсказать вес едока можно точнее, приняв во внимание его пол — ведь мужчина обычно тяжелее женщины. Для этого нужно построить диаграмму рассеяния в трех плоскостях, что на бумаге сделать непросто. А вот для статистических программ это нетрудно.

Главным методом обработки большого массива данных служат так называемые множественные регрессии. Потреби-

Надбавка за знания: у тех, кто выполнил тест на общую эрудицию без ошибок, доход оказался в два с лишним раза больше

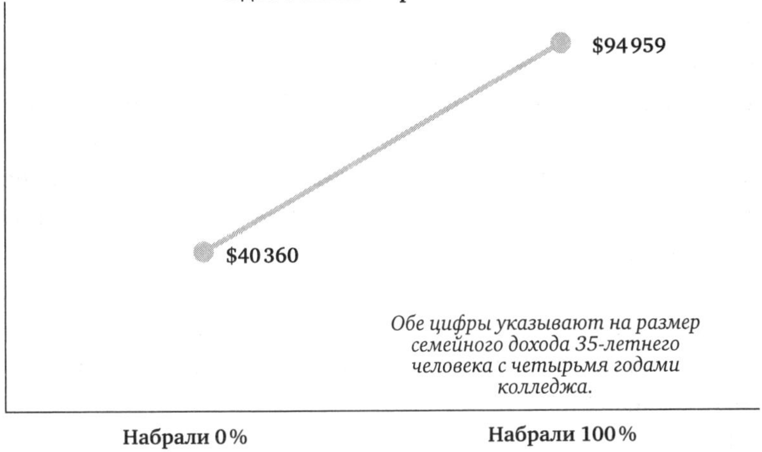

тель *x* пола, купивший *y* и имеющий почтовый индекс *z*, склонен покупать *a*, выбирать *b* и голосовать за *c*. По такой модели можно, например, оценить значимость каждого конкретного фактора при составлении прогноза. Когда факторов много, некоторые зачастую оказываются лишними. Если в модели есть почтовый индекс, то нет необходимости указывать населенный пункт (почтовый индекс содержит информацию о штате и указывает на место жительства более точно). Программа это принимает в расчет.

Почему почтовый индекс сообщает больше информации, чем указание на населенный пункт, мы понимаем. Однако перекрывание одного фактора другим обычно не так просто увидеть и не так легко объяснить. Множество разнообразных факторов иногда говорит об одном и том же, но при этом каждый будет, возможно, нести какую-то уникальную информацию. В этом случае модель строит прогноз благодаря учету множества факторов.

Поскольку связь между годами, проведенными в стенах учебных заведений, и размером дохода считается общепризнанной и — как нам кажется — в полной мере понятной, целесообразно включать ее в любую модель, прогнозирующую уровень дохода. Что я и сделал применительно к модели, построенной по результатам моего теста из 10 вопросов на общую эрудицию. Результаты теста остались релевантными — статистически значимыми для прогнозирования дохода — даже после того, как я включил в модель фактор уровня образования[5]. Это значит, что знание фактов не является просто суррогатом уровня образования.

Возраст — другой релевантный фактор. Люди среднего возраста, как правило, зарабатывают больше, чем люди помоложе, — также у них за плечами больше лет, в течение которых они знакомились с фактами. Здесь легко можно усмотреть зависимость дохода от знаний; на самом же деле может оказаться, что доход больше у тех, кто выше поднялся по служебной лестнице.

В итоге при построении регрессии я учел факторы возраста, образования, а также результаты теста. Знание по-прежнему оказалось весьма существенным индикатором дохода[6]. Даже при тождестве возрастных и образовательных показателей больше зарабатывают те, у кого кругозор шире.

Разница в доходах тех, кто знает больше, и тех, кто знает меньше, оказывается впечатляющей. Для наглядности рассмотрим гипотетический случай, в котором за образец возьмем 35-летнего человека, проучившегося четыре года в колледже. Статистическая модель позволяет предположить, что, если этот человек не может ответить ни на один вопрос из теста на общую эрудицию, его семейный доход в среднем составляет 40 360 долларов в год. Другой человек того же возраста и уровня образования, ответивший верно на все 10 вопросов, имеет годовой доход в 94 959 долларов. А ведь это больше почти на 55 тысяч, или, если хотите, в 2,35 раза.

Необходимо объяснить, что нулевого результата на самом деле ни у кого не было — вопросы я подобрал довольно простые — и лишь несколько испытуемых набрали 100%. Но среди этой группы не оказалось тех, кому ровно 35 или кто учился в колледже ровно четыре года. Программа статистической обработки данных учитывает каждую единицу набора данных и рассчитывает зависимость дохода от этих трех факторов. Благодаря этому она может дать прогноз — графически отображенный в виде прямой линии — наиболее вероятного уровня доходов с учетом любого количества заданных факторов.

В таком случае получается, что уровни дохода сильно отличаются из-за разницы в знаниях, но никак не в образовании или возрасте. Это различие в доходах заслуживает внимания еще и потому, что речь о доходе семейном, а человек, отвечающий на вопросы теста, не обязательно является главным кормильцем в семье. Такое соображение должно было бы ослабить зависимость дохода от знаний, однако связь эта все-таки значимая и хорошо просматривается.

Причина и следствие

Нам известно, что уровень дохода и знание фактов общего характера взаимосвязаны, но (как мы убедились в случае с победительницами «Мисс Америка» и числом смертей от «раскаленных предметов») корреляционная связь не равняется причинно-следственной. Варианта здесь три:

А. Обширные знания некоторого множества фактов — причина высокого дохода.

Б. Наоборот: высокий доход — причина приобретения обширных знаний.

В. И знания, и высокий доход имеют одну или несколько общих причин.

Согласно варианту «А», финансовая выгода от полученного образования не сводится к наличию диплома. Выпускник считается компетентным специалистом, который обязан обладать нужными профессиональными знаниями и иметь широкий кругозор.

Джек и Джейн учились в одном колледже и закончили его в одном и том же году, получив одинаковые оценки и степень бакалавра. Джейн помнит свое выступление на защите дипломной работы по Месопотамии, а вот Джек свое давным-давно позабыл (как и многое другое, чему его учили). Хотя прямого отношения Месопотамия к специфике работы Джейн не имеет, коллеги поражены широтой ее кругозора. Она часто общается с людьми в той же мере образованными, которые уверены, что шутку про Вирджинию Вульф или кота Шрёдингера она поймет. Уже только потому, что Джейн производит впечатление умного человека, ей могут предложить высокий начальный оклад и обеспечить стремительный взлет на вершину карьерного успеха.

И это еще не все. Обширные познания Джейн могут иметь также другие, более существенные преимущества. Менеджеру желательно достаточно хорошо разбираться в областях, не имеющих к нему прямого отношения, чтобы общаться с коллегами. Маркетологу нужно быть в общих чертах знакомым с массовой культурой. Широта знаний — это именно то, что отличает настоящего инженера, работающего по специальности, от инженера, который при первой же возможности перешел в управленцы. Если начальник не знает, что Плутон является карликовой планетой, вряд ли он заслужит уважение инженеров.

Это лишь приблизительная картина того, как знание *может* стать причиной высокого дохода. Есть и другие варианты, не исключающие друг друга. Возможно, тот, кто держит в голове множество фактов, больше склонен к оригинальным идеям. Благодаря запасу знаний он видит сходство там, где другие не замечают, и творчески подходит к решению проблем.

Другое объяснение заключается в том, что человек, добывающий и запоминающий разнообразные сведения, также может добывать и запоминать сведения о том, как обращаться с деньгами. Это может помочь ему лучше вести бюджет, хранить сбережения, вкладывать деньги, что со временем позволит сколотить капитал и обернется высоким доходом. Вариант «А» объясняют еще и тем, что люди с широким кругозором склонны выбирать себе хорошо образованных и обеспеченных супругов, так что в результате их семейный доход оказывается большим.

Эти ситуации годятся в качестве примеров, подкрепляющих вариант «А». Однако не исключено, что дело обстоит с точностью до наоборот. Высокий доход, как может оказаться, служит причиной обширных знаний (вариант «Б»). У богачей больше свободного времени, чтобы следить за новостями, читать книги, слушать подкасты и посещать мастер-классы. В то время как у людей, которым приходится сводить концы с концами, меньше денег и нет времени на дела второстепенные. Им чаще приходится крутиться на двух работах, а пригласить ребенку няню они могут не всегда, так что времени на самообразование у них, как правило, меньше.

В соответствии с вариантом «В» один или несколько факторов являются причиной обширных знаний и высокого дохода одновременно. Кандидатов на роль фактора-посредника долго искать не придется. Взять хотя бы наблюдение, что достаток в некотором роде переходит по наследству. Обеспеченные дети ходят к репетиторам и учатся в престижных школах. Они пользуются тем, что мамы и папы на первых порах помогают с квартплатой и погашают кредит за купленный ребенку дом. У родителей есть связи, способствующие карьере, и достаток, который станет наследством.

В этом случае причинным фактором оказываются состоятельные родители. Деньги мам и пап, потраченные в прошлом, обуславливают достаток сейчас. Богатые родители также — посредством репетиторов и учебных заведений — ответственны за широту кругозора. Это легко приводит к корреляции между знанием и доходом, которая сохраняется, даже если исключить такие факторы, как уровень образования и возраст, ведь преимущество обеспеченных детей в том, что в семье делали упор на необходимость учиться и выбирали лучшие школы.

Другим причинным фактором вполне может оказаться память. У кого от рождения память цепкая, тот держит в голове больше фактов. Во многих профессиях без хорошей памяти карьеры не сделать. Она же отвечает за высокий среднегодовой доход.

Есть и иные очевидные факторы, которые могут оказаться существенными. Многие успешные люди верят, что успехом обязаны любопытству (рисуются своим интеллектом?). Другие верят в амбиции, настойчивость и самодисциплину. Для ребенка образование — это первая карьера. Если врожденная потребность преуспевать у него есть, она прежде всего проявится в отличных школьных оценках, которые без знания фактов не получишь. Та же самая потребность может в дальнейшие годы обернуться высокооплачиваемой работой и неотъемлемой привычкой постоянно учиться.

Позже я еще вернусь к этой теме. Мне кажется, что в каждом из этих вероятных факторов есть доля истины. Знание фактов — это и причина высокого дохода, и его следствие, и смежный с ним показатель, обусловленный рядом общих причин. К сожалению, нам не дано выбирать состоятельных родителей или наделять сверхспособностями свой интеллект. Однако все мы можем добиться успехов в учебе.

Деньги и счастье

Разница в доходах — самый примитивный способ «оценить» знания. Впрочем, есть у него некоторые достоинства. Деньги поддаются счету. Когда участнику опроса предлагают назвать свой доход, он должен только вспомнить цифру, тогда как попроси его оценить уровень собственного здоровья или счастья по шкале от одного до десяти, участнику придется какую-то цифру придумать. Богатства желает не каждый, но никто на самом деле не хочет быть бедным. То есть доход можно считать приблизительным критерием оценки того, сколь хорошо человек добивается поставленных перед собой жизненных целей. Существует целый ряд исследований, указывающих на корреляционную связь между доходом и счастьем, здоровьем, долголетием — во всяком случае, в отношении доходов представителей верхнего среднего класса. В статье 2010 г. психолог Даниэль Канеман и экономист Ангус Дитон из Принстонского университета пришли к выводу, никого особо не удивив, что представители среднего класса живут счастливее бедняков. Еще они обнаружили, что существует точка перегиба — где-то в районе 75 тысяч долларов в год[7]. Вплоть до этой отметки уровень счастья возрастает, а после 75 тысяч расти перестает. За этой чертой люди больше не чувствуют себя счастливее. *Если б только был я богат,* размечтаемся мы… но, как проверил на себе Уильям Поуст, *это не гарантия*.

Однако измерить счастье не так уж и просто (о чем в числе прочего пишут Канеман и Дитон). Нет пока еще таких умных часов или мозгового датчика, что смогли бы установить уровень нашего счастья. Единственный осуществимый на практике способ измерить счастье — спросить человека, насколько счастливым он себя ощущает. Этим достаточно давно начали заниматься интервьюеры и психологи. Как и в любом другом типе опросов, результаты во многом зависят от того, как именно сформулирован вопрос.

В некоторых исследованиях при определении показателей счастья часто фигурирует такой вопрос:

> Некоторые люди бывают очень счастливы. Жизнь им в радость, что бы ни происходило вокруг, и они умеют любую ситуацию обернуть в свою пользу. В какой мере это утверждение относится к вам?

Для ответа предлагается шкала оценок. Формулировка вопроса, по всей видимости, настраивает на доверительный тон. Было установлено, что ответы на этот вопрос совпадают с результатами, полученными по развернутым методикам психологической оценки, и соответствуют другим критериям счастья.

Я включил этот вопрос в тест на общую эрудицию, о котором упоминалось выше, и обнаружил, что между знанием фактов и уровнем счастья никакой корреляции нет. Ну, конечно, некоторая тенденция просматривалась, но у порога статистической значимости и близко не стояла. Эксперимент я проводил неоднократно и всякий раз получал один и тот же (не)удивительный результат. Похоже, что широта кругозора действительно тесно связана с доходом, но никак не со счастьем[8]. Какие еще положительные стороны жизни зависят от уровня знаний? Какие виды знания приносят наибольший прок? Эти вопросы я разберу в следующих главах.

ТРИВИАЛЬНЫЕ ВОПРОСЫ

Наверное, вам стало любопытно, по каким вопросам возможно предсказывать размер дохода. Вот несколько примеров из теста, о котором я говорил:

- Кем была Эмили Дикинсон — поваром, поэтессой, дизайнером, философом или звездой реалити-шоу?
- Что случилось раньше — Гражданская война в США или битва при Ватерлоо?
- Кто нарисовал эту картину? (Репродукция работы Пикассо «Художник и модель» 1928 г.)
- Которая из стран Куба? (Респондентам нужно было показать ее на карте.)

Эти вопросы принадлежат к категории, которую мы небрежно называем «тривиальной» не потому, что сообщаемые сведения не представляют ценности, но потому, что они не способствуют элементарному выживанию или зарабатыванию денег[9]. И все же статистика показывает, что к деньгам у них отношение самое прямое.

Ответы: Дикинсон была поэтессой, а битва при Ватерлоо случилась раньше. Вопрос про Эмили Дикинсон оказался самым легким — правильно ответили 93%. На другие вопросы верно ответили примерно 70–75%.

7

НАУКА ПО БРОСОВОЙ ЦЕНЕ

Ведущая программы QVC Шон Киллинджер и дизайнер Айзек Мизрахи не могли найти подходящих слов. Как описать отвратительную блузку цвета зеленой морской пены, которую они надеялись продать телезрителям?

Киллинджер. Она выглядит почти как Земля[1], если смотреть на нее с умопомрачительного расстояния, с планеты Луна.

Мизрахи. Да-а!.. С планеты Луна.

Киллинджер. Или Луна звезда?

Мизрахи. Нет же, Луна — это планета, лапуся!

Киллинджер. Солнце — звезда. А Луна планета?

Мизрахи. Луна, кисуля, это планета. Планета…

Киллинджер. Не надо так на меня смотреть! Солнце же это точно звезда! Что, разве Солнце не звезда?

Мизрахи. Я не знаю, что такое Солнце. Мы не знаем, что такое Солнце… Давай ты погуглишь Луну? Она до того планета, что на нее ступить можно!

Оказавшись на YouTube, этот разговор мгновенно разлетелся по сети. Он превосходно вписался в избитую тему: обыватели ничего не смыслят в элементарной науке.

К науке мы питаем противоречивые чувства. Родители наряду с политиками видят в обучении науке, технологии, инженерии и математике путь к благополучию, а также панацею от всех бед экономики — от аутсорсинга до стагнации в зарплатах среднего класса. Чтобы каждый ребенок научился программированию, от Висконсина до Техаса губернаторы поклялись урезать часы гуманитарных предметов. Однако наша приверженность науке небезгранична. Многие люди не особо интересуются научным прогрессом, разве что последними новинками техники. Предложи политик во всех стратегических решениях руководствоваться научными фактами и здравым смыслом, заручиться поддержкой электората ему будет весьма непросто. С начала 2015 г. только два члена конгресса США — из 535 сенаторов и конгрессменов — занимаются научной деятельностью[2].

В Национальном научном фонде регулярно проводятся исследования, определяющие уровень элементарных научных знаний в США, Европе и Азии[3]. Испытуемым предлагается 10 вопросов по схеме «истинно — ложно»: в центре Земли очень горячо... Любая радиоактивность — дело рук человека... От генов отца зависит, родится ребенок мальчиком или девочкой... Все ведь довольно просто? А вот каков результат:

	Процент ответивших верно
В центре Земли очень горячо. (Да)	78%
Материки движутся миллионы лет и будут двигаться и дальше. (Да)	77%
Любая радиоактивность — дело рук человека. (Нет)	73%
Земля вращается вокруг Солнца или Солнце вращается вокруг Земли? (Земля вокруг Солнца)	71%
От генов отца зависит, родится ребенок мальчиком или девочкой. (Да)	62%
Антибиотики убивают не только бактерии, но и вирусы. (Нет)	54%

	Процент ответивших верно
Электроны меньше атомов. (Да)	45%
Люди произошли от более ранних видов животных. (Да)	44%
Принцип работы лазера заключается в фокусировке звуковых волн. (Нет)	42%
Вселенная возникла в результате мощного взрыва. (Да)	35%

Прежде чем решить, наполовину полон стакан или наполовину пуст, примите во внимание, что, если группа испытуемых станет отвечать на вопросы «истинно — ложно» вслепую, ожидать можно 50%-е попадание. По сути, 50% — это нулевой результат, сопоставимый с невежеством чистой воды. Я хотел бы обратить ваше внимание на последние четыре вопроса, на которые верно ответили *менее* 50% американцев.

В исследовании приняли участие 2010 испытуемых, что указывает на предел погрешности примерно в плюс-минус два процентных пункта. Таким образом, в масштабе населения США четыре нижние цифры действительно находятся ниже 50%.

Сложно поверить в то, что, по мнению большинства американцев, электроны больше атомов, а лазеры работают благодаря фокусировке звуковых волн. Мобильники и телеэкраны немыслимы без электронов. Лазерную указку видели все — чем она указывает, звуком или светом?

Два других вопроса, с которыми не справились, нацелены на проверку понимания эволюции и Большого взрыва. С утверждением о том, что человек произошел от более ранних видов животных, согласились лишь 44%. Теорию Большого взрыва, о которой в вопросе спросили описательно, признали только 35%. (Физики станут возражать, что «мощный взрыв» — это некорректное название Большого взрыва, которое только сбивает с толку. Но, судя по результатам других опросов, можно с полной уверенностью сказать: физиков в выборочной группе оказалось немного.)

Невежество всемирно

Когда речь заходит об эволюции и Большом взрыве, отличить американское невежество от американской набожности становится непросто. Потому что некоторые видят в этих научных идеях вызов традиционной вере, сквозь призму которой рассматривают культуру и политику.

В Институте Гэллапа опросы общественного мнения на тему эволюции проводятся с 1983 г. За все это время идея, что человек — творение Бога, так и осталась самым популярным мнением, потеряв не более нескольких процентных пунктов. Сам вопрос представлен как многовариантный, с тремя возможными ответами. В первом говорится: «Бог создал большое количество человеческих существ в их нынешнем виде, примерно 10 тысяч лет назад или около того». В опросе 2014 г. с этим согласились 42 %[4].

Еще 31 % выбрали в опроснике средний вариант: «Человек развивался из менее совершенных форм жизни миллионы лет, но этим процессом руководил Бог». И только 19 % заняли сугубо светскую позицию, ответив, что человек эволюционировал и «Бог к этому процессу непричастен».

Результаты, полученные в Институте Гэллапа, не то чтобы не соответствуют результатам Национального научного фонда. Просто это лишний раз показывает, сколь многое зависит от формы, в которую облачен вопрос. В Институте Гэллапа его сформулировали так, что заглянуть в сознание среднестатистического человека и узнать, что он думает об эволюции, получается лучше. Среди тех, кто согласен с теорией Дарвина, больше половины предпочитает видеть в ней волю Божественного провидения. Ну и конечно, есть порядочная группа людей, для которых мир молод, а динозавры не попали в Ноев ковчег.

Каждый раз, когда эти результаты попадают в печать, журналисты начинают сетовать о печальном состоянии образования в области естественных наук. Привычным стал поспешный вывод, что знание в нашей стране приходит в упадок, а сама Америка все больше отстает от остального мира. Справедливы ли эти заключения — еще большой вопрос.

Исследователи часто обнаруживают, что молодежь, в отличие от людей постарше, знает о науке больше. Это противоречит тенденциям, обычно наблюдаемым в других областях знания, и опровергает любую тревожную теорию, согласно которой современные дети ничему не учатся. Результаты, предоставленные Национальным научным фондом, также показывают, что американцы, в сравнении с другими нациями, понимают науку не так уж и плохо. Правильно на вопросы теста отвечают в среднем 58% американцев. Те же задания Национальный научный фонд предложил большим выборочным группам по ту сторону океана. Незначительно Америку опередили Европейский союз (63%) и Южная Корея (61%). Американцы справились лучше японцев (51%) и намного лучше участников из Китая (37%) и России (33%). Русским достался утешительный приз, поскольку на каждый вопрос, предполагающий ответ «да — нет», подавляющее большинство ответило неверно.

На вопросы об эволюции и Большом взрыве американцы и русские ответили одинаково (в обеих странах — 44% и 35%). С первым вопросом во всех остальных странах справились значительно лучше. В Европе и Китае результат оказался равным 70%, в Японии — 78%. Тем не менее на второй вопрос, о Большом взрыве, китайцы ответили даже хуже, чем американцы, набрав всего 17%.

В Институте Гэллапа выяснили, что в США начиная с 2000 г. процент светских дарвинистов удвоился. Всего лишь удвоился, и в этом нет ничего удивительного, поскольку изначально он не был большим: с 1982 по 2000 г. держался на 10%-й отметке, а в последующие годы стал резко набирать высоту и к 2014 г. достиг отметки в 19%. Ряды пополнились за счет тех, кто придерживается среднего варианта — эволюции по воле Божественного провидения.

В 2013 г. в Исследовательском центре Пью сообщили, что только за пять лет процент республиканцев, верящих в эволюцию, упал на 11 процентных пунктов (до 43%). В этот же временной интервал среди демократов процент сторонников эволюции вырос и составил 67%. Помимо этого исследователи обнаружили, что за прошедшее десятилетие американцам стало реже попадаться слово *креационизм*. Несмотря на то что республиканцы пытаются учить историков писать учебники, приверженцы креационизма открывают свои музеи и журналисты снимают на эту тему едкие репортажи, многие люди, верящие в *креационизм*, этого слова не знают.

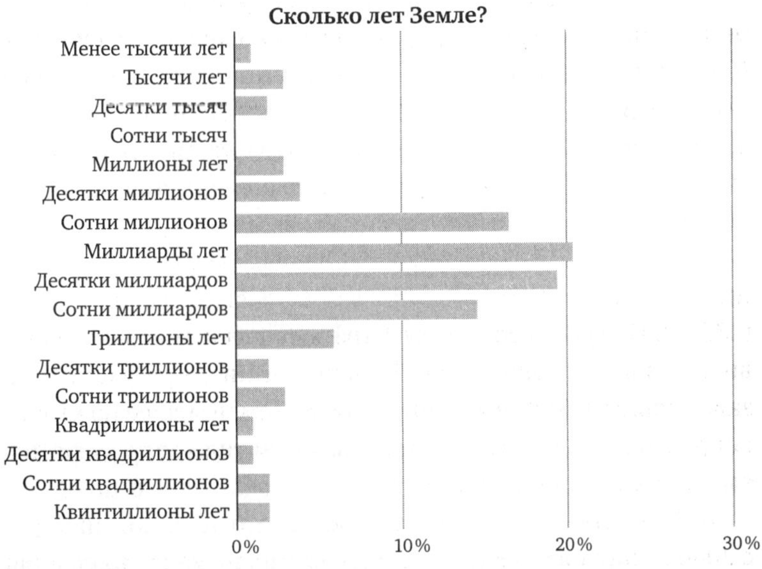

Я уже упоминал о трудности, с которой мы воспринимаем очень большие числа. В науке обычно фигурируют либо астрономически большие, либо микроскопически маленькие. Я провел исследование, в котором испытуемым задал вопрос: «Сколько лет Земле?» Благодаря геологам ответ известен довольно точный — 4,54 миллиарда лет с погрешностью ± 1%. Мне же точного ответа не требовалось, лишь выбрать верный из списка диапазонов, где каждый последующий в 10 раз больше, то есть, к примеру, «1 миллиард — 9,99 миллиарда лет». Этот диапазон как раз верный, но его выбрали только 20%.

Не стоит винить креационистские музеи. Некоторые и правда разделяют вывод архиепископа Джеймса Ашшера (основанный на Библии короля Якова), что мир был сотворен в 4004 г. до н. э. Соответствующий диапазон «1 тысяча — 9,99 тысячи лет» выбрали менее 3% опрошенных. Число большее чем верный ответ называли чаще, чем меньшее. Должно быть, многие просто выбирали число побольше, практически наугад, не опираясь ни на науку, ни на Писание.

Поэт может думать, что любой из смертных, рассматривая собственное место в мировом порядке вещей, непременно заинтересуется чем-то столь фундаментальным, как возраст Земли. Прагматик может возразить, что подобный факт не имеет практической значимости. Что за удивительный век, в котором тайны Вселенной готовы открыться каждому и практически никто не хочет их замечать!

Наука и фантастика

В 2015 г. Джей Брэнском опубликовал на Facebook фотографию: Стивен Спилберг сидит рядом с мертвым трицератопсом — реклама «Парка юрского периода». Ниже Брэнском разместил подпись: «Позорная фотография, на которой довольный охотник позирует на фоне трицератопса, только что убитого им забавы ради. Поделитесь этим фото, чтобы на весь мир ославить негодяя»[5].

Фотографией поделились более 30 тысяч человек, ее встретили тысячами возмущенных комментариев. Возмущенных оттого, что Спилберг застрелил динозавра. Сомнений нет, что много кто паясничал, решив поддержать шутку Брэнскома. Но я совершенно уверен, что многие в своих откликах были искренни. Прежде всего не каждому знакомо слово *трицератопс*, и не все отличили бы настоящего динозавра от правдоподобной компьютерной графики. На фото они увидели мертвое экзотическое животное, которое им показалось отдаленно знакомым (может, по документальным фильмам о природе). В ходе очередного исследования я выяснил, что, по мнению 15 % опрошенных, первобытные люди и динозавры жили в одно время[6]. Это не то же самое, что верить, будто динозавры живут и сейчас, но это тревожащее заблуждение тревожаще большой группы людей.

Научная фантастика если не помогла нам разобраться в динозаврах, клонировании, черных дырах и квантовой теории, то хотя бы позволила о них узнать. Существует довольно много телепередач, радиопрограмм, подкастов, блогов, музейных выставок, где научные факты предстают в занимательной доступной форме. Наукой интересуются многие, но что остается в их памяти?

Планеты — это та научная область, в которой разбираются все. В ходе исследования я выяснил, что в среднем из восьми общепризнанных планет нашей Солнечной системы назвать могут семь[7]. Чаще других из списка выпадали Меркурий и Нептун. Плутон по ошибке к планетам отнесли 25 %, что относительно немного. Солнце назвали только 4 %, и лишь 2 % — смотрят они телеканал QVC или нет — думали, что Луна — это планета.

На вопрос о том, какая «звезда в небе вторая по яркости», рационально ответило менее четверти. Для ответа на этот во-

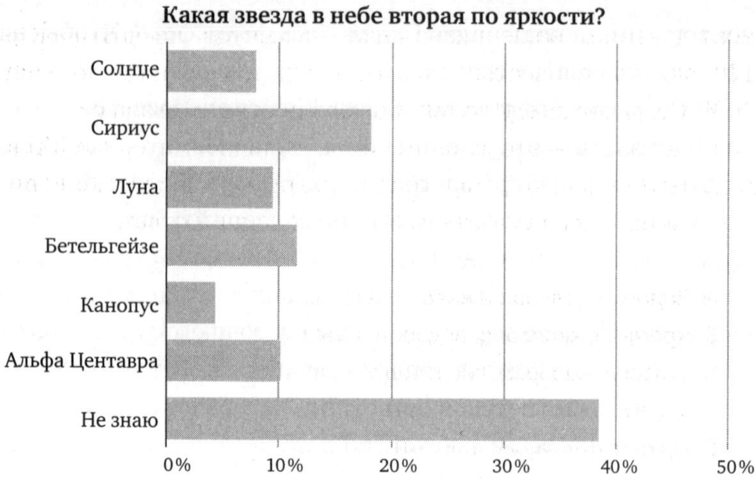

прос прежде всего необходимо знать, что Солнце — звезда. Очевидно, что эта звезда в небе первая по яркости. Также необходимо знать, что Сириус — самая яркая из неподвижных светящихся точек ночного неба. Из этого следует, что Сириус — лучший ответ. Но его тем не менее выбрали лишь 18%.

Вы можете возразить, что большинство людей не имеют представления о том, что Солнце — это звезда (хотя этот факт, согласно «Единым образовательным требованиям», обязан знать каждый первоклассник). Вторая по яркости звезда ночного неба называется Канопус (в США ее зачастую не так просто увидеть). И только 4% выбрали этот ответ.

Показательнее то, как много людей ответили совершенно нерационально. Среди опрошенных 9% думали, что Луна — это звезда. Солнце выбрали 9%, из чего следует, что, по их мнению, где-то на небе есть звезда ярче Солнца.

«Мы сделаны из звездного вещества», — сказал Карл Саган[8]. Эта особенность, однако, не означает, что мы в достаточной мере осознаем, как из атомов, образующих звезды, составлено человеческое тело и мир вокруг нас. В выборочной группе я спросил, сколько известно химических элементов. Большинство ответов оказались в интервале 40–180. Когда я проводил исследование, общепризнанных элементов насчитывалось 118, однако количество, близкое к этой цифре, назвало лишь 30%. Столько же испытуемых выбрали ответ «Не знаю».

Пластмасса — это лучший универсальный материал XXI в. А из чего ее делают? На выбор я предложил несколько вариантов и попросил указать самый подходящий ответ.

А. Водород, углерод и инертные газы.

Б. Кремний, кислород, водород и азот.

В. Углерод, водород, кислород и азот.

Г. Каучук, винил и целлюлоза.

Д. Природный газ и этиловый спирт.

Е. Аминокислоты, фосфор, вода и метиловый спирт.

Вариант «В» — самый подходящий. Его выбрали лишь 13%.

Наибольшую трудность в тесте на проверку научных знаний, который периодически проводят в Исследовательском центре Пью, вызвал такой вопрос: «Из какого газа преимущественно состоит земная атмосфера?» На выбор предлагалось несколько вариантов ответа: водород, азот, кислород и углекислый газ. Из года в год правильный ответ (азот) дают только 20% опрошенных. А самый популярный ответ — кислород.

Ненаучный метод

В 2014 г. Генеральная ассамблея Огайо приняла на рассмотрение законопроект по отмене стандартов «Единых образовательных требований». Согласно одному из условий законопроекта, в обучении научному знанию следует отныне и впредь избегать «политического или религиозного толкования научных фактов» и «больше внимания уделять общеобразовательным и научным знаниям, а не научным процессам»[9].

Имеются все основания полагать, что в муниципальной школе на уроке, как и у соседей на пикнике или за обедом в День благодарения, неуместно ставить под сомнение чьи-либо политические или религиозные взгляды. А вот запрет на обучение «научным процессам» вызвал всеобщее недоумение. В школах должны объяснять науку в отрыве от процессов, обусловливающих ее развитие? Ну да, конечно.

Свет на эту загадку пролил конгрессмен Энди Томсон, один из авторов законопроекта, объяснив, что таким образом пытались к школьным предметам добавить креационизм. «Во многих округах, возможно, смотрят на вещи иначе, — пояснил Томсон, — а мы хотим, чтобы они могли проявить гибкость и учесть все существующие точки зрения не только относительно веры или возникновения Земли, но также проблем глобального потепления и других спорных вопросов»[10].

Журналист у него спросил, имеется ли в виду теория разумного замысла. «На мой взгляд, им будет полезно учесть взгляды людей верующих. Это не противоречит закону».

Иными словами, задача науки как общеобразовательного предмета — научить не тому, во что верят ученые и почему они в это верят, но тому, во что верят люди религиозные. Инициаторы законопроекта убедили себя в том, что научные факты приемлемы, тогда как научное *мышление* оказывает пагубное влияние.

Взяв эту мысль за точку отсчета, я поставил перед испытуемыми такой вопрос:

«Как лучше всего проверить, действует ли новый медицинский препарат?»

А. Распространить бесплатные образцы. Все, кто препарат попробовал, заполняют электронную анкету.

Б. В группе добровольцев одна половина получает лекарственный препарат, другая — плацебо. Исследователь сравнивает, какая группа покажет лучший результат.

В. Взять пробу препарата для анализа, чтобы изучить состав и установить, содержатся ли в нем ингредиенты, известные лечебным или профилактическим действием.

Г. Попробовать препарат на шимпанзе. Если на них он подействует, то, вероятно, подействует и на человека, поскольку ДНК у нас на 99% совпадает.

Д. Сформулировать гипотезу и проверить ее, предложив препарат группе добровольцев. Если на бóльшую часть он подействует, значит, подействует и на широкую публику.

Только вариант «Б» отражает крайне важную идею контроля, центральную для научного метода и, бесспорно, критического мышления. Из предложенных ответов этот — лучший, и выбрали его добрые 59%.

Сравните этот результат с другим, прискорбно низким, по тесту на знание элементарных научных фактов. Людям проще уловить суть научного метода, чем уяснить основные элементарные явления, определяемые с помощью этого метода, например, как называется газ, составляющий основу воздуха, которым мы дышим.

В этом, по всей вероятности, отражаются приоритеты образования — установка обучать навыкам и критическому мышлению, но не фактам. Выучить научному методу действительно крайне важно (и вот одна из причин, почему предложенный в Огайо законопроект оказался столь неприемлемым). Но и факты имеют значение. Без них учеба обернется лишь поверхностным знакомством с наукой, подборкой расхожих формулировок, которые никто по-настоящему не понимает.

С физикой как раз это и происходит. Я задал испытуемым вопрос: «Какое описание подходит принципу неопределенности в физике?» Варианты ответов предлагались такие:

А. Неопределенным является заряд электрона: в одном случае он может оказаться положительным, в другом — отрицательным.

Б. У субатомной частицы не могут быть одновременно точно измерены положение и скорость.

В. Чем больше мы о чем-либо узнаем, тем меньше наше знание.

Г. Скорость света по своей природе величина неопределенная и зависит от системы координат наблюдателя.

Д. Многие детерминированные системы рассматриваются — в практических целях — как системы непредсказуемые, поскольку небольшие изменения их первоначального состояния приводят к большим изменениям в последующих состояниях.

«Принцип неопределенности» — это кандидат в расхожие формулировки. В нем схвачена, или как будто схвачена, вся суета нашего неопределенного мира.

Но к тому содержанию, которое в этот термин вкладывают физики, близок только вариант «Б». Его выбрали 31 % испытуемых.

Какое описание подходит принципу неопределенности?

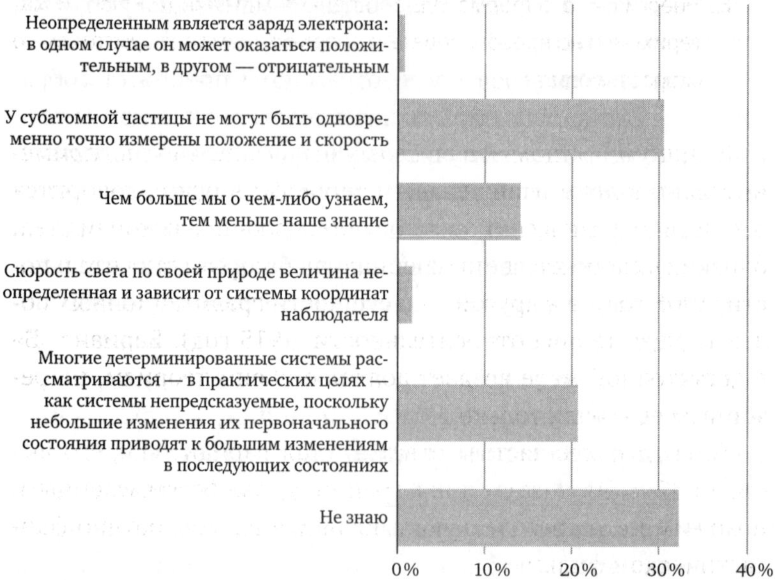

Принцип неопределенности 21% респондентов перепутали с хаосом (к нему отсылает вариант «Д»). Оба часто упоминаются в популярных СМИ, и суть их вкратце сводима к одному и тому же: нет ничего предсказуемого. Однако каждое из этих понятий толкует непредсказуемость совершенно по-разному.

К вопросу, в котором испытуемым предлагалось выбрать «формулировку, передающую суть теории относительности Альберта Эйнштейна», предлагались такие варианты:

А. Все относительно, включая восприятие пространства и времени.

Б. Скорость света не зависит от движения наблюдателя, а причина гравитации — «искривление» пространства и времени.

В. Скорость света изменяется в зависимости от движения наблюдателя, а время — это четвертое измерение пространства.

Г. Скорость света относительна; Вселенная возникла в момент Большого взрыва и с тех пор расширяется.

Д. Скорость и положение относительны и не могут быть одновременно точно измерены.

Е. Энергия — это форма существования материи ($E=mc^2$), и материю можно преобразовать в энергию, заставив двигаться со скоростью света.

Эйнштейн использовал слово *относительность* применительно к двум очень разным теориям: в одной говорится о действии физических законов при скоростях движения тел, близких к скорости света (специальная теория относительности, 1905 год), а в другой — о сущности гравитационных полей (общая теория относительности, 1915 год). Вариант «Б» в достаточной мере воздает должное обеим теориям, но резонным его сочли только 7%.

Гораздо более частым ответом стал вариант «Е»; его выбрали 47%. Этот ответ я намеренно сделал бессмысленным, похожим на теоретическую выкладку в плохом научно-фантастическом фильме.

Какая формулировка передает суть теории относительности?

Вероятно, многие увидели $E = mc^2$ и решили, что сопровождающий эту формулу текст наверняка написан правильно.

В обоих вопросах — о принципе неопределенности и об относительности — предлагались варианты, которые можно считать псевдофилософским упрощенчеством: «Чем больше мы о чем-либо узнаем, тем меньше наше знание», «Все относительно, включая восприятие пространства и времени». С этими ответами соглашались весьма охотно 14 и 18% испытуемых соответственно.

Многие не поняли в теории относительности самого главного: скорость света — константа, она никак не зависит от движения наблюдателя. Ведь благодаря именно этому неожиданному открытию (опыт Майкельсона — Морли) Эйнштейн вообразил себе мир, в котором время и пространство относительны. В вопросе про относительность варианты «В» и «Г» этой ключевой посылке противоречат.

Понять относительность и квантовую теорию, бесспорно, нелегко. Разобраться в них должным образом, не будучи физиком, едва ли возможно — вот никто и не разбирается. Для большинства наука — заумный рекламный ролик, построенный вокруг парочки непонятных высказываний и уравнений.

Некоторые говорят, что наша культура и образовательная система препятствуют женщинам делать карьеру в науке. Я провел тест на определение уровня научных знаний, состоящий из восьми вопросов по биологии, химии, физике, астрономии, информатике. Между полученными результатами и полом респондента прослеживается четкая связь: с тестом мужчины справились лучше[11]. В среднем они ответили верно на 66% вопросов, а женщины — на 55%.

В самих результатах нет ничего необычного, но рассматривать их нужно в более широком контексте комплексного исследования. Эксперимент, проведенный Джойс Эрлингер и Дэвидом Даннингом, дает более полную картину[12]. Мужчинам и женщинам предлагалось оценить свои способности к научному мышлению. Женщины в среднем поставили себе оценки ниже, чем мужчины. Затем участникам исследования раздали тесты на выявление научного склада ума, а после каждого попросили ответить, как бы он оценил собственный результат. В целом женщины с заданиями справились не хуже мужчин, и все же оценку собственному результату они поставили ниже. В заключительной части эксперимента исследователи пригласили этих же респондентов к участию в научном конкурсе, пообещав победителям призы. Женщины соглашались менее охотно, и их желание коррелировало не с результатами пройденного теста, а с их *оценкой* этого результата. Этот эксперимент представляет собой аллегорию того, как устроена наша система образования. Его результаты намекают на то, что разница в способностях мужчин и женщин к науке существует лишь потому, что мы сами в нее верим.

В своем исследовании я не обнаружил значимой корреляции между научными знаниями и уровнем дохода[13]. Но в общественном сознании утвердилось мнение, что научное образование дает более высокую зарплату. В таком случае почему отсутствует корреляция? Ученые и инженеры составляют где-то 4,8% трудовых ресурсов США[14]. Реформаторам, для которых свет клином сошелся на обучении точным наукам будущих эрудитов, следовало бы по этому поводу задуматься. В моем же исследовании корреляции нет потому, что я хотел прежде всего установить, какую «ценность» с точки зрения дохода имеют научные знания для 95%-го большинства, не занимающегося научной деятельностью. Похоже, для них научное знание оказывается не таким уж и ценным, по крайней мере, когда речь идет о долларах и центах.

Сейчас самое время вспомнить еще одно правило, о котором рассказывали на уроках статистики, не так широко известное, как «корреляция не доказывает причинно-следственную связь». Это обратное правило: *отсутствие корреляции не опровергает причинно-следственную связь*.

Инопланетный статистик прилетает на Землю и пытается определить, откуда у людей берутся дети. Возможно, инопланетянин обнаружит, что корреляция между половым актом и рождением ребенка едва ли просматривается (ввиду нестабильной плодовитости и противозачаточных мер). Вместе с тем любой землянин будет настаивать, что дети появляются в результате полового акта, и кроме этого нет других причин. Если инопланетянин придет к иному выводу, он, конечно, будет неправ*.

Одна из причин, по которым исследователям не удается обнаружить корреляционную связь, заключается в том, что размер выборки оказался недостаточно большим. Насколько большой должна быть выборка? Ну, в этом-то все и дело — никто не знает. Масштаб исследования по выявлению науч-

* Автор в этом примере, возможно, ради упрощения игнорирует существование современных технологий искусственного оплодотворения. — *Прим. ред.*

ных знаний у меня получился достаточно большим, чтобы указать на весьма существенную разницу между количеством правильных ответов у мужчин и у женщин. Не исключено, что более масштабное исследование обнаружило бы и другую корреляцию: между научными знаниями и уровнем дохода. А может, ничего бы не обнаружило.

Отсутствие корреляции не опровергает причинно-следственную связь, но оно должно направлять ход дальнейших размышлений и научного поиска. В последнее время несколько крупных и тщательно проведенных исследований не обнаружило корреляции между потреблением яиц и высоким уровнем холестерина. Это стало хорошей новостью для поставщиков яиц и любителей яичницы по всей стране. Вряд ли была бы другая реакция: исследование, призванное обнаружить нежелательную корреляцию, ее не обнаружило. Когда знаешь, что исследование не обнаружило корреляции между «А» и «Б», перестаешь думать об «А» как о причине «Б».

ТЕСТ ТЬЮРИНГА НЕ ПРОЙДЕН

Я задал добровольцам два научных вопроса. Меня удивило, каким легким для них оказался первый и каким сложным — второй.

$$\pi = 3,\_4159\ldots$$

1. Какая цифра вторая в числе π (первая цифра после запятой)?
2. Какое описание подходит к тесту Тьюринга?

А. Традиционный устный экзамен на соискание ученой степени кандидата наук, впервые появившийся в Кембридже в начале XVIII в.

Б. Способ определить степень родства двух особей или видов, заключающийся в сопоставлении последовательностей митохондриальной ДНК.

В. Статистический тест, применяемый при оценке эффективности новых лекарственных препаратов, цель которого — сравнить действие препарата и плацебо.

Г. Эксперимент, в ходе которого интервьюер задает вопросы невидимому собеседнику с целью установить, человек перед ним или компьютер.

Правильные ответы: «1» и «Г».

На вопрос о числе π верно ответил 71%. Так же хорошо люди называли его третью цифру (что это 4, знали 70%). Между этим вопросом и уровнем дохода обнаружилась корреляционная связь: если испытуемый знал, какая на месте пропуска должна быть цифра, его годовой доход (размер семейного дохода) оказывался на 32 тысячи долларов больше, чем у тех, кто этой цифры не знал[15].

Тест Алана Тьюринга — фантастический мысленный эксперимент 1950 г. — застал современный мир врасплох. Варианты этого теста используются в спам-фильтрах, он часто встречается в комиксах про Дилберта и в научной фантастике, а турниры по тесту Тьюринга убедительно показали, что неразумным машинам не так сложно одурачить человека, как мы себе представляли. И тем не менее, что собой представляет тест Тьюринга, в выборочной группе знали лишь 30% опрошенных[16].

8

ГРАММАТИЧЕСКИЕ ПОЛИЦЕЙСКИЕ И ГРАММАТИЧЕСКИЕ БУНТАРИ

Возле моего дома есть ресторан с вывеской, где рукописный текст обещает «Лучшее что есть в кубинской кухне» (написано точно так!). Должно быть «лучшее, что», а не «лучшее что».

Существуют два подхода, предписывающие по-разному отзываться на ненормативное авторское правописание, — сторонников одного подхода назовем грамматическими полицейскими, а другого — грамматическими бунтарями. Первые стоят на том, что даже в наш постграмматический век следует сверяться с показаниями орфографических словарей и выполнять стилистические рекомендации. Дорогая вывеска формирует первое впечатление посетителя от заведения, так что ошибок в ней быть не должно. Приготовление пищи, подобно грамматике, — это дисциплина, правила которой исполняются неукоснительно. Не будешь им следовать — соус свернется, крем прокиснет, а в мясе птицы заведутся возбудители сальмонеллеза. Отсутствие запятой свидетельствует о том, что владелец ресторана не следит за мелочами.

Грамматическим бунтарям грамматика видится рожденной в толпе галлюцинацией. Языковая норма подвижна, и общеупотребительное всегда одерживает верх над элитарным. SMS-сообщения, записи в Twitter и обновления статуса, набранные в качающемся вагоне метро, несут в себе будущее (каким бы оно ни было) правописания и грамматики. Перекусить в ресторане, в меню которого пропущена запятая, никто не откажется.

У меня есть знакомые, которые терпеть не могут ошибок на табличках. Они обсуждают подобные грамматические изуверства за обедом и мечтают организовать комитет грамматической бдительности — по ночам обходить город, вооружившись кистью с краской, и править замеченные ошибки. Грамматические дозорные существуют как в реальном, так и в виртуальном мире. Говорят, разработчик программного обеспечения Брайан Хендерсон внес в Википедию более 47 тысяч исправлений: он не выносит, когда выражение «включать» употребляют в значении «состоять из»[1].

Меню и битва за грамматику

Меню — одно из полей битвы за грамматику. «В ресторане работают не писатели, — объяснил Грегг Рэпп, ответственный за составление меню. — Повару составить меню не легче, чем студенту написать курсовую»[2]. Ошибки в орфографии и словоупотреблении встречаются в меню потому, что современные несетевые рестораны часто печатают его сами. Чем отправлять заказ в старомодную типографию, где держат настоящего корректора, проще за пару минут набрать текст на компьютере.

«Я не жду от повара мастерства писателя, ведь и он, в свою очередь, не ждет, что я сама приготовлю себе слойку, — заметила Джейн Блэк, журналистка из Washington Post. — Но если учесть, что существует множество компьютерных программ для проверки орфографии (текстовый аналог замороженных слоек), то обилию ошибок нельзя не удивляться»[3].

Большинство людей не могут правильно написать слово fettuccine

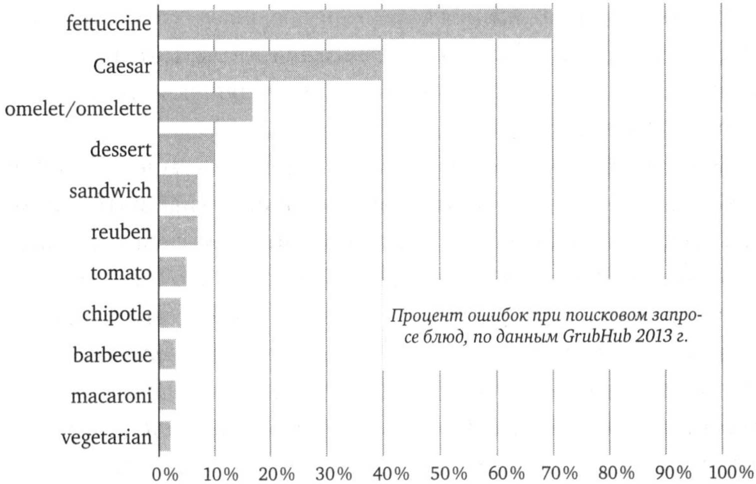

Много ли посетителей обращает на это внимание, вот в чем вопрос. В 2013 г. служба доставки еды GrubHub взялась установить, часто ли допускают орфографические ошибки, когда вводят названия блюд в поисковую строку[4]. Большинство заказов в GrubHub поступают через мобильное приложение, пользователям которого приходится сражаться с миниатюрной клавиатурой. Однако ни случайным нажатием клавиш, ни причудами автозамены не объяснить самых типичных ошибок. Особенно тяжко американцам приходится с названиями итальянских блюд.

Выяснилось, что слово fettuccine пишут неправильно более 70%, заменяя его либо fettucine, либо fettucini.

Нет ничего необычного в том, что ошибочный — а не правильный — вариант более распространен как в онлайн-меню и сетевых рецептах, так и в поисковых запросах голодных горожан. По данным Google Trends, орфографически неверное ciabbata встречается в четыре раза чаще верного ciabatta, а неверное osso bucco — в два с половиной раза чаще osso buco.

Говорят, что пиццу Margherita назвали в честь итальянской королевы. Многие пишут Margarita, как будто хотят заказать мексиканский текиловый коктейль[5]. Когда речь заходит о салате Caesar, в написании этого слова ошибаются 40%. А то, что вместо салата Mesclun (месклан) все чаще просят салат Mescaline, вызывает беспокойство[6]. Знаменитый шеф-повар Гай Фьери имеет обыкновение произносить не mascarpone, а marscapone; именно так это слово написали в титрах его кулинарной передачи на канале Food Network[7].

Когда-то я писал для двух журналов, издатели которых сомневались, стоит ли обращать внимание на правописание и грамматику. Ведь редакторам и корректорам за работу тоже надо платить. Если ошибок в написании и словоупотреблении станет меньше, вырастет ли тираж, станет ли больше заявок на размещение объявлений? Мои коллеги считали, что нет.

Как члену редколлегии мне казалось, что ошибки все-таки играют какую-то роль. Разумеется, я, как и издатели журналов, всего лишь предполагал. Я реалист и знаю — жаловаться по поводу плохой редактуры читатели не станут. Появившаяся у меня смутная идея была о другом: правописание и грамматика формируют мнение людей об этих журналах на подсознательном уровне. Определить дешевый костюм или дешевый парик можно с первого взгляда, и не нужно при этом ничего знать о портняжном деле или разбираться в накладных волосах. Я предположил, что читатели по наитию оценят качество редактуры и в результате у них сложится мнение по поводу содержания статей.

Правда ли, что отсутствие ошибок в правописании и грамматике действительно сказывается на мнении и решениях покупателей? Чтобы разобраться, я провел три исследования, призванные определить ценность правописания и грамматики в коммерческой среде. В одном испытуемым показали меню выдуманной закусочной и попросили ответить на

REAL FOOD AT IT'S BEST

LOCALLY SOURCED SALADS

ALTHOUGH WE PAIR OUR DRESSINGS, YOU MAY CHOOSE YOUR OWN VINAGRETTE: HOUSE, LEMON OR OLIVE OIL & BALSAMIC

ORGANIC CEASAR SALAD WITH GRILLED CHICKEN 9

THAI FETTUCINE SALAD WITH LEMONGRASS, BASIL, AND GRAPE TOMATOE 9

MESCALINE GREENS WITH EDAMAME, CRANBERRY & CANDIED WALNUT 10.5

SHITAKE MUSHROOMS WITH GORGONZOLA DOLCE, AVOCADO, BACON & EGG ON SPRING MIX 12

SANDWHICHS

ORGANIC CHIPOLTE CHICKEN WITH LINGONBERRY CHUTNEY ON RAISIN WALLNUT 9

ORGANIC TURKEY BREAST WITH BRIE, PEAR, TOMATOE, HONEY & FIG COMPOTE ON WHEAT 9.75

TURKEY RUEBEN SALAD WITH GRANNY SMITH APPLE & OLIVE TAPENADE ON WHEAT 8.75

ORGANIC CAGE-FREE DENVER OMLETT ON CIABBATTA 8

PULLED PORK BARBAQUE, GRUYERE, PICKLES & MUSTARD ON FOCCACIA 10

PROSCUITTO & FRESH FIG WITH RICOTTA, HONEY & BALSAMIC REDUCTION ON RAISIN WALLNUT 11.75

VEGITARIAN SANDWHICH: HUMMUS, ROASTED VEGGIES & DRIED TOMATOE W. BASIL PESTO ON 5 GRAIN 9.5

DESERTS, SIDES & MORE

CHOCOLATE MARSCAPONE POUND CAKE 8

CHEESE PLATTER: SELECTION OF FOUR FINE CHEESES WITH DRIED FRUITS, NUTS & BREAD BASKET 15

DAILY HOT OR COLD SOUP CUP 4 .5/ BOWL 6 SMALL BAG OF CHIPS 2.25 MINI VEGAN 5.5

COFFEE 2.5 TEA 2.5 SPARKELING WATER 3.5 SOFT DRINKS 3.5

PRICES SUBJECT TO CHANGE WITHOUT NOTICE BASED ON MARKET FLUCTUATIONS & GAS PRICES... THE GOOD STUFF COSTS MORE! AVAILABILITY ON SEASONAL ITEMS FLUCTUATES BASED ON SEASON

несколько вопросов: «Нравится ли выбор блюд?», «Зайдете ли сюда пообедать?», «Сколько готовы заплатить за обед?».

Испытуемых в случайном порядке и без их ведома распределили по двум группам, отличавшимся только предложенным меню. Для одной группы его составили с точки зрения правописания и грамматики безукоризненно. Для другой группы (см. изображение) я постарался сделать как можно больше стандартных ошибок и опечаток.

У испытуемых я ничего не спрашивал о правописании. Мне хотелось понять, окажет ли неграмотное написание — может, на подсознательном уровне — какое-либо влияние, когда их попросят вынести закусочной вердикт.

Ничего подобного. По каждому критерию неграмотное меню оценили так же, как и меню без ошибок, причем в пределах допустимой статистической погрешности[8]. В обеих группах люди одинаково охотно соглашались пообедать в этой закусочной, оценивали еду как полезную для здоровья, а стоимость блюд называли приемлемой.

На диаграмме в виде отрезков изображены планки погрешности. Во всех случаях их длина практически одинакова, поэтому нет ни малейшего свидетельства тому, что ошибки в меню что-то значат. Я говорю об ошибках вроде «сэндвитч», «барбекью» и «вегитарианский». В вопросах правописания и грамматики мы охотно делаем ресторану любую уступку.

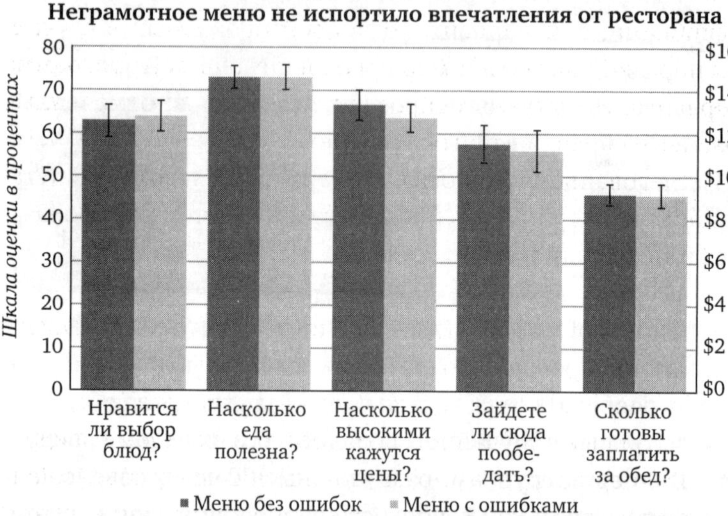

Всему виной автозамена

«Доверие — это то, что следует заслужить, будь ты чей ни будь муж, отец или конгрессмен»[9]. Это фрагмент пресс-релиза, опубликованного луизианским конгрессменом Вэнсом Макаллистером, в котором он, извиняясь за один проступок (супружескую измену), тем временем совершил другой (написал «чей ни будь» вместо «чей-нибудь»).

Для тех, кто допускает подобные ошибки, козлом отпущения стала автозамена. Компьютерная программа, которая должна была помочь нам не отвлекаться по мелочам, теперь за нас совершает ошибки, а иногда дает удобный повод оправдаться. Какой уровень языковой грамотности имеет обычный современный американец? Чтобы это выяснить, я написал небольшую статью, в которой постарался допустить как можно больше ошибок. На этом материале я провел другое исследование. На этот раз испытуемых попросили искать языковые ошибки. Каждый получил не мою заготовку с ошибками, а ее вариант, подкорректированный в случайном порядке, так что примерно половину ошибок программа исправила. Испытуемых спросили, являются ли отмеченные фрагменты правки верными или нет.

Исследование было посвящено тому, что некоторые путают пары your и you're, its и it's, there и they're. В тексте оказались и такие ошибки:

- Throws of passion (вместо слова throes, означающего «агонию»)
- Mother load (должно быть lode — «рудная жила»)
- A complete 360-degree turn (обычно имеется в виду a 180-degree turn — «разворот на 180 градусов»; иначе получается полный оборот без какой-либо смены курса)
- Daring-do (должно быть derring-do, что означает «отчаянную храбрость»)
- Bemused в значении «позабавиться над чьим-либо несуразным ответом»; на самом деле значит оно «озадачиться»
- Equity waver theater (должно быть waiver — «отказ от права»)

Я обнаружил, что треть испытуемых принимает its за it's. Более бдительны они оказались в отношении пар there и they're, your и you're; с неверными вариантами согласились лишь где-то 15%.

Относительное местоимение who почти две трети сочли верным в тех грамматических конструкциях, где надо было употребить whom.

В грамматических конструкциях, где надо было (по данным грамматической полиции) употребить whom, местоимение who сочли верным почти две трети опрошенных. Это наглядное свидетельство тому, что whom является устаревшим. Этого слова практически не слышно в обиходе, да и не видно в текстах электронных СМИ, где работают носители английского языка. (В этом случае я стою на позициях грамматического бунтаря.)

Чуть больше половины отметили вариант throws of passion как верный. Почти столько же испытуемых попалось на других частотных ошибках словоупотребления. Учителя английского языка воспрянут духом, ведь подавляющее большинство определило выражения taken for granite (*верно: take for granted*) и doggie-dog world (*верно: dog eat dog world*) как неверные.

Сколько людей заметили эти языковые ошибки?

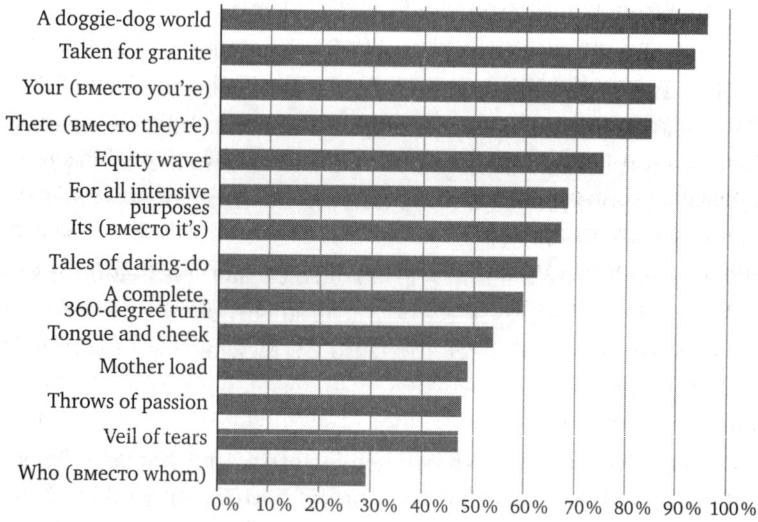

Слово derring-do — ископаемое времен Джефри Чосера. Вполне закономерно, что его первую часть подменяют привычным daring, похожим по звучанию и подходящим по смыслу. И действительно, daring-do отмечали как правильный вариант гораздо чаще, чем derring-do (38 и 26 % соответственно). Участникам дали только один вариант статьи — и там это слово было исправлено, — но они, очевидно, не были уверены ни в первоначальном derring-do, ни в итоговом daring-do.

Одним из главных выводов исследования стало то, что многие не уверены в правильности того или иного варианта. К этому выводу я пришел, когда внес в текст еще несколько с виду противоречивых, но верных словоупотреблений, например viral story. С этим словосочетанием согласились только 67 %. Возможно, потому, что ждали (не без оснований) вопросов с подвохом. Но даже из этого можно заключить, что грамматика — это та сфера, в которой многие чувствуют себя некомпетентными.

Однако некомпетентными не до такой степени, чтобы взять и перепроверить. Современные деловые компании обмениваются как внутри, так и вне своих структур небывалыми прежде объемами информации и используют для этого самые разнообразные средства, каких не было прежде: информационные потоки социальных сетей, веб-сайты, видеохостинги и слайд-шоу. И хотя правописание проверяет программа, слова с ошибками в деловых текстах — обычное дело. А вот писатели, которым должно быть больше всех пользы от автоматической проверки, часто оказываются среди тех, кто этими программами не пользуется. Многие документы сразу создаются как слайд-шоу, электронные таблицы, электронные письма и файлы мультимедиа, не проходя через текстовый редактор. Кроме того, проверкой правописания пользуются не всегда, а некоторые просто не знают, как эту функцию включить, если программа предназначена не для набора текстов.

Среди жителей США я провел опрос на тему правописания слов, в которых сплошь и рядом ошибаются при наборе деловых документов. Испытуемым предлагались варианты ответа, так что выполнить это задание, пожалуй, легче, чем написать эти же слова, но без подсказок. Тем не менее выбрать верное написание таких слов, как embarrass, consensus и prerogative, сумела примерно лишь половина опрошенных.

Предпочтительный американский вариант judgment выбрали только 27%. Неудивительно, что популярным ответом оказалось написание judgement — за него проголосовали 72%. Этот вариант логичен, и именно judgement является верным в Великобритании, но только не в контексте судопроизводства, где это слово сами британцы пишут без «е». В силу какой-то загадочной причины написание judgment образованные американцы стали считать нормой в обоих значениях: «решение суда» и «способность принимать здравые решения».

Немногим дано правильно написать supersede — едва ли 10%. Зато 83% охотно бы написали supercede.

Слова, которые в деловых документах часто пишут неправильно

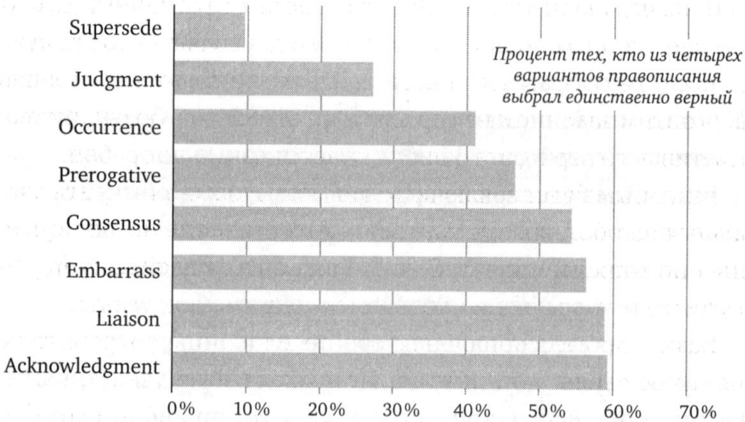

Вернемся к моему изначальному вопросу: важны ли по-прежнему правила грамматики, словоупотребления и написания? Что ж, ничего они не значат — да и не могут значить — в устном или письменном общении с менее грамотной частью населения. Однако на языковые привычки людей безграмотных вряд ли кто станет специально равняться.

Корреляционной связи между правописанием с грамматикой и возрастом, доходом или даже образованием я не нашел[10]. Конечно, в своих выводах я могу опираться лишь на правописание и употребление тех слов, которые вошли в опрос, — в них иногда ошибаются даже люди с высшим образованием. Ведь мало кто на занятиях по английскому языку предупреждает насчет словосочетаний вроде mother lode и Equity waiver, хотя их часто пишут неправильно. Участники старше 30 замечали ошибки в устаревших словах с тем же успехом (то есть так же плохо), что и участники помоложе. Хотя между доходом и правописанием значимой корреляции тоже не обнаружилось, тенденция, согласно которой более грамотные зарабатывают больше, все-таки просматривалась[11].

В качестве примера показателен случай, когда вместо your требовалось написать you're. Участники опроса, которые это заметили, получали в год на 23 тысячи долларов (семейный доход) больше тех, кто ошибку пропустил[12]. В паре your — you're нужно было различать часто встречающиеся выражения, и лишь 15% с этим заданием не справились. Для 85%-го большинства, ответившего верно, эта ошибка кажется довольно грубой.

Разумным будет заключить, что, хотя и важно избегать очевидных ошибок, знание тонкостей употребления не дает существенного преимущества. Ошибочное написание типа daring-do и supercede корреляции с уровнем дохода не обнаружило.

Если в профессиональном отчете вы верно употребите то или иное слово, но никто об этом никогда не узнает, какой в этом прок? Ясно, что многое зависит от вашей аудитории. К докторской диссертации и резюме на соискание должности корректора требования должны быть выше. Речь политика или генерального директора, рассчитанная на широкую аудиторию, должна быть в языковом плане безукоризненна, хотя бы для того, чтобы не дать повода грамматическим полицейским развязать дискуссию в социальных сетях. Но, как нам уже известно, к ресторанному делу это не относится. От шеф-повара мы ждем умения правильно готовить кнели, а не правильно писать.

Там был, все сделал, вручили футболку — уже затаскал до дыр

В 2014 г. ФБР стало предметом насмешек, поскольку составило список из 2800 аббревиатур, используемых в SMS-сообщениях, на Facebook и даже Myspace[13]. Получилось что-то вроде словаря жаргонизмов для отстающих, причем за деньги налогоплательщиков. Словник включал перечень сокращений, в самом деле используемых и известных практически каждому (кроме некоторых агентов ФБР). Кроме них в списке значились тысячи непонятных или всеми забытых аббревиатур, которые федералы откопали непонятно где. BTDTGTTSAWIO, как нам сообщается, означает «там был, все сделал, вручили футболку — уже затаскал до дыр».

Работа, проделанная ФБР, обращает внимание на два момента. Во-первых, сетевые аббревиатуры и жаргон живут короткой жизнью. Во-вторых, человек, использующий аббревиатуру вроде BTDTGTTSAWIO, не заботится о том, понимает ли его кто-нибудь еще. Быть может, он надеется, что кто-нибудь заинтересуется и спросит.

Я провел тест на понимание некоторых распространенных аббревиатур, жаргонизмов и модных словечек. Испытуемым предлагались задания с возможными ответами — на каждый вопрос по четыре варианта. Практически все понимают сокращение LOL («умираю от смеха»). Чего не сказать о почти любом другом акрониме, попадающемся в текстовых сообщениях, часто мелькающем в Twitter. Не узнали такие расхожие акронимы, как YOLO и IMHO («живешь только раз» и «по моему скромному мнению»), около 20% опрошенных. Что такое <3 (значок сердечка, означает «люблю») и TLTR (too long to read ≈ «много букв»), обычно предваряет какое-нибудь пространное откровение), — не смогли ответить примерно 40%.

Как и ожидалось, существует прочная корреляционная связь между знанием акронимов с жаргонизмами и молодым возрастом[14]. Впрочем, уровень понимания никак нельзя назвать всеобщим даже среди людей моложе 30. Распознать, казалось бы, вездесущую аббревиатуру NSFW («небезопасно для работы») не может каждый пятый представитель поколения миллениума и более половины людей постарше.

Сколько людей понимают сленг, сокращения и модные словечки?

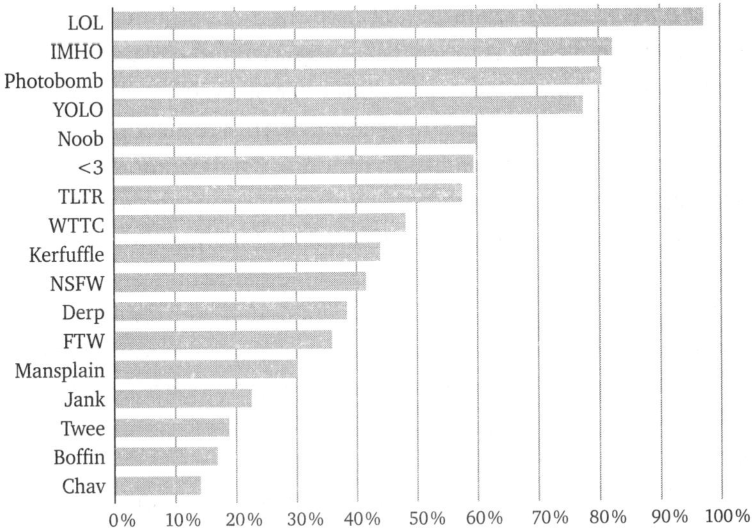

Неологизмами, вошедшими под фанфары пресс-релизов в онлайн-версию «Оксфордского словаря английского языка», беззаботные журналисты пользуются без всякой меры. Но, возможно, благодаря их стараниям участники моего исследования хорошо знали некоторые новые слова, в том числе *photobomb* («непрошеное присутствие на фотографии») — 80% и *noob* (новичок, «чайник») — 30%. Жаль, что действительно полезное *mansplain* («снисходительное поучение, обычно исходящее от мужчины к женщине») известно едва ли 30%.

Другие журналисты предпочитают британские заимствования, например *kerfuffle* и *twee*. Мне всегда казалось, что пользоваться такими словами, равно как носить галстук-бабочку, — все это отчаянные попытки привлечь к себе внимание. В любом случае мало кому известно, что означают эти слова. Среди англицизмов больше всего очков у *kerfuffle* («суета или суматоха») — 44% знакомы с его значением. А вот что такое tweе («вычурно элегантный»), *boffin* («знаток») и *chav* («вульгарный подросток в одежде от широко известных торговых марок»), знают не более 20%. Подкованность в жаргонизмах никак с доходом не коррелирует[15].

Ведутся споры о том, суждено ли разговорной письменной речи, характерной для переписки в телефонах, прийти на смену нормам печатного слова. Бесспорно то, что выбор языковых средств сам по себе подспудно сообщает некоторую информацию. Ваш собеседник достаточно умен, чтобы ее уловить. Да и не только он — функция автодополнения Google тоже.

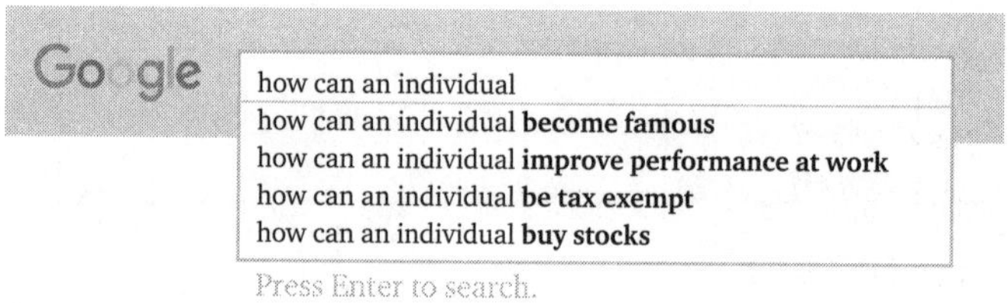

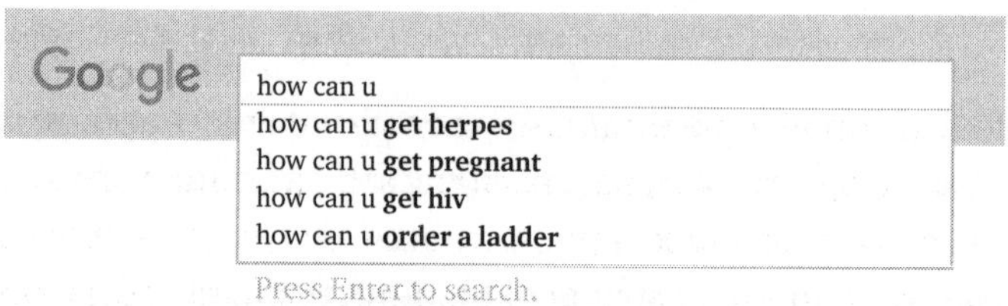

GIF или JIF?

Выходит, речь идет о том, что языковая подкованность не влияет на наши финансовые перспективы? Не совсем так — я обнаружил одно важное исключение.

Добровольцы получили тест на знание произношения слов, которые часто произносят неправильно во время деловых совещаний. Из четырех возможных вариантов я попросил выбрать один, наиболее близкий к стандарту произношения. В результате четверть испытуемых не знала, что в слове segue два слога*. Чуть больше половины выбрали для слов *Wednesday*, *hyperbole*, *espresso* и *Linux* верные варианты (а именно WENZ-day, hy-PER-bow-lee, es-PRESS-o и LIN-ucks). О том, что *niche* (ниша) произносится как neesh, не знали гораздо больше половины опрошенных.

Вокруг произношения GIF ведутся споры. Акроним обозначает «формат обмена графическими данными» — файловую структуру 80-х, просуществовавшую до наших дней и ставшую синонимом коротких анимированных изображений. Большинство произносит в начале твердый звук «г» (потому что G — это *graphic*). В авторитетных источниках сказано, что этот вариант неверен. Предпочтительно произносить «дж», как в слове *jif*, означающем арахисовое масло.

Почему так? Потому что так сказал Стив Уилхайт, изобретатель этого формата. «В “Оксфордском словаре английско-

* Читается как seg-way, «плавный переход». — *Прим. ред.*

го языка" зафиксированы оба варианта, — заметил Уилхайт в 2013 г. — Но они ошибаются. Там звучит мягкий "дж", как в слове *jif*. И на этом поставим точку»[16].

В моем исследовании вариант *jif* отметили правильным только 23% опрошенных. Кстати говоря, формат PNG произносится как *ping*.

К своему удивлению, я обнаружил, что между нормативным произношением и уровнем дохода корреляция действительно есть, и сказывается она существенно: разница в ежегодном семейном доходе у тех, кто выполнил задания на отлично и кто показал плохой результат, составляет 55 тысяч долларов[17]. Почему произношение имеет значение, а правописание нет? Полагаю, что правильное произношение — способ опознать образованного человека, и это более явное следствие дохода, чем просто хорошее образование. Важно, *кого* ты знаешь, а не что.

СОВРЕМЕННЫЙ ЯЗЫК

Какой вариант написания верен: acomodate, accomodate, accommodate, acommodate? Что означают WTTC и GTM?

Как правильно произнести слово *mischievous*: miss-chive-us, miss-chee-vee-us, miss-chive-ee-us или miss-chuh-vus?

Правильно написали *accommodate* только 32%.

WTTC и GTM означают «аналогично» и «смеюсь про себя». Если вам понятны эти акронимы, можете считать свои познания в популярных аббревиатурах более широкими, чем у половины респондентов. Американцы обычно все-таки выдавливают из *mischievous* четыре слога: mis-chee-vee-us — произношение, при котором откуда-то из воздуха появляется лишний звук i (что нередко отражается и в написании: *mischievious*). Пуристы утверждают, что правильно произносить mis-chuh-vus. Этот вариант выбрали только 29%.

9

НАНОСЛАВА

Властям Сан-Паулу пришлось вызвать полицейский отряд. Уж слишком неистовствовала огромная толпа, ожидавшая появления Жерома Жарра. В Исландии тысячи людей пришли в торговый центр в надежде увидеть Жарра, и охранники испугались возможного теракта. «Один из способов описать, на что похожа жизнь Жарра сегодня, — это вспомнить, какой она была у битлов в 60-х, когда толпы женщин поднимали визг при одном только их появлении, — объяснил Ник Билтон, журналист New York Times. — Это может показаться преувеличением, но, когда неделю назад мы с ним прогуливались по площади Юнион-сквер, ему проходу не давали восторженные подростки, умолявшие этого француза ростом под два метра сфотографироваться с ними. Одни девушки пускались в слезы, другие заявляли, что у них "дыхание перехватывает" при одном только его появлении»[1].

Жером Жарр — звезда видеохостинга Vine, прославившийся шестисекундными видео, которые обожают пользователи смартфонов. Отличие Жарра от «Битлз» в том, что битлов знали все. А Жарр — это пример «нанославы». У «differenceнознаменитости» есть восторженная, как правило подростковая, аудитория, представленная по большей части поклонниками одного и того же пола. Среди людей старше 25 о нанознаменитостях почти никто не знает. Мало кто из взрослых может объяснить, что такое Vine, а тем более — назвать тамошнюю знаменитость.

Некоторые из нанознаменитостей имеют агентов и зарабатывают кучу денег. Недавно Жарру предложили контракт на миллион долларов, но рекламировать «вредную для здоровья пищу» он отказался[2]. У молодого шведа по прозвищу ПьюДиПай, знаменитого на YouTube, 27 миллионов подписчиков и, по имеющимся сведениям, годовой доход от рекламы в 4 миллиона долларов[3]. В ходе опроса, где на выбор предлагалось пять ответов, только 23% участников соотнесли ПьюДиПая с вариантом «создатель видеороликов на YouTube».

Нанослава — часть бесконечного спектра. В силу привычки мы принимаем за знаменитость любого, кто смотрит на нас с экрана. Но когда по кабельному свыше пятисот каналов, для 1% телезрителей тысячи актеров, шеф-поваров и звезд реалити-шоу оказываются знаменитостями первой величины. Для тех же, кто смотрит что-нибудь другое, имена этих «знаменитостей» — пустой звук. В каких только СМИ не писали об «Игре престолов», но хотя бы одну серию посмотрели только 2% американцев. «“Блудливую Калифорнию” крутят уже 19 лет, но я пока еще не встретил никого, кто бы ее смотрел», — съязвил пользователь Twitter[4].

На самом деле сейчас ближе всех к вершине пищевой цепочки находятся звезды кабельного телевидения. Ступенью ниже стоят менее известные обитатели онлайн-медиа с запланированным бюджетом, например те, кто появляется в сериалах и передачах Netflix, Amazon Studios и Yahoo. А вот нанослава в чистом виде не имеет спланированного бюджета и реализуется через мобильные приложения. Говорят, что в Vine более двухсот «знаменитостей», у которых не меньше миллиона подписчиков[5]. В будущем каждый станет знаменитостью никому не известной социальной сети.

Америка путается в хип-хопе

— Рад встрече, Канье![6]

Так Джеффри Дейч, известный торговец произведениями искусства и завсегдатай светских вечеринок, приветствовал одну знаменитую личность на ярмарке современного искусства Art Basel в Майами-Бич. Знаменитая личность, однако, была совсем не Канье Уэстом. Ею оказался Шон Комбс по прозвищу Дидди. Этот прокол стал мировой сенсацией, и Дейчу пришлось объяснять, как его угораздило так немодно ошибиться. Он стоял на том, что водит дружбу и с Комбсом, и с Уэстом.

От объективов телекамер Канье Уэст никогда не прятался. Просто многим в Америке нет до него никакого дела. Участникам исследования — среди которых оказались люди всех возрастов и с разными музыкальными вкусами — я показал портретные фотографии, по которым нужно было опознать звезд хип-хопа[7]. Лучше всего испытуемые справились с лицами тех, кто участвовал в реалити шоу и/или был белым. Снуп Дога узнали 77%, а Эминема — 72%. С Канье Уэстом справились 60%, хотя Питбуля знают чуть лучше (62%).

В исследовании предлагались возможные ответы, и, хотя был вариант «Не знаю», немало респондентов в вопросе об Уэсте допустило ошибку: 4% решили, что это Джей Зи, и 2% сказали, что это Крис Браун. Эта ошибка вполне типичная, когда дело касается черных хип-хоп-исполнителей. Напрашивается вывод, что для достаточно большой части слушателей исполнители хип-хопа в большей или меньшей степени взаимозаменяемы. Еще несколько примеров:

- 7% считает, что Кендрик Ламар — это Асап Рокки.
- 4% считает, что Асап Рокки — это Лил Уэйн.
- 1% считает, что Лил Уэйн — это Дрейк.
- 4% считает, что Дрейк — это Крис Браун.
- 4% считает, что Крис Браун — это Кендрик Ламар.

Нет ничего удивительного в том, что знание популярной музыки — это своего рода возрастной тест. В исследовании на тему хип-хопа обнаружилась четкая корреляция между ответами испытуемых и их возрастом — точнее сказать, их молодым возрастом[8]. Это исследование оказалось одним из немногих, где, согласно среднестатистической картине, чем больше испытуемые знали, тем меньше они зарабатывали. Тем не менее обработка массива данных показала, что разница в доходах практически полностью обусловлена фактором возраста[9].

Для слушателей популярной музыки 33 года — это Рубикон. Недавний анализ данных на Spotify четко показал — большинство перестает слушать новую музыку, когда им перевалит за тридцать[10].

В Spotify изучили данные по прослушиванию потоковой музыки и обнаружили, что почти все подростки интересуются исключительно современной и популярной музыкой. С возрастом их вкусы становятся более разнообразными. Они больше времени проводят за прослушиванием малоизвестных групп и песен, не ставших хитами. Годы идут, и появляется интерес у кого к джазу, у кого к этнической или классической музыке. Но примерно к 33 годам слушать современную музыку большинство перестает совсем. У этого феномена даже есть название — «замораживание вкуса»[11]. Мужчины подвержены ему сильнее, чем женщины. Другой занятный факт: когда обзаводишься детьми, «актуальность музыкальных знаний» уравнивается с теми, кто на четыре года старше. Еще через какое-то время включишь MTV, посмотришь, кого награждают за лучшие клипы, и убедишься, что никого из этих музыкантов не знаешь.

Обозреватели этой индустрии утверждают, что дифференциация музыкальных вкусов по возрасту произошла из-за потоковых аудиосервисов. Радио потеряло прежнюю значимость, теперь каждый сам себе диджей. Мы создаем подборку аудиодорожек и делимся ею с друзьями, которые нам ровесники и имеют точно такой же вкус.

Фестиваль музыки и искусств в долине Коачелла — это, пожалуй, самое влиятельное мероприятие, где молодые и уже состоявшиеся музыканты играют рок, инди, хип-хоп, электронную музыку. Когда в 2015 г. в Коачелле прошел очередной фестиваль, я опросил добровольцев, пытаясь выяснить, многие ли знают самых популярных и нашумевших там исполнителей.

Только три исполнителя 2015 г. уверенно преодолели 50%-й рубеж узнаваемости по имени. И все трое стоят особняком: культовые для беби-бумеров AC/DC и Steely Dan, и с ними ультракоммерческий Дрейк. Модные исполнители, этот рубеж не преодолевшие, уступают по узнаваемости… ну вот хотя бы датскому философу Сёрену Кьеркегору (которого по имени знают 48% опрошенных). Среди взрослых американцев музыкальные знания мало у кого актуальны.

Большинство исполнителей на фестивале в Коачелле 2015 г. оказались менее известными, чем Сёрен Кьеркегор

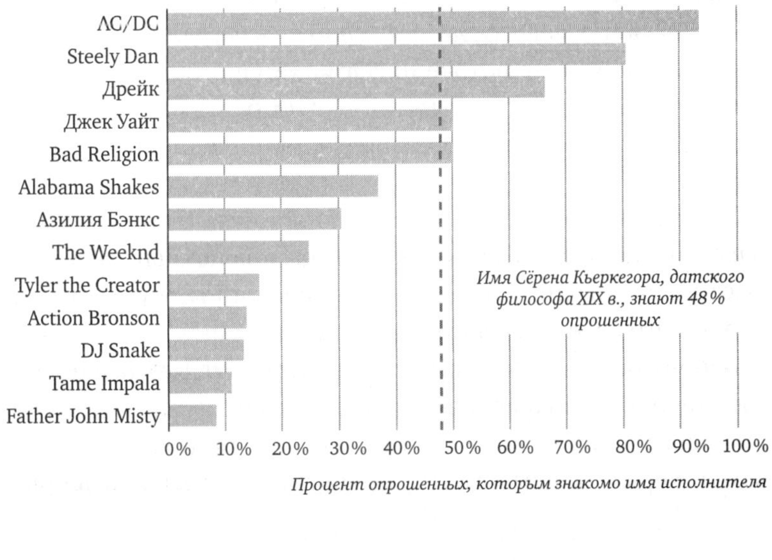

Рекламная стоимость знаменитостей

Преходящей славой знаменитостей интересуются маркетологи, не прекращающие выплачивать им баснословные суммы за рекламу того или иного товара [12]. Королями хип-хопа — во всяком случае, по всей Америке — считаются Джей Зи и Бейонсе. За рекламу телефонов Samsung Galaxy Джей Зи получил 20 миллионов долларов. А Бейонсе в 2013 г. подписала многолетний контракт с Pepsi на сумму в 50 миллионов долларов. Даже эти цифры кажутся небольшими, когда обращаешься к миру спорта, где и девять нулей — явление вполне обычное. Несмотря на подмоченную репутацию и клонящуюся к закату карьеру, Тайгер Вудс продолжает свой стомиллионный контракт с Nike и от случая к случаю заключает новые сделки. У Дэвида Бекхэма, звезды спорта, непонятного большинству американцев, имеется пожизненный контракт с Adidas на сумму в 150 миллионов долларов. Это лишь один пример из его контрактового портфолио, где также значатся Armani, Diet Coke, H&M и Samsung. Согласно подсчетам, Бекхэм на одной только рекламе делает 20 миллионов долларов в год.

Эти корпорации-спонсоры делают ставку на то, что знаменитости пока еще остаются всеобщим языком, способным выделить нужное в потоке информационного шума. Однако многомиллионные гонорары имеют смысл до тех пор, пока потребители узнают, что это за знаменитость рекламирует товар.

Я провел исследование, призванное установить, хорошо ли знают в лицо тех знаменитостей, которые получают за рекламу — насколько я смог установить по сообщениям печати — самые высокие гонорары. Испытуемые должны были знаменитость узнать и вписать ее имя в оставленные пропуски, ошибки правописания роли не играли.

Больше половины опрошенных сумели опознать только четверых: Тайгера Вудса, Брэда Питта, Джастина Бибера и Бейонсе. Показатель узнаваемости Вудса составил 95%, а значит, в лицо его знают лучше всех, за исключением нескольких президентов США и звезд кинематографа. Вероятно, благодаря скандальной славе, из-за которой Вудс потерял рекламные контракты на сумму в десятки миллионов долларов, его стали узнавать не только любители гольфа.

Разница в узнаваемости среди знаменитостей, рекламирующих товары, оказалась огромной.

Сколько людей могут опознать по фотографии знаменитость, рекламирующую товары?

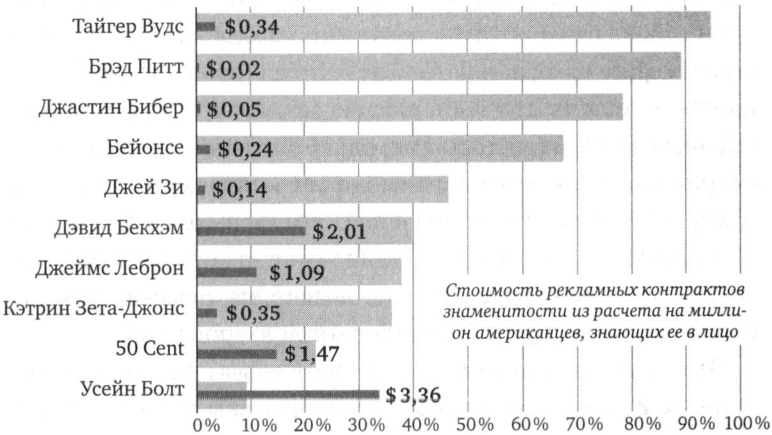

Олимпийского легкоатлета Усейна Болта узнали всего 9%, а рэпера по прозвищу 50 Cent — только 21%. Кстати, в этом списке самых высокооплачиваемых знаменитостей 50 Cent оказался потому, что он приобрел акции витаминизированной воды Formula 50 — торговой марки, которую купила Coca-Cola.

Я также определил стоимость тех рекламных контрактов знаменитостей, о которых есть информация, из расчета на один миллион американцев, знающих эту знаменитость в лицо. Известно, что T-Mobile заплатила Кэтрин Зете-Джонс порядка 40 миллионов долларов. Зету-Джонс узнали около

36% опрошенных. Может быть, оставшиеся 64% верят, что она придуманный образ вроде продавщицы Фло из страховой компании Progressive Corporation. Рекламные контракты Зеты-Джонс, из расчета на один миллион знающих ее американцев, обходятся T-Mobile примерно в 35 центов.

Эти подсчеты позволяют определить рекламную стоимость знаменитости из расчета на один миллион знающих ее американцев. Результат варьируется от нескольких центов до нескольких долларов. Некоторые показатели объяснить можно. Так, Брэд Питт бесспорно оказался самым дешевым (два цента на миллион узнаваний), поскольку его рекламная карьера сводится к единственному хорошо раскрученному видеоролику для Chanel No. 5 за 6,7 миллиона долларов в качестве гонорара. Это ведь не то же самое, что каждый раз появляться на красной дорожке только в шляпе Chanel.

Самыми дорогими по этим же расчетам оказались Усейн Болт и Дэвид Бекхэм (3,36 и 2,01 доллара соответственно). Оба известны на весь мир. Обычно спортсмены рекламируют обувь и разные вещи для болельщиков, которые знаменитостей из мира спорта узнают лучше чем кто бы то ни было.

Другие различия в показателях объяснить не так просто. Реклама мобильных телефонов и газировки пытается достучаться практически до каждого. Почему рекламная стоимость у Кэтрин Зеты-Джонс в семь раз выше, чем у Джастина Бибера? Почему Бейонсе почти вдвое дороже Джея Зи? Вывод напрашивается такой: оценка рекламной стоимости знаменитостей — наука неточная, и некоторые компании изрядно переплачивают.

10

КОШЕРНЫ ЛИ КРЕВЕТКИ?

> «Я знаю, что родители Вайнштейна расстроились, старший инспектор. Но я был уверен, что это оправдание — фальшивка. В смысле, оно же звучит совсем надуманно: "Иом-Кипур"*».
>
> *Директор Скиннер из «Симпсонов»*

Общаясь с коллегами и смотря сериалы, вы можете подумать, что большая часть американцев знает основы еврейской культуры. Но это не так. Большинство не могут сказать, сколько огней зажигают в светильнике на Хануку (девять), когда евреи празднуют Новый год (в сентябре и октябре) или когда начинается Шаббат (вечером пятницы). И только половина знает, что креветки не считаются кошерными.

Это невежество не взаимно. На простые вопросы о христианских праздниках и традициях евреи отвечают почти так же хорошо, как и сами христиане. Более того, в 2010 г. в Исследовательском центре Пью сообщили, что с заданием, в которое вошли 32 вопроса общего характера на тему религии, евреи справились лучше, чем христиане[1]. Среди испытуемых самыми религиозно подкованными оказались атеисты и агностики.

В исследовании Центра Пью были затронуты традиции не только иудаизма и христианства, но также и других ми-

---

* Иом-Кипур — день строгого поста и покаяния в иудаизме. — *Прим. ред.*

Чего не знают американцы о религиозной культуре иудеев?

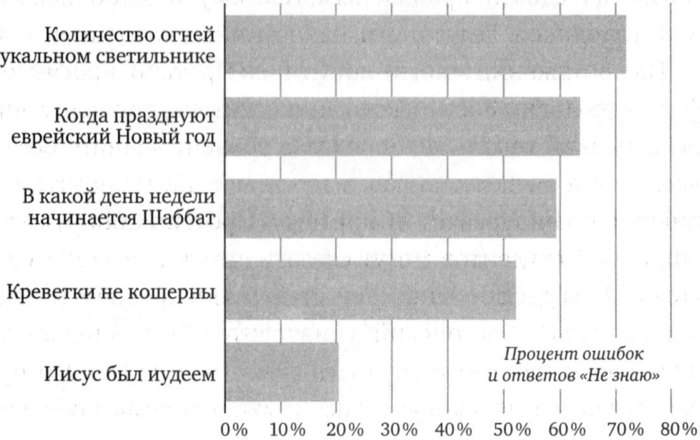

ровых религий. (Буддист ли далай-лама? Ответить верно на этот вопрос могут только 47% американцев.) Атеисты и евреи, в отличие от христиан, показали хорошее знание мировых религий. Христиане же зачастую с трудом отвечали на вопросы собственной веры. В исследовании, например, спрашивалось:

Какой из вариантов лучше описывает католическое учение[2] о хлебе и вине, употребляемых во время причастия?

А. Хлеб и вино *на самом деле* становятся плотью и кровью Иисуса Христа.

Б. Хлеб и вино — *символы* плоти и крови Иисуса Христа.

Правильный ответ — начиная с решения Тридентского собора 1551 г., которое в дальнейшем неоднократно подтверждалось главами католической церкви — вариант «А». В общей сложности 40% ответили верно — результат не впечатляет, поскольку возможных ответов было всего два. Видимо, многим вариант «А» показался подозрительным, экстравагантным и едва ли правильным. Поэтому не ошиблись только 55% католиков. Результат испаноязычных католиков — 47%.

На протяжении многих лет Стивен Протеро, профессор кафедры теологии Бостонского университета, проводит опросы религиозной тематики, определяя уровень знаний. Все началось, когда он заметил, как мало знают абитуриенты, поступившие в университет. К примеру, Протеро обнаружил, что лишь 63% студентов могут сказать, что такое «золотое правило». А из десяти заповедей студенты в среднем называют четыре-пять[3]. Бостонский университет был основан методистской церковью и гордится тем, что в рядах его преподавателей и выпускников насчитывается семь нобелевских лауреатов. В вопросах религии студенты этого университета наверняка разбираются лучше, чем учащиеся где-то еще.

Тем не менее, как обнаружил в ходе своих изысканий Протеро,

- большинство американцев не могут назвать первую из книг Библии (Бытие);
- примерно половина не могут назвать ни одного Евангелия из четырех;
- лишь один из трех знает, кто произнес Нагорную проповедь (Иисус);
- 15% подростков не могут назвать хотя бы одну из пяти основных мировых религий (и только 10% сумели назвать все пять);
- с утверждением, что «Жанна д'Арк была женой Ноя», согласился каждый десятый.

«Американцы — люди глубоко верующие, при этом в вопросах веры они мало что понимают, — пишет Протеро. — Может быть, атеисты в Америке так же редки, как почитающие Иисуса политики в Европе, но здесь вера практически полностью лишена содержания»[4].

В 2000 г. Джордж Буш-младший, готовясь к президентским выборам, добивался того, чтобы его перестали воспринимать как человека не особенно глубокомысленного. Как-то журналист обратился к Бушу с просьбой назвать любимого философа, а в ответ услышал: «Иисус Христос».

Оправдание его словам не без усмешки предложила Сьюзен Зонтаг: «Буш не подразумевал — никто и не думал, что подразумевал, — что… его администрация будет действительно принимать решения с учетом заветов и социальных программ, которые нам оставил Иисус»[5]. Все же ответ Буша был одновременно искренним и политически дальновидным. Буш, как и многие современные верующие, пытался преподнести духовного лидера исповедуемой им веры как великого мыслителя, чтобы сократить пропасть между древней религией и современной светской действительностью.

Зонтаг писала, что у американцев религия сводится скорее к религиозной идее, чем к религии как таковой. От политических лидеров мы ждем, что они окажутся людьми веры, хотя содержание этой самой веры значит для нас гораздо меньше. Отношение американцев к вере подобно убеждению, что важнее голосовать, чем знать, за кого голосуешь.

Недавние опросы Центра Пью показали, что верующие в «Бога или мировую душу» представлены подавляющим большинством — порядка 92% американцев[6]. Результат вполне обычный. Но исследователи из Центра Пью поступили не совсем обычно, когда попросили испытуемых ответить, насколько они уверены в существовании Бога. Как известно, стоит испытуемых спросить, есть ли у них сомнения, как непременно будет положительный результат. В этом опросе только 69% всех респондентов, как верующих, так и нет, оказались «совершенно уверены». Остальные, чтобы описать степень своей веры, выбрали варианты «Вполне уверен», «Не совсем уверен», «Полностью не уверен» и «Не знаю». Склонность к агностицизму высказали 23% опрошенных — цифра, по сравнению с которой кажутся крошечными 2% тех, кто с самого начала ответил, что не знает, есть Бог или нет, и 6% тех, кто сказал, что в Бога не верит. Агностицизм проявится, стоит лишь задать дополнительный вопрос.

Почему у американских школьников так туго с математикой, остается только гадать. Зато в их религиозном невежестве никакой тайны нет. Религии в муниципальных школах практически не учат. Как ни парадоксально, но в общеобразовательных школах дети, как правило, получают некоторое представление об исламе, буддизме, индуизме и верованиях древних цивилизаций Средиземноморья в рамках таких учебных предметов, как история или обществознание. Однако в США многие муниципальные школы все-таки воздерживаются от обучения христианству и иудаизму. Предполагается, что учиться им будут дома, в воскресной школе или в субботней школе — местах, где редко находится повод поговорить и о других религиях.

Выходит, что обнаружить свое невежество в вопросах религии совсем не сложно. Труднее сказать, имеет ли это значение. Важно ли мормону знать об индуизме? Должен ли католик знать, что церковь понимает под учением о пресуществлении, если и без этого знания он преисполнен счастья? «Какими бы ни были результаты, мы не можем поставить участникам опроса пять, два или любую другую оценку, поскольку нет у нас объективного способа определить, как много опрошенным следует знать о религии», — значилось в отчете Исследовательского центра Пью 2010 г.[7].

Хотя есть литература, где приводятся доказательства, что люди верующие счастливее неверующих, мне не удалось обнаружить какой-либо корреляционной связи между познаниями в религии и оценкой собственного счастья[8]. Корреляций между религией и доходом, религией и семейным положением также не обнаружилось.

Для приобретения религиозных знаний есть и другие причины. Протеро (в этом исследовании Центра Пью он выступил в роли консультанта) обозначил два разных варианта. В первом случае религиозная грамотность — неотъемлемая часть общекультурной грамотности. Многие из наших политических диспутов, от законности аборта до экспериментов со стволовыми клетками, ведутся в религиозном контексте. Как и многие конфликты мирового масштаба. Без фоновых знаний о религии любой человек, в том числе неверующий, будет сбит с толку, посмотрев новостной репортаж. Убрать из памяти Адама с Евой, Мекку и дзен-буддизм — и понимать смысл речей президента, телевизионные ток-шоу и рекламу чая в бутылке станет не так-то просто.

Все это верно. Вопрос в том, много ли *на самом деле* нужно знать, чтобы не запутаться в новостях и поддержать светскую беседу. Подозреваю, что ответ звучит так: «Больше, чем время от времени демонстрируют участники тестов на религиозную грамотность, хотя и не намного больше».

Второй вариант: Протеро утверждает, что религиозные знания делают нас более цивилизованными, они оказывают благоприятное влияние, оборачиваются лучшими, более гуманными решениями. Сразу вспоминаются исполненные сострадания люди, хорошо разбирающиеся в религии (или глубоко верующие). А также очевидные контрпримеры — испанская инквизиция и палачи ИГИЛ*.

Довод «религия как цивилизующая сила» напоминает мне, как в средней школе тренеры говорят, что игра в футбол формирует «характер». А есть ли какие-нибудь доказательства? Что такое характер, если быть точным? На самом деле тренеры лишь хотят сказать, что *слышали*, будто футбол формирует характер, возможно, от других тренеров. Утверждения подобного рода любят потому, что повторять их гораздо

* Запрещенная в РФ организация.

удобнее, нежели признать, что́ на самом деле формирует футбол — способность играть в игру, в которую после окончания школы не играет практически никто.

«Чтобы быть хорошим человеком, религиозные знания не нужны, — пишет журналист Марк Оппенгеймер. — Они нужны, только если человеку захочется стать образованным. А это обогатит его жизнь. В этом достаточно праведности»[9]. С этой позиции хорошо бы взглянуть на ценность знания самых разнообразных фактов.

СПИСОК ГОСТЕЙ НА ТАЙНОЙ ВЕЧЕРЕ

Перечислите всех, кто был на Тайной вечере (или хотя бы тех, кого помните).

Кем по национальности был Гаутама Будда: китайцем, индийцем, японцем, корейцем или монголом?

Имен тех, кто пришел на Тайную вечерю, не найти ни в одном Евангелии из четырех. В эпоху Возрождения художники, например Леонардо да Винчи, в своих работах решили изобразить Иисуса и всех двенадцать его учеников. По традиции в списке имен значатся Иисус, Петр, Андрей, Иаков Старший, Иаков Младший, Иоанн, Матфей, Филипп, Фома, Варфоломей, Иуда Искариот, Фаддей и Симон. В моем исследовании среднестатистический респондент называл только четверых. Виновника торжества позабыла почти треть. А 17% не вспомнили никого.

Будда по национальности индиец, или, как сказали бы сегодня, непалец. Если вы ответили верно, то оставили позади 69% опрошенных[10].

11

ФИЛОСОФЫ И ЗВЕЗДЫ РЕАЛИТИ-ШОУ

«Всякое искусство совершенно бесполезно», — писал Оскар Уайльд[1]. Иронизируя над буржуазией викторианских времен, Уайльд открыл парадокс культурной грамотности. Практически невозможно доказать значимость культурной грамотности тем, у кого ее нет. В настоящее время мобильные устройства оказывают существенное влияние на то, что именно мы узнаем и запоминаем из традиционного гуманитарного знания. Я провел опросы на знание философии, литературы, искусства и кинематографа, ища любые свидетельства тому, что подобного рода знания не являются совершенно бесполезными для того, что понятно буржуазии, — высокого уровня дохода.

В одной серии тестовых заданий испытуемые отвечали на простой вопрос: «Кто такой ________?» На месте пропуска значился какой-нибудь культурный деятель, очень известный или не совсем, а также были приведены пять возможных видов его рода занятий, например «изобретатель» или «художник». Нужно было выбрать один.

В диаграмме выборочно представлена часть результатов: представители западной философии и звезды реалити-шоу. Аристотеля и Платона узнавали не хуже, чем двух самых из-

Ницше известен не так широко, как Хлои Кардашян

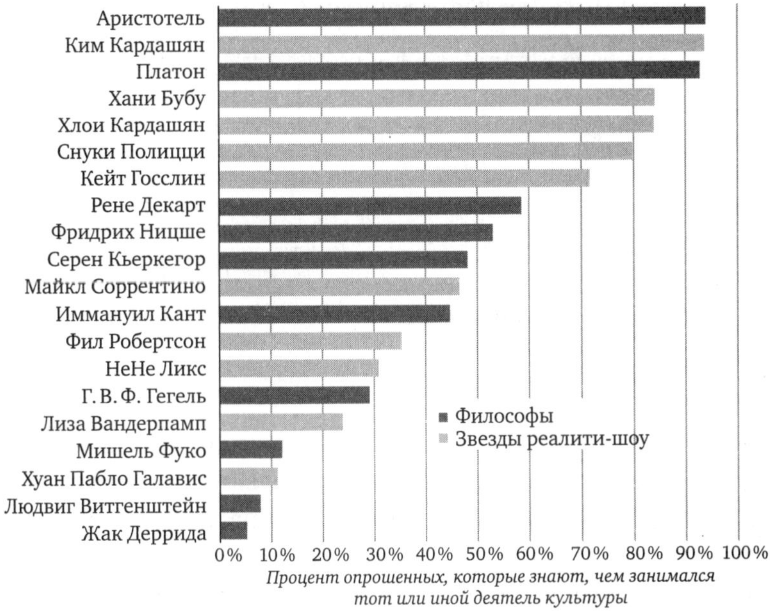

вестных девушек из семьи Кардашян. Рене Декарт, поборник дуализма, оказался менее знаком испытуемым, чем участница детского конкурса красоты Хани Бубу. Фридриха Ницше, сказавшего, что «бог умер», затмила Снуки Полицци, спросившая «где тут пляж?». Имя Лизы Вандерпамп («Настоящие домохозяйки Беверли-Хиллз») узнавали в три раза чаще, чем Людвига Витгенштейна («Логико-философский трактат»). Остальных выдающихся философов оставили позади герои реалити-шоу «Пляж» и «Охотники на уток».

Широта охвата

На протяжении долгого времени деятели просвещения стремились расширить охват гуманитарного знания. Для них все еще есть работа. «Назовите художника, писателя,

поэта, драматурга, архитектора или режиссера, проживившего в Латинской Америке всю или большую часть жизни». С этой незамысловатой просьбой я обратился к выборочной группе, в состав которой вошли самые разные слои американского населения. Задача была в том, чтобы назвать всего лишь *одну* творческую личность *любого* народа Латинской Америки, нашего современника или жившего столетия назад.

Справился только 31%. Среди правильных ответов самым популярным деятелем оказалась Фрида Кало, ее упомянули 12% респондентов. Еще 6% пришлись на долю Габриеля Гарсия Маркеса.

Я попробовал спросить то же самое про Азию. Верный ответ предложили 13%.

Чаще всего отвечали… Перл Бак. Этот ответ я был вынужден засчитать. Уроженка Западной Виргинии, автор романа «Земля», из 81 года своей жизни сорок с лишним она прожила в Китае. На долю Бак пришлась почти треть правильных ответов. Никакой другой азиатский творец и рядом не стоял. Жителей Индии и Ближнего Востока называли редко. Почти все ответы касались китайских или японских мастеров визуальных жанров. Хаяо Миядзаки и Осаму Тездуку (современных режиссеров-аниматоров) вспоминали так же часто, как Акиру Куросаву и Кацусику Хокусая.

Назвать африканского художника, писателя или другого деятеля культуры сумели всего лишь 10%. Чаще других в ответах значился Чинуа Ачебе — 2% участников выборочной группы. Испытуемые явно склонны были вспоминать белых южноафриканцев и тех, кто часть жизни провел в Европе, США или Австралии.

Наконец, я спросил про Канаду. Это не континент, однако отношение Канады к США уникально: находится она близко, но культурно невидима. Назвать канадских творцов американцам так же тяжело, как африканских. А вот неправильных ответов по Канаде дали больше, чем по всем остальным регионам. Многие участники исследования называли эстрадных артистов, родившихся в Канаде и сделавших карьеру в США, в числе которых Майк Майерс, Уильям Шетнер и Лорн Грин. Поскольку про актеров не спрашивалось, то эти ответы я посчитал неверными. Среди канадцев чаще всего называли писательниц Маргарет Этвуд и Элис Манро.

Не стоит полагать, что американцы лучше разбираются в собственных мастерах высокохудожественной прозы. Насколько мне удалось определить, среди жителей США явное большинство не знает по имени ни одного современного «серьезного» романиста, новеллиста или поэта, пишущего для интеллектуалов.

В моей выборочной группе знали, что Тони Моррисон писательница, 47% опрошенных. Этого достаточно, чтобы считать ее рок-звездой среди ныне живущих деятелей литературы. Этот титул она разделила с Джойс Кэрол Оутс; всех прочих литераторов узнавали хуже.

Есть и, бесспорно, коммерческие романисты (Стивен Кинг, Д. К. Роулинг, Джордж Р. Р. Мартин), которых знают повсеместно, а еще длинная вереница давно покойных мэтров, чьи произведения проходят в школе (от Уильяма Шекспира до Трумэна Капоте). В моем исследовании на долю Курта Воннегута пришлось 53% узнаваний. Однако выглядит все так, будто известные писатели, живущие среди нас — или даже не так давно этот мир покинувшие, — это редчайшая редкость.

Для современного писателя оказаться на вершине славы масскульта — это, пожалуй, сыграть самого себя в «Симпсонах». Джонатан Франзен, Томас Пинчон — оба именно это и сделали. Но кто такой Франзен, знали или угадали всего лишь 21% испытуемых. В случае с Пинчоном — 19%.

Какие события происходят в «Приключениях Гекльберри Финна» Марка Твена? Я задал этот вопрос, приложив длинный список вариантов на выбор, в котором некоторые правильные, некоторые нет. Участников исследования попросили отметить все, что им кажется верным.

Большинству вспомнились только два факта: что Гек убегает из дома и что в тексте то и дело попадается слово *ниггер*.

Что людям известно о «Приключениях Гекльберри Финна»?

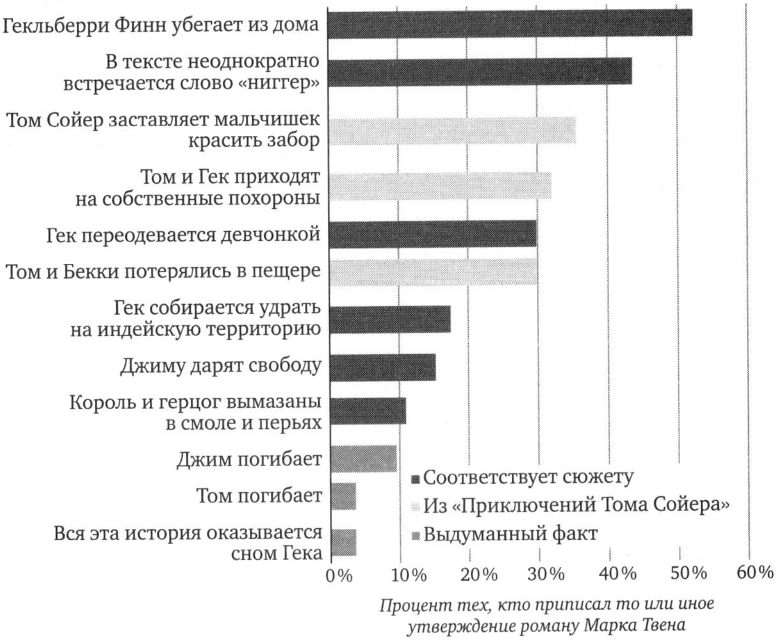

Другие охотно отмечали фрагменты, где описывалось, как Том Сойер красит забор, как Том и Гек пришли на собственные похороны. Только это из «Приключений Тома Сойера», а не из книги про Гекльберри Финна.

И хотя некоторые этот роман считают величайшим явлением американской литературы, 28% не смогли вспомнить ни одного происходящего в нем события.

Судя по ценам на аукционе и количеству тех, кто посещает выставки и музеи, интерес к современному искусству никогда еще не был таким большим. В основной массе населения, однако, этот интерес почти не проявляется. Испытуемым в ходе исследования показали репродукции важнейших произведений современного искусства и попросили назвать соответствующих художников. На каждый без исключения во-

Мало кто узнаёт современных художников по их картинам

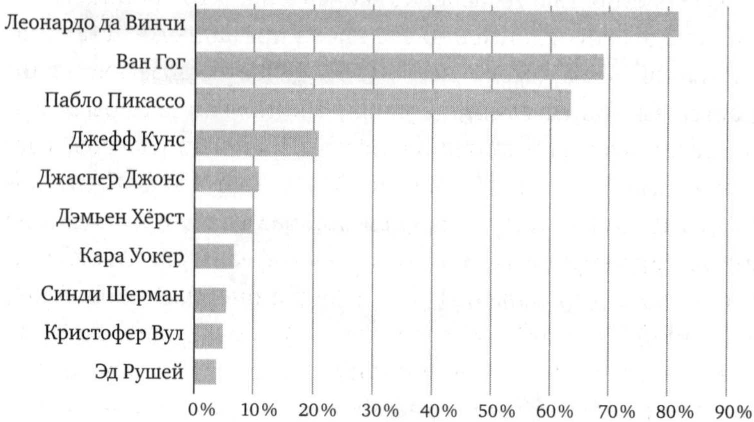

прос, хотя предлагались возможные варианты ответа, чаще всего отвечали «Не знаю».

Мне нужна была точка отсчета, так что я включил в исследование «Мону Лизу», «Звездную ночь» и «Гернику». Бóльшая часть соотнесла их с Леонардо да Винчи, Ван Гогом и Пабло Пикассо. Все-таки стоит поразмыслить, почему едва ли не каждый пятый не сумел определить автора «Моны Лизы». Изображение оказалось знакомым, да только одно дело узнать картину, другое — сказать, кто ее написал.

Для критиков стало обычным делом ворчать насчет чрезмерного внимания к Джеффу Кунсу и Дэмьену Хёрсту и чрезмерной стоимости их картин, ведь они больше по нраву широкой публике и мультимиллионерам, чем подлинным ценителям искусства. На самом деле среди широкой публики Кунс и Хёрст не так уж и популярны, если считать, что залогом популярности служит узнаваемость. Определить, что «Собаку из воздушных шариков» придумал Кунс, может лишь каждый пятый, а связать с Хёрстом «Физическую невозможность смерти в сознании живущего» — висящую в формалине тигровую акулу — получилось только у 10%. Почти три четверти стали в тупик и выбрали «Не знаю».

С серьезностью Джаспера Джонса мало кто спорит. И все же определить, что именно его кисти принадлежит ставший классикой «Флаг», могут всего 11%. Далее узнаваемость снижается. Считаные единицы узнали инсталляцию Кары Уокер («Представляя вниманию зарисовки из жизни негров, сделанные мною в путешествии на Юг...»), серию фотографий Синди Шерман «Кадры из фильмов без названия» (одна из самых тиражируемых), картину Кристофера Вула «Апокалипсис сегодня» (продана в 2013 г. на аукционе за 26 миллионов долларов)[2] и «Горящую бензоколонку» Эда Рушея. Разница в показателях узнаваемости этих знаменитых художников, живущих в наши дни, не является статистически значимой.

Значимо то, что некоторые неправильные варианты выбирались чаще правильных. Люди охотнее соглашались с тем, что «Флаг» нарисовал Энди Уорхол, а не Джонс; что Энни Лейбовиц, Диана Арбус или же Ансель Адамс сделали фотоснимок Шерман (кстати, ее автопортрет); что Рой Лихтенштейн нарисовал горящую бензоколонку Рушея. Должно быть, это зрительный аналог эффекта «отсылки к Черчиллю». В массовом сознании современное искусство закреплено за парой-тройкой громких имен.

Еще один вывод: здравомыслие толпы применительно к современному искусству не работает[3].

* * *

Важность правильного произношения в деловой среде я уже отметил. В интеллигентных кругах оно также придает говорящему определенный статус. Того, кто произносит фамилию Gide как «Джайд» или «Гайд», вряд ли станут воспринимать всерьез, какими бы обстоятельными ни были его наблюдения. (Зовут писателя Андре Жид, и знают об этом лишь где-то 11% американцев.) «Жид» — это пример «тайного знака»[4], или, как выразился один блогер, знака, «по которому привилегированные оценивают нижестоящих».

Вы рискуете неправильно произнести имена этих деятелей культуры

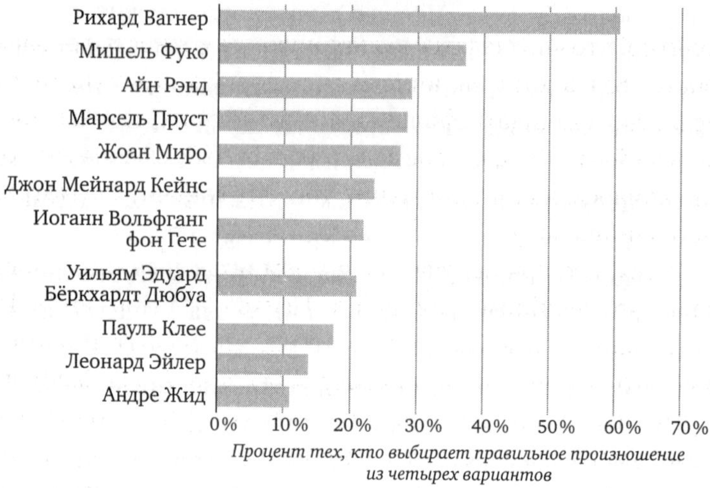

Конечно, есть много имен прославленных деятелей культуры, которые люди по большей части не могут произнести правильно. Трудности случаются даже с именами английскими. Три четверти с лишним не знают, что фамилия знаменитого экономиста Keynes произносится как «Кейнс».

В некоторых именах ошибаются так часто, что существуют их полуофициальные «американские» варианты, не совсем верные с точки зрения языка иностранного, но свидетельствующие о достаточно хорошем уровне образования по меркам американцев. В США приняты произносительные варианты: Richard VOG-ner, Michel Foo-COE, Ine Rand, Marcel Proost, Wahn Me-ROW, YO-han Wolfgang von Ger-tuh, W.E.B. Duh-BOYZ, Paul Clay и Leonard OY-ler.

Корреляция между знанием этих произносительных вариантов и уровнем дохода обнаружилась такая же четкая, как и в случае с правильным произнесением терминов делового обихода[5]. Владение орфоэпической нормой коррелирует и с использованием операционной системы Macintosh, а вот с возрастом или половой принадлежностью — нет[6].

Финал под угрозой

Понятно, что «подделать» культурную грамотность довольно просто. Взять хотя бы кино и телешоу. Из-за возможности бесплатно скачивать фильмы и смотреть их запоем понятие «спойлер» (преждевременно раскрытый сюжетный ход) усложнилось, как и понимание того, что значит посмотреть кино или телешоу.

Из тех, кто принял участие в моем исследовании, многие знали, что серийным убийцей в «Психо» был Норман Бейтс, надевавший платье умершей матери, что планетой обезьян оказалась Земля, что Дарт Вейдер был отцом Люка Скайуокера, что Брюс Уиллис на протяжении всего «Шестого чувства» играет умершего персонажа. Почти 40% знали, что Брэд Питт в «Бойцовском клубе» играет роль проекции расщепленной личности противоречивого Рассказчика (Эдварда Нортона). Треть или чуть меньше знали, что розовым бутоном в «Гражданине Кейне» назывались санки, что главный женский персонаж «Жестокой игры» оказался транссексуалом, что в «Подозрительных лицах» Кевин Спейси на самом деле и был Кайзером Созе и что в первом фильме цикла «Пятница, 13-е» зеркально отражен финал «Психо»: маньяком оказывается не Джейсон, а его мать.

Никто толком не знает, что же случилось в «Помни». Ведь с трактовкой, широко распространенной среди знатоков, — потерявший память Леонард уже убил того, кто напал на его жену, — согласились всего-то 13%.

Эти цифры, хотя и могут показаться невысокими, говорят о том, как наловчились мы имитировать культурную грамотность.

Согласно несложному расчету, основанному на сведениях по кассовым сборам[7], в США фильм «Империя наносит ответный удар» видели 10%, «Жестокую игру» — 2%, а «Бойцовский клуб» — 1,2%. Это только в кинотеатрах. Если посчи-

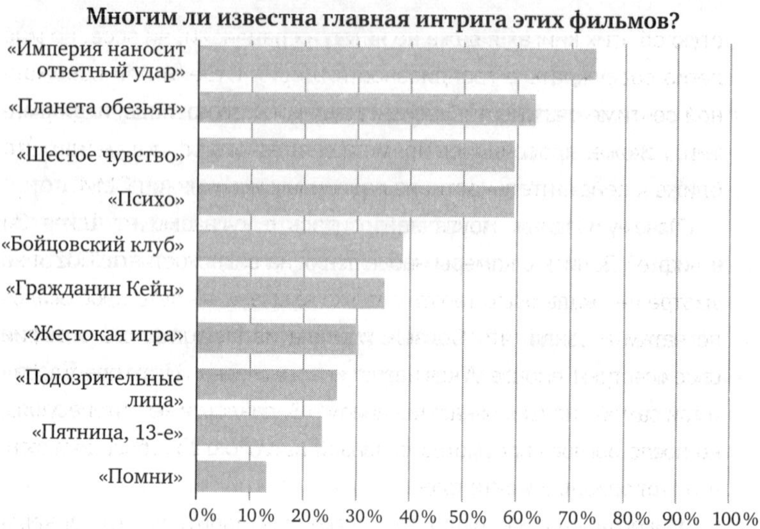

тать количество просмотров с помощью видеоплеера и по ТВ, эти показатели придется увеличить. А затем уменьшить, ведь полюбившийся фильм смотрят снова и снова. В любом случае практически неизбежно, что среди опрошенных, от которых я получил правильный ответ, мало кто видел сам фильм. Спойлеры где-то рядом, в культурном воздухе, которым мы дышим. Их можно найти на подарочной кружке, увидеть в пародийном телешоу, прочесть в сетевых комментариях, извлечь из прочих источников второго, третьего и еще какого там порядка.

Умение пошить себе представление о высокой и низкой культуре из лоскутов свежих новостных сообщений может оказаться весьма полезным навыком. И такой навык у нас обычно вырабатывается. Романист Карл Таро Гринфилд писал:

> Пару раз в месяц жена сообщает мне название новой книги, за которую взялись теперь у них в читательском клубе[8]. Не важно, что это за книга, знакома она мне или нет, я высказываю о ней свое мнение, полностью основанное на… и правда, на чем же? Зача-

> стую об этих книгах я даже не читал ни рецензии, ни эссе, но мне легко рассуждать о грандиозности Шерил Стрейд или сдержанной сентиментальности Эдвидж Дантики. Эти крупицы информации, похоже, просочились прямо из небесного эфира — или, что ближе к действительности, из различных источников СМИ.
>
> Почему Соланж Ноулз набросилась с кулаками на Джея Зи в лифте? Запись с камеры наблюдения на видеохостинге TMZ я не смотрел — жаль было терять столько времени, — зато пробежался по чатам и узнал, что Соланж удалила из Instagram фотографии своей сестры Бейонсе. А как насчет нового сезона «Игры престолов» и той самой сцены с изнасилованием? Сериалом я не интересуюсь, но после беглого просмотра рецензий на Vulture.com был согласен, что этот эпизод отвратителен…
>
> Никогда еще не было так легко притвориться, что знаешь очень многое, хотя на самом деле не знаешь совершенно ничего.

Это наводит на размышления о том, достаточно ли только производить впечатление человека культурно грамотного. Важно ли все еще иметь глубокие знания о ряде идей, книг, произведений искусства и фильмов, которые считаются значительными в нашей культуре?

Традиционная высокая культура получает сейчас меньшую долю внимания широкой публики, чем когда-то прежде. Дело не обязательно в том, что мы становимся глупее, просто способов культурного выражения, привлекающих к себе внимание, стало больше. Это, бесспорно, одна из причин низких показателей традиционного культурного знания, о которых сообщается в исследованиях.

Культурная грамотность оказалась хорошим индикатором образовательного уровня. К своему удивлению, я обнаружил слишком слабую корреляцию между культурными знаниями и доходом. Может быть, это разновидность «эффекта гуманитария»: чем выше показатели культурной грамотности, тем больше вероятность, что на вопросы отвечает знаток литературы и искусства. Но именно специалисты в этих областях имеют обыкновение зарабатывать меньше, чем те, кто в равной мере образован, но специализируется на чем-либо другом.

Разумеется, деньги здесь едва ли единственная и удачная мера. Значимость приобщения к великим произведениям литературы, искусства и кинематографа понятна без лишних слов каждому, кто чуток душою и может их по достоинству оценить. Меняется, пожалуй, представление о том, что все должны приобщаться к одним и тем же великим произведениям. Широта охвата размывает традиции, и предсказанная гибель культуры пока еще нас не миновала. Понятие утонченности вкуса стало куда более многогранным, чем когда-либо прежде. А людям менее утонченным вполне достаточно и поверхностной грамотности — умения при необходимости найти информацию в «облаке». Пора уж перестать делать вид, что все обстоит иначе.

КЕМ БЫЛ ВЛАДИМИР НАБОКОВ?

А как бы вы ответили на вопрос, кем был Владимир Набоков: спортсменом, писателем, коммерсантом или философом?

Автора «Лолиты» и «Бледного огня» узнали только 30%. Как оказалось, этот вопрос — надежный индикатор уровня образования, но не дохода[9].

12

СЕКС И АБСУРД

В Миссисипи учителя используют шоколадные конфеты Peppermint Pattie весьма необычным образом — в качестве наглядного пособия. С конфеты снимают обертку и передают из рук в руки по всему классу, тем самым наглядно показывая, что (как выразился один из местных родителей) «после секса девушка теряет свою чистоту и ценность»[1].

Добро пожаловать на урок полового воспитания в штатах Глубокого Юга! В Миссисипи показатели подростковой беременности самые высокие по стране. Родители ждут от школы хотя бы азов полового воспитания, но самые горластые требуют, чтобы школьников учили воздержанию. Последнее ни в коем случае не является феноменом, присущим одному штату Миссисипи. Гилберт Хёрдт, основавший кафедру сексологии в Университете штата в Сан-Франциско, заявил, что федеральное правительство потратило около миллиарда долларов на школьные образовательные программы, посвященные исключительно половому воздержанию[2], несмотря на имеющиеся сведения, согласно которым подобного рода программы снижают уровень знаний о сексе, контрацепции и венерических болезнях.

Проблема заключается в том, что реальных фактов из жизни недостаточно, чтобы убедить подростков в период гормональной перестройки в необходимости полового воздержания. Так вот, в американских школах, особенно на юге страны, намеренно мешают факты с домыслами, городскими легендами и откровенной ложью. По словам одного из родителей, образовательная программа в Миссисипи сводится к простой формуле: «Займешься сексом, подхватишь СПИД. А затем непременно умрешь»[3].

Недавнее исследование, посвященное школьным программам полового воспитания в Техасе, показало, что о сексе «в двух образовательных программах не было ни одного факта»[4]. Когда в школах Техаса рассказывают о воздержании, в числе прочих домыслов учат, будто «если трогать чужие половые органы, можно зачать ребенка» и «в подростковом возрасте у половины гомосексуальных юношей обнаруживается ВИЧ».

Элис Дрегер, в прошлом клинический преподаватель биоэтики и гуманитарных наук для медиков Северо-Западного университета, недавно сходила послушать, чему учат ее сына на уроке полового воспитания, построенного исключительно на воздержании. Происходящее она тут же стала с возмущением описывать в Twitter:

> Здесь учат лишь тому, что «секс — это часть разнузданного образа жизни. Наркотики, безработица, отчисление из школы — без секса тут не обошлось»[5].
>
> Теперь она рассказывает историю об упаковке презервативов, где КАЖДЫЙ КОНДОМ ОКАЗАЛСЯ ДЫРЯВЫМ.
>
> «А сейчас мы бросим кубик восемь раз подряд. И каждый раз, как выпадет загаданная вами цифра… представьте, что презерватив не помог и теперь будет ребенок». О БОЖЕ!!!
>
> Бумажных младенцев раздают абсолютно ВСЕМ. Никому ПРЕЗЕРВАТИВ НЕ ПОМОГ, И У КАЖДОГО В КЛАССЕ БУДЕТ РЕБЕНОК.

Очевидно, что во многих школах не могут научить детей половому воспитанию — как и диете, физической зарядке, правилам личной гигиены и здоровому образу жизни, раз уж на то пошло. Нельзя не восхищаться огромным вкладом интернета в равенство возможностей. Не обладая собственным разумом, интернет круглые сутки раздает информацию о сексе и здоровье. Молодежь черпает факты о жизни из своих смартфонов, а их родители заходят в Google, чтобы решить, нужно ли в той или иной ситуации вызывать на дом врача. Вот он — классический случай передачи «облаку» прерогативы хранения памяти и информации. Насколько хорошо это работает?

В одном исследовании молодых людей в возрасте от 18 до 25 лет спросили о половой гигиене и контрацепции. Женщины оказались осведомленнее мужчин. Практически все женщины (96%) сумели определить, что под «видом контрацепции, [который] предохраняет от заболеваний, передающихся половым путем, и беременности» имеется в виду презерватив. На этот несложный вопрос 87% мужчин ответили правильно, но в их группе, в отличие от женской, чаще звучали очевидно неверные ответы вроде «противозачаточных таблеток» или «орального секса».

Мужчины легче шли на риск. В их группе чаще отвечали, что надувные шары и полиэтиленовая пленка — «подходящие заменители» презерватива (71% опрошенных, выбравших этот несколько экстремальный вариант, оказались мужчинами).

Верно или неверно: чтобы избежать оплодотворения, женщине нужно вводить внутриматочную спираль перед каждым половым актом. С этим утверждением согласились 14% женщин и 27% мужчин. (Оно не верно!)

Невежество в вопросах секса не является чем-то новым. В 1950-х врачи, проводя эпидемиологические исследования по венерическим болезням, часто давали пациентам мужского пола заполнить анкету, где спрашивалось, делали им обре-

Какой процент американских мужчин был обрезан?

Показатели (слева) и процент испытуемых, который их выбрал (снизу)

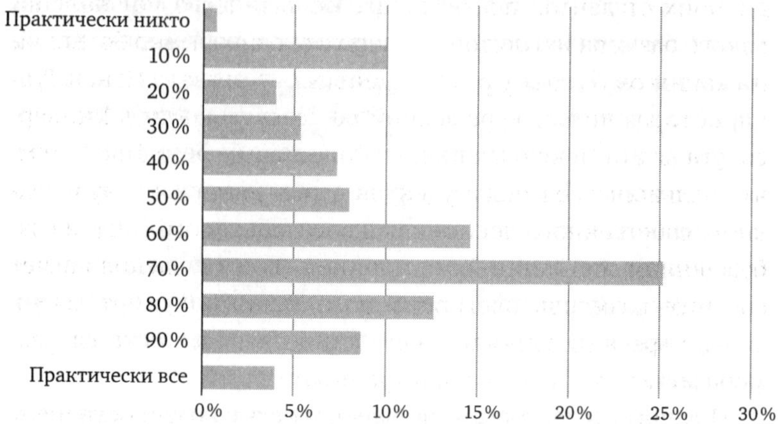

зание или нет[6]. Два доктора — Авраам Лилиенфилд и Саксон Грэм — решили разобраться, насколько точны их ответы. Для этого они дали мужчинам заполнить анкеты, а затем попросили снять штаны, чтобы удостовериться в наличии или отсутствии обрезания. Оказалось, что 34% обрезанных мужчин не знали, что они обрезаны. В анкете написали, что не обрезаны, но на деле выяснилось обратное.

И это не пережиток времени, когда взгляды сексолога Кинзи многими воспринимались в штыки. Я попросил выборочную группу обоих полов назвать процент американских мужчин, которым сделали обрезание. Точного знания подобной статистики вряд ли стоит от кого-либо ждать, но ведь нельзя не предположить, что молодые люди видели или догадались, что большинству американских мальчиков делают обрезание (79%, по данным одного исследования)[7].

Результаты исследования распределились по всей шкале, без какой-либо значительной разницы в ответах респондентов разного пола. Логично предположить, что ни у мужчин, ни у женщин нет четкого представления о том, как выглядит пенис без крайней плоти.

Но знания женской анатомии еще более обрывочны. «Среди моих студенток подавляющее большинство не знает ни какого размера их клитор, ни насколько он обычно большой, ни каким он бывает у разных женщин, — сказала Нэнси Туана, которая читает курс лекций по сексуальности в Университете штата Пенсильвания. — Сопоставьте этот факт с тем, что большинство моих студентов может назвать длину и толщину собственного пениса как в расслабленном, так и в возбужденном состоянии. Хотя иногда их представления насчет средних размеров эрегированного пениса бывают очень сильно преувеличенными — следствие, как мне кажется, размера мужских членов в порнофильмах»[8].

Интернет с большей эффективностью распространяет порнографию, чем факты. По этой причине не стоит льстить себя надеждой, что в крайнем случае получить уроки полового воспитания можно и на просторах сети. Однако цифровой формат все же играет некоторую роль. В 2006 г. в Сан-Франциско начала работу программа, благодаря которой подростки могут анонимно написать вопрос на тему секса и практически сразу получить ответ профессионального медицинского работника[9]. С тех пор подобные программы стали оплотом полового воспитания в южных штатах.

Нетрадиционная медицина

Доводилось ли вам слышать о «Повестке дня на XXI век»? Совершенно секретный проект по борьбе с перенаселением, финансируемый из фондов Рокфеллера и Форда. На деньги этих спонсоров химическая компания Monsanto разрабатывает генно-модифицированные продукты, медленно убивающие тех, кто их потребляет.

Все, о чем говорилось абзацем выше, в корне ошибочно. Однако среди теорий заговоров неправдоподобная «Повестка дня на XXI век» пользуется популярностью. В исследовании 2014 г., результаты которого появились в журнале «Терапия» Американской медицинской ассоциации, Эрик Оливер и Томас Вуд рассказали испытуемым о фальшивой «Повестке дня на XXI в.», а затем спросили, действительно ли это так.

В реальность подобного проекта поверили 12%. Засомневались 46%. Добавить сюда тех, кто поверил, и получится, что больше половины опрошенных с разной степенью уверенности согласились с заявлением, будто две из самых влиятельных филантропических организаций страны являются соучастниками массовых убийств при содействии компании, которая спонсирует полдюжины аттракционов в тематических парках Диснея.

Раз уж заговорили о «Диснейленде», это счастливейшее на Земле место стало очагом эпидемии кори в начале 2015 г. — спасибо родителям, отказывающимся от вакцинации. Оливер и Вуд обнаружили, что в миф о поствакцинальном аутизме верит каждый пятый американец, тогда как ложным его признают лишь 44%.

Они также сообщили, что, по мнению 37% опрошенных, Администрация по контролю за продуктами питания и лекарствами ведет борьбу с природными веществами, исцеляющими рак. В том, что «сотовые телефоны вызывают рак, а службы здравоохранения знают об этом и бездействуют, потому что их контролируют крупные корпорации», не сомневаются 20% — правило «каждого пятого» в действии.

Оливер и Вуд сообщили, что те, кто верит в теории заговоров в области здравоохранения и медицины, чаще заменяют лекарства травами, покупают органические продукты и прибегают к нетрадиционной медицине. Они реже проходят ежегодный профосмотр, реже используют солнцезащитный крем и реже делают прививки от гриппа. В одной весьма занятной формулировке, встретившейся на страницах «Терапии», Оливер и Вуд написали, что эти корреляции не исчезли даже после того, как отсеяли испытуемых с сомнительным «социально-экономическим статусом, паранойей и общей социальной отчужденностью»[10].

Метаполитика глютена

Наклейки «Без глютена» печатаются с той же легкостью, что и деньги. Налепить их можно практически куда угодно, даже на продукты, в которых изначально глютена и вовсе не было. Никто и глазом не моргнет. Рассказывать о преимуществах жизни без глютена нет необходимости (утверждение, которому Администрация по контролю за продуктами питания и лекарствами должна уделить самое пристальное внимание). О глютене люди уже знают или думают, что знают. В Национальном научно-исследовательском центре потребительских отчетов недавно провели исследование, согласно которому около трети американского населения старается сократить или исключить потребление глютена[11]. 63 % оказались уверены, что если от глютена отказаться, то это «благоприятно скажется на физическом и психическом здоровье». В менее научном исследовании Джимми Киммела обнаружилось, что среди тех, кто сторонится глютена, мало тех, кто хотя бы смутно представляет, что это вообще такое[12].

Врача Мехмета Оза критиковали за то, что он в своей телепередаче о здоровье предоставлял слово эксцентричным медикам и диетологам. Но всемогущий Оз подвел под темой глютена черту, назвав безглютеновые продукты «надувательством»[13], поскольку на самом деле они мало кому нужны.

Он прав: «Без глютена» — это триумф маркетинга, а не медицины. Врачи полагают, что менее 7 % населения страдают от целиакии, или непереносимости глютена. В этом случае исключить из рациона глютен действительно стоит.

Хорошо, но ведь без глютена хуже никому не станет? Как знать. Чтобы из продуктов убрать глютен, часто пшеничную муку заменяют рисовой, тем самым увеличивая потребление содержащегося в ней мышьяка, который не только медленный яд, но и канцероген. Некоторые исследователи указывают на связь безглютеновой диеты с избыточным весом и ожирением.

Какое бы воздействие глютен на организм ни оказывал, не приходится сомневаться в том, что отказ от глютена на здоровье может сказаться отрицательно. Продукты с надписью «Без глютена» стоят на 50 и более процентов дороже. «Восприятие — это и есть реальность, — считает Ричард Джордж, консультант в области продовольственного маркетинга, — и если покупатели верят, что безглютеновые продукты лучше, то логикой их не переубедишь»[14].

Самая популярная закуска, на которой наклеено «Без глютена», — это картофельные чипсы. Картофельные чипсы делаются из картофеля — ну еще бы! — и в их составе никогда не было глютена, свойственного пшенице или ячменю. Но без надписи об отсутствии глютена покупатели могут не узнать, что картофельные чипсы… полезная еда?

Молодым людям в возрасте от 18 до 25 лет я задал вопрос: «Что такое глютен?»[15] На выбор предлагались варианты: белок, углевод, сахар, пищевая добавка и жир. Правильный ответ, белок, выбрали только 30%. В своих по большей части ошибочных ответах испытуемые были уверены — на вариант «Не знаю» приходится лишь 7%.

Самым популярным ответом оказался углевод (36%). Попроси я определить углевод (или белок, или жир) как химический элемент, уверен, большей части испытуемых пришлось бы попотеть. Но почти любой уверен, что у белков хорошая репутация, тогда как углеводы представляются смертельно опасными. Безуглеводные диеты и продукты с пониженным содержанием углеводов представлены в изобилии. Никто не садится на безбелковую диету, а рекламная надпись на продуктах «Хороший источник белка» встречается повсюду. Раз глютен в большинстве случаев вреден — а с этим утверждением согласились 23%, — то он, вероятно, является углеводом. Похоже, некоторые рассуждали именно так.

Случай с глютеном — это пример знания и невежества в наш информационно насыщенный век. В действительности люди знают о глютене довольно много — не о химических свойствах, но о его роли показателя культурной принадлежности. Большинство понимает, что

- безглютеновые продукты можно купить в хипстерских кофейнях, частных пекарнях и магазинах органического питания вроде Whole Foods;
- безглютеновая выпечка может по вкусу отличаться от обычной и даже ей уступать;
- безглютеновая еда стоит дороже обычной;
- безглютеновый — значит «для людей состоятельных»;
- с глютеном или без — показатель уровня культуры: те, кто считает глютен вредным, обычно следят за диетой, заботятся о здоровье и думают об окружающей среде;
- если спрашивать продукты без глютена, то окружающие могут записать вас в число тех, кому *не все равно*.

Все вышеперечисленные факты — это социологические и политические аспекты глютена. Сведения подобного рода мы впитываем без лишних усилий, с большей готовностью, чем факты о клинических эффектах глютеновой диеты.

Чем же на самом деле является глютен?

«Действительность — это то, что не исчезает, когда в это перестаешь верить», — подметил фантаст Филип Дик[16]. Его остроумное высказывание носит отчетливо современный характер. Идея того, что объективные факты существуют независимо от человеческой культуры и принятой в обществе системы верований, относительно нова. Еще несколько веков назад во что люди вокруг верили, то и было объективной действительностью. Молва в самом деле превосходный способ узнать правду, и едва ли что-нибудь с нею сравнится. В эпоху палеолита нашему предку достаточно было заслышать, будто вон та ягода ядовитая, как он тут же обходил ее стороной. Может, народная молва и ошибается, но к чему рисковать?

Сегодня мы наследники мировой научной культуры, доступ к эмпирическим данным которой получаем через любое мобильное устройство. И все же нам по-прежнему более естественным кажется обратиться к социальному срезу знаний. Смотрите, как популярны социальные сети. Мы узнаём, у кого лучше спросить, кому можно верить и довериться. Этот механизм работает все так же хорошо, даже в случае с глютеном. Нам может быть неизвестно, что глютен — это белок, но мы знаем, что некоторые люди считают его вредным. С точки зрения тех, кто не может самостоятельно докопаться до сути или же просто слишком занят, подобные сведения автоматически становятся информативными — похоже на загребание жара чужими руками. Во что верит большинство, необязательно окажется точным, но многим лучше узнать мнение толпы, чем оставаться в полном неведении.

И хотя отвечать на вопросы здоровья и правильного питания можно по-разному, имеются доказательства, что между общими знаниями и крепким здоровьем существует связь. Я провел несколько исследований, где предложил участникам оценить собственное здоровье по шкале от одного до десяти. Еще я спросил, сколько у них друзей, насколько довольны своей интимной жизнью, много ли времени уделяют спорту и какое у них семейное положение: одиноки, состоят в браке, развелись или овдовели. Доказательств тому, что общие знания зависят от какого-либо из этих параметров, оказалось недостаточно, *за исключением* параметров здоровья и семейного положения.

Некоторые исследования показали, что в браке чаще всего состоят самые эрудированные [17]. Совместная жизнь и воспитание детей — это уже школа жизни. Поэтому брак делает человека более знающим, тогда как, будучи холостым, этих знаний можно не получить.

Вопрос о здоровье я поставил так: «По сравнению со сверстниками у меня крепкое здоровье. В какой мере это утверждение относится к вам?» Самыми здоровыми признали себя те, кто по «тривиальным» вопросам показал наилучший результат [18].

В другом исследовании благодаря статистической модели удалось построить такой прогноз: если гипотетический 35-летний человек, окончивший четырехлетний колледж, не ответит правильно ни на один вопрос, то поставит своему здоровью 6,32 балла из 10, тогда как другой 35-летний человек с таким же образованием, ответив на все 15 вопросов верно, оценит свое здоровье на 6,96 балла. Что это означает, я точно сказать не могу, но разница оказалась статистически значимой.

Возможно, это повод взглянуть по-новому на вопрос, с которого я начал. Считать ли интернет полезным источником информации о здоровье? Ответ во многом зависит от умения пользователя отличать хорошую информацию от плохой. Этого дети обычно не умеют, да и многие взрослые тоже. Обратившемуся за информацией к сети нужно не только знать некоторые медицинские термины, чтобы набрать их в поисковой строке, но и правильно оценить тематику и достоверность веб-сайтов, полученных в результатах запроса. Готовых рецептов здесь нет. Пользователю придется побывать в роли детектива — отправиться на поиски зацепок вроде огрехов правописания и грамматики (которые часто попадаются на рекламных сайтах), фактических ошибок и псевдонаучных утверждений, модных словечек из области нетрадиционной медицины, отголосков магического мышления, признаков запугивания и даже особенностей оформления сайта (что многое расскажет о его владельце, а также на какую аудиторию он рассчитывает). Релевантными могут оказаться самые разнообразные знания, и, быть может, это одна из причин (а их много), почему существует корреляция между знанием фактов и уровнем здоровья.

«ТРИВИАЛЬНЫЕ» ВОПРОСЫ — ЛУЧШЕЕ ЛЕКАРСТВО?

Сколько судей в составе Верховного суда?

Кому принадлежат слова «Я мыслю, следовательно, существую»?

Какое небесное тело в Солнечной системе самое большое — Земля, Луна, Солнце, Марс или Юпитер?

Хотя к теме здоровья эти вопросы не относятся, они его предвестники[19]. Кто ответил лучше, оказался здоровее тех, кто допустил в ответах ошибки.

О том, что в Верховном суде девять судей, знал примерно 51 %. Слова «Я мыслю, следовательно, существую» с именем Рене Декарта связали 38 %. В Солнечной системе больше всех Солнце, и об этом знал 51 %.

13

НАПАДЕНИЕ НА ВРАТАРЯ

Недавно в телевикторине «Jeopardy!»* в качестве очередного вопроса-подсказки появилась фотография Блейка Гриффина. Ни один из трех участников не стал нажимать на кнопку. Загадка поставила их в тупик. И хотя спортивные болельщики не преминули на форумах и в соцсетях задаться вопросом, как может кто-то вообще не знать тяжелого форварда команды «Клипперс», обладателя награды «Новичок года НБА»[1], этот пробел в знаниях указывает на закономерность, хорошо знакомую каждому постоянному зрителю телевикторины. Участники игры «Jeopardy!» удивительно хорошо осведомлены о названиях столиц, классической музыке и происхождении слов. А вот в спорте не очень. Соперники категорию спорта обычно оставляют нетронутой до конца раунда, а когда им приходится открывать и эти задания, нажимать на кнопку никто не спешит.

Они такие не одни. Значительная часть публики не может ответить даже на простые вопросы о спорте. Две трети с лишним не знают, сколько игроков в футбольной команде (11). Примерно каждый пятый — в каком спорте присуждают

---

* Рискуй! *(англ.)*

Многие не могут ответить на простой вопрос о спорте

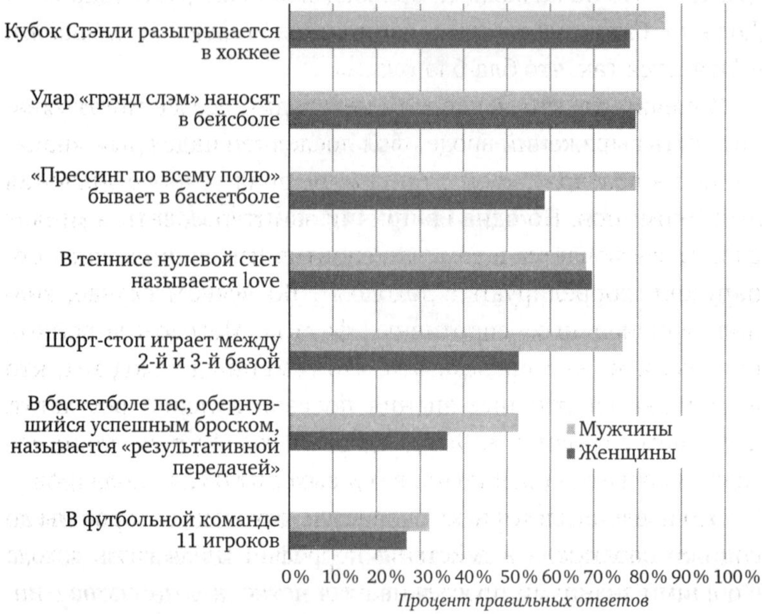

Кубок Стэнли (в хоккее) и где можно услышать выражение «грэнд слэм» (в бейсболе).

Можно было бы предположить, что знания о спорте (или их отсутствие) будут сильно отличаться в зависимости от пола. На деле же разницы практически никакой. Мужчины, в отличие от женщин, отвечали увереннее, где играет шорт-стоп и что прессинг по всему полю бывает в баскетболе. И все же разница в мужских и женских ответах на большинство моих вопросов оказалась несущественной.

Спортивные метафоры считаются признаком доступности сказанного. Объяснять слияние корпораций, налоговый законопроект или теорию струн рекомендуется с подбором языковых средств, которые мы употребляем в повседневной жизни. «Случается так, что мяч летит прямо на основную базу и вы можете отбить его и сделать хоум-ран, — сказал президент Обама в 2014 г. (с отсылкой к международной политике

США). — Но не на каждый бросок мяча реагируют ударом»[2]. Должно быть, некоторые избиратели только и слышали: «Случается так, что бла-бла-бла…»

Конечно, те, кто со спортом не в ладах, все же могут ухватить суть выражений вроде «фол последней надежды», «нападение на вратаря», «бой с тенью», не зная точного значения этих терминов. Но одна из причин заинтересоваться миром спорта заключается в том, что спортивные знания, как я обнаружил, коррелируют с доходом[3]. Во всяком случае, знания «тривиальных» спортивных фактов. Методом линейной регрессии можно предсказать, что семейный доход тех, кто в тесте на спортивные знания показал нулевой результат, в среднем равняется 33 969 долларов в год. А у тех, кто на все задания ответил правильно, в год выходит 85 245 долларов.

Это представляется исключением из правила, которое мы до сих пор наблюдали в действии: корреляционная связь дохода с общими знаниями прослеживается четко, а вот с узкоспециальными знаниями, например из области научной или языковой грамотности, у дохода корреляции нет либо она едва заметна.

Кто знает «тривиальные» факты спорта, у того доход выше

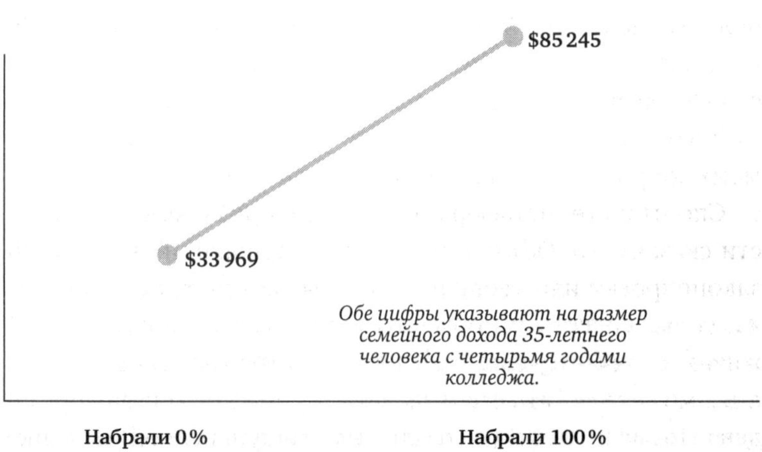

Что делает спорт таким особенным? Согласно одной точке зрения, сказывается различие в половой принадлежности. В США женщина зарабатывает 80% от заработка мужчины на той же позиции[4]. Если женщины в целом знают о спорте меньше, тогда этим и объясняется разница показателей семейного дохода.

Выходит, что за полное отсутствие спортивных знаний при самом неблагоприятном раскладе назначают 20%-й штраф. Однако разницу в 150% этим не объяснить. И как я уже упоминал, в спортивных знаниях женщин и мужчин не оказалось существенных различий.

Как бы то ни было, половую принадлежность в статистическую модель я добавил, и оказалось, что пол влияет на уровень дохода совсем незначительно[5]. Спортивные знания действительно оказались главным фактором, на котором держится прогноз.

Поскольку в исследовании речь шла о семейном, а не личном доходе, может получиться, что супружеские пары — особенно женская половина — знают о спорте больше по сравнению с теми, кто живет один. В одном случае корреляция оказалась особенно сильной: среди опрошенных те, кто знал правильную позицию шорт-стопа между второй и третьей базой, состояли в браке чаще других. Это наводит на мысль, что некоторые, возможно, начали следить за бейсболом, потому что им увлекаются дети или супруг.

Во многих семьях кормильцев двое, что может обусловливать некоторую разницу в доходах — но опять же не столь большую по сравнению с цифрой, которую показал подсчет.

Другая гипотеза состоит в том, что спорт до такой степени вошел в нашу культуру, что поставленные мною (легкие) вопросы сработали как тест на проверку общих, а не специальных знаний. Ни грамматики, ни квантовой физики не освоить, если только и знать, что сплетничать возле офисного кулера. Зато спортивные факты узнать таким образом возможно.

Чтобы в этом удостовериться, я подготовил второй, более трудный, опросник, взяв за основу вопросы из доступных в сети тестов, рассчитанных на самых ярых фанатов спорта. В заданиях спрашивалось только о бейсболе, американском футболе и баскетболе, а именно о конкретных профессиональных игроках и нюансах общепринятых правил. К примеру:

- Чей силуэт изображен на логотипе НБА? (Джулиус Ирвинг, Джерри Уэст, Мэджик Джонсон, Тим Данкан или Уэс Анселд)
- Какое из этих внесенных в Зал славы имен принадлежит человеку, который ни разу за всю свою карьеру не играл на позиции питчера? (Сай Янг, Бейб Рут, Дон Ларсен, Тони Гвинн или Катфиш Хантер)
- Кого из следующих игроков прозвали Змеем? (Дон Биб, Джерри Стовалл, Кенни Стэблер, Престон Деннард или Рик Мирер)

Я рассудил, что эти факты не из тех, что запоминаются равнодушному к спорту человеку, поскольку часто попадаются на глаза. (Верные ответы: Джерри Уэст, Тони Гвинн и Кенни Стэблер.)

Между ответами на этот сложный тест и уровнем дохода корреляционной связи не обнаружилось[6]. И только чтобы удостовериться, что результаты первого теста не оказались простым совпадением, я еще раз пустил в ход легкий спортивный опросник, но уже в другой выборочной группе[7]. Корреляция между результатами и доходом была опять налицо. В этот второй заход я также включил вопрос об уровне счастья — четкая корреляция обнаружилась и тут[8]. Те, кто в тесте на знание спортивных фактов показал наилучший результат, оценили себя по десятибалльной шкале где-то на 50% счастливее тех, кто выполнил задания из рук вон плохо.

Легкая версия теста была не просто легкой: у нее был более широкий охват, а именно вопросы по другим видам спорта (хоккей, теннис, футбол). Еще она подтвердила, что широта знаний, а не их глубина — лучший индикатор дохода.

Мне не удалось, однако, обнаружить доказательств того, что почитатели спорта, в отличие от всех остальных, обладают более крепким здоровьем или что тратят на спортивные занятия больше часов в неделю. Похоже, для многих увлечение спортом начинается и заканчивается перед телевизором.

«ВЕЛИЧАЙШИЙ ОТБИВАЮЩИЙ ВСЕХ ВРЕМЕН»

Под легким спортивным вопросом я понимаю вот такой: «Что проходит раз в четыре года: Суперкубок, финальная серия игр Национальной ассоциации студенческого спорта, турнир Мастерс, Олимпийские игры или Мировая серия по бейсболу?»

Ответа не знали приблизительно 9% (Олимпийские игры)[9].

В конце концов, забываем мы не только президентов, но и величайших спортсменов. Кто такой Тед Уильямс — спортсмен, журналист, коммерсант или политик? О том, что он был спортсменом, знают 59% (бейсболист «Бостон Ред Сокс», внесенный в Зал славы, а также «величайший отбивающий всех времен»). В год они зарабатывают в среднем на 23 тысячи долларов больше, чем те, кому имя Уильямса ни о чем не говорит. Но половина верных ответов и еще большая часть доходов приходятся на людей старше 60. Среди тех, кто моложе 30, знали или угадали, кто такой Уильямс, всего 23%[10].

14

МАРШМЕЛЛОУ-ТЕСТ

В 2013 г. Глория Маккензи, 84-летняя жительница Флориды, выиграла в лотерее Powerball 590 миллионов долларов[1]. Да, все верно — более половины миллиарда. Экономист, наверное, скажет, что выплачивать сразу 590 миллионов глупо, гораздо умнее разбить этот приз на 59 частей по 10 миллионов каждая. Но мнение экономистов при разыгрывании лотереи в расчет никто не берет. Лотерейный комитет организует выплаты так, чтобы они работали на тех, кто билеты приобретает: в комитете вычислили, что астрономический джекпот резко увеличивает число билетных продаж. Чего не сказать о шансах на выигрыш.

Продажей лотерейных билетов сегодня движет возможность помечтать. Так считает Ребекка Поль Харгроув, председатель лотерейного комитета в Теннесси. «"Почему я решил сыграть?.." Вы платите один доллар, а потом три дня обдумываете этот вопрос. Делиться ли мне с шурином? Нет! Мне шурин не нравится. Зато уж племяннику соседа часть выигрыша я отстегну»[2]. В лотерейной рекламе недостаточно сказать, что победителя ждет чудесный отпуск. В ней показывают, как победители покупают самолет или авиа-

Большинство и не догадывается, каковы шансы сорвать джекпот в лотерее Powerball

Показатели (слева) и процент испытуемых, который их выбрал (снизу). В действительности вероятность выигрыша составляет 1 к 175 223 510.

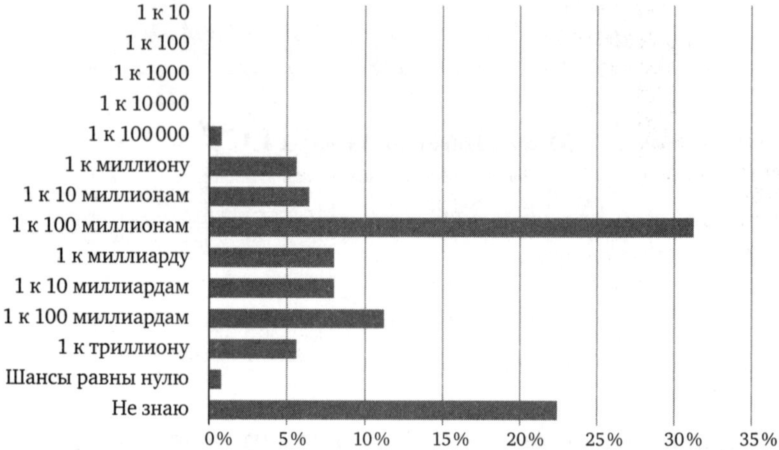

компанию, остров или замок. Про шансы на победу обычно помалкивают.

Среди жителей США я провел опрос, попросив определить вероятность с одного билета сорвать джекпот Powerball.

Эта лотерея известна довольно хорошо, ее билеты продаются (и усиленно рекламируются) в сорока трех штатах. Ответ на вопрос предлагалось выбрать из списка диапазонов, где каждый последующий в 10 раз больше предыдущего.

Я отчасти предполагал, что стану свидетелем наивного оптимизма. Зачем люди вообще играют в лотерею? Разве что шансы на победу они рассматривают сквозь розовые очки. В действительности вероятность выиграть в Powerball — шансы указаны на обратной стороне каждого билета — составляют 1 к 175 223 510. Выходит, «один к 100 миллионам» — лучший из вариантов, представленных в опросе. Но большинство ответов пришлось на пессимистическую сторону реальности, хотя разброс был достаточно велик: от одного к миллиону до одного к триллиону. Значит, люди не считают шансы на победу более высокими, чем они есть на самом деле. Похоже, дело все-таки в том, что их прельщает возможность помечтать и тот, кто идет покупать лотерейный билет, о вероятности выигрыша особо и не задумывается.

Быть может, любители сыграть в лотерею отличаются от всех прочих тем, что шансы на победу оценивают иначе. Но проведенный в Институте Гэллапа в 1999 г. опрос показал, что за минувший год лотерейные билеты приобрели 57% американцев[3]. Не так уж и много, выходит, разницы между «любителями сыграть в лотерею» и «кем бы то ни было еще».

Если какие узкоспециальные знания и коррелируют с доходом, то можно, пожалуй, предположить, что умение управлять личными финансами к таким знаниям относится, — и предположение окажется верным. Я составил список из шести вопросов, касающихся сложных процентов, инфляции и налогов в аспектах зарплаты и сбережений обыкновенных граждан. Независимо от возраста или образования у испытуемых, ответивших правильно на большинство вопросов, доход и сбережения оказались самыми высокими[4].

В зависимости от результатов теста разница в семейном доходе 35-летнего человека, получившего образование в четырехлетнем колледже, варьируется в пределах 18 тысяч долларов в год. Хотя разница не такая большая, как мы обнаружили в ряде тестов на спортивные и общие знания, но все-таки впечатление она производит.

Что же такое деньги, как не способ достичь счастья? Ведь с ним финансовая грамотность тоже коррелирует. Кто блестяще справился с тестом, оценили по четырехбалльной шкале свой уровень счастья на 24% выше тех, кто сделал ошибки в заданиях[5].

Является ли финансовая грамотность причиной благосостояния или же наоборот? У состоятельных людей есть хоро-

По результатам теста на финансовую грамотность можно предсказывать уровень дохода

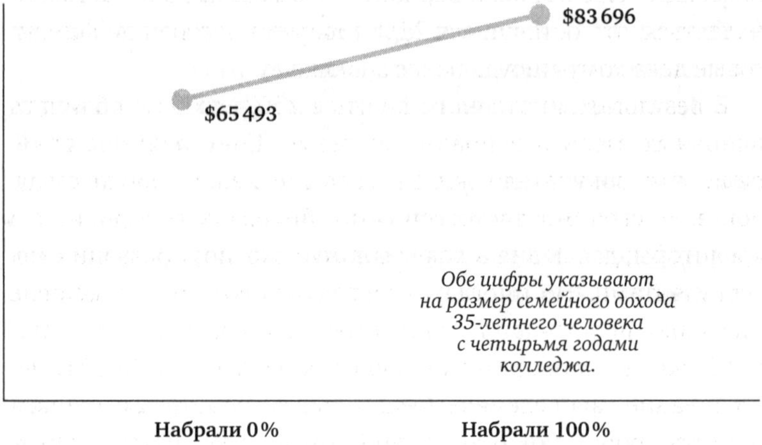

ший повод заняться самообразованием в вопросах ипотеки, налогов и пенсионного плана, осуществляемого под управлением работодателя. А если такого повода нет, все это может показаться весьма скучным. В этом смысле можно сказать, что благосостояние — причина финансовой грамотности.

Однако финансовая подкованность нужна не только богачам. Беспокоиться по поводу инфляции особенно стоит рабочим, чьи зарплаты не поспевают за растущими ценами, и пенсионерам, живущим на фиксированные денежные выплаты. С инфляцией сталкиваются всякий раз, когда идут в магазин или заправляют машину. В исследовании был такой вопрос:

Что лучше для человека, если у него фиксированный доход: 3%-й или 7%-й показатель инфляции?

А. Лучше 3%-й.

Б. Лучше 7%-й.

В. Показатель инфляции в данном случае не имеет значения.

Едва ли можно представить более легкий вопрос на тему инфляции. Правильный вариант «А» выбрали 75%. Остается надеяться, что оставшиеся 25% доверяют вести свои финансовые дела кому-нибудь более знающему.

В результате ипотечного кризиса 2007–2009 гг. обличать виновных взялись и правые, и левые. Консерваторы говорили, что покупатели жилья, взявшие непосильную ссуду, показали себя безответственными. Либералы говорили, что кредиторы, дававшие в долг чересчур охотно, показали себя спекулянтами. Но иногда из виду упускают то, что многие заемщики просто-напросто не имеют элементарных знаний, необходимых для принятия хороших решений. В 2010 г. исследование, проведенное Федеральным резервным банком Атланты, обнаружило корреляционную связь между неумением как следует считать (испытуемым предложили ответить на ряд простых вопросов) и неспособностью рассчитаться с самым настоящим ипотечным кредитом[6]. По сравнению с остальными опрошенными заемщики, ответившие совсем плохо на простые финансово-математические вопросы, чаще запаздывали с выплатами, не рассчитывались с долгами и получали отказ в праве выкупа закладной. Эта корреляция сохраняется независимо от уровня дохода, расовой принадлежности и прочих демографических факторов.

Вопросы Федерального резервного банка оказались даже проще, чем задавал я. Вот к примеру:

> В магазине распродажа: все товары выставлены за полцены. До распродажи диван стоил 300 долларов. За сколько его можно купить теперь?[7]

Неудивительно, что, если человек не может ответить на этот вопрос, он едва ли будет способен понять нюансы единовременного кредитного платежа или отрицательной амортизации. С этой точки зрения морально-оценочные эпитеты, как, например, «безответственный» и «спекулянт», могут оказаться неуместными. Раз элементарные математические навыки отсутствуют, финансовая ответственность все равно что пустой звук.

Оливия Митчелл из Уортонской школы бизнеса и Аннамария Лусарди из Школы бизнеса при Университете Джорджа Вашингтона уже некоторое время изучают взаимосвязь финансовой грамотности и достатка. По их подсчетам, для трети населения страны уровень неравенства в распределении достатка обуславливается «пробелами в финансовых знаниях»[8]. Тем, кто знает больше, удается и денег скопить, и капитал вложить с умом.

«Самая могущественная сила во Вселенной»

В моем исследовании один вопрос оказался существенным индикатором дохода, достатка и счастья.

> Предположим, на безналоговый сберегательный счет положили одну тысячу долларов под 7 % годовых. Через сколько лет первоначальная сумма удвоится, превратившись в две тысячи долларов?
>
> А. От 0 до 5 лет.
> Б. От 5 до 15 лет.
> В. От 15 до 45 лет.
> Г. Более 45 лет.

Похоже на задачу по математике. Но на самом деле это не так. Не нужно знать, как вычислить ответ, также нет необходимости знать «правило 72»[9]. После знакомства с предлагаемыми вариантами становится ясно, что ответ требуется приблизительный. Это не столько вопрос на умение считать, сколько проверка на интуитивное понимание того, как нужно обращаться со сложными процентами. Всякий, у кого знание такого рода имеется, сможет прикинуть, что при адекватной процентной ставке (ставка 7% — более-менее адекватный вариант) для удвоения первоначальной суммы потребуется, грубо говоря, лет десять. Таким образом, правильным ответом будет «Б».

«Сложные проценты — это самая могущественная сила во Вселенной». В кузнице сетевых цитат это высказывание одни приписывают Эйнштейну, другие — Биллу Гейтсу. Я бы не стал биться об заклад, что кто-либо из них так говорил, но здравое зерно в этих словах есть. Плоды человеческих усилий представляются арифметической прогрессией: 1, 2, 3, 4, 5, 6… — еще один день, еще один доллар. Долги и капиталовложения — дело другое. Они растут в геометрической прогрессии: 1, 2, 4, 8, 16, 32… — из чего следует, что иметь дело со сложными процентами выгоднее, чем трудиться изо дня в день. Достаток приходит к тому, кто умеет из сложных процентов извлекать выгоду.

Согласно анализу экономиста Тома Пиккети, начисление сложных процентов лежит в основе неравенства доходов. Богатые становятся еще богаче за счет вложенного капитала, а людям с обычными зарплатами за ними не угнаться. «Сила сложных процентов» — это еще и аксиома, на которую в действительности опирается практически любой финансовый совет. В нашем помешанном на кредитах обществе человек, если у него нет денег, берет кредит под залог будущей зарплаты или покупает в кредит автомобиль, тратит все деньги на кредитной карточке, погашает образовательный кредит или берет ссуду под слишком высокие проценты. Из-за сложных процентов бедные так бедными и остаются. Именно по этой причине финансовые консультанты говорят, что важно открыть сберегательный счет как можно раньше. Работник, открывший счет в возрасте 21 года, получает шанс заработать на приросте от вложенного капитала такую сумму, которая превысит полученные им за все годы жизни зарплаты. Начисление сложных процентов лежит в основе всех действительно крупных состояний. Успешные предприниматели не работают в десятки тысяч раз дольше или усерднее, чем все прочие. Вместо этого они находят способ расширить свою коммерческую деятельность по экспоненте… за несколько лет.

Среди участников моего исследования с вопросом о сложных процентах справились 59%. Это больше, чем количество тех, кто может отыскать Венесуэлу на карте, и почти столько же, сколько могут узнать Канье Уэста по фотографии. Но между теми, кто ответил верно, и теми, кто совершил ошибку, обнаружились существенные различия. У группы испытуемых, знавших правильный ответ, годовой семейный доход на 32 тысячи долларов больше, размер капиталовложений в два с лишним раза выше, а самооценка уровня счастья на 15% лучше[10].

Некоторые исследования указывают на то, что именно финансовая безопасность — а не только приобретение и трата капитала — отвечает за корреляцию между деньгами и счастьем. Высокий доход сам по себе безопасности не обеспечивает. Бывает, мультимиллионеры тратят все, что зарабатывают, и боятся, что прогорят (вот хотя бы Уильям Поуст, по прозвищу Старина). Бывает, бережливые учителя или полицейские откладывают на черный день, обеспечивая тем самым себе некоторую безопасность в нашем непостоянном мире. Финансовое поведение также может отражать некоторые черты характера, которые обуславливают уровень счастья. Умение контролировать свои финансовые расходы и откладывать часть на потом зачастую свидетельствует о самодисциплине, необходимой для принятия взвешенных решений.

Вы, наверное, слышали о психологе Вальтере Мишеле и его легендарном «маршмеллоу-тесте». Мишель поставил маленьких детей, от четырех до шести лет, перед мучительным выбором: ребенку предлагают *одну* маршмеллоу, и он может либо съесть ее сразу, либо потерпеть 15 минут и получить за это *вторую* сладость в довесок к первой. Маршмеллоу кладут перед ребенком на расстоянии вытянутой руки и уходят на целых 15 минут.

Одни дети мгновенно запихивали маршмеллоу в рот. Другие впадали в состояние гамлетовской нерешительности, дергая себя за косички или болтая в нетерпении ногой. Но были и те, кто играл в «Одиссея и маршмеллоу»: они закрывали глаза и отворачивались от чарующих призывов сладостной сирены.

Мишель следил за поведением детей с секундомером. Искушению поддавались в среднем через шесть минут.

Дочери Мишеля учились в школе, где многие дети участвовали в исходной версии маршмеллоу-теста. Прошли годы, и дочери заметили разницу между съевшими маршмеллоу сразу и решившими подождать: последние в дальнейшем показали себя более успешными в жизни. Они лучше учились и поступили в более престижные колледжи. Выглядели счастливее, беспокоились меньше.

Те, кто съел маршмеллоу, не выждав 15 минут, чаще получали неважные оценки, хуже строили отношения и больше попадали в неприятные ситуации из-за алкоголя и наркотиков.

На материалах исходной версии маршмеллоу-теста Мишель с коллегами стали проводить и другие исследования. Они обнаружили впечатляющую корреляцию между тем, как долго ребенок сдерживался и не ел маршмеллоу (в минутах и секундах), и количественными показателями успехов, достигнутых в дальнейшем, таких как результаты отборочного теста Совета колледжей. Дети, которые поспешили съесть сладость, выросли и оказались в группе людей с более высокими показателями неврозов, ожирения, потребления наркотиков и разводов[11].

Жизнь — это вереница маршмеллоу-тестов. Севший на диету сейчас — откладывает в сторону вожделенный сахар не ради того, чтобы получить больше удовольствия через пару минут, но ради долгосрочной перспективы быть стройнее, здоровее и привлекательнее. Взявший бюджет на контроль сегодня — игнорирует легкомысленное желание покупки, чтобы скопить на машину или детям на образование. А тот, кто заботится о своем здоровье, взваливает себе на плечи множество хлопот и забот (бегает трусцой, чистит зубы нитью и ест салаты, пользуется презервативами и имеет абонемент в спортзал, регулярно ходит на осмотр к врачу и не забывает принимать лекарства), для того чтобы и многие десятилетия спустя по-прежнему оставаться в тонусе.

Никто не говорит, что удовольствие следует откладывать на потом. Вот целая палитра народной мудрости: *«живем только раз», «лучше синица в руках, чем журавль в небе», «после нас хоть потоп».* Суть в том, чтобы уметь находить равновесие. Трудно сказать, почему у одних обуздать свои страсти и построить планы на будущее получается лучше, чем у других. Но те, кто в этом плане над собой работают, проявляют больше ответственности, лучше усваивают и запоминают существенную информацию. Например, они обладают хотя бы приблизительным знанием того, как быстро растет сумма вклада в системе сложных процентов. Эта закономерность, как, например, скорость света в физике, — одна из основополагающих во вселенной финансов. Это не просто знание, которым утруждают себя люди уже богатые; это еще и тот вид информации, который стимулирует погашение долга и прежде всего накопление денежных средств.

Постигать факты, за которыми нет сиюминутной значимости, — это как проходить маршмеллоу-тест. Требуется толика самодисциплины, чтобы достаточно долго ждать возможной награды. Кому это удается, тот с большей вероятностью способен также хорошо управляться и с долгосрочными финансовыми проектами.

Заключительная беседа

Умение распоряжаться личными финансами — очень важный вид житейской мудрости. Человеку несведущему будет недостаточно просто посмотреть «правильные ответы». И хотя в сети много полезной информации по личным финансам, она тонет в море сомнительных советов и схем. А тот, кто тратит на погашение процентов по кредитной карте слишком много, может и не подозревать о существовании проблемы до тех пор, пока не придется искать в Google консультанта по вопросам банкротства.

Заниматься половым воспитанием школы хотя бы пытаются. А вот учить детей обращаться с деньгами берутся далеко не все. Но как раз от современной молодежи — больше, чем от представителей прошлых поколений, — ждут самостоятельности в принятии сложных финансовых решений. «Необразованный человек, вооруженный кредитной карточкой, студенческим займом или ипотечной ссудой, может представлять такую же опасность для себя и общества, как тот, кто без навыков вождения оказался за рулем автомобиля», — пишет Джон Пелетье, директор Центра финансовой грамотности [12].

Ипотечный кризис подстегнул призывы к обучению школьников вести личные финансы. Но казна из-за этого кризиса опустела, а законодатели и слышать не хотели про новые затратные проекты. В докладе за 2013 г. выяснилось, что только в семи штатах старшеклассникам в рамках школьной программы надлежит проходить и сдавать основы финансового дела [13]. Хотя финансовой грамотности в некоторых школах обучают по собственной инициативе, этот предмет чаще всего оказывается следствием нашего века погони за показателями, когда от учителей требуют подготовить учащихся к успешной сдаче внешкольных стандартных тестов.

С колледжами дело обстоит не лучше. В одном докладе не без иронии заметили, что обучение «финансовой грамотности в колледжах состоит в заключительной беседе... напоминающей выпускникам о необходимости выплатить [федеральные студенческие] займы, размер которых в среднем составляет 26 600 долларов на 2011 год»[14].

Ну так что ж, выходит, в школах нужно обучать финансовой грамотности? На этот счет уже имеются любопытные исследования, свидетельствующие об обратном[15].

Преподаватели финансовых дисциплин Льюис Мэнделл и Линда Шмид Кляйн связались с выпускниками средней школы, которые целый семестр посещали обстоятельный курс факультативных лекций по личным финансам[16]. Через разные временные интервалы — от года до четырех лет — прослушавшим курс устроили опрос, который показал, что их финансовые познания ничуть не лучше, чем у тех, кто на этот курс не записался.

Этой новостью мне читателя не удивить, раз он дошел до этого места. Географию, историю и родной язык в школе проходят все, а что выходит на деле, видите сами.

Мэнделл и Кляйн предложили выпускникам средней школы оценить собственные финансовые решения, принятые уже во взрослой жизни. Исследователи спросили, доводилось ли им выписывать чек, не имея достаточно средств на счете, вовремя ли они погашают кредиты. Также их попросили оценить собственную бережливость по пятибалльной шкале. Ответы тех, кто курс прослушал, и тех, кто на него не ходил, оказались статистически неотличимыми друг от друга.

Шон Коул из Гарвардской школы бизнеса и Гаури Картини Шастри из Виргинского университета провели интересное исследование с глубиной охвата статистических данных в три десятилетия. В этот промежуток времени в нескольких американских штатах обучение школьников финансовой грамотности было обязательным, что и позволило двоим исследователям провести в естественных условиях эксперимент по оценке финансовых знаний с участием миллионов респондентов. В подробном опроснике, который ежегодно рассылают произвольно выбранной группе участников, речь идет об инвестиционном доходе, свидетельствующем о состоянии сберегательного счета и умении грамотно вложить капитал. Исследователи хотели выяснить, обнаружится ли в штатах, где приняли решение обучать финансовой грамотности, рост инвестиционного дохода по сравнению со штатами, где такой программы нет.

Корреляционной связи они не обнаружили[17]. Обучение старшеклассников финансовому делу не способствует более грамотным капиталовложениям. В своих выводах Коул и Шастри не зашли столь далеко, чтобы предлагать отмену учебного курса по управлению личными финансами в средней школе. Но одно ясно совершенно точно: не стоит ждать чудес.

Подростку разговоры о кредитных картах, ипотеках и пенсионном плане могут казаться чем-то очень далеким, не говоря уж о том, что до смерти скучным. Возможно, обучение взрослых даст больше шансов на положительный результат. Если человек не может погасить кредит, объявляет себя банкротом или собирается взять обратную ипотеку, ему зачастую требуется консультация специалиста, которая поможет ему принять более взвешенное решение. Но кроме этих особых случаев, когда уже допущено несколько серьезных промахов, мало кто из взрослых учится распоряжаться личными финансами. Те же, кому такое образование действительно необходимо, будут в последний момент пытаться узнать что-то через интернет или как-то еще.

В свободном обществе, даже таком одержимом деньгами, как наше, обучить каждого взрослого человека умению распоряжаться личными финансами едва ли возможно. Проявить ли инициативу и учиться? Каждый решает сам. Но это тот вид образования для взрослых, который обещает воздаться сторицей.

ЕДИНСТВЕННАЯ ЛОТЕРЕЯ, В КОТОРОЙ КОГДА-НИБУДЬ ПОВЕЗЕТ

Вы выиграли в лотерею 10 тысяч долларов и решили инвестировать эти деньги. Какой из предложенных вариантов капиталовложения самый надежный?

А. Вложить все деньги в акции только одной компании.
Б. Вложить все деньги в акции двух компаний.
В. Вложить все деньги в паевой инвестиционный фонд, акции которого принадлежат пятистам крупнейшим американским компаниям.

Когда вы вносите деньги на пенсионный счет, ваш вклад облагается налогом…

А. …либо до того, как сделано вложение, либо уже на пенсии, когда снимаете деньги.
Б. …дважды: и до того, как сделано вложение, и уже на пенсии, когда снимаете деньги.
В. …один раз в год в срок до 15 апреля.
Г. …по достижении 65 лет.

Единственная «лотерея», выиграть в которую у среднестатистического работника есть все шансы, — это рынок ценных бумаг, в особенности инвестиции с отложенным налоговым платежом, предусмотренные в рамках индивидуального пенсионного счета. Держать сбережения под сложными процентами на рынке ценных бумаг, где они не облагаются налогами, в течение многих десятков лет необходимо фактически по соображениям финансовой безопасности.

Но рынок — дело крайне рискованное. Главный способ снизить степень риска — прибегнуть к диверсификации. На первый вопрос правильно ответили 73%, выбрав вариант «B». Между этим вопросом и размером сберегательного счета обнаружилась четкая корреляция[18]. У тех, кто ответили неверно, размер семейных сбережений в среднем оказался равен 50 тысячам долларов. А те, кто выбрали правильный ответ, в среднем имеют 351 тысячу долларов, то есть больше в семь раз. Второй вопрос лишен оригинальности, касается налогового учета и не имеет вселенского значения. Интересно то, что он оказался индикатором уровня счастья. Вариант «A», правильный ответ в рамках современного налогового права США, выбрал 61% опрошенных. Мало кто обращает внимание на пенсионные счета и планы, пока не заводит собственную сберкнижку. Похоже, это еще один случай, когда наличие сберегательного счета коррелирует с хорошим расположением духа. Те, кто ответил правильно, в год зарабатывают на 20 тысяч долларов больше (личный доход), а по четырехбалльной шкале оценивают уровень своего счастья на 13% выше[19].

15

ЦЕННОСТЬ ПОВЕРХНОСТНОГО ОБРАЗОВАНИЯ

Пришло время сделать глубокий вздох, обернуться и посмотреть назад. Что мы узнали о практической ценности знаний? Связь между доходом и финансовой грамотностью, которую я обнаружил в ходе исследований, понять несложно. Но некоторые другие результаты, описанные в этой книге, могут показаться спорными или привести в замешательство. Я обнаружил устойчивую корреляцию между доходом и успешным выполнением тестов на общие знания. Обнаружилась корреляция также между доходом и узкоспециальными областями знаний, среди которых — спорт и правильное произношение. Два типа знаний, упомянутые мною в первой части книги, также оказались предвестниками дохода: тест на знание карты и способность перечислить выборных представителей власти. Но результаты тестов на знание науки, истории, знаменитостей и правописания оказались противоречивыми. Мне не удалось обнаружить и намека на связь между доходом и знаниями грамматики, жаргона, секса или религии.

Нам кажется привычной мысль, что существует неофициальная иерархия знаний, в которой бездумное запоминание географических карт или спортивных достижений занимает предположительно какую-нибудь нижнюю ступень. Нам говорят, что знание истории и литературы — показатель хорошего образования и, как правило, хорошей работы; что такие главные дисциплины, как технология и математика, — залог хорошего дохода. Наше общество во многих отношениях поощряет специалистов, а не универсалов.

Тем не менее, хотя практически все проверенные мною области знания в самом деле коррелируют с образованием, полученным в учебных заведениях, самая провокационная находка заключается в том, что знание фактов общего характера позволяет предсказать размер дохода лучше, чем уровень образования.

Причин здесь несколько. Одна из них в том, что успешное выполнение теста отражает качество полученного образования. Есть разница — получить диплом в Стэнфорде или в менее выдающемся университете. Как известно, выпускники престижных школ обычно больше зарабатывают. Этим, пожалуй, и объясняется корреляция между знанием и доходом, даже если годы, проведенные в стенах учебного заведения, у всех выпускников одинаковые. А если они при этом еще и больше знают, то это только в плюс. Заметьте, что более высокий доход выпускника престижной школы, быть может, объясняется репутацией университета на трудовом рынке, связями, которыми студент обзавелся за годы учебы, или жизнью в богатой и влиятельной семье, что уже само по себе облегчает поступление в Стэнфорд. Знают ли они больше фактов, чем выпускники менее престижных школ, — это едва ли сильно меняет дело.

Другая возможная причина в том, что корреляционная связь отражает качество самого учащегося. Одни учатся всерьез, другие плывут по течению. По результатам опросов можно сказать, был ли у испытуемых интерес к учебе в школе и за ее пределами. Если все дело и правда в этом, тогда напрашивается вывод: интерес к учебе и знания, оставшиеся в голове, окупаются.

Учеба на протяжении всей жизни, похоже, играет здесь важную роль. Действительно, при обработке массива данных возник вопрос: что такого особенного знают те, у кого доходы выше, а уровень образования тот же? Возможен ответ: материал, которого нет в учебной программе. Так, в школе не заостряют внимание на «тривиальных» фактах и умении распоряжаться личными финансами. Годы учебы не помогают взрослому, давно вставшему из-за парты, перечислить выбранных на текущий период представителей власти или показать на карте страны, о которых заговорили относительно недавно.

Тест на знание карты больше зависит от современных событий, в отличие от учебника по географии. По сути, показать Техас, Россию и Австралию может каждый. Разница в результатах объясняется по большей части тем, что на уроках географии не акцентируют внимание на странах, образованных недавно или мало чем примечательных. Зато их можно увидеть на карте в выпуске новостей, разделе «Инфографика», исторической книжке, мобильном приложении и рекламном буклете какой-нибудь авиакомпании. Тест на знание карты — это способ проверки на внимательность. И как сказал поэт Джон Чиарди, «мы то, к чему мы проявляем внимание»[1].

Проявлять внимание — это, быть может, хороший способ двумя словами описать причину корреляции дохода. А измерить его надежнее всего с помощью перечня вопросов общего характера, не слишком сложных, но и не слишком простых. Тот, кто с тестом на общие знания справился неважно, по всей вероятности, проявляет недостаточно внимания к тому, что творится вокруг. А тот, кто показал отличный результат, умеет из тех же условий многое извлечь, — так складываются широкие (хотя и поверхностные) знания.

Зато вопросы, посвященные, скажем, правописанию, оказываются гораздо менее показательными. Устойчивая корреляционная связь прослеживается между умением без ошибок написать слово prerogative и не ошибиться в словах consensus

«Простые» факты — лучшие индикаторы дохода

и/или supersede[2]. Как правило, в эту группу попадают те, кто знают, как пишутся слова, в которых часто допускают ошибки. Однако есть немало гениальных людей, у которых хромает орфография, хотя некоторые из них обладают поистине энциклопедическими знаниями, но в других областях. По этой причине, когда нужно спрогнозировать доход, узкоспециальные вопросы — о правописании или еще о чем-нибудь не менее конкретном — едва ли окажутся статистически значимыми.

Видимо, легкие вопросы, в отличие от сложных, оказываются индикаторами более надежными. Я построил диаграмму рассеяния, отображающую результаты по тестам на общие и узкоспециальные знания. Каждая черная точка соответствует одному исследованию. На горизонтальной оси показан уровень его сложности, обусловленный процентом вопросов, на которые в среднем дали правильный ответ. На вертикальной оси видна разница в доходах участников, показавших в тестовых заданиях наилучший и наихудший результат. Как обычно, мы рассматриваем гипотетическую разницу в доходах одного 35-летнего человека с четырьмя годами высшего образования, который ответил на все вопросы правильно, и другого 35-летнего человека с четырьмя годами высшего образования, который не ответил правильно ни на один вопрос.

К примеру, с тестом на знание карты, где задавались довольно легкие вопросы по поводу стран вроде России, Японии и Турции, справились в среднем на 76% (точка в верхнем правом углу)[3]. Результат по этому тесту — хороший индикатор дохода: у тех, кто ответил правильно, годовой семейный доход примерно на 71 тысячу долларов больше, чем у тех, кто с заданиями не справился.

В самом низу диаграммы, слева от центра, расположена точка, за которой стоят 10 весьма сложных вопросов из телевикторины «Jeopardy!», по которым я провел опрос. (Хотя в «Jeopardy!» вопросы задаются в утвердительной форме, а ответы — в вопросительной, я привел их в традиционный вид.) Не ошибиться оказалось труднее — верно ответили в среднем на 43% вопросов, — и разница в доходах оказалась меньше: 13 тысяч долларов годовых.

Конечно, на связь между сложностью заданий и уровнем дохода накладывается статистический «шум», но в целом облако точек от нижнего левого угла тянется к верхнему правому. Следовательно, чем легче вопрос, тем сильнее связь с доходом.

Чтобы эту идею проверить, я разослал несколько схожих опросников. В выборочной группе каждому предлагалось ответить на «простую» и «сложную» серию вопросов по одному и тому же перечню тем. Такой метод исключает целый ряд переменных вроде распределения доходов, уровня образования и прочих демографических факторов, поскольку в рамках выборочной группы они принимаются за постоянные. Меняется лишь сложность заданий.

На диаграмме пунктиром соединены точки, обозначающие результаты по опросникам разного уровня сложности среди одних и тех же участников. Обе линии направлены вверх. В каждой из двух групп, сформированных в случайном порядке, более простые вопросы коррелировали с разницей в доходах лучше, чем более сложные. (Внизу диаграммы по центру расположена точка-кружок — опросник со сложными заданиями, по которым результаты оказались статистически незначимыми[4]. Зато в статистической значимости результатов по второму сложному опроснику и обоим простым сомневаться не приходится.)[5]

В телевикторинах вопрос приносит больше денег, если он трудный, а не легкий. По-видимому, в настоящей жизни дело обстоит иначе. Действительно выгодно знать то, что известно большинству, а вот в отношении всего остального преимущество только убывает.

Если посмотреть на эту ситуацию под другим углом, то незнание общеизвестных фактов карается низким доходом. Выпускник колледжа, который не знает, что такое «Спутник-1» и кто такой Эрнест Хемингуэй (два легких вопроса из тестов на общие знания), за годы учебы мало чему научился и по сравнению с большинством выпускников-сверстников не обладает достаточным уровнем культурной грамотности.

Однако тому, кто располагает малоизвестными фактами, не имеющими прямого отношения к работе, награды ждать не приходится. И я не ставлю под сомнение ценность узкоспециальных знаний какой угодно области. Каждая профессия важна по-своему. Однако не этому я искал — или даже нашел — подтверждение. Мои исследования указывают на ценность либерального образования в самом широком смысле слова, и прежде всего — на пользу от умения быть внимательным.

Шахматисты и орнитологи

Связь между знаниями и доходом вызывает вопрос о том, что чему причина. Возможно ли, что знания улучшают умственные способности? Для изучения этого вопроса обратились к игре в шахматы.

В течение нескольких лет прославленный режиссер Стэнли Кубрик играл за деньги в шахматы с любым желающим в городских парках Нью-Йорка. За шахматной доской он проводил по 12 часов в день, зарабатывая около 20 долларов в неделю. Как позже объяснял Кубрик:

> между кино и шахматами имеется сходство[6]. Есть последовательность решений, в которой делаешь по одному ходу зараз, и нужно умело распределять ресурсы: в шахматах это время, а на съемках фильма — время и деньги... Смотришь на шахматную доску, и вдруг аж дух захватывает. Рука так и рвется схватить фигуру и сделать ход. Но шахматы учат, что нужно спокойно посидеть и подумать, так ли хорош этот ход и, может, есть какие-то другие варианты, получше.

Шахматы у Кубрика появляются в нескольких фильмах. В «Космической одиссее 2001 года» игра в шахматы между астронавтом и смертельно опасным компьютером HAL воспроизводит матч между Отто Рёшем и Вилли Шлаге, состоявшийся в 1910 г. в Гамбурге. Астронавт проигрывает партию, в результате чего компьютер заключает: «Благодарю за интересную игру».

Шахматам отводится важная роль в истории искусственного интеллекта. Уже на заре компьютерного века они представлялись моделью приобретения жизненного опыта. Шахматы — сложная игра с простыми правилами. Правила легко представить в виде кода, а вот жизненный опыт — нет. Знание правил не делает человека (а тем более их машинный алгоритм) хорошим игроком. Не поможет ни знание истории шахмат, ее «тривиальных фактов», ни разучивание новых комбинаций из известных матчей. Что такого особенного знает хороший шахматный игрок, чего не знает плохой? Умение играть в шахматы — это природная склонность, с которой рождаются, или же навык, который нужно долго тренировать? Эти вопросы занимают шахматистов с тех пор, как сыграли самую первую партию. А вместе с ними размышляют и психологи с программистами.

Первоклассный голландский шахматист Адриан де Гроот, представлявший Нидерланды на шахматных олимпиадах, был также психологом. Он попросил мастеров игры в шахматы и новичков записать ход их мыслей и, к своему удивлению, обнаружил, что видимых различий оказалось не так уж много. Можно было ожидать, что игроки-мастера видели на большее число ходов вперед или просчитывали более разнообразные комбинации, чем начинающие игроки. Но это не так. Зато у них оказались лучше развиты профессиональные инстинкты. Над перспективными ходами они размышляли дольше, а нерезультативные отбрасывали быстрее. Новички делали все наоборот. Ум гроссмейстера отличается эффективностью мыслительного кода, но не быстротой вычислительных операций.

Де Гроот хорошо известен своим знаменитым экспериментом. Он показал игрокам шахматные доски с фигурами, расставленными в реалистичных комбинациях. Через пять секунд игроков попросили воспроизвести расстановку фигур на разных досках по памяти.

Мастера шахматной игры с заданием справились виртуозно. Они воспроизвели увиденное положение всех без исключения фигур практически со 100%-й точностью. Игроки менее умелые оказались безнадежны: точность их расстановки часто не превышала 20%.

Де Гроот несколько изменил условия эксперимента и попал в самую точку. В этот раз он показал игрокам шахматные доски, на которых фигуры расставлены наугад — произвольные комбинации, которые не возникли и, пожалуй, не могли бы возникнуть в ходе игры. На этот раз мастера оказались не лучше новичков. Все мучительно пытались вспомнить расположение хотя бы полдюжины фигур.

Хорошие игроки показали свое превосходство лишь в запоминании реалистичных комбинаций. Им это удается, поскольку они вспоминают комбинации, которые видели прежде: и гамбиты, и размены, и рокировки. Пионер в области искусственного интеллекта Герберт Саймон, повторивший эксперименты де Гроота, поддерживал точку зрения, согласно которой хорошие игроки каталогизируют расположение фигур на доске по имеющимся в памяти «шаблонам»[7], облегчая себе задачу.

Эту стратегию применяют не только в шахматах. Начинающий орнитолог, наблюдая за птицей, видит лишь пятно цвета и перьев. Классифицировать ее он не может, поскольку не знает, какие признаки являются отличительными, а какие ничего не значат. Новичок старается запомнить об этой птице все — задача невыполнимая, — чтобы после найти ее в полевом справочнике. Но специалист сразу определит, что перед ним молоденькая самка голубой кустарниковой сойки, и, кроме этой характеристики, ему больше ничего знать не нужно. В широком смысле этим подходом мы руководствуемся во всем, что требует взвешенных решений и работы воображения — будь то управление компанией или желание бежать марафон, разработка мобильного приложения или организация свадебного торжества, умение успокоить ребенка или способность понять лекцию, просмотренную на сайте конференции TED. Мы осмысливаем сложное целое благодаря тому, что вычленяем уже знакомые нам фрагменты.

Никто не говорит, что способность запомнить расстановку фигур — единственная отличительная черта первоклассного шахматиста. Она необходима, но не достаточна. Как сказал Кубрик, шахматы — это игра, в которой оценивается стоимость упущенной выгоды. Недостаточно заключить, что тот или иной ход хороший. Мастер беспрестанно должен задаваться вопросом: нет ли хода лучше? Умение критически мыслить превыше всего, но фундаментом успеха здесь служит память: игрок, которому приходится снова и снова осматривать доску, чтобы вспомнить, какое положение фигуры занимают на данный момент, оказывается просто не в состоянии должным образом просчитать возможные комбинации.

Способность каталогизировать или запоминать расположение фигур на шахматной доске приобретается годами тренировок. Резонно спросить, что такое эта способность: знания, навыки или талант? Возможно, правильный ответ в том, что вопрос поставлен неверно. Ведь *знания*, *навыки* и *талант* — ярлыки, которыми мы обозначили мыслительные процессы, хотя не до конца их понимаем. Может статься, для описания экспериментальных данных эти ярлыки не годятся.

Шахматы — излюбленный способ представить логику во плоти, а значит, родная стихия Думателя из «Автостопом по галактике», HAL и прочих бездушных агрегатов. Но когда за эту игру берется человек, она становится еще и упражнением на интуицию и бессознательное. У хороших шахматистов вырабатывается способность распознавать комбинации, в которые выстраиваются фигуры по ходу игры. Логика здесь ни при чем — это скорее как выхватить из толпы знакомое лицо. Никто не рождается со знанием механизмов шахматной игры. Шахматисты высокого класса обзаводятся интуицией благодаря тому, что запоминают много «фактов» и, кроме того, познают, как эти факты друг с другом соотносятся в рамках целостной картины. Запоминание фактов — один из способов выработать интуитивные знания, которые, в свою очередь, служат фундаментом тому, что называют навыками и талантом.

Моменты озарения

В начале 1950-х Бетт Несмит Грэм, разведенная мать-одиночка, получила работу секретаря в Texas Bank and Trust. А в банке как раз поставили в офисах пишущие машинки фирмы

IBM Selectric, у которых обнаружился один серьезный недостаток. В Selectric стояла лента из углеродной пленки, так что, хотя начертание букв и получалось четким, стереть их было нельзя. Одна ошибка — и всю страницу приходилось перепечатывать.

Начальникам — а руководящие должности занимали мужчины — было все равно. Женский труд стоил дешево, причем настолько, что Грэм взялась рисовать на окнах банка украшения к Рождеству, чтобы хоть как-то увеличить свой скудный доход. Работа с кистью напомнила ей о том, что она узнала когда-то давно: художники свои ошибки не стирают, а закрашивают.

Именно это и вызвало у Грэм момент озарения. Она осознала, что ошибки можно не стирать, а нанести поверх краску. Разведя в кухонном блендере белую темперу, Грэм взбила смесь и перелила в бутылочку. Стоило ей сделать опечатку, как она замазывала ее кисточкой, ждала пару секунд, пока подсохнет, и печатала прямо по краске. Изобретение, названное «корректирующей жидкостью»[8], стало необычайно популярным среди офисных принадлежностей наступившего чуть позже аналогового века. В 1979 г. Грэм продает Gillette свою компанию Liquid Paper за 47,5 миллиона долларов.

«Воображение важнее знания» — так в 1931 г. писал Альберт Эйнштейн[9]. Но также верно и то, что в этой паре второе служит фундаментом первому. Воображением мы называем обычно то, что немыслимо без возникновения связи между двумя фактами — увидеть, что решение, принятое у художников, может помочь машинисткам. Эйнштейна интересовал раздел математики, не имевший практической ценности, — неевклидова геометрия Бернхарда Римана. Физики не занимались Риманом, поскольку с физикой его работы никак не были связаны. Величайший момент озарения у Эйнштейна случился, когда ученый понял, что геометрию Римана можно положить в основу новой гравитационной теории, в которой материя искажает пространство и время.

В подобных случаях знания и воображение шагают рука об руку. Над новой теорией гравитации работала целая плеяда физиков, и о трудах Римана было известно небольшой группе математиков. На скрещении диаграмм Венна оказался Эйнштейн, и, похоже, лишь он один.

Феномен озарения можно проиллюстрировать множеством других примеров [10]. Так, происхождение видов в равной мере занимало Чарльза Дарвина и Альфреда Рассела Уоллеса. Оба они прочли злободневную книгу «Опыт о законе народонаселения» Томаса Мальтуса, посвященную первопричинам нищеты. Оба увидели одну и ту же связь, а затем предложили схожие теории естественного отбора.

Аарон Копленд знал как американскую народную музыку, так и 12-тоновый метод композиции Шёнберга. Пикассо был в числе первых европейских художников с классическим образованием, которые принялись изучать африканскую скульптуру. Марк Цукерберг знал, как написать программный код и как часто студенты Гарварда пользуются печатным справочником по учащимся своего университета, «книгой лиц».

На жизненном и трудовом пути всех нас подстерегают проблемы. В задачах легких и сложных «несущественные» знания могут послужить источником аналогии, вдохновения, решения.

Когда мы учимся, меняется не только образ мышления, но и строение мозга. Предполагают, что лондонские таксисты запоминают отдельных фактов больше, чем представители любой другой профессии. Это привлекло внимание нейрофизиологов. Они сообщают, что задний отдел гиппокампа, главная часть головного мозга в механизме долговременной памяти, увеличивается в ходе подготовки к сдаче экзамена «Знания» и его размеры у лондонских таксистов остаются бóльшими, чем у всех прочих людей [11].

В статье журнала Nature Neuroscience за 2015 год сообщается, что если родители состоятельные и с хорошим образованием, то у ребенка размер полей коры головного мозга больше, чем если родители малообеспеченные и необразованные. Особенно заметными оказались различия в тех участках мозговой коры, которые связаны с языком, чтением и принятием решений. В статье о причинах напрямую ничего не говорилось, но за объяснениями далеко ходить и не нужно. «На деньги можно купить образование, дом вдали от шумных автострад, — рассуждает руководитель исследования Элизабет Сауэлл. — Можно взять уроки игры на гитаре. Оплатить внешкольные кружки»[12]. Умение играть на гитаре благоприятно сказывается на работоспособности мозга и несет с собой другие преимущества даже для тех, кто не собирается делать игру на гитаре профессией.

Другой возможный вариант, объясняющий связь между знанием фактов общего характера и уровнем дохода, состоит в том, что обучение тренирует познавательные способности, без которых не обходится решение практически ни одной задачи, в том числе карьерный успех. У тех, кто учится, мозг функционирует лучше, что, в свою очередь, оборачивается более высоким доходом.

Никто не возьмется утверждать, что из-за приложений вроде Uber или сегвеев никто больше не ходит пешком. Движение необходимо человеческому телу для нормальной работы; а то, что ему при этом необходимо из пункта «А» переместиться в пункт «Б», значения в данном случае не имеет. Для мозга человека познавательные процессы необходимы, чтобы работать с максимальной производительностью. А от того, что факты всегда можно где-нибудь посмотреть, суть дела не меняется.

ЧАСТЬ 3

СТРАТЕГИИ ДЛЯ КУЛЬТУРНО НЕГРАМОТНОГО МИРА

16

КОГДА РАЗУМНО ВСЕ УПРОЩАТЬ

Миром правит эффект Даннинга — Крюгера. Люди не знают о собственном невежестве — это правда жизни, и считаться с ней должны дизайнеры, маркетологи и интервьюеры. Вот, к примеру, «гамбургер». Это изображение вам уже попадалось: стопка из трех овальных полосок (двух булок и котлеты), прямо как на схеме сборки бигмака, о которой рассказывают в Университете гамбургера. «Гамбургер» — это пиктограмма, нажав на которую мы открываем меню или навигационную панель. Появившись как ответ низкому разрешению экрана первых смартфонов, «гамбургер» стал вездесущим и перекочевал на экраны персональных компьютеров. Теперь эта пиктограмма — мировой стандарт, хотя для многих гамбургер по-прежнему остается «мясом неизвестного происхождения», как выразился разработчик веб-сайтов Эрик Мобли[1]. Неопытные пользователи могут не сразу понять, что «гамбургер» — это пиктограмма. Классическими очертаниями этот бутерброд напоминает скорее декоративный элемент.

«Гамбургер» — часть развивающегося визуального языка, пронизывающего как реальный, так и виртуальный мир. Этот язык берет начало в утопизме дизайнерских школ XX в.:

на смену словам в мультикультурном, визуально ориентированном мире завтрашнего дня придут современные емкие графические изображения.

Чтобы подкрепить этот идеал делом, Американский институт графических искусств (AIGA) выпустил набор пиктограмм, придуманных для аэропортов и железнодорожных вокзалов в 1974 г. Среди них есть хорошо знакомый символ, запрещающий курить, и условные силуэты круглоголовых мужчины и женщины, обозначающие соответствующие уборные. Многие пиктограммы AIGA — образцы понятности для всех, кто способен воспринимать синекдоху (не вешалка, а гардероб, не бокал, а буфет).

Одновременно с усилиями AIGA инженеры из Xerox PARC разрабатывали первый компьютерный интерфейс, в котором пиктограммы использовались вместо набора команд. На дизайнерских решениях Xerox отразились результаты исследований по эргономике, согласно которым пользователям легче оперировать картинками, а не словами — идея, ставшая массовой в 1980-х гг. благодаря Apple Macintosh.

В современном мире маленьких экранов места для значков, сложных в графическом исполнении, стало не так уж много, и разработчики приложений отдают предпочтение простым, иногда непонятным, пиктограммам. Ход их мыслей таков, что пользователи на собственном опыте разберутся, как эти пиктограммы работают.

На материале нескольких стандартных пиктограмм я провел исследование, чтобы посмотреть, многие ли могут их распознать. У меня были предположения, что «гамбургер» поставит некоторое число людей в тупик, — так оно и вышло. Но я не ожидал, как плохо считываются некоторые пиктограммы, встречающиеся в аэропортах.

Верно распознать пиктограмму AIGA, обозначающую «выход», едва ли смогли 5%, тогда как в значке доллара внутри круга узнали пиктограмму «касса» менее 4%. В качестве других возможных вариантов для этой пиктограммы предлагались «банкомат», «банк», «обмен валюты» и «дорого». Из них самым популярным ответом наугад оказался «обмен валюты» (его выбрали 35%).

Сколько людей могут распознать эти пиктограммы из аэропорта?

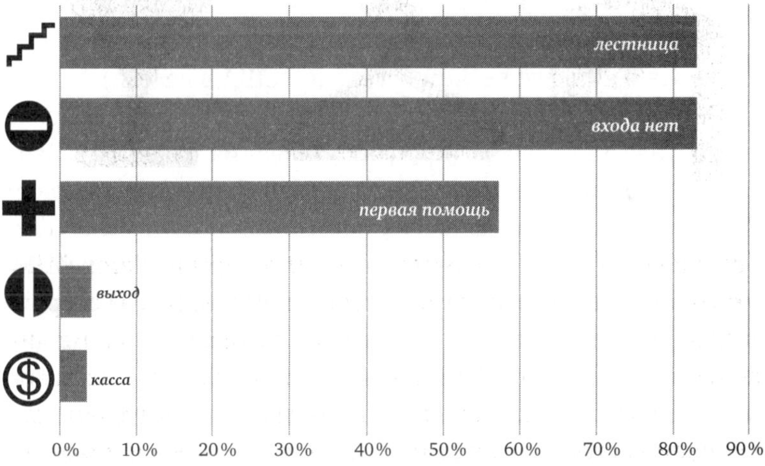

В моей выборочной группе также не сумели распознать пиктограммы, которые, по мнению разработчиков веб-сайтов, понятны чуть ли не во всем мире. Для четверти испытуемых непонятным оказался значок «Wi-Fi». Почти половина прокололась на «гамбургере». (Как и всегда среди участни-

Сколько людей могут распознать эти пиктограммы на экране мобильного телефона?

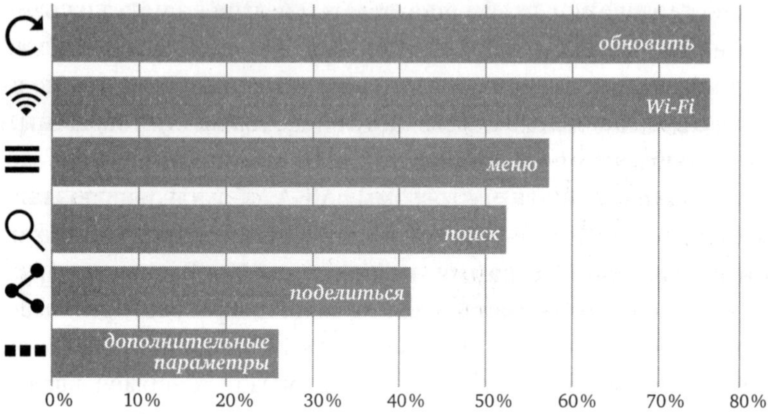

ков выборочной группы, каждый имел компьютер и доступ в интернет. А раз так, то в вопросах цифровой техники они подкованы чуть лучше, чем население США в целом.)

Пиктограмма в виде лупы, обозначающая «поиск», также заработала мало очков (процент узнавания равен 52). Этот значок отсылает к Шерлоку Холмсу, герою книг Артура Конан Дойла. И хотя про него до сих пор снимают фильмы и телесериалы, многим пользователям смартфонов этот персонаж может быть незнаком. Дело осложняется тем, что пиктограмма увеличительного стекла также встречается в графических редакторах, где обозначает увеличение или уменьшение масштаба. В этом случае двусмысленность сыграла важную роль — вторым по частотности ответом (36%) оказался вариант «увеличение масштаба».

Из всех представленных пиктограмм самой плохо распознаваемой оказалось многоточие — три точки, обозначающие «для перехода к дополнительным параметрам нажмите здесь». Правильный вариант в этом вопросе выбрала едва ли четверть. На деле «многоточие» и «гамбургер» часто взаимозаменяемы. «Гамбургер» хотя бы отдаленно напоминает строки меню. А поскольку переносное значение «многоточия» отсылает к пунктуации, то это далеко не лучший символ для цифровых устройств.

Пиктограммы — это инструменты, помогающие пользователям делать то, что им хочется. Если же пиктограммы непонятны, то не пользователи, а дизайнеры заслуживают неудовлетворительной оценки. Дизайнерам нужно знать, что именно не знают пользователи (даже если пользователи о своем незнании не догадываются), и учесть это в интерфейсе программ. Разработчики приложений имеют больше возможностей, чем те, кто создает символику для реального, а не виртуального мира. Приложение может определять, является ли человек новичком или опытным пользователем, а также его возраст. Как я и предполагал, исследование показало, что молодым людям гораздо проще ориентироваться в пиктограммах, чем пожилым[2]. В приложении пиктограммы можно сопровождать текстовыми подписями для тех, кому они наверняка будут подспорьем, а после того, как пользователь освоится, убрать эти подписи.

Читайте надписи на этикетке

Производителям продуктов питания и лекарств также важно учитывать потребительскую недогадливость. В журнале Annals of Internal Medicine за 2006 г.[3] была опубликована статья, в которой взрослых пациентов попросили описать, как бы они, руководствуясь инструкцией, стали принимать каждое из пяти отпускаемых по рецепту лекарств. Серьезные ошибки оказались обычным делом, и объяснялись они, как правило, эффектом Даннинга — Крюгера. Те, кто инструкцию по применению понимал неверно, думали, что понимают ее безошибочно. В большинстве случаев ошибки подпадают под один из двух видов: либо простой математический просчет, либо путаница в единицах измерения.

Пищевая ценность

Размер порции	½ чашки
Порций в ведерке	4
Состав одной порции	
Калорий 250	Калорий в жирах 120
	Суточная норма (%)
Всего жиров 13 г	20
Насыщ. жир. 9 г	40
Холестерина 28 мг	12
Натрия 55 мг	2
Всего углеводов 30 г	12
Пищевых волокон 2 г	
Сахара 23 г	
Белков 4 г	8

* Процент суточной нормы взят из расчета на 2000 кал/сут. Суточная норма может быть больше или меньше, в зависимости от рекомендуемого количества калорий.

Состав: сливки, обезжиренное молоко, жидкий сахар, вода, яичный желток, коричневый сахар, молочный жир, арахисовое масло, сахар, сливочное масло, соль, каррагенин, ванильный экстракт.

В ответ на просьбу объяснить, что означает инструкция «Принимать по одной чайной ложке три раза в день», многие чайную ложку заменяли столовой. На эту путаницу пришлось больше половины от общего числа ошибок.

Даже среди тех, кто сумел дословно повторить строку «Принимать по две таблетки два раза в день», треть испытуемых определила неверно количество таблеток, которое нужно принимать в день (четыре штуки).

Экспериментальным путем я решил проверить, насколько хорошо покупатели ориентируются в надписях на этикетке, в том числе и на упаковке от мороженого (см. предыдущую страницу). Значительное большинство в курсе, что «г» означает «граммы», а «насыщ. жир.» — «насыщенные жиры», которые вредны для здоровья. Но применить полученную информацию многие затруднились. Когда в вопросе требовалось произвести подсчет или сделать логический вывод, с ответами допускали промах.

В указанной на этикетке питательной ценности самая важная цифра — это количество порций в ведерке. Мороженое Ben & Jerry's продается в полулитровом ведерке. Такой же была упаковка Häagen-Dazs, пока в 2009 г. не сократилась до 400 мл. Слишком многие воспринимают их фактически как порции на одного. Однако на этикетке сказано, что размер одной порции — полчашки, а всего в ведерке четыре порции.

В США сейчас предпринимаются шаги по уточнению требований к этикеткам на продуктах питания, с тем чтобы размеры порций стали более правдоподобными. Ограничить порцию легче на словах, чем на деле: велик соблазн проглотить все мороженое, как бы много в ведерке его ни оказалось. Когда в Häagen-Dazs решили уменьшить размер полулитровки, большей части своих покупателей они, по-видимому, оказали услугу.

В ходе исследования в одном из вопросов, посвященных этикетке мороженого, я поинтересовался: «Если вы съели все ведерко, то сколько это калорий?» Ответили неверно 16%, причем большинство ошибочных ответов оказались совсем далеки от истины. Вот другой вопрос: «Представьте, что вы на низкоуглеводной диете и за один прием пищи потребляете углеводов не более 15 г. Сколько мороженого вам можно съесть?» Неверно ответил каждый третий опрошенный. «Представьте, что у вас аллергия на пенициллин, латексные перчатки, арахис и укусы пчел. Можно ли вам есть это мороженое?» Правильный ответ «нельзя», потому как на этикетке среди ингредиентов значится арахисовое масло. С этим вопросом ошиблись 11%.

Я задал испытуемым вопрос насчет лекарства, у которого на этикетке значилось расхожее предостережение: «Воздержаться от употребления алкоголя». Это емкое указание означает: «Не употреблять никаких спиртосодержащих напитков при приеме этого лекарственного препарата». Однако 11% решили, что эта формулировка допускает некоторое послабление. В этой формулировке им ошибочно виделось либо «можно выпить рюмку-другую, если не надо садиться за руль или стоять у токарного станка», либо «нельзя злоупотреблять алкоголем, если принимаешь это лекарство», или же они сознавались, что смысл этого указания им непонятен.

Путаница легко возникает и со списком побочных действий. Все мы видели разнообразную рекламу, где сообщалось о показаниях к применению: счастливые парочки прогуливаются по пляжу, играют с детьми и собаками, а тем временем голос за кадром монотонно зачитывает длинный перечень возможных малоприятных последствий. Эти же пугающие откровения можно обнаружить на вкладыше, вложенном внутрь упаковки.

Теперь вкладыш-листовка — это имеющий юридическую силу документ, а не просто записка от врача [4]. В целях защиты потребителей фармацевтические компании обязаны, согласно законодательству США, сообщать о любых «сопутствующих по времени побочных действиях», которые проявились при тестировании нового лекарства. Это подразумевает все, что произошло с любым из добровольцев при приеме лекарства или некоторое время спустя. Побочные действия следует указывать даже в том случае, если такое же или даже большее количество случаев зафиксировано в контрольной группе, где вместо лекарства дают плацебо.

Таким образом, получается, что корреляционная связь, причинно-следственная обусловленность и здравый смысл вылетают в трубу. И все же рациональное объяснение этому имеется. Закон о побочных действиях на самом деле свидетельствует, что в ходе тестирования нового препарата на кон поставлены большие деньги. Врачи и фармацевтические компании финансово заинтересованы в том, чтобы утаивать некоторые побочные эффекты, а так соблюдается принцип прозрачности.

Но у прозрачности есть свои побочные действия. Говорить об обратной стороне медали полезно лишь тогда, когда это помогает среднестатистическому человеку принимать более адекватные решения. К несчастью, принятие здравых решений дает сбой, как только появляется незначительный, практически не поддающийся оценке риск печального исхода. Речь идет о людях, которые решают не принимать антидепрессант — хотя он мог бы им помочь, — ведь в списке побочных действий указан суицидальный исход. Каким бы ни оказалось решение, его обоснованность зависит о того, принят ли в расчет вероятностный характер побочного действия. Какова вероятность суицида: один случай из десяти… или один на сто миллионов? А может, он скорее случится при отказе от лекарства, чем наоборот, ведь в той группе, где принимали плацебо, суицидальный показатель выше? На этикетке такой информации не указано.

Отчасти из-за вкладышей-листовок разгорелось движение против вакцинации. Ее противники предлагают родителям почитать список побочных действий прививок от кори, свинки и краснухи, где среди прочего действительно указан аутизм, который возникает по совсем другим причинам, а не по тем, которые называют вакцинофобы. Возраст, когда рекомендуют сделать прививку, просто-напросто совпадает с возрастом, когда у ребенка чаще всего диагностируют аутизм. Тем самым аутизм попадает в число «сопутствующих по времени побочных действий» и никак не зависит от вакцинации. Не указан на этикетке и тот факт, что корь по-прежнему уносит жизни порядка 145 тысяч человек в год, и почти все эти случаи приходятся на развивающиеся страны, где детям прививок не делают[5].

«Если 5 машин за 5 минут изготовляют 5 деталей, сколько времени потребуется 100 машинам, чтобы изготовить 100 деталей?»[6]

Эта задача появилась в тесте на когнитивные способности, предложенном в 2005 г. преподавателем маркетинга Шейном Фредериком, работавшим тогда в Массачусетском технологическом институте. Фредерик обнаружил, что большинство людей, включая студентов самых престижных колледжей, отвечают на этот вопрос неверно. Сам по себе он нисколько не сложный. Загвоздка этого и других подобных вопросов из теста Фредерика заключается в том, что на него отвечают с ходу, не подумав. Благодаря параллелизму слов и чисел в сознании практически не может не возникнуть «100 минут». И многие с ходу так и отвечают… что в данном случае оборачивается ошибкой. Правильным ответом будут пять минут. Машине требуется пять минут, чтобы изготовить деталь. Чем больше машин, тем больше деталей — но у каждой из них по-прежнему уходит пять минут на одну деталь.

При чтении инструкции по применению лекарства случается много подобных ошибок. Скажешь кому-нибудь: «Принимай дважды в день по две таблетки». А когда спросишь: «Сколько в день нужно принимать таблеток?» — ответом с ходу будет «Две». Вот так в опросах обычно и попадаются на удочку.

Исследование Фредерика указывает на то, что решение этой проблемы не стоит искать в повышении уровня образования. У студентов Массачусетского технологического института образование превосходное, там два семестра изучают математический анализ…[7] Но многие из них, решая задачку, обсчитались. Единственно действенный способ в том, чтобы избегать трудных для восприятия формулировок в инструкциях к лекарствам. Этого можно достичь, если следовать нескольким простым правилам:

- Свести к минимуму необходимость даже в элементарном математическом подсчете. Практично или нет, а на одну дозу лекарства должна приходиться одна таблетка.
- Избегать двусмысленности. В Великобритании формулировку «Воздержаться от употребления алкоголя» заменили следующей: «При приеме лекарственного препарата алкоголь не употреблять»[8]. Домысливать в этом случае просто нечего.

Особые условия договора

В Journal of Health Economics опубликовано исследование, согласно которому в договоре о медицинском страховании многие профессиональные выражения недоступны пониманию широкой публики. Я говорю не о понимании всей юридической подоплеки условий договора (этого не понимает никто!), а только про общеупотребительные важные термины вроде *нестрахуемого минимума*.

Исследователи под руководством Джорджа Левенштейна устроили испытуемым проверку на знание терминов *нестрахуемый минимум, совместный платеж, совместное страхование* и *максимум наличных затрат*. Показатели понимания варьировались от 78% для *нестрахуемого платежа* до 34% для *совместного страхования*[9].

Эти четыре термина превосходно дополняют друг друга и напоминают отлаженный механизм нелепых агрегатов Руба Голдберга. Если из четырех не понимать хотя бы одного, невозможно определить, сколько придется заплатить за посещение врача или лечебную процедуру. Важность этого наглядно показала подборка других вопросов: испытуемых попросили подсчитать, опираясь на термины договора о страховании, какие наличные затраты потребуются на ряд несложных лечебных процедур. Хотя стоимость медицинских услуг и условия договора были у них прямо перед глазами, правильно определить, во сколько обойдется неотложная госпитализация, сумели только 40%.

Профессионализмы из сферы медицинского страхования видятся пациентам в лучшем случае набором «туманных выражений», с помощью которых страховые компании уклоняются от денежных выплат. Однако затаенный скептицизм бесполезен, когда дело касается собственного здоровья. Разбираться в стоимости услуг необходимо, чтобы решить, действительно ли стоит обращаться в отделение неотложной помощи или же достаточно сходить в медпункт, лечиться ли у врача своей медицинской сети или же воспользоваться услугами специалиста другой сети, которого очень рекомендуют.

И здесь просматривается эффект Даннинга — Крюгера. 93% сказали, что смысл *максимума наличных затрат* им понятен, однако на сопутствующий вопрос смогли правильно ответить лишь 55% (среди которых некоторые наверняка просто угадали).

В 2008 г. страховая онлайн-компания eHealth сообщила, что аббревиатуры из области здравоохранения еще труднее для понимания. Ответить, что такое HMO*, смогли только 36%, а показатели узнаваемости PPO** и HSA*** оказались и того ниже (20 и 11% соответственно). В исследовании

* Health maintenance organization — организация медицинского обеспечения.

** Preferred provider organization — система предпочтительного выбора.

*** Health savings account — медицинский сберегательный счет.

eHealth также обнаружилось, что с размером ежемесячного страхового взноса знакома только половина опрошенных.

Такие понятия, как нестрахуемый минимум и совместный платеж, — это не то же самое, что кварки и лептоны — не постижимые умом, но фундаментальные для нашей Вселенной частицы. Эти расплывчатые понятия придуманы страховыми компаниями. Профессиональный жаргон преследует две цели. Первая заключается в том, что для регулирования любой страховой системы необходимы соответствующие рычаги. Взвалив на свои плечи часть расходов по страховке, пациенты дважды подумают, прежде чем обратиться к врачу или записаться на процедуры, что обернулось бы лишними затратами для каждой из сторон.

Другая цель — стремление оградить пациентов от желания ходить и прицениваться. Ни одну компанию не радует перспектива существовать в условиях конкуренции цен или услуг. Рядовому пациенту из-за витиеватого переплетения формулировок медицинской страховки сложно подсчитать стоимость затрат или определить, в какой медицинской сети более выгодные условия. Это и подтолкнуло к учреждению страховых бирж в рамках закона «О доступном медицинском обслуживании» 2010 г. Но трудные слова все равно остались, и пациенты — поскольку неясностей в подсчете долларов и центов по страховке предостаточно — предпочитают держаться за ту страховую компанию, с которой уже заключили договор.

Специалисты в области поведенческой экономики утверждают, что типичная ошибка страхователей в том, что они пытаются сэкономить на нестрахуемом минимуме[10]. Вносить нестрахуемый минимум людям не нравится, поскольку эту сумму они выкладывают из собственного кармана и только после этого могут претендовать на выплаты по страховке. Но эту свою нелюбовь они доводят до не постижимых умом крайностей. Исследования показали, что некоторые предпочитают выплатить сумму, *превышающую* 250 долларов, в виде дополнительных страховых платежей, лишь бы выиграть 250 долларов за счет нестрахуемого минимума. Как если за продление гарантийного срока заплатить больше, чем стоит взятый с полки товар.

Нет причин, по которым все должно обстоять именно так. Страховщик мог бы отказаться от «туманных выражений» и, за умеренно высокую плату, согласиться каждый раз при необходимости покрывать 100% медицинских расходов, которые не сводятся к покупке лейкопластыря и аспирина. Такое вполне возможно. Есть вполне надежные негосударственные программы, которые так и работают.

Группа Левенштейна предлагает простую и оригинальную альтернативу: детально разработать систему совместных платежей. Совместный платеж — это фиксированный платеж, вносимый пациентом за каждую оказанную ему медуслугу: посещение врача, лечебную процедуру или выписанный рецепт — без учета нестрахуемого минимума. Как показало исследование, испытуемых, которым, *по их собственным словам,* понятно, что такое совместный платеж, оказалось 100%. И — о величайшая из радостей! — среди них целых 72% смысл этого термина действительно понимали.

Размер совместных платежей, в рамках ныне действующей системы, обычно весьма скромный, потому что пациент оплачивает совместное страхование (процентную долю в оплате оказанной ему помощи) и в случае, если нестрахуемый минимум не был превышен, его действительно могут обязать полную сумму взять на себя. А вот если бы система работала на совместных платежах и только, их размеры по сравнению с тем, что обычно видим сейчас, пришлось бы увеличить. Но пациент знал бы совершенно точно, за что он платит в каждом конкретном случае. Выглядеть это может так: совместный платеж за неотложную госпитализацию составляет, к примеру, 300 долларов, тогда как обычный визит к врачу стоит 50 долларов. Таким образом, можно будет принять взвешенное решение, действительно ли в госпитализации есть необходимость.

Некоторые страховые компании уже предпринимают шаги по радикальному упрощению программ. Кстати говоря, исследование Левенштейна спонсировано страховой компанией Humana. Похоже, что все эти страховщики наконец поняли: проще приспособиться к неполноте потребительских знаний, чем организовывать массовые образовательные кампании (ведь сколько ручку регулировки невежества ни крути, убрать помехи едва ли удастся).

Царство неумех

Если на эффект Даннинга — Крюгера понадобится хороший пример, взгляните, как на практике выглядят знания о приготовлении пищи и ведении домашнего хозяйства. Все мы немного в этом разбираемся, а те, кто по-настоящему находится в неведении, обычно и не подозревают степень своего невежества. Я попросил выборочную группу сказать, сколько времени нужно, чтобы сварить вкрутую куриное яйцо. Дать ответ, который хотя бы примерно соответствовал действительности (от 9 до 13 минут), затруднились две трети с лишним.

Что ж, разумеется, ответ зависит от того, положить ли яйцо в холодную или в уже кипящую воду. В любом случае понадобится примерно 11 минут, чтобы в кипящей воде как следует сварить яйцо. Тот, кто кладет яйца в холодную воду и берет в расчет время, за которое вода закипит, потратит в общей сложности минут двадцать. Но треть участников решила, что сварить яйцо вкрутую можно за шесть минут, а то и быстрее.

В другом вопросе спрашивалось, сколько времени нужно на обе стороны куска мяса толщиной в 2,5 см, чтобы приготовить на гриле стейк средней степени прожарки [11]. Рациональным ответом были бы пять минут. Но опять большинство

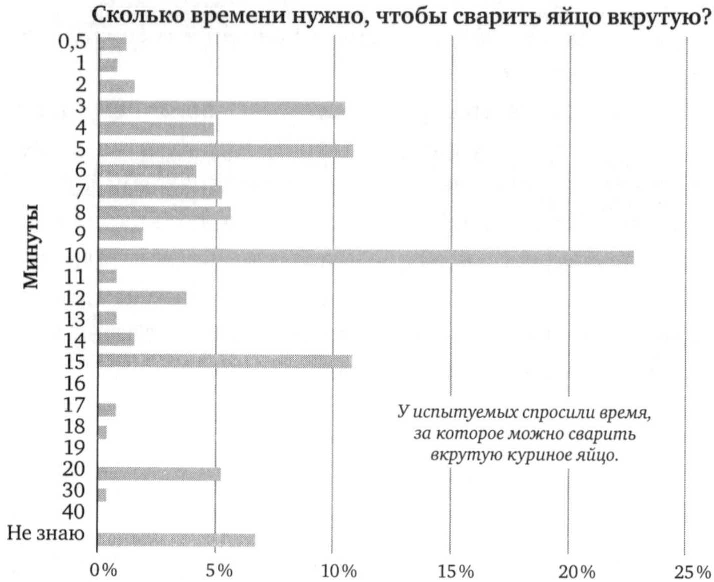

ответило нерационально. В своих догадках насчет поджарки стейков, как и варки яиц, испытуемые чаще не доходили до нужной временной отметки, чем заходили за нее. Может, их предположения опираются на обширный опыт готовки в микроволновой печи?

Назовите, что входит в состав хлеба[12]. К вопросу прилагаются 11 вариантов ответов, среди которых мука, вода и дрожжи — без них испечь что-нибудь похожее на хлеб представляется серьезным испытанием. А вот 8% подумали, что смогут приготовить его без муки, столько же опрошенных вычеркнули дрожжи, а обойтись без воды решили 26%.

Каждый слышал, что устрицы надо есть, только если в названии месяца есть буква «р». Или же наоборот, если «р» нет? Этого не знает почти половина опрошенных, а правильный ответ — если «р» есть — выбрали только 30%. Неписаное правило исключает четыре теплых месяца: с мая по август случаются красные приливы, во время которых моллюски накапливают токсины.

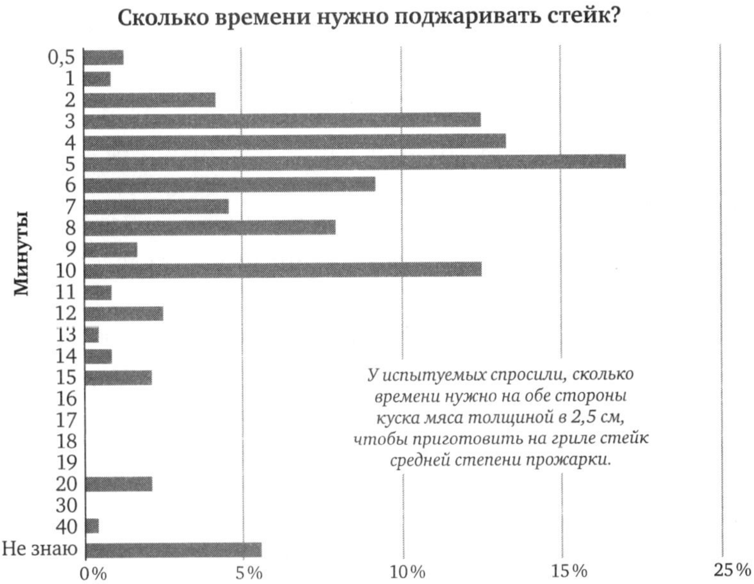

Устриц едят обеспеченные люди. Разница в доходах знавших и не знавших о правиле «р» составила 24 тысячи долларов [13].

Нам говорят, что американские кулинары никогда не перейдут на метрическую систему, поскольку не различают граммы и миллилитры. А знаете что? Чайную и столовую ложки они тоже не различают.

Среди жителей США я провел опрос: сколько в столовой ложке чайных? Правильный ответ — три ложки — знала едва ли половина (49%) [14].

На вопрос о том, сколько столовых ложек в жидкой унции, верно ответили только 24% (в одной унции две ложки), причем разброс ответов попал на диапазон от одной до шестнадцати. Корреляций между знанием этого факта и возрастом, полом, образованием или доходом не обнаружилось.

Кто только не знаком с плохим поваром, который клянется, что шаг за шагом следовал рецепту. Хотелось бы знать, много ли кулинарных промахов объясняется неумением отмеривать порции ложкой.

* * *

Два на четыре — это сколько? В выборочной группе я спросил, соответствует ли это привычное сечение бруса заявленному размеру в точности, или оно меньше двух на четыре дюйма, или оно больше двух на четыре дюйма. Всякий, кто работал с деревом, скажет, что сечение на самом деле тоньше и у́же — 1,5 на 3,5 дюйма.

Среди опрошенных 43% решили, что это вопрос из разряда «Кто покоится в могиле генерала Гранта?», и ответили, что два на четыре — это ровно столько и есть. И только 38% выбрали вариант «меньше», тогда как на «больше» пришлось 14%.

Выборочная группа справилась лучше с вопросами об инструментах, которые используются в мелком домашнем ремонте[15]. Взглянув на изображение шурупа, определить тип подходящей отвертки (крестовая) сумел 91%. Узнать раздвижной гаечный ключ по изображению смогли 68%.

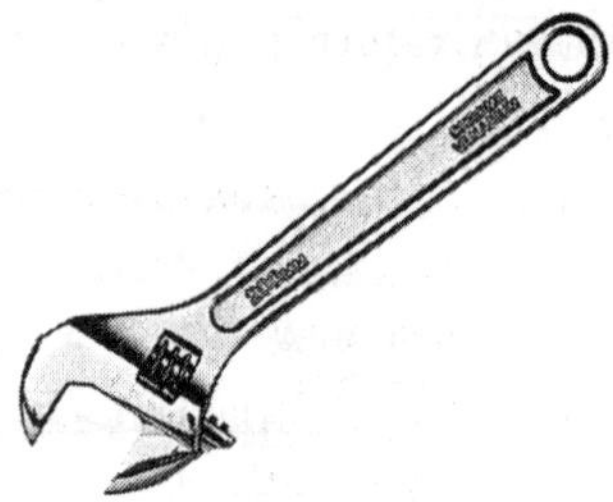

Два вопроса у меня были о машинах. В одном спрашивалось, как завести машину с ручной коробкой передач. Механические трансмиссии в США находятся под угрозой полного исчезновения: в американских автосалонах ими укомплектовано около 5% машин[16]. Таким образом, есть повод удивиться, что правильно ответил 61% опрошенных, выбравших вариант «Выжать педаль сцепления при повороте ключа в замке зажигания».

А вот на этот вопрос по машинам, мне казалось, ответить будет проще: «Примерно как часто нужно менять машинное масло?» Вопрос многовариантный, и ответы варьировались от «каждых пятисот миль» до «каждых двухсот тысяч миль». Самым популярным вариантом, бесспорно, оказались «каждые три тысячи миль», поскольку выбрали его 38 %[17].

Было когда-то такое неписаное правило, что масло нужно менять каждые три тысячи миль. Было и другое неписаное правило, что в каждом компьютере должно быть два накопителя на гибких магнитных дисках. За прошедшие 30 лет моторные масла и сами двигатели стали лучше, увеличился срок их работы. Автомобильные компании обычно рекомендуют менять масло после пробега 7,5–10 тысяч миль[18] (или же водитель может довериться бортовой системе контроля, которая в зависимости от особенностей эксплуатации автомобиля определит, когда лучше всего произвести замену). Одно из самых известных моторных масел Mobil 1 Extended Performance гарантированно прослужит 15 тысяч миль[19].

Если по результатам исследования все-таки можно делать некоторые выводы о поведении опрошенных, то масло в своих автомобилях они меняют в два-три раза чаще, чем нужно. Это не только выброс миллиардов долларов на ветер, но и выброс тонн масла в окружающую среду, что ложится неоправданным грузом на водную экосистему и всю живую природу.

Невежество возникает не обязательно само по себе. Иногда его фабрикуют. Ни для кого в автомобильном деле не секрет, что трехтысячемильное правило — всего лишь выгодная афера. Взгляните на все эти сети сервисных центров типа Jiffy Lube и Valvoline. А теперь представьте мир, в котором каждому автовладельцу известно, что масло нужно менять не через три тысячи миль пробега, а через десять. Две трети сервисов по замене масла просто-напросто исчезнут. На коммерческом веб-сайте National Oil & Lube News опубликована статья, автор которой рассыпается в советах о том, как заставить покупателей менять масло чаще и раньше срока. «Многие люди… знают, когда им нужно поменять масло, но не особенно об этом заботятся. Возьмите инициативу в свои руки: оставьте на стекле автомобиля какую-нибудь из набора наклеек, [и тогда] через пару месяцев покупатели непременно вернутся обратно». Другими словами, даже те немногие, кто в курсе необходимости менять масло каждые 10 тысяч миль, могут не помнить, когда меняли его в последний раз. Тут-то они и полагаются на подобные наклейки или электронные письма-напоминания.

В статье за этим советом последовал перечень возможных надписей для автонаклеек:

> Э-э-эй… Говорит твой двигатель. Поменяй мне масло[20].
>
> Меняй масло, а не жди света в конце туннеля.
>
> Лучше замена масла сейчас, чем замена двигателя потом.
>
> Жена звонила… Напоминает, что тебе сегодня масло менять.
>
> Политиков и пеленки тоже нужно менять почаще… причина та же.

Дэвид Лэнгнесс, прежде работавший консультантом в автомастерской, считает правило трех тысяч миль «маркетинговой уловкой, которую пускают в ход поставщики, чтобы вы появлялись в сервисном центре регулярно. А вам этого не нужно, разве что вы каждые выходные участвуете в автогонках»[22].

Узнать правду о смене машинного масла вовсе не сложно. Она есть в руководстве по эксплуатации. Или можно забить в Google «Как часто надо менять масло в машине?». Найдется масса полезной информации и даже статья в Википедии, озаглавленная «3000 Mile Myth». Не обойдется, конечно, и без пропаганды. Дело в том, что задать такой вопрос могут лишь те, кто понимает, что не знает ответа. На поставленный мною вопрос ответили «Не знаю» менее 6 % — куда меньше тех, кто признался в своем невежестве относительно варки яиц или жарки стейков.

НЕ ОЧЕНЬ «УМНЫЙ» ДОМ

Это не шутка: знаете, как вкручивать лампочку? В ходе исследования выяснилось, что 15% не знают. Я спрашивал, в каком направлении лампочку вворачивают в цоколь (правильный ответ: по часовой стрелке).

17

ЗНАНИЯ, КОТОРЫЕ В НАС ВКЛАДЫВАЮТ

Вы наверняка слышали о The Onion, сайте пародийных новостей. The Onion платит талантливым писателям, чтобы те сочиняли новостные истории — у них это, как правило, получается великолепно. Но вряд ли вы слышали о таких подражателях The Onion, как The Daily Currant, Global Associated News, Mediamass или National Report. В журналистских кругах они пользуются репутацией мистификаторов и, в отличие от The Onion, имеют другие цели и средства. Материалы для них готовят в основном сами читатели, и получается не смешно. Они специализируются на фальшивых историях. На этих сайтах извергаются целые потоки липовых «новостей», и разглядеть в них пародийную сущность не так-то просто. Статьи сайтов-мистификаторов регулярно появляются на Facebook. Поделиться то одной, то другой «новостью» находятся тысячи желающих, и не потому, что читатели находят их смешными, а потому, что *верят* написанному.

«Сегодня во время катания на сноуборде с Адамом Сэндлером произошел несчастный случай, в результате которого актер скоропостижно скончался»[1] — такое сообщение появилось недавно в Global Associated News. Пока в The Onion остроумно переиначивают журналистские клише, в Global Associated News занимаются лишь тем, что за газетными штампами прячут предназначенные для массового читателя небылицы. «Во время трагического происшествия на голове у актера был защитный шлем. Свидетельств тому, что причиной смерти послужило состояние алкогольного или наркотического опьянения, не имеется», — сообщается в конце. Все остроумие ложного известия о смерти Сэндлера, пожалуй, исчерпывается тем, что в Twitter «новостью» поделились 4766 раз, а на Facebook под ней поставили отметку «Нравится» 77 000 человек.

В Global Associated News занимаются тем, что выдумывают истории о смерти той или иной знаменитости. Сайт Mediamass — их собрат по мерзопакостным проделкам — известен опровержением подлинных некрологов, посвященных звездам первой величины. В статьях Mediamass такие некрологи называют подделками.

Эти сайты используют в своих интересах журналистский принцип, согласно которому невозможно никаким образом быстро удостовериться, действительно ли более-менее известный человек только что умер. Если в статье говорится, что на лужайке Белого дома только что приземлились инопланетяне, и в других газетах об этом ни слова — читателю понятно, что это россказни. Если же в одном источнике сообщается о внезапной кончине звезды комедийного телесериала 1990-х годов, то этому заявлению, скорее всего, поверят, даже если более крупные, более обстоятельные СМИ об этом ничего не говорят.

Интернет «похоже, только мешает, а не помогает докопаться до правды», — говорит Дин Миллер, бывший директор Центра новостной грамотности при Университете Стоуни-Брук[2]. Миллер может показаться паникером, ведь мы и без него знаем, что не следует верить всему, что пишут. Но Миллер принимает в расчет особенности читательской аудитории. Проверить подлинность истории, которая показалась сомнительной, с интернетом гораздо проще. Но если сомнений не будет, то и проверять никто не станет. Требуется толика скептицизма, знание ситуации и поисковые навыки. Люди, которым больше других не хватает этих умений, не сомневаются в том, что вот они-то запросто разберутся, настоящая эта история или нет. Это они размещают у себя ссылки на липовые новости, побуждая других ими поделиться. Эффект Даннинга — Крюгера растет как снежный ком.

СМИ всегда себе представляли, как в светлом будущем станет возможно с помощью цифровых агрегаторов улучшить качество и актуальность новостей. Вместо того чтобы ограничивать свой кругозор узкими шорами местных газет и телестанций, мы теперь можем быть в курсе происходящего по всей стране и во всем мире. Плохо то, что гуляющие по сети истории вырваны из контекста — а контекст иногда имеет значение. Например, когда натыкаешься на мистификацию и не понимаешь, что над тобой подшутили.

Итак, куда же мы движемся? Эксперименты показывают, что под влиянием интернета мы становимся забывчивыми, самоуверенными и перестаем понимать, что происходит вокруг. Некоторые футурологи и мыслители, опираясь на результаты исследований, пророчат апокалипсический исход. Психологи, с которыми мне довелось пообщаться, высказываются с гораздо большей осторожностью. У Генри Редигера, изучавшего, как американцы забывают президентов, часто просят комментариев по поводу того, как цифровые устройства изменяют работу человеческой памяти и мышления. Его ответ сводится к тому, что (а) этого никто на самом деле не знает и (б) «ситуация едва ли кардинально изменится» в будущем[3].

Из экспериментов, связанных с эффектом Google, неясно, как человек в конце концов сумеет приспособиться к новым технологиям (или как эти новые технологии сумеют приспособиться к человеку). Человеческое сознание очень пластично и легко подстраивается под новые стандарты.

У Редигера неподдельный интерес вызывает обилие всего нового. Современному человеку приходится усваивать гораздо больше новой информации, что, по наблюдениям ученого, оборачивается неведомой ранее когнитивной нагрузкой[4]. За несколько поколений проделан путь из реальности с тремя телеканалами в реальность с пятьюстами телеканалами, от утренней газеты до многочисленных новостных лент, обновляющихся каждую секунду. Дело даже не в том, запоминаем мы информацию или забываем: информации слишком много, чтобы ее можно было усвоить.

Одновременно с нами эволюционирует и сам процесс сбора сведений вокруг информационного повода. «Я был в Париже, работал на Рейтер, когда умерла Соня Делоне [в 1979 г.], — вспоминает журналист Брайан Кэткарт. — О ней я никогда не слышал. И вот, посреди ночи, я сел и написал про нее два абзаца. А утром коллега, который знал побольше, сумел продолжить так, что вышел обстоятельный некролог. Я к тому, что в те годы никто и не ждал, что мне будет что-нибудь известно о Соне Делоне. Сегодня же только полная бездарь не накопает *сотню* разных фактов из жизни Сони Делоне за двадцать минут»[5].

Достоинство современных новостей в том, как быстро и легко их можно отыскать в сети. Но это не обязательно означает, что теперь мы лучше разбираемся в происходящем.

Эффект Fox News

В 2012 г. в Университете Фэрли Дикинсона провели исследование, результаты которого произвели переполох: оказалось, что зрители Fox News знают о происходящих в мире событиях меньше тех, кто новости не смотрит совсем. Мудреных вопросов интервьюеры не задавали, а лишь проверили знание самых простых фактов, например «У какой партии на данный момент больше всего мест в палате представителей?». Донести эту информацию до многих своих телезрителей у Fox News не получилось.

То, что обнаружили в Университете Фэрли Дикинсона, не является совпадением. В некоторых исследованиях, которые я провел для этой книги, испытуемым помимо всего прочего предлагалось указать, какими новостными и информационными источниками они регулярно пользуются. В список вошло более тридцати вариантов на выбор, включающих старые и новые СМИ, а порядок их следования формировался по случайному принципу и для каждого участника отдельно. С поразительным постоянством те, кто отмечал в качестве информационного источника Fox News, в тесте на знание фактов показывали более низкий результат по сравнению с теми, кто из списка Fox News не выбрал. И разница оказалась немаленькой.

В большей части проведенных мною исследований зрители Fox News все-таки сумели превзойти тех, кто новости не смотрит совсем (хотя в каждом случае разница не была статистически значимой). Однако во всех исследованиях зрители Fox News оказались значительно менее осведомленными, чем все те, кто указал самые популярные новостные источники.

Вот как выглядит самый обыкновенный анализ результатов, полученных на материале 12 вопросов, охватывающих текущие события, а также знания из области географии, науки, религии и финансового дела[6].

На диаграмме в виде отрезков изображены планки погрешности (разброс такой большой потому, что количество участников в разных исследованиях было разным). Зрители Fox News в среднем ответили верно на 75 % вопросов. Их результат лучше по сравнению с теми, кто новости не смотрит

У зрителей Fox News знаний меньше, чем у аудитории других новостных источников

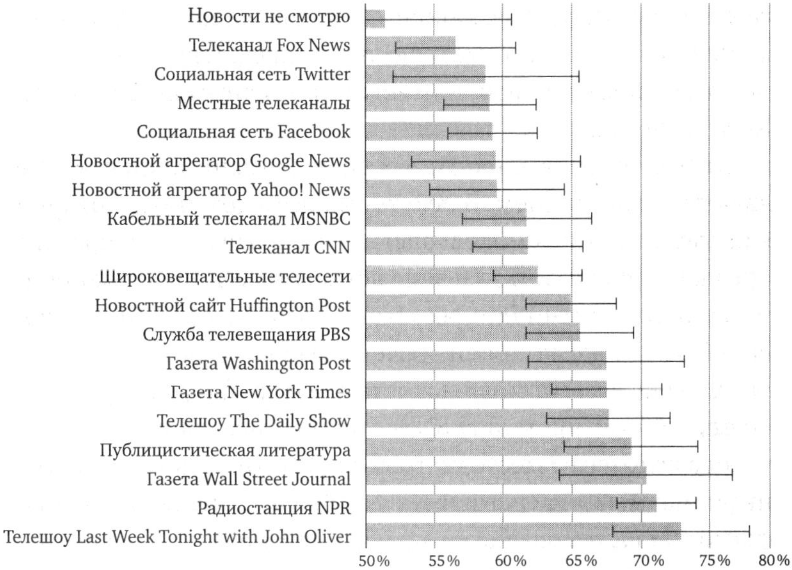

Средние показатели по тесту из двенадцати вопросов, охватывающих знание текущих событий, географии, науки, религии и финансового дела.

совсем, но они уступают всем прочим, кто выбрал из списка другие информационные источники.

В выборочных группах самой осведомленной в новостном плане зрительской аудиторией — набравшей более 65% — оказалась та, которая читает New York Times, Wall Street Journal, слушает NPR и смотрит PBS, а также развлекательные телешоу новостного характера, например The Daily Show. Кроме того, эти результаты подтвердили выводы исследования, проведенного в Университете Фэрли Дикинсона. В моих опросах самые высокие показатели пришлись на комедийную передачу Last Week Tonight with John Oliver (хотя опять же этот лауреат отстоит от второго и третьего мест не так уж и намного).

Собранные мною результаты кажутся особенно удивительными, если принять во внимание простоту и даже некоторую методологическую неуклюжесть. Я не просил никого назвать главный новостной источник. Участникам не предлагалось ответить, смотрят ли они непосредственно Fox News. Решив, что аудитория Fox News живет в информационном вакууме, вы будете неправы. Выяснилось, что среднестатистический зритель Fox News узнаёт новости из 5–6 источников, тогда как все прочие участники исследований просматривают в среднем 4–5 источников. Среди зрителей Fox News особенно много оказалось тех, кто черпает новости в крупнейших вещательных сетях (44 %), на Facebook (40 %) и из CNN (31 %). Примерно каждый пятый зритель Fox News сказал, что смотрит еще и либеральный новостной канал MSNBC.

Таким образом, любой эффект теряет свою силу от регулярных просмотров Fox News. Некоторые люди следят за новостями Fox News и слушают NPR, а значит, учитываются сразу двумя статистическими показателями. Кроме того, разница в знаниях рядового зрителя Fox News и рядового слушателя NPR оказалась огромной. Как будто просмотр Fox News сулит неблагоприятные последствия — снижает способность отвечать на вопросы средней сложности из различных областей знания.

Я обнаружил, что аудитория Fox News с большей неуверенностью называет число судей Верховного суда и религиозную принадлежность далай-ламы, менее способна указать столицу Канады и объяснить принцип неопределенности, показать Южную Каролину и Антарктиду на карте, назвать имена своих сенаторов и размер федерального бюджета, отнести Плутон к карликовым планетам, а также указать, что иудаизм предшествовал христианству и что строка «Одну, если сушей, а морем — две» взята из стихотворения «Скачка Поля Ревира».

Вопрос, с которым аудитория Fox News справилась достойно, касался сложных процентов. («Через сколько лет удвоится сумма вклада, положенного под 7 % годовых?») Правильно ответили 60 % зрителей Fox News — результат, занимающий среди других промежуточное положение, позволивший опередить тех, кто опирается на самые разнообразные новостные ресурсы интернета.

Если напоминание о значимости новостных и информационных источников будет не лишним, то я его приведу. В этой главе я постараюсь толково объяснить, отчего знания новостных аудиторий так разнятся и почему важно быть в курсе происходящих событий.

* * *

Прежде всего нужно сказать, что эффект Fox News обнаруживает корреляцию, которая не предполагает причинно-следственную связь.

Рассмотрим газету New York Post — средство распространения новостной информации, также принадлежащее Руперту Мёрдоку. Представьте, что согласно результатам исследования читатели New York Post разбираются в происходящем хуже читателей New York Times. Это кого-нибудь удивит?

Удивит тех, кто с этими газетами не знаком. Post — это малоформатная газета бульварного толка, которую удобно читать в общественном транспорте. Заголовки в этом таблоиде кричащие, а спортивная колонка даст фору своему скупому на эпитеты собрату в Times. Рекламодатели прекрасно знают, что Post читают в основном люди менее образованные и не такие состоятельные, как те, кто обычно выбирает Times. Что касается содержания газеты, то внимание обыкновенного читателя Post привлекает местная криминальная хроника, душещипательные истории, сплетни из жизни звезд и события спорта. Его в меньшей степени заботят национальные и международные новости, анализ государственной политики и новости из мира искусства — то, о чем так много пишут в Times.

Я веду к тому, что различия в специфике знаний, которые в этих газетах можно почерпнуть, непременно отражают различия в качественном составе читательской аудитории. Похоже, что смотрят Fox News люди менее образованные, и в этом причина, которая снижает показатели их уровня знаний. (А есть ли среди зрителей телеканала Fox News доктора наук? Конечно же есть, но смотрят Fox News они не потому, что считают этот информационный канал первосортным новостным источником для эрудитов консервативного толка, а потому, что предпочитают не упускать из виду источник той информации, которая формирует массовое мнение.)

Аудитория Fox News справилась хуже не только с тестами на знание текущих событий (о которых знали или должны были знать из предпочитаемых новостных источников), но и на знание тех фактов, которые проходят в школе. Вряд ли у Fox News найдется повод напомнить телезрителям вторую цифру в числе π или обратить их внимание на грамматическую несостоятельность выражения veil of tears. Но и сами зрители Fox News знают эти факты гораздо хуже тех, кто Fox News не смотрит.

Вам, может быть, хочется думать, что самая эрудированная аудитория у либеральных новостных источников. Контрпримером служит газета Wall Street Journal, у которой редакторская полоса очень консервативна. У ее читателей результат был лучше, чем у читателей любой другой газеты. Высокий уровень знаний в ходе исследований показали те из опрошенных, кто подписан на консервативный новостной агрегатор Drudge Report. Успехи слушателей близкой по духу радиостанции Rush Limbaugh оказались, по крайней мере, неплохими. Эти источники в диаграмму я включать не стал, поскольку из списка их выбрало не так много опрошенных и статистика выглядела бы ненадежно.

Для некоторых критиков Fox News — необъективная и конформистская телесеть, успокаивающая телезрителей сообщениями о том, во что они и так уже верят. Fox News предназначена для консервативной аудитории, которой кажется, что ведущие СМИ к ее мнению не прислушиваются и вообще стараются не замечать. Но если правда, что программы на канале Fox News подбираются специально под консервативную аудиторию, которая ждет от них подтверждения собственным взглядам и отказывается воспринимать все, что бросает на их убеждения тень, то это может оказаться как причиной, по которой сужен диапазон освещаемых событий, так и объяснением эффекта Fox News.

Согласно другому общеизвестному заключению, Fox News врет. По сути, то же самое можно сказать и про National Enquirer. Представление о том, что такое новости, у Fox News и National Enquirer совсем не такое, как у ведущих СМИ, но практически всё, что они выдают за новости, имеет действительный информационный повод[7].

Что бы ни говорили о журналистах, врать они не любят и в большинстве случаев не врут. Но опять же новости можно подавать под определенным углом. Сегодняшняя журналистика основана на том, что выживает наиболее приспособленный. Fox News застолбила за собой определенную нишу, сосредоточившись на узком круге новостных тем, созвучных целевой аудитории. Среди них возмутительные истории об угнетении маленького человека властью большого правительства или вездесущей элиты, о либералах, говорящих и поступающих несуразно, о теориях заговора, упомянутых тем или иным политиком, на которого можно сослаться при подготовке новостного материала («Правда или вымысел — решать вам»). Аппетит часто будоражит не хорошо прожаренный стейк, а мясо с кровью. При таком подходе новости стряпают быстрее, хотя конечно они могли бы быть менее эмоциональными и больше опираться на факты.

Еще Fox News порицают за то, что новости подаются вперемешку с субъективными мнениями и развлекательными сюжетами, а раз так, этот источник информации нельзя считать надежным. Когда говорят о Fox News, часто подразумевают не новостную составляющую, а блок дискуссионных шоу, идущих в прайм-тайм, — резкие информационно-развлекательные передачи, берущие свое начало в консервативных радиобеседах. Серьезным конкурентом здесь, бесспорно, оказывается The Daily Show и прочие сатирико-новостные телешоу, на 100% развлекательные и на 98% посвященные какой-то одной политической партии: они, по крайней мере, в отличие от Fox News, выражают свою позицию предельно четко. Однако и в моем исследовании, и у Фэрли Дикинсона выяснилось, что зрители The Daily Show обладают исключительно хорошими познаниями. Схожие показатели я обнаружил также у тех, кто смотрит другие сатирические шоу по кабельным каналам.

Фактически каждое из мною упомянутых шаблонных замечаний, адресованных Fox News, можно с равным успехом применить и к The Daily Show. Эта программа рассчитана на либералов, и в ней твердо стоят на прогрессивных взглядах. Сценаристам приходится акцентировать внимание на тех разделах новостей, которые забавляют зрителей, что часто означает приоритет историй о консерваторах, отличившихся какой-нибудь глупостью на словах или на деле, о женщинах и представителях меньшинств, обманутых нетерпимыми фанатиками-республиканцами, о корпорациях, ненасытных в своей жадности. Все это, как и в случае Fox News, представляет необъективный взгляд на действительность. Однако зрители подобных сатирических шоу попали в число самых информированных, тогда как зрители Fox News оказались самыми неосведомленными.

В итоге доказательства говорят о том, что эффект Fox News

- не объясняется тем, что зрители Fox News игнорируют другие новостные источники и точки зрения (потому что не игнорируют),
- не обуславливается консервативным уклоном данной телесети (сравните с Wall Street Journal) и

- не объясняется тем, что новости подаются вперемешку с субъективными мнениями и развлекательными сюжетами (сравните с The Daily Show).

Почему же зрители Fox News обладают такими скудными познаниями? Тайна остается неразгаданной.

Слушатели «Национального общественного радио» (NPR) представляют собой одну из самых знающих аудиторий СМИ. В репортажах NPR гораздо больше международных новостей, чем обычно бывает в американских СМИ. Радиостанция придерживается либерально-центристских взглядов, так что по сравнению с Fox News ее позицию следует охарактеризовать как умеренную. В радиопрограмме NPR есть дискуссионное шоу Left, Right & Center, где всем трем политическим течениям отводится равное время, а идеология каждого из них воспринимается всерьез.

У NPR есть две важные характеристики, которые, быть может, слишком очевидны, чтобы о них упоминать. NPR — это *радио*, к тому же *общественное*.

Поскольку эта радиостанция некоммерческая, рейтинги для NPR не имеют такого большого значения, как для любой коммерческой вещательной сети. На нее не давит необходимость заполучить каждого потенциального слушателя, благодаря чему NRP получает свободу быть… ну, по мнению многих, скучной. Она освещает политические события, не используя простоту подачи в качестве приманки; освещает также экономику, спорт, науку, технологии и элитарную культуру. Здесь, как нигде, мало рассказывают о жизни звезд. NPR не пытается усиленно давить на рычаги или потакать интересам радиослушателей.

Это не значит, что NPR безразлична к своей аудитории. Благодаря ее схеме финансирования слушатели и спонсоры получают возможность взглянуть на происходящее в долгосрочной перспективе. Дважды в год финансовые устроители обращаются к радиослушателям с просьбой оценить, насколько полезным им кажется содержание вещательных программ, транслировавшихся по NPR в течение минувшего полугода. Весомую часть средств радиостанция получает от благотворительных организаций, у которых долгосрочная перспектива простирается еще дальше. Здесь очевиден контраст с коммерческой схемой, по которой для каждой программы и каждого шоу размер аудитории известен точно, что и диктует цены на размещение рекламы.

Как NPR, так и Fox News создавались для всех желающих — тех, кому казалось, что существующие СМИ сообщают не все. Но в основе выбора лежат разные принципы. У зрителя Fox News есть пульт. Не схватит история за живое — на выбор сотни каналов, стоит лишь кнопку нажать. С радио дело обстоит иначе. Его часто слушают за рулем, и у водителя обычно нет возможности или желания прыгать с одной волны на другую. А если в торговом центре работает радио и передают серьезные новости, то это почти наверняка NPR.

Из всех СМИ радио наименее способно подстраиваться под запросы аудитории. Нет ни перемотки вперед, ни записи с отложенным просмотром, ни агрегатора новостей. Радиолюбители относительно всеядны: что передают, то и слушают. А по NPR передают в разумных пропорциях отчет о событиях текущего дня. Послушаешь новости в течение часа, и узнаешь много всего такого, о чем сам, может быть, не стал бы спрашивать.

Пожалуй, NPR можно сравнить с диетическим питанием на курорте. Ешь то, что перед тобою в тарелке, — и для здоровья полезно. А просмотр новостных телепередач напоминает скорее шведский стол. Каждый сам выбирает, что положить себе в тарелку. Мяса с кровью всегда много, потому что разбирают его хорошо. А вот брокколи, наверное, будет немного, ведь ее мало кто берет — особенно когда есть свиные ребрышки и мороженое. Курортнику диетическое питание идет на пользу, так и слушатель NPR, в отличие от зрителя Fox News, узнаёт больше полезных фактов.

«Не смотрите новости, — советует предприниматель Берт Гулик. — Если вы что-то должны узнать, вам позвонят и об этом расскажут»[8]. Эти слова стали боевым кличем, разделяемым мотивационными ораторами и практически каждым, кто успешен или хочет стать таковым. Мы же благодаря цифровым устройствам и нынешней культуре, поощряющей чувство собственной важности, поглощаем информацию, как киты поглощают планктон. Ждем, что знание само нас найдет, осядет где-то в наших фильтрах.

Знатоки технических новинок давно твердят о том, что с помощью цифровых СМИ можно подстроиться под запросы потребителя. Благодаря агрегаторам социальных сетей и новостных источников можно приспособить информационные потоки под наши профессиональные интересы и увлечения в часы досуга, актуальные на текущий момент. С каждым разом в наших информационных источниках все меньше несущественного, скучного и неинтересного.

Я обнаружил, что если человеку хочется быть в курсе событий, то ему, пожалуй, не следует злоупотреблять возможностями устройств подстраиваться под запросы пользователя, когда речь идет о новостях. В таблице приводятся результаты еще одного теста на общие знания, включающего 15 вопросов. Результаты по большей части совпадают с показаниями диаграммы знаний. Но в этот раз я сгруппировал их по типу новостного источника, чтобы была видна та роль, которую он играет. В самом низу слева отображены зрительские аудитории новостных шоу и телеканалов. Над ними, в порядке роста показателей знания, расположены с приблизительной точностью аудитории новостных интернет-агрегаторов, блогов и социальных сетей; слушатели радионовостей; читатели газет и книг; и, наконец, зрители сатирических новостных телешоу в духе The Daily Show. На последнюю категорию, в отличие от всех прочих источников теленовостей, правильных ответов пришлось так много, что результаты по телешоу я привел отдельно.

Осведомленность выше у аудитории радио и печатных источников новостей

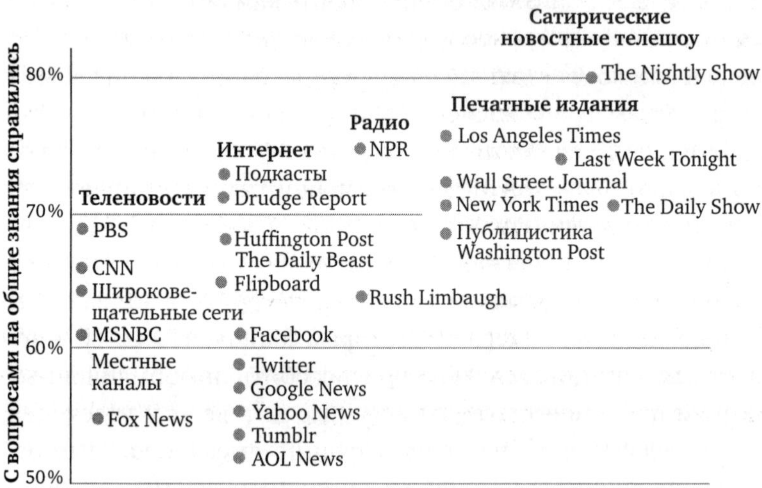

Напомню, я очень удивился, что разница в уровне знаний оказалась такой большой, ведь почти каждый испытуемый отметил в списке не один источник новостей, а много. Вглядевшись в собранные сведения, я обнаружил и причину. Тот, кто черпает новости из одного источника с «низкой информативностью», находит зачастую такие же другие, а вот источниками действительно информативными интересуется не так охотно. Тот, кто следит за новостями по источнику, показавшему высокий результат, обычно пользуется и другими такими же.

В этом нет ничего необычного. Если кто-то смотрел «Человека-паука», то, скорее всего, он также видел фильмы с Железным Человеком, но едва ли хорошо знаком с кинокартинами Ингмара Бергмана.

Возьмем, к примеру, газету Wall Street Journal. Чуть больше половины читателей ответили, что кроме нее читают еще и New York Times (53%). По сравнению с ними газету Times читают лишь 6% зрителей Fox News. Радиостанцию NPR слушает четверть читателей Journal, тогда как зрители Fox News ею практически не интересуются (27% против 8%).

Фактически почти половина читателей Journal (47%) смотрят Fox News. Однако на взаимность рассчитывать не приходится: оказалось, что среди зрителей Fox News читают Journal только 11%.

Практически все, кто читают Wall Street Journal, используют его как дополнительный источник информации. Из него они черпают финансовые новости, а новости общего характера находят где-нибудь еще. Это уже само по себе указывает на серьезность намерения быть в курсе событий. Как и то обстоятельство, что газета Journal платная, читают ли ее в электронном или печатном формате.

Похоже, в новостных источниках зрители Fox News в целом менее разборчивы. Они подолгу щелкают пультом, переходя с одного канала на другой, часто заходят на Facebook и пользуются интернет-ресурсами. Эти ресурсы, как и Fox News, коррелируют с низкими показателями уровня знаний.

В ходе исследований зрительской аудитории обнаружилась разница между теми, кто смотрит круглосуточные новостные каналы, и теми, кто по старинке предпочитает новостные выпуски широковещательной сети[9]. Рядовой пользователь широковещательной сети посмотрит вечерний выпуск, а в дополнение к этому может переключиться на какой-нибудь кабельный новостной канал. Рядовой пользователь кабельной телесети, возможно, посмотрит новости по нескольким каналам, но едва ли перейдет на какой-нибудь из трех главных каналов широковещательной сети, чтобы узнать о событиях в мире. Тому, кто предпочитает смотреть новости по кабельному, получасовые выпуски широковещательной сети могут показаться чем-то допотопным. Но именно в них за полчаса представят последовательный обзор событий по всему миру. А тот, кто смотрит кабельное — и обычно тратит на просмотр новостей больше времени, чем зритель широковещательной сети, — полноценного представления о событиях в мире не получит, потому что переключается с канала на канал.

Аудитория новаторских СМИ, способных легко подстраиваться под наши запросы, справилась с заданиями в целом гораздо хуже по сравнению с теми, кто черпает новости из СМИ с меньшей возможностью подстройки. Результаты оказались особенно плохими среди тех, кто пользуется ресурсами сети, новостными агрегаторами вроде Google, Yahoo и AOL.

Другое средство подачи «нужных» новостей — социальные сети. Ориентируясь на друзей и подписку конкретного пользователя, Facebook и Twitter предлагают материалы, которые могут его заинтересовать. К аналитике они также прибегают для того, чтобы определить, какие публикации вероятнее всего найдут у него отклик. Однако социальные сети преуспевают в этом не лучше новостных агрегаторов.

Понять почему, совсем не сложно. Я подвел краткий итог ста последним ссылкам, опубликованным на Facebook в моей новостной ленте. Из них штук пять оказались «новостями» в полном смысле слова — главные национальные и международные события, о которых напишут в газетах или расскажут в выпуске теленовостей. Еще 11 были уловками активистов какой-нибудь партии — обычно о каком-нибудь возмутительном заявлении малоизвестного политика, которого я совершенно не знаю. Их размещают затем, чтобы в условиях идеологической борьбы убедить одну сторону в том, какие ужасы замышляет другая.

Остальные 84 сообщения посвящены, как можно догадаться, новостям из жизни звезд и семейным проблемам, смешным видеороликам и историям о людских чудачествах. По большей части они были любопытными. Вот только настоящих новостей я на Facebook нашел не больше, чем на спортивном телеканале ESPN.

Есть неписаные правила о том, какие публикации размещать на Facebook. Выкладывают не какую-то там стародавнюю ссылку, а только то, что вызовет у друзей мгновенный отклик. Материал должен шокировать, или рассмешить, или до слез растрогать, или *воздействовать* как-нибудь еще. Как источник информации, Facebook — это Fox News в квадрате.

Персонализированные новостные агрегаторы, такие как Flipboard и приложение Apple под названием News, отбирают с учетом интересов пользователя новостные сообщения и делают из них электронный журнал. На Flipboard можно, к примеру, увидеть «газетную» страницу изящного оформления, в которой размещены новостные сообщения, опубликованные в ленте вашей учетной записи на Facebook и Twitter (если, конечно, вам захочется на них смотреть). Flipboard затягивает, а его оформление, в отличие от дизайна обыкновенных новостных агрегаторов, выглядит эффектно. Однако и он попал в число источников, показавших низкий результат в исследованиях уровня знаний.

Издателям газет очень хорошо известен тот факт, что в интернете читательская аудитория потребляет новостную информацию по-другому. Ссылка на внешний ресурс выступает в роли демонстрационной версии — читатели со всего света могут таким образом открыть для себя статьи в газете или познакомиться с какой-нибудь точкой зрения. Мало кто из таких читателей доходит до того, чтобы регулярно посещать определенный новостной сайт. В Исследовательском центре Пью обнаружили, что если человек заходит на какой-то конкретный новостной сайт, то в среднем просматривает 25 страниц. Если туда же он попадает через ссылку на Facebook или Twitter, то просматривает менее пяти страниц[10] и тратит на каждую меньше времени. С новостного торта пользователи социальных сетей расхватывают вишенки и снимают ложкой сливочный крем. А в следующий миг переключаются на то, что блеснуло и привлекло их сорочье внимание.

В интернете среди источников новостей самый высокий результат пришелся на подкасты. Я бы прокомментировал это такими словами: подкасты — это на самом деле радио, распространяющееся через интернет. Как и радиопередачу, подкасты обычно слушают от начала до конца, лишь изредка на что-нибудь отвлекаясь.

Газеты, не важно, печатного или электронного формата, в целом получили более высокие показатели, чем телевыпуски новостей (за исключением PBS). Как я уже отметил, мне не оставалось ничего другого, как поставить особняком The Daily Show и другие родственные передачи, ведь своими результатами они заметно превосходят серьезные новостные каналы и программы. Вопреки представлениям, будто The Daily Show — единственный источник новостей для своей аудитории, среди участников моего опроса среднестатистический зритель The Daily Show узнаёт о мире из 6–7 других информационных источников. Большинство поклонников The Daily Show сказали, что слушают NPR (59%). Они также черпают новости из Facebook (50%), PBS (38%), CNN (34%), MSNBC (31%), New York Times (28%) и публицистической литературы (28%). Зрители The Daily Show, по сравнению с другими участниками опроса, реже отмечали в списке информационных источников новостные агрегаторы.

В заключение отмечу, что новостные источники, которые коррелируют с хорошей информированностью опрошенных, имеют некоторые общие черты.

- *Не слишком подстраиваются под интересы аудитории.* Источники, на которые пришелся самый высокий результат, представляют собой взвешенный новостной обзор, рассчитанный на аудиторию, у которой объем внимания позволяет усвоить весь материал до конца.

Эта аудитория с удовольствием настроит радио в машине на NPR, пролистает печатную газету от начала до конца или ознакомится с каждым заголовком ее электронной версии, целиком прослушает подкаст или посмотрит весь эпизод The Daily Show. Объемом внимания и обусловлено такое разнообразие СМИ. Источники, на которые пришлись наихудшие показатели, оказались самыми подстроенными или подстраиваемыми под интересы аудитории — которые либо собирают вишенки с кремом и потчуют этим аудиторию, либо дают возможность стать самим себе редактором новостей.

- *Рассчитаны на интеллектуалов.* Новостные источники вроде PBS, NPR, New York Times, Wall Street Journal и The Daily Show привлекают людей образованных, которым важно быть в курсе событий. У других источников, таких как новостные телеканалы, новостные интернет-агрегаторы и социальные сети, аудитория шире и не так хорошо образованна, если брать в среднем, и не всегда имеет большой интерес к новостям. Этим и обусловлено такое разнообразие внутри отдельных видов СМИ. Чтобы быть в курсе событий, ищите новостные источники, которые используют хорошо информированные люди.
- *Могут идти как дополнение.* Wall Street Journal и The Daily Show не претендуют на звание самодостаточных новостных источников. Хорошо, если их аудитория получает новости откуда-то еще.

Как учат диетологи, нужно мысленно разделить тарелку на четыре равные части. В первую четверть положить мясо или другую белковую пищу, во вторую — богатый углеводами гарнир, а в оставшиеся две — овощи и фрукты. В таком сочетании еда пойдет на пользу. Совсем не похоже на типичный для американцев набор из «роял чизбургера», большой колы... А кетчуп за овощи сойдет?

Наделенным свободой выбора приходится нелегко: они постоянно ищут равновесие между сиюминутными удовольствиями и далеко идущими последствиями. Обед за доллар не так уж дешев, если лет через двадцать он обернется коронарным шунтированием. Рыночным законам, определившим в Америке систему общественного питания, подчиняются и наши источники информации (ну, за исключением NPR, которая в 2003 г. получила 200 миллионов долларов от Джоан Крок, вдовы Рея Крока, основавшего McDonald's).

Самые информативные новостные источники воплощают собою правило одной тарелки. Она разбита на секции, в которых помещаются новости национального характера, международного характера, массовой культуры, высокой культуры, техники, здравоохранения и спорта. Размер этих секций зависит скорее от представлений редактора или издателя об идеальном соотношении новостей, чем от мнения самой аудитории о том, что ей нужно или чего ей хочется. Согласно современной философии СМИ новостные источники вроде NPR, New York Times и Wall Street Journal принято считать ретроградами — «приспешниками элиты», которые оказываются подстраиваться под интересы аудитории. А еще они прекрасно свою аудиторию информируют.

Попкорн едят машинально

Говорить о сознательном выборе в пользу сбалансированной информационной диеты можно сколько угодно. Однако ни один из моих знакомых не получает новости исключительно из газет и общедоступного радио. Человеку, не являющемуся медиааскетом, трудно уйти от новостных каналов, агрегаторов и социальных сетей, с которыми приходит неотъемлемый соблазн щелкать по новостным ссылкам. На работе я, как и многие из вас, сижу перед монитором — как будто перед тарелкой попкорна. А едят попкорн машинально.

На веб-сайте компании DigitalDetox.org, организующей свободные от интернета досуговые мероприятия для корпоративных работников, сообщается, что:

> Среднестатистический американец 30 % свободного времени отводит на изучение материалов сети...[11]
>
> На депрессию жалуется каждый десятый американец; у тех, кто подолгу сидит в интернете, вероятность впасть в депрессию в 2,5 раза больше...
>
> Среднестатистический служащий в течение дня посещает 40 веб-сайтов, переходя с одной задачи на другую 37 раз в час, переключая внимание каждые две минуты...

В безрезультатных поисках информации проходит слишком много рабочего и свободного от работы времени. Но я подозреваю, что стезя медиааскетизма, подобно любой строгой диете, не всегда лучшее решение. Мы живем в информационно насыщенный век и должны заставить его работать на нас, а не против нас.

Над этой задачей я ломаю голову последние несколько лет. За это время я попытался улучшить собственную информационную диету, основываясь на результатах проведенных мною исследований. Далее приводятся несколько рекомендаций, которые лично мне пошли на пользу.

Источник новостей как таковой не бывает ни вредным, ни полезным. Все дело в том, как он сочетается с другими новостными источниками. По мнению диетологов, чем кусочничать, лучше расписать себе сбалансированную диету. Точно так же любой, кто хочет быть в курсе событий, должен отвести время на один или несколько высокоинформативных новостных источников: читать хорошую газету, слушать NPR или смотреть вечерние телешоу новостного характера. Главнее всего то, что этот ежедневный ритуал позволяет составить полную картину происходящего.

Возможность СМИ подстраиваться под интересы аудитории не стоит отвергать сразу. Хорошо, когда СМИ сами предлагают материалы, которые лично тебе интересны и которые сам бы точно не нашел. Во вред они идут, когда подталкивают к жизни в вакууме застывших предпочтений. Я предлагаю взять от новостей «на заказ» все самое лучшее, но не использовать подстраиваемые ресурсы в качестве заменителя более информативных источников новостей.

На Facebook мне дороги новости друзей и родных — главные события жизни, путешествия и фотографии. На них я и сосредотачиваюсь, пропуская новостные ссылки, потому что о событиях в мире узнаю из более подходящих источников.

Домашняя страница Google News по оформлению напоминает газету и разделена на несколько рубрик, озаглавленных «Главные новости», «В мире», «США», «Рекомендовано» и т. д. Меня интересует только «Рекомендовано». Эта рубрика доступна каждому, кто обзавелся аккаунтом в Google и выполнил вход. Нажимаешь на «Рекомендовано» — появляется страница новостей «на заказ», о которых, по мнению алгоритмов Google, именно тебе хотелось бы узнать. С помощью элементов интерфейса — у каждой рубрики имеются ползунки — новостную подборку можно отрегулировать, сообщив Google, какие конкретно темы и новостные источники вам нравятся, а каких следует избегать. Еще можно добавить свои ключевые слова, указав, к примеру, как зовут твоего кумира или как называется любимый спортивный клуб, политическое течение, видеоигра. Страницу «Рекомендовано» я добавил в закладки, так что оказываюсь прямо там и не трачу времени на переход с домашней страницы.

Мы считываем информацию с экранов, которые становятся все меньше и меньше. Если измерить обычную печатную газету по диагонали — как принято определять размер видеоэкрана, — то выйдет 25 дюймов. Всего за пару лет большинство читателей перешли с 25-дюймовых газет на 15-дюймовые ноутбуки, затем на 10-дюймовые планшеты и, наконец, на 5-дюймовые телефоны.

Разработчики все еще работают над тем, как сделать чтение новостей с маленького экрана удобным. Неизбежно сужается информационное пространство, которое можно охватить взглядом, а также все больше приходится использовать полосы прокрутки и прочие способы выборочной навигации. Когда-то я считал своим долгом пробежать глазами каждую страницу печатной газеты, даже если какие-то из рубрик мне не интересны. Таким образом я просматривал каждый, или почти каждый, заголовок. У газеты имелось начало, середина и конец, так что оценить ход продвижения по тексту, представленному линейно, мне было легко.

Многие газетные приложения линейной подаче предпочли лабиринт. Лента новостей все обновляется, пока тянешь ползунок вниз, и становится грустно, что сообщениям не видно конца. От читателя ждут, что он посмотрит интересующие его рубрики и подрубрики, а затем вернется к началу. Читатель оказывается в положении путника, блуждающего по дремучему лесу, где можно без конца выходить на одни и те же истории, но не знать наверняка, видел их уже или нет.

Обычно для чтения новостей лучше приспособлены приложения для планшетов, а не для телефонов. Подспорьем здесь служит больший размер экрана, как и его близкое к квадратному соотношение сторон (4:3), по сравнению со стандартным для видеоустройств форматом 16:9.

Несложно представить такое будущее, где благодаря новостным приложениям правило одной тарелки удастся осуществить. Приложения вроде Flipboard вполне могли бы скомпоновать новостной журнал, в котором серьезные, а не подобранные «на заказ» новости в желательных пропорциях гармонично сочетаются с развлекательным контентом. Такое приложение могло бы помочь пользователю держать себя в отличной форме: следить за тем, как он потребляет новости, а затем оценивать его успехи. Во время просмотра новостной ленты приложение могло бы чаще подавать сообщения о том, чего в новостном рационе пользователя не хватает, и реже предлагать новости, которых оказалось в избытке. Не всем это придется по вкусу, как и занятия фитнесом, но пользователи с достаточной мотивацией оценят его по достоинству.

Я нашел два способа сократить число праздных блужданий по интернету. Прежде домашняя страница моего браузера была настроена на новостной агрегатор. То есть каждый раз, когда я открывал в браузере новое окно, на экране появлялась подборка новостных заголовков. Я подумал, раз вверху каждого современного браузера имеется поисковая строка, то вполне достаточно Google.com сделать домашней страницей. Точно так же можно домашней страницей назначить новостной сайт, чтобы, открывая новую вкладку, заодно беглым взглядом окинуть новостные заголовки — два дела заraz, правильно? *Неправильно.* Новостной агрегатор сделает все, чтобы вы перешли по ссылке. Даже самые стоящие новости требуют времени и внимания. А чаще всего любопытные ссылки, на которые я поневоле отвлекался в свое рабочее время, оборачивались материалами сомнительной новостной ценности.

Я принял решение поменять настройки браузера, чтобы новые вкладки открывались на странице Google.com. Ничего отвлекающего на ней нет (кроме логотипов-дудлов), в поисковой строке я печатаю то, что мне нужно, и сразу перехожу на другую страницу. Или же я выбираю сайт из панели закладок. К этому способу я прибегаю, когда хочется немного на что-нибудь отвлечься. Но я не отдаю добровольно свое время и внимание зарабатывающим на рекламе дельцам.

Если видеть от случая к случаю логотипы-дудлы Google вам не нравится, большинство браузеров можно настроить так, что открываться будет пустая страница, чтобы еще меньше вас отвлекать.

Второй способ заключается в том, что тарелку попкорна на некоторое время нужно от себя убрать. Праздное блуждание по сети, когда хочется немного передохнуть, я позволяю себе только с обеда и до раннего вечера, то есть с двенадцати до 20:00. Так мне удается сократить число праздных запросов практически вдвое и исключить отвлекающий фактор, особенно нежелательный в утренние часы — мое самое продуктивное время суток. Согласно этому расписанию вечер у меня отведен для более цивилизованных занятий, а в поздний час я не испытываю на себе вредное воздействие экрана, свет от которого мешает крепкому сну.

Не боюсь ли я что-нибудь пропустить? Нисколько. По утрам я читаю New York Times и Los Angeles Times, так что к завтраку я в курсе всех новостей. Затем до обеда у меня информационная голодовка. Выдерживать ее не сложно, ведь я знаю, что всего через пару часов смогу просмотреть новости, проверить социальные сети и даже немного времени посвятить праздному досугу. Если в мире произошло какое-то событие, о котором мне необходимо знать, чтобы поддержать беседу за обедом, то как раз в полдень я об этом событии и прочту.

Я было хотел еще больше урезать бессмысленное блуждание по сети — может, даже до одного часа в сутки. Но мне кажется, что заглядывать в интернет в течение восьми послеобеденных часов — это оптимальный вариант. Большой жертвы дообеденное воздержание не требует, зато экономит несколько часов в неделю, которые прежде уходили на любопытные веб-ссылки.

В заключение я расскажу, чего делать не нужно. В последнее время то и дело слышишь, как советуют выискивать новостные источники, которые заставляют сомневаться в собственных убеждениях. Консерваторам надо периодически посматривать телешоу Рейчел Мэддоу, либералам — передачу Билла О'Райли. Исследование, проведенное в Университете Фэрли Дикинсона, не выявило доказательств того, что подобные просмотры пошли бы на пользу. Исследователи обнаружили, что Fox News оказался на нижней строчке таблицы главным образом из-за смотрящих этот канал либералов и людей, ни к какой партии не принадлежащих. Может показаться удивительным, что кто-то из либералов *вообще* смотрит Fox News. Да, они смотрят, но оказываются глупее консерваторов.

В этом исследовании было пять весьма трудных вопросов о текущих событиях в стране. Среднестатистический зритель Fox News ответил правильно на 1,04 вопроса[12]. Либеральная часть аудитории справилась только с 0,82, а консервативная — с 1,28.

Противоположная тенденция наблюдалась в отношении либерального канала MSNBC. Консерваторы, которые смотрят MSNBC, знают меньше, чем либералы.

В исследовании не сказано, с какой целью испытуемые смотрят новостной канал, противоречащий их убеждениям: ищут ли они таким образом объективности или хотят просто посмеяться — а может, их невежество до того велико, что они и сами не заметили, как оказались на «чужой» территории.

У нас едва ли недостает полярных точек зрения. Они есть в каждом новостном источнике. У меня нет ни одного серьезного доказательства, что противоположный политический взгляд — горькое лекарство, которое идет на пользу. Как бы то ни было, статистические данные с постоянством указывают, что человек впитывает больше информации из тех источников, которые близки к его собственным убеждениям. Быть может, жизнь слишком коротка, чтобы уделять время новостному источнику, который кажется предвзятым, неточным или просто-напросто раздражает.

18

ЗАГАДКА ПРО ЛЕДНИКОВЫЙ ПОКРОВ

Сегодня оставаться в курсе происходящего стало как никогда трудно. Предлагаю вашему вниманию задачку, придуманную Дэном Каханом, преподавателем психологии и права из Йельского университета.

> Климатологи верят, что из-за глобального потепления, вызванного деятельностью человека, ледниковый покров на Северном полюсе может растаять, а следовательно, уровень воды в Мировом океане поднимется. Верно или неверно? [1]

Успели ответить? Вот и замечательно. А теперь идите к холодильнику, из морозильной камеры достаньте кубики льда и высыпьте пригоршню в кружку или мерный стакан. Залейте водой и отметьте ее уровень кусочком липкой ленты (или запомните деление на шкале мерного стакана). Подождите некоторое время. Когда весь лед растает, сверьте уровень воды. Вы обнаружите, что уровень воды не изменился.

Ледяной покров на Северном полюсе — это пласт льда, дрейфующий в Северном Ледовитом океане. Не тонет он по той же причине, что и кубики в стакане: у льда плотность меньше, чем у воды в жидком состоянии. Как и любой другой плавающий объект, арктический лед вытесняет ровно столько воды, сколько сам весит. Поэтому при таянии его влияние на уровень Мирового океана оказывается… нулевым. У задачи Кахана правильный ответ «Неверно».

Включив эту задачу в материалы некоторых исследований, Кахан обнаружил, что решить ее могут только 14%[2]. Интересно то, что либералы и консерваторы справляются с ней одинаково плохо. Квалифицированное большинство обеих партий единодушно проголосовало за… неправильный ответ. Заметим, что либералы и консерваторы имеют четкие взаимоисключающие мнения по проблеме изменения климата. Загадка Кахана наглядно показывает, что глубоким пониманием научной стороны вопроса эти мнения по большей части не подкреплены.

Верно или неверно: все ваши знакомые идиоты, как и вы сами

В книге «Война республиканцев с наукой», написанной Крисом Муни в 2005 г., утверждается, что не либералы, а консерваторы в большей степени склонны отрицать мнения ученых по поводу актуальных проблем. Собрать данные, подкрепляющие это допущение, несложно, но окончательный вывод зависит от их упорядочения. Как обычно, результаты исследования зависят от выбора формулировки вопроса.

К примеру, Кахан разделил испытуемых в случайном порядке на две группы, и каждая получила свою версию вопроса типа «да/нет».

А. Человек, каким мы знаем его сегодня, произошел от более ранних видов животных.

Б. В соответствии с теорией эволюции человек, каким мы знаем его сегодня, произошел от более ранних видов животных.

Разница оказалась огромной! Примерно половина группы, которой достался вариант «А», сочла его верным. И более 90% другой группы согласилось с тем, что правилен вариант «Б». Незамысловатая идея естественного отбора известна практически каждому. Сложно о ней не знать, если принять во внимание ее вездесущность: без этой темы не обходятся мультфильмы, научные программы и религиозные трактаты. Однако интервьюер, который провел опрос только по версии «А», придет к выводу о большей неосведомленности испытуемых, чем если бы опрос проводился по версии «Б». И несведущими в этой ситуации вполне могут оказаться республиканцы.

И консерваторы, и либералы с готовностью утверждают, что наука на их стороне — когда это действительно так и, в некоторых случаях, когда они заблуждаются. Но на деле это обоснование обычно придумывают постфактум. Редко когда политическую позицию выбирают исходя из научных фактов. Доказано, что люди имеют обыкновение принимать на веру убеждения окружающих. Люди не всегда готовы признать общенаучный факт, поскольку многие из тех, кому они доверяют, — соседи, коллеги, священники и политические лидеры — говорят, по наблюдениям Кахана, примерно следующее: «Если ты один из нас, то верь вот в это, иначе мы решим, что ты все-таки один из них»[3]. Получается, что, когда поднимается острый политический вопрос, результаты опроса показывают, хотя бы отчасти, какое мнение общепринято для данной группы или культуры. «Совершенно ясно, — говорит Кахан, — что на вопрос “Верно или неверно, что все близкие вам люди идиоты?” никто не станет отвечать “Да, верно”»[4].

В вопросе о дрейфующих льдах Северного полюса спрашивается, во что верят климатологи, а не участники исследования. Если бы вопрос поставили по-другому, то правильных ответов среди консерваторов оказалось бы больше — хотя и в силу неверных причин!

Ловко сформулированные вопросы могут оказаться очень кстати, когда нужно определить, что испытуемые знают на самом деле. Используя этот и другие научные вопросы, как изворотливые, так и более прямолинейные, Кахан установил, что в общем и целом прослеживается довольно незначительная корреляционная связь между научными знаниями с одной стороны и убежденностью в угрозе глобального потепления — с другой.

Кахан провел опрос на общенаучную грамотность, взяв некоторые вопросы из опросников Национального научного фонда (к примеру, «Верно или неверно: принцип работы лазера заключается в фокусировке звуковых волн… Антибиотики убивают не только бактерии, но и вирусы»). Полученные результаты Кахан представил на диаграмме, взяв за основание политическую идеологию. Из графиков получилась фигура, которая напоминает даже не хоккейную клюшку, а опрокинутую «V». Самые в научном плане безграмотные — независимо от политических убеждений — смотрят на проблему изменения климата, по сути, одинаково: температура на Земле

Научная грамотность способствует разногласиям по проблеме изменения климата

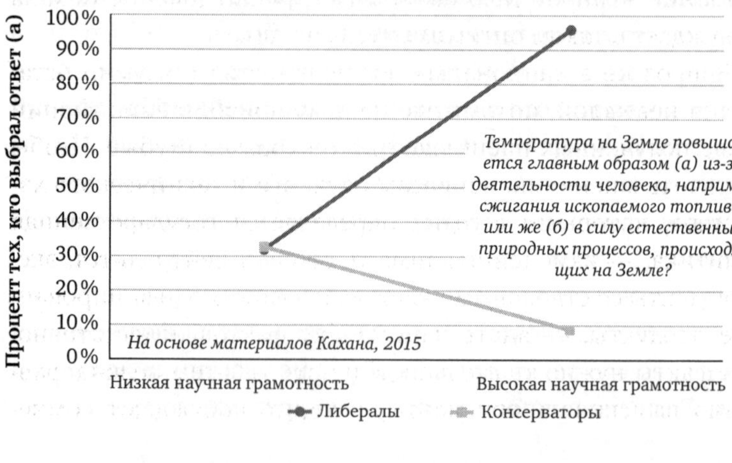

повышается из-за деятельности человека. На эту группу пришлось 30 % участников[5].

Рост показателей знания оборачивается все большим расхождением во мнениях. Чем больше либералы знают о науке, тем чаще заявляют, что изменение климата — дело рук человека. Чем больше консерваторы знают о науке, тем *реже* верят в причастность человека к изменению климата.

Но как такое возможно? Похоже, что многие научные знатоки применяют свои знания как средство доказать самим себе то, во что им хотелось верить с самого начала. Решив подтянуть свои знания по проблеме изменения климата, они обычно начинают с (иногда не идут дальше) научно-популярной литературы, выдержанной в духе их политических взглядов. В научных формулировках неопределенного характера (которых будет много) они наверняка отыщут себе поддержку и уверуют в слепой фанатизм своих политических конкурентов, которые ничего не смыслят в науке (а многие смыслят, да еще как!).

Диаграмма Кахана вызывает серьезное беспокойство. Нам хотелось бы думать, что невежды могут верить в любые несуразицы, но знание помогает нам подступиться к единственно правильному решению. Если б только каждый из нас начал как следует разбираться в вопросах науки и культуры, гармонии в мире стало бы больше... Исследование Кахана вынуждает в таком оптимизме усомниться.

Вопрос не в рациональности невежества (разумно оставаться невеждой, потому что цена за приобретение знаний выше полученных преимуществ), он гораздо глубже. Чтобы составить мнение по вопросам научного и технического характера, которыми сегодня определяется государственная политика, — изменение климата, сетевой нейтралитет, эксперименты со стволовыми клетками, генно-модифицированные продукты, — знать пару-тройку фактов недостаточно. Эти факты нужно тщательно обдумать, а затем целенаправленно выискивать аргументы, которые побуждают сомневаться в том, во что хотелось бы верить или что казалось верным на первых порах. У обычных людей едва ли найдется время и желание заниматься чем-то подобным. Мы фальсифицируем собственное мнение, следуя за толпой (за нашей частью толпы). Кахан предупреждает, что

> такой образ мышления пагубен для всех: чем больше он усваивается гражданами демографического общества, обладающего культурным многообразием, тем меньше у них становится точек соприкосновения в оценке научно обоснованных фактов, необходимых для защиты их от вредных последствий[6].

Совещательная демократия

Малосведущие не только меньше знают, они также видят меньше необходимости в совещаниях, в отличие от людей осведомленных. Тем не менее они считают себя вполне знающими и имеют твердые мнения по обсуждаемым вопросам. Поскольку людей невежественных и не склонных что-либо обсуждать довольно много или даже большинство, толпа не так здравомысляща, как могла бы быть.

Подобное беспокойство не ново. В 1787 г. благородный Джеймс Мэдисон предупреждал, что знаний у обычного американца недостаточно, чтобы задавать направление государственной политике. Он писал, что «общественные взгляды в республике возвышеннее и шире, ибо просеиваются отборным органом, состоящим из граждан, чья мудрость позволяет наилучшим образом определить интересы страны»[7]. Этими отборными (выборными) органами стали конгресс и коллегия выборщиков, призванные изучать и обдумывать то, во что не стали бы углубляться избравшие их люди. Выборные органы решают, как лучше всего проголосовать, чтобы исполнить волю народа.

Но идеалист-республиканец Мэдисон и представить себе не мог, какой прочной окажется популистская позиция американского электората и какими способами грядущие технологии станут насаждать популизм. Один из таких способов лег в основу исследований, описываемых в этой книге: опрос общественного мнения — практика, осуществляемая с каждым разом все легче и все чаще.

В 1936 г. Джордж Гэллап предсказал, что на президентских выборах Франклин Рузвельт возьмет верх над Альфредом Лэндоном. Гэллап был не первым, кто занялся опросами. Однако именно ему удалось одержать победу над более известным и дольше существующим опросом журнала Literary Digest, который пророчил убедительную победу Лэндону. В опросе Гэллапа участвовало 50 тысяч респондентов, огромное количество по сегодняшним меркам. Но опрос Literary Digest охватывал мнения двух миллионов человек. Разница была в том, что респонденты журнала не представляли собой общую массу избирателей. Давид (Джордж Гэллап) победил Голиафа благодаря тому, что лучше старался отразить общественное мнение.

В лучах своего триумфа 1936 г. Гэллап сделал то, что обычно делают ломающие устои новаторы. Своим дерзновенным новшеством он вернул привычный ход вещей в старое русло, только на улучшенный лад.

> Можно сказать, что сегодня вторую жизнь обрела идея проведения городских собраний по образцу штата Новой Англии. Ежедневные газеты расходятся огромным тиражом… радиопередачи звучат практически повсюду… а теперь мы шагнули в эпоху референдума среди выборочных групп, который позволяет незамедлительно получить мнение общественности по поводу спорных вопросов повестки дня, и теперь мы фактически можем проводить городские собрания в масштабах всей страны[8].

Хотя нам нравится повторять, что единственное анкетирование, результаты которого засчитываются, происходит на избирательном участке, ни один политик так не считает. Результаты опросов оказываются самоисполняющимися пророчествами. Они порождают чувство неизбежности (или обреченности), которое определяет, кто сможет собрать необходимые для предвыборной кампании средства, чья фамилия попадет в избирательный бюллетень и кто одержит победу на выборах. Вездесущая роль опросов в СМИ, как и популистская вера в демократию прямого участия, послужила поводом к проведению референдумов. Голосуют за гастрономические пабы и участников реалити-шоу, а теперь еще и за принятие того или иного закона, причем по большей части одинаково невнимательно и скоропалительно.

Как бы то ни было, Мэдисон был по-своему прав. В наш век, как и в его, большинство избирателей недостаточно хорошо осведомлены в тех вопросах и фактах, без которых невозможно правильно оценить ситуацию. Республиканские политические деятели не всегда были информированы лучше. А избирательные кампании свелись к упражнению в распространении ложных знаний среди широкой общественности.

По мнению скептиков, малосведущие избиратели всегда таковыми и останутся. Они намекают на то, что такие избиратели слабы не только знаниями, но и мыслительными способностями. Однако есть доказательства, что учиться невежды все-таки способны, надо только дать им возможность и аккуратно подтолкнуть к знаниям. Даннинг и Крюгер это продемонстрировали. Проведя очередной тест на логику, они получили согласие некоторых участников, показавших наихудший результат, прослушать ускоренный курс логического мышления. И ведь помогло! Улучшилось не только их умение логически мыслить, они смогли осознать свое прежнее невежество. Пройдя обучение, они более объективно подошли к своему умению решать логические задачи, когда им предложили снова оценить их первый тест (теперь они выставили себе более низкие оценки). «Один из способов помочь человеку осознать собственную некомпетентность — сделать его компетентным, — пишут Даннинг и Крюгер. — Разумеется, и в этом-то весь парадокс, как только у них появится метакогнитивный навык осознания собственной некомпетентности, они перестанут быть некомпетентными»[9].

Существует интересное решение по преодолению рационального невежества, эффекта Даннинга — Крюгера, и искаженности ментальных карт. Оно называется *совещательный опрос*. В 1996 г. несколько энергетических компаний Техаса связались с Джеймсом Фишкином, который тогда преподавал в Техасском университете, по поводу одной проблемы. Согласно новому законодательству коммунальные предприятия обязаны были посоветоваться с потребителями, прежде чем планировать строительство электростанций. Решить нужно было два серьезных вопроса. Во-первых, должны ли они сделать упор на заботу об окружающей среде или же взяться за строительство новых электростанций? Во-вторых, должны ли они строить электростанции, работающие на ископаемом топливе, или же разрабатывать потенциал солнечной и ветровой энергии, которая не наносит вреда окружающей среде, но обходится значительно дороже?

Раньше подобные вопросы техасские энергетические компании решали на открытых заседаниях. Они знали, чего ждать. Придет группа ревностных защитников окружающей среды, группа скептиков, отрицающих изменение климата, и группа сердитых энергопотребителей, которых любые разговоры о повышении ставки приводят в ярость. Появятся либералы, местные жители, недовольные строительством в их городе опасного объекта, представители торговой палаты, защитники животных из Национального Одюбоновского общества — да кто угодно, но только не «обыкновенные граждане». Остается только гадать, разделяют ли какие-либо из этих организованных групп интересы посторонних лиц. Мнений друг друга эти группы точно не разделяют.

В качестве альтернативы можно было бы предложить общественный опрос. Но его недостаток в том, что зачастую результаты «опросов» сочиняются прямо на месте, лишь бы интервьюер остался доволен. Политолог Джордж Бишоп однажды это наглядно показал, спросив у общественности, поддерживает ли она отмену закона «О государственном управлении 1975 г.». Такого закона не существовало. Но 30% опрошенных попались на удочку и высказались за или против. Как выяснил Бишоп, чем меньше человек образован, тем охотнее высказывает свое мнение.

Вопросы планирования энергетических мощностей сложны, требуют технических знаний и нагоняют тоску. Общественности свойственно рациональное невежество, когда речь заходит о сопоставлении стоимости угольной электростанции и ветроэнергетической установки, а также о том, как это отразится на расценках за киловатт, окружающей среде и экономическом росте. Вопросы в анкете придется сильно упростить, и результат может зависеть от формулировок. Не исключено, что до сознания многих дойдут разве что политические науськивания, такие как «экологически чистая энергия» и «свободный рынок».

Третьим вариантом рассматривалось создание фокус-группы. Небольшую группу «обыкновенных граждан» можно было бы собрать за одним столом для постановки проблемных вопросов и обмена мнениями. Групповой формат позволяет ввести участников в курс дела, в группе можно вести обсуждение. Но фокус-группа не может быть достаточно большой, чтобы претендовать на статистическую значимость. В ходе дискуссии, как правило, инициативу берут на себя один-два лидера.

Коммунальные предприятия заинтересовались вариантом, предложенным Фишкином в 1988 г. Этот вариант он назвал совещательным опросом: «Суть в том, чтобы... выяснить, что решили бы люди, если бы им дали возможность как следует подумать»[10].

Совещательный опрос — это опрос общественного мнения с участием большой фокус-группы, численность которой приближена к размеру городского собрания и в которой проводят ускоренный курс по текущему положению дел. Группа заполняет опросные листы, затем слушает курс, а после отвечает на вопросы повторно. Смысл в том, чтобы посмотреть, изменится ли позиция участников после знакомства с фактами, осмысления ситуации и обмена мнениями.

Коммунальные предприятия Техаса идею Фишкина одобрили. Они финансировали проведение опроса, затем пригласили часть группы в одну из гостиниц Далласа и устроили совещание. Присутствующим раздали информационные листы, составленные не без участия пайщиков. Каждому позволили представить все факты и доводы, имеющие отношение к делу (при этом не разрешалось препятствовать оглашению доводов и фактов оппонента). Как на самом настоящем съезде, участников развели по секциям и назначили в каждую председателя, а после собрали вновь на пленарном заседании, где предоставили возможность задавать вопросы чиновникам и другим участникам встречи.

По результатам первоначального опроса, переплачивать за киловатты в обмен на экологически чистую энергию предпочли 52 % участников. При повторном опросе, проведенном в конце встречи, их количество выросло до 84 % — среди той части группы, которая приехала на встречу и участвовала в совещании[11]. Число тех, кто согласен доплачивать за заботу об окружающей среде, также увеличилось — с 43 до 73 %.

Результаты какого опроса считать «настоящими» — самого первого или того, что состоялся после заседания? Настоящие и те и другие. Они отражают разные состояния. Мнение, сформировавшееся в ходе совещания, представляется, однако, более взвешенным. Чтобы отрицать достоверность этого утверждения, пришлось бы объявить мнение, основанное на знаниях и размышлениях, ненастоящим и заявить, что только мнение, основанное на невежестве, может претендовать на достоверность.

Совещательный опрос позволяет участникам сформировать подлинное мнение, что во многом достигается благодаря знакомству с фактами, а также не без обмена мнениями с теми, кто разделяет другие точки зрения. В дискуссиях и дебатах мнение оттачивают с большей эффективностью, чем за чтением красноречивых передовиц. В наш век такой обмен мнениями случается не так часто, как в былые времена. Мы общаемся с соседями, а они смотрят по кабельному те же самые новостные каналы. В ситуациях, когда разногласий не избежать, — в транспорте, у барной стойки, за большим семейным столом, — мы пользуемся «тактикой выживания»: меняем тему разговора. Так наши беседы лишаются свойственной городскому собранию живости, благодаря которой возможно заново обдумать или отточить свои взгляды, а иногда даже в корне их пересмотреть, слушая мнения других участников.

Отцы-основатели создавали США по образцу демократий античного Средиземноморья. Но они упустили из виду самое радикальное новшество афинской демократии: метод случайного выбора. В Афинах большинство чиновников и деятелей законодательных органов выбирались жеребьевкой. Задача заключалась не в том, чтобы выбрать подходящих людей для той или иной работы, скорее в том, чтобы получить представительную выборку из числа местных жителей.

Американцы методом случайного выбора определяют состав коллегии присяжных. Выбирать подобным образом конгрессменов было бы неразумно. Совещательный опрос — это новый взгляд на выборы по-афински. В первоначальном опросе участвует группа, набранная из обыкновенных граждан по случайному принципу. В этой группе вслепую выделяют подгруппу участников — примерно от трехсот до пятисот человек, — которых приглашают встретиться за совещательным столом.

В Древних Афинах решения группы, определенной методом случайного выбора, объявлялись законом. В США они не имеют и никогда не будут иметь такой силы. То же самое относится и к опросам Института Гэллапа. Опросы общественного мнения проводятся неофициально, это деятельность частного характера, которая никаким образом не претендует на законодательный статус. Однако мы уже разобрались в том, что результаты нужным образом организованных опросов расходятся по СМИ и становятся частью политического диалога. Фишкин надеется, что совещательный опрос тоже способен влиться в эту струю. Он несет избирателям и власть имущим мысль о том, что мнения могут определяться знаниями и диалогом и что взвешенная оценка фактов помогает одни решения предпочесть другим. Политики всегда вынуждены объяснять свои действия электорату, например так: «Я проголосовал за этот законопроект, потому что, по данным опросов, в моем округе 60% населения его поддерживает». Совещательный опрос предлагает политикам больше шансов выбрать грамотное и адекватное решение вместо глупого.

При проведении совещательного опроса по проблемам в духе «маршмеллоу-теста», когда предполагается долгосрочный компромисс, мнения могут перемениться особенно резко. Когда же проводится обычный опрос общественного мнения, многие отвечают, что не согласны жертвовать *чем бы то ни было* сейчас ради будущих улучшений. Но здравая государственная политика зачастую требует как раз подобного долгосрочного расчета.

По этому поводу можно привести интересный случай, произошедший в 2012 г. в Калифорнии во время голосования по принятию законодательной инициативы «Предложение-31». Фишкин принимал участие в ее разработке, проводя совещательный опрос. В опроснике и на обсуждениях было представлено 30 реформ, которыми предлагалось дополнить законодательство Калифорнии. Из них уверенно одобрили шесть. Они-то и вошли в «Предложение-31» — закон «О работе правительства и его подотчетности».

Согласно одной из реформ, законодательному собранию штата запрещалось принимать (некоторые) законопроекты, ведущие к увеличению расходов или уменьшению налогового сбора, *за исключением тех случаев,* когда у членов законодательного собрания имеется способ оплатить дополнительные расходы или возместить потерю доходов в бюджет.

Это положение не было ни либеральным, ни консервативным. Оно практично. Никто не станет покупать машину или дом, не узнав цены. Никто не станет увольняться с работы, не придумав способа оплачивать счета, не имея постоянного дохода. Так почему к программе расходов или понижению налогов нужно подходить как-то иначе? Законодатели обязаны голосовать за принятие закона и связанные с ним расходы как за единое целое.

В действующей законодательной системе мало что благоприятствует подобным методам управления. Либералы знают, что легко оказаться у рычагов власти, если все раздавать безвозмездно. Консерваторы знают, что народ любит, когда безвозмездно уменьшают налоговый сбор. И те и другие понимают, что счет обязательно придет (рано или поздно), но у них есть разные идеологические способы оправдаться за последствия. Консерваторы верят в тактику «взять “зверя” на измор»: сократить налоги сейчас, а когда у правительства закончатся деньги, «зверю» придется сократить и расходы — уж как-нибудь да сократят, и, скорее всего, без каких-либо политических последствий для тех, кто уменьшил налоговый сбор. Либералы верят, что розданные однажды привилегии обратно будет уже не забрать, так что правительству рано или поздно ничего не останется, кроме как увеличить налоговый сбор. Обе тактики бесчестны, поскольку предоставляют выгоду без оглядки на неизбежность платить по счетам. В них нет ничего по-настоящему компромиссного.

Участники совещательного опроса эти тактики осознали. А вот электорат Калифорнии — нет. «Предложение-31» отвергли большинством голосов: 60,5 % против 39,5 %. Анализ причин произошедшего показал, что избиратели так до конца и не поняли, чем «Предложение-31» было на самом деле. Еще один пухлый пакет реформ (а ведь были и другие!), который пришел вместе с почтой, озаглавлен как-то туманно и написан витиеватым языком. В тот год жители Калифорнии получили еще десяток подобных «Предложений», так что 31-му привлечь к себе внимание было непросто.

«Предложение-31» получило «поцелуй смерти» — нежелательную поддержку среди сторонников Республиканской партии в Калифорнии. Однако республиканцам до проблемы налоговых сборов не было никакого дела, поскольку им не приходилось даже надеяться на проведение каких-либо законопроектов в Сакраменто. В «Предложении-31» они видели способ контролировать финансовые расходы законодателей от Демократической партии. Демократы и члены профсоюзов выступили против. Довольно большая часть электората, возможно, впервые прочла название этого пакета реформ, когда получила бюллетени. Бегло посмотрев, о чем речь, избиратели проголосовали в рамках партийной линии.

В 2003 г. Фишкин перебрался в Стэнфорд. Сейчас в Стэнфордском университете есть Центр совещательной демократии. На его счету более 70 совещательных опросов, проведенных в 20 странах[12]. На обсуждение выносились такие вопросы, как уборка снега в японском городе Саппоро, урбанизация в Гане, объединение Северной и Южной Кореи, принятие мер в отношении цыганского населения Болгарии и распределение доходов от природного газа в Танзании.

Совещательный опрос обходится дороже, по сравнению с обыкновенными опросами. Спонсорам приходится оплачивать расходы нескольких сот участников на дорогу и гостиницу. Эти расходы выглядят несущественными, когда на кону важный политический вопрос. Только подумайте, сколько денег уже потрачено на то, чтобы сформировать общественное мнение об изменении климата. Это битва миллиардеров братьев Кох с Томом Стайером, а в качестве оружия у дуэлянтов — чековая книжка и ручка. Совещательный опрос, который встал бы на защиту одной из сторон, обошелся бы совсем недорого и окупился сторицей — если, конечно, сумел бы всех убедить.

Можно заметить, что политическая среда слишком разнородна, поэтому совещательный опрос едва ли что-нибудь изменит. Нетрадиционные идеологии, не имеющие шансов заручиться доверием хорошо осведомленного большинства, всегда делали ставку на то, что избиратели, разбирающиеся в происходящем плохо, такими же неосведомленными и останутся. Как бы добросовестно совещательный опрос ни проводили, обвинения в подтасовке все равно последуют. Будут говорить, что людям, которые поменяли свою точку зрения, во время совещательного опроса промыли мозги и что мнение другой стороны не представили как следует.

Подобные обвинения звучат и в адрес традиционных опросов общественного мнения. Любой недовольный результатами опроса может взять и провести собственный. В наше время опросы проходят сотнями, как с левосторонним, так и с правосторонним политическим уклоном. СМИ и общественность достигли определенного совершенства в умении распознавать сущность того или иного опроса. Нам известно, что доверять можно тем опросам, у которых добросовестная и непредвзятая репутация; а еще мы знаем, что усредненные результаты нескольких опросов информативнее результатов одного опроса. Кандидат, терпящий поражение, имеет обыкновение говорить, что данные опросов неверны и доверять можно только тем опросам, которые проводятся его избирательной кампанией.

Совещательному опросу не нужно никого убеждать. Его задача главным образом сводится к тому, чтобы повлиять на людей разных политических позиций, которые ничего не знают о предмете опроса или особо о нем не задумывались. А таких людей довольно много (как свидетельствуют исследования, приведенные в этой книге). Но все могут согласиться в одном: мнения, основанные на фактах и размышлениях, лучше некомпетентных мнений.

19

ЛИСА И ЕЖ

Первого издания греческого поэта Архилоха не существует. До нас дошли только фрагменты его работ. Греческий софист по имени Зенобий составил сборник пословиц, куда вошли слова Архилоха: «Лиса знает много вещей, а еж — одну, но важную»[1].

Поскольку никаких пояснений не последовало, эта туманная, тревожно пророческая строка до сих пор бередит воображение Запада. В 1953 г. оксфордский философ Исайя Берлин придал ей, в традиционном ключе, современное толкование: еж — это знаток, который связывает все в одну центральную большую идею, тогда как лиса — личность многогранная, пробует различные подходы и приемлет противоречия[2].

Получив такое определение, слова *лиса* и *еж* стали очень популярны. Статистик Нейт Силвер сделал лису логотипом своего блога FiveThirtyEight. В 2014 г. в Wall Street Journal вышла статья под заголовком «Современная лиса против ежа», о соперничестве двух сетевых ресторанов быстрого питания. («McDonald's, оказавшийся в этой истории лисой, палил из всех орудий в разных направлениях, лишь бы удержаться на плаву... Wendy's... показал себя самым настоящим ежом, который, вместо того чтобы свернуться колючим клубком, удвоил ассортимент фирменных бургеров и представил весьма удачную новинку — крендель»)[3].

Практически каждый, кто выделяет пару «лиса — еж», этим разграничением хочет подчеркнуть сильные стороны лисы. Лиса — это человек разносторонних знаний, открытый, практичный и предприимчивый. Еж предан «большой идее», вне зависимости от ее насущности: это человек с молотком, и каждая проблема представляется ему гвоздем. Психолог Филип Тетлок из Уортонской школы бизнеса известен как обличитель несостоятельности экспертных прогнозов. По большей части эксперты-аналитики (ежи) своей точностью лишь слегка превосходят ясновидцев из бульварной прессы. Тетлок заметил, что квалифицированные специалисты в составлении прогнозов не лучше «журналистов или внимательных читателей New York Times»[4].

Выводы этой книги подтверждают полезность качеств лисы. Общие знания, понимание ситуации, даже некоторая поверхностность — все это неожиданно оказывается очень важным.

Взять бы несколько вопросов на общие знания, которые любят задавать в викторинах, и сделать из них исследовательскую анкету. Наверняка обнаружится, что высокий результат коррелирует с высоким доходом, крепким здоровьем и некоторыми другими положительными характеристиками. Вполне возможно, что обучение фактам формирует когнитивные навыки, которые не так-то просто приобрести каким-либо другим путем (даже если обучаться навыкам). Широта знаний сама по себе может приносить пользу. Наша жизнь — это последовательность незначительных и средневажных решений. Автовладелец обдумывает необходимость дорогостоящего ремонта, избиратель оценивает обещания предвыборной кампании, потребитель решает, стоит ли покупать биологически активную добавку, рекламируемую по телевизору. Большинство подобных решений принимаются с ходу, практически или совсем без обращения к справочным источникам. Человек может даже и не осознавать, что такие источники могут ему понадобиться. Те, кто обладает широким кругозором, принимают в корне ошибочные решения гораздо реже, поскольку могут охватить ситуацию в целом и в большей степени способны определить, что именно в данном случае им неизвестно.

Радон, стекло Тиффани, городское самообеспечение, низкотемпературная готовка, контракт о ренте, контрольная сумма файла, эффект боке, запланированное устаревание товаров, мизансцена... Человек широкого кругозора знаком с этими терминами или большинством из них. Знания могут быть поверхностными: надо хотя бы знать о существовании термина и его примерных контекстах. Однако тот, кто по случаю может ввернуть в разговор слово или выражение, понимает, что за ними стоит много всего ему неизвестного. Эти пробелы в знаниях можно легко восполнить, впечатав ключевое слово в поисковую строку браузера. А если термина не знаешь, то и впечатывать нечего. Широкое знание фактов, которые мы держим в голове, — это ключ для входа в «облако».

Неологизм «мечеть в эпицентре взрыва» введен в употребление журналистами для обозначения центра исламской общины, который планировали построить по адресу Парк-плейс, 51, в двух кварталах от места, где прежде находился Всемирный торговый центр. Изначально это был проект башни в 30 этажей Мишеля Аббуда, американского архитектора ливанского происхождения. «Парк-51» — постмодернистскую вариацию на тему решетчатой «машрабии», традиционного элемента исламской архитектуры, предполагалось посвятить укреплению межрелигиозного диалога. В здании отводилось место для молельни, центра исполнительских видов искусства, спортивных залов, ресторанного дворика и мемориала жертвам теракта 11 сентября. В 2011 г., после оглашения предварительных планов, члены группы, называющей себя «Остановим исламизацию Америки», окрестили проект «мечетью в эпицентре взрыва». Мимо такого прозвища ни за что бы не прошли СМИ, и с тех пор оно стало предметом споров и обсуждений. Проект сократили в масштабах, поручили новому архитектору, и в результате он превратился в объект инфраструктуры — роскошный жилой небоскреб. В конце 2015 г. в проект также включили относительно небольшой исламский центр. Сама идея подобного центра представляется некоторым нетактичной по отношению к жертвам 11 сентября. Другие усматривают в движении «Остановим исламизацию Америки» ксенофобскую подоплеку[5].

Я провел исследование на материале десяти вопросов разного типа о науке, бизнесе, географии, истории, литературе, поп-культуре и спорте. Среди этих вопросов ни один не относился к исламу, терроризму или недвижимости Манхэттена. Кроме этих десяти были и вопросы, где я просил высказать свое мнение, например:

> «Парк-51» — проект исламского центра в двух кварталах от места, где прежде располагался Всемирный торговый центр, — окрестили «мечетью в эпицентре взрыва». Как вы относитесь к тому, что в столь непосредственной близости к эпицентру взрыва собираются строить исламский центр?

Чем меньше фактов люди знали, тем чаще они высказывались против «мечети в эпицентре взрыва».

Даже с отдельными вопросами обнаружилась четкая корреляционная связь[6]. Те, кто не знали, в какой вид спорта играют на стадионе «Доджер»[7], чаще возражали против строительства здания, которое, по сути, мечетью не является. То же самое касается опрошенных, которые не смогли сказать, у какой страны Америка отвоевала свою независимость или кто из злодеев DC Comics был «Клоуном-Принцем преступного мира». Можно подумать, раз человек ответить на это не способен, то он наверняка какой-нибудь законсервированный шпион, который так и не усвоил толком спецкурс «Как сойти за американца». Но нет, дело обстоит иначе: неспособность ответить на эти вопросы позволяет вычислить рожденного в США исламофоба.

В моем вопросе про «мечеть в эпицентре взрыва» нет правильного или неправильного ответа. В нем спрашивается про личное отношение. Но чувства и факты взаимосвязаны. Многие из тех, кто высказался против проекта «Парк-51», похоже, просто не знают контекста. Они слышали, что «мечеть в эпицентре взрыва» — это что-то ужасное. Получается, что они слепо принимают на веру чужое мнение. Им может быть невдомек, что в проекте планировали строить мемориал жертвам терроризма и, раз уж на то пошло, ресторанный дворик. Мечетей в Америке — 2100, в Нью-Йорке — 250, а в Южном Манхэттене — две (не считая «Парк-51», поскольку это не мечеть)[8]. Одна из них (мечеть Манхэттена) находится в шести кварталах от эпицентра взрыва[9]. Она действует с 1970 г. Кроме того, во Всемирном торговом центре в южной башне на 17-м этаже располагалась исламская молельня[10].

Статистику, которую я только что на вас вывалил, совсем не обязательно знать, чтобы высказать взвешенное мнение. Мечетей в Нью-Йорке огромное множество, и некоторые обязательно окажутся где-нибудь совсем неподалеку от эпицентра взрыва. Станет ли кто-нибудь спорить, что нет ни одного Starbucks в эпицентре взрыва? (На картах Google видно — «Парк-51» примерно так же близок к эпицентру взрыва, как и семь кофеен Starbucks.) Более уместно заключить, что зданий в Манхэттене много, и все они находятся в той или иной степени близости друг к другу.

Пока я проводил описанные в этой книге исследования, мне удалось обнаружить корреляционную связь между знаниями и мнениями по поводу злободневных вопросов. Люди хорошо осведомленные гораздо чаще не имели ничего против «мечети в эпицентре взрыва» или генно-модифицированных продуктов, скептически относились к необходимости строить пограничные заграждения и заранее предупреждать о содержании, которое может травмировать психику, а также полагали, что спортивной команде «Вашингтонские краснокожие» лучше поменять свое название. На эти животрепещущие вопросы у борцов за культурные ценности обычно имеется рефлекторный ответ. *А вот люди с широким кругозором в большей степени способны думать самостоятельно.*

Многие частные факты оказались индикаторами мнения [11]. Некоторые из них, сыгравшие важную роль в моих исследованиях и указавшие на тенденции более общего порядка, приведены в таблице.

Я также задал вопросы поведенческого типа, в которых спрашивалось о ситуациях как самых обыденных, так и чисто гипотетических. Сделали бы вы своему ребенку прививки от кори, свинки и краснухи? Зашли бы в Starbucks, если там сидят вооруженные посетители? Сбросили бы своего домашнего питомца со скалы за миллион долларов?

И снова те, кто показал хорошие результаты в тесте на общие знания, оказались более склонны к разумному, осмотрительному и социально ответственному поведению. Испытуемые, ответившие на вопрос о детской вакцинации утвердительно, образуют группу, представители которой с большей вероятностью знают, что люди никогда не жили среди динозавров, способны определить Манхэттенский проект как американскую программу по созданию атомной бомбы, помнят число сенаторов США, понимают, что США превосходят Индию по территории, но уступают ей по населению, и знают, что англо-американская война 1812 г. предшествовала Гражданской войне[12].

<table>
<tr><th>Невежество</th><th>Корреляция</th></tr>
<tr><td>Не знает, у какой страны Америка отвоевала свою независимость</td><td rowspan="3">Возражает против строительства «мечети в эпицентре взрыва»</td></tr>
<tr><td>Не знает, в какой вид спорта играют на стадионе «Доджер»</td></tr>
<tr><td>Не знает, кто из злодеев DC Comics был «Клоуном-Принцем преступного мира»</td></tr>
<tr><td>Не знает, в каком городе находится международный аэропорт Ла-Гуардиа[13]</td><td>Завышает процент азиатов среди американского населения по крайней мере вдвое[14]</td></tr>
<tr><td>Считает, что Солнце вращается вокруг Земли[15]</td><td>Одобряет идею предупреждать о содержании, которое может травмировать психику[16]</td></tr>
<tr><td>Не знает, что Солнце больше Земли[17]</td><td>Поддерживает кондитеров, которые отказываются готовить свадебные торты для однополых супружеских пар[18]</td></tr>
<tr><td>Не знает, кто написал «Радугу земного тяготения»[19]</td><td rowspan="2">Хочет остановить поток нелегальных иммигрантов тактикой огораживания границ[20]</td></tr>
<tr><td>Не знает, что такое «Спутник-1».</td></tr>
<tr><td>Не знает, кто такие Wu-Tang Clan[21]</td><td>Выступает против признания государством однополых браков[22]</td></tr>
<tr><td>Думает, что Америка отвоевала свою независимость у Испании[23]</td><td>Полагает, что команде «Вашингтонские краснокожие» свое название менять не надо[24]</td></tr>
</table>

Один гипотетический вопрос я задал в духе маршмеллоу-теста:

> Допустим, существует энергоемкая лампочка стоимостью в 100 долларов, но за весь 10-летний срок ее службы можно будет сэкономить на электричестве 300 долларов. Купите ли вы эту лампочку?

В такой формулировке вопрос головоломным не назовешь. Денежный вклад в размере 100 долларов не только пойдет на пользу тающим от глобального потепления ледникам, но еще и позволит экономить 30 долларов ежегодно. Все равно что гарантированная свободная от налогов 30%-я прибыль на инвестированный капитал. На это предложение разумно было бы согласиться. Чем больше люди знали о совершенно посторонних вещах, тем охотнее отвечали, что хотели бы купить такую лампочку[25].

Знать, в какую сторону выкручивать шуруп, дело нехитрое. С этим вопросом справились 93%. Как бы там ни было, но у этого знания обнаружилась корреляция с желанием купить 100-долларовую лампочку, равно как и с одобрением детской вакцинации и стремлением пользоваться многоразовыми пакетами в супермаркетах[26]. В конечном счете знания широкого контекста, которые мы несколько размыто определяем как «здравый смысл», едва ли возможно переоценить.

«Сбросили бы своего домашнего питомца со скалы за миллион долларов?» Утвердительно ответили 12%. Этот показатель оказался значительно выше среди тех, кто не смог назвать самый твердый минерал (расстаться с животным согласились 20%), кто не узнал в аббревиатуре GOP Республиканскую партию (19%) и кто не знает, что за существо говорит «Никогда» в знаменитом стихотворении Эдгара Аллана По (22%)[27].

Я задал еще вопрос:

Нажали бы вы на кнопку, если бы это принесло вам миллиард и случайным образом убило незнакомца? Никто, кроме вас, не узнает, кто в ответе за его смерть, и никаких обвинений вам не предъявят.

Невежество	**Корреляция**
Не может отыскать Небраску на карте	Отказывается делать своим детям прививки от кори, свинки и краснухи
Не знает число сенаторов в США	
Считает, что первобытные люди охотились на динозавров	
Считает, что в США проживает больше людей, чем в Индии [28]	Отказывается употреблять генетически модифицированные продукты
Считает креветки кошерными [29]	Выступает против использования многоразовых пакетов в супермаркетах [30]
Не знает, в какую сторону выкручивается шуруп	Отказывается покупать лампочку за 100 долларов, которая сэкономит ему три сотни
Определяет Нью-Мексико как часть Мексики [31]	Согласен зайти в Starbucks, если там сидят вооруженные посетители [32]
Не знает, что за существо говорит «Никогда» в знаменитом стихотворении Эдгара Аллана По	Согласен за миллион долларов сбросить со скалы своего домашнего любимца
Не узнаёт в аббревиатуре GOP Республиканскую партию	
Считает, что Билл Гейтс и Пол Аллен основали компанию Tesla	

Почти каждый пятый американец ответил, что нажал бы на кнопку[33]. У кого результат по тесту на общие знания оказался низким, соглашались гораздо чаще. А среди тех, кто не смог назвать год, в котором 11 сентября террористы атаковали Всемирный торговый центр, желающих нажать на кнопку оказалось почти в два раза больше (36%).

Смотреть на мир глазами лисы, которой свойственны широкие познания общего характера, значит идти против сильного встречного ветра. Дух нашего времени, который витает в СМИ, благоприятствует тем, кто в своем отношении к фактам подобен ежу. Мы получили электронные устройства, благодаря которым можем нырнуть вниз головой в глубины собственных интересов, не обращая внимания на все остальное. Нам обещают, что «все остальное» никуда из «облака» не денется, всегда будет под рукой. Но в этом соблазнительном заверении не упоминают того, что быть в курсе событий — это знать не только факты, но еще и контекст. Благодаря умению охватить ситуацию целиком мы в состоянии оценивать частное и наделены крайне важной способностью — можем догадаться, что *чего-то не знаем*.

Разностороннее и непрерывное образование — это не только средство быть здоровым и обеспеченным (хотя здесь его роль переоценить довольно сложно). Процесс познания оттачивает интуицию и воображение. Отложившиеся в голове факты — это общепринятые опорные точки, в которых сходятся мнения, культуры, идеологии. На них держится дружеская беседа, из них формируются точки зрения и рождаются мечты. Благодаря им человек, как существо социальное, становится мудрее и познаёт не оцененное многими смирение — ведь только знающий способен осознать собственное незнание.

«Что мне нужно искать?» — вот то единственное, о чем бессмысленно спрашивать Google.

СЛОВА БЛАГОДАРНОСТИ

Большое влияние на первоначальную идею этой книги оказали работы Роберта Проктора. Хотя мой подход к теме никоим образом не связан с идеями Проктора, его работы по агнотологии помогли мне убедиться в насущности темы невежества.

Написать книгу было бы невозможно без содействия тех многих тысяч испытуемых, у которых нашлось время поучаствовать в моих исследованиях. Признательность также выражаю Трейси Бехар, Джону Брокману, Кеннету Карлсону, Брайану Кэткарту, Дэвиду Даннингу, Силии Харпер, Теду Хиллу, Ларри Хуссару, Роберту Ласкину, Морин Майлз, Эвану Миллеру, Дрю Мохорику, Билли Нилу, Лори Ортиз, Калебу Оуэну, Ходе Пишвайе, Генри Редигеру, Тони Скотту, разработчикам программы SurveyMonkey и работникам научной библиотеки Калифорнийского университета в Лос-Анджелесе.

ПРИМЕЧАНИЯ

Эпиграфы

1. Parker, 2009, 15n.
2. Статистику я привожу по результатам своего исследования, в котором на выбор предлагались шесть вариантов (Геббельс, Оскар Уайльд, Вольтер, Адольф Гитлер, Уинстон Черчилль и Марк Твен). Этой цитаты нет ни в одном из текстов Геббельса. Ее авторство приписано Геббельсу в 1946 г. в докладе Комитета по антиамериканской деятельности, и с тех пор цитата стала расхожей. Среди опрошенных самый популярный ответ пришелся на Марка Твена, его выбрали 38 %.

Введение. Факты устарели

1. Amy Miller. New J-Lo Movie Makes «First Edition "Iliad" a Thing». Legal Insurrection, 4.02.2015: bit.ly/1aKNK0j.
2. Hillin, 2015.
3. Сайт Sotheby's, Auction Results, Music, Continental Books, and Manuscripts, 5.06.2013: bit.ly/1GLJ06l.
4. Itzkoff, 2011.

1. «Ведь я же намазался соком»

1. Morris, 2010.
2. Интервью автора с Дэвидом Даннингом, 12.06.2015.
3. Ehrlinger, Johnson, Banner, et al., 2008.
4. Kruger and Dunning, 1999, 1132.
5. Kruger and Dunning, 1999.
6. Интервью автора с Дэвидом Даннингом, 12.06.2015.

7. Bit.ly/1os8vxN.
8. Rosen, 2014.
9. Wagstaff, 2013.
10. Ibid.
11. Cathcart, 2009.
12. *Диккенс Ч.* Тяжелые времена / Пер. В. Топер. // Собр. соч.: в 30 т./М.: ГИХЛ. Т. 19. С. 6.
13. Hirsch, 1987, 2.
14. Krauss and Glucksberg, 1977.
15. Hirsch, 1987, 4.
16. Boylan, 2014.
17. Ibid.
18. См., например, на Facebook страницу «Бред, который школьникам задают по "Единым образовательным требованиям"» (Common Core Crazy Homework), on.fb.me/1EetjGk.
19. В этом исследовании практически за каждым вопросом следовали четыре возможных ответа и вариант «Не знаю».
20. Исследовательский центр Пью, опрос «Кто что знает о религии» (Who Knows What About Religion), 28.09.2010, pewrsr.ch/1pD7bxq.
21. Tauber, Dunlosky, Rawson, et al., 2013.
22. Ibid.
23. Coley, Goodman, and Sands, 2015, 17.
24. Ibid, 2.
25. Nielsen, 2014. Данные по Китаю, России и Бразилии: Исследовательский центр Пью, 2014.
26. Большинство данных приводится по моим собственным исследованиям. См. также: Tauber, Dunlosky, Rawson, et al., 2013.
27. Downs, 1957, 244–246; 266–271.
28. 8 College Degrees with the Worst Return on Investment. Заголовок статьи на сайте Salary.com, bit.ly/1e7g5cz.
29. Henkel, 2014.
30. Zachs, 2015.
31. Wegner and Ward, 2013, 80.
32. Wegner and Ward, 2013.
33. Stephens-Davidowitz, 2015.
34. Nestojko, Finley, and Roediger, 2013, 321.
35. Цит. по: Kaczynski, 2013.
36. Fisher, 2015.
37. Wegner and Ward, 2013, 61.
38. Эпизод из «Энни Холл» про Маклюэна см. на YouTube: bit.ly/1Dlq4dD.
39. Google Public Data: bit.ly/152hP8f.
40. *p*-значение для корреляционной связи между возрастом и правильными ответами меньше 0,001 во всех трех случаях. (Не знаете, что такое *p*-значение? Объясню в 6-й главе.) Размер выборочной группы при ответе на вопрос о сенаторах США — 207, о Бразилии и шорт-стопе — 445 человек.

2. Карты невежества

1. Bittenbender, 2014.

2. Долю неверных ответов я принял за плотность по алгоритму искажения исходных областей Гэстнера — Ньюмана. Программа ScapeToad.

3. Размер выборочной группы в тестах на знание карт составил сто человек с небольшим. Для Республики Конго погрешность оказалась ± 4,3 %, то есть практически сравнялась с процентом правильных ответов.

4. Национальное географическое общество, 2006.

5. Национальное географическое общество, 2006, 6.

6. *Lexi M. Del Toro* and *Bessie X. Zhang*. Roving Reporter: Canada, 18.11.2013: Bit.ly/1DK92YL.

7. Tauber, Dunlosky, Rawson, et al., 2013, 1129.

8. Вопрос сопровождался пятью вариантами ответа (США, Мексика, Техас, Гватемала и Южная Африка). Вариант «США» выбрал 91,5 %, с погрешностью ± 3,3 %. Размер выборочной группы — 282.

9. Национальное географическое общество, 2006, 56.

10. p-значение для корреляции между уровнем знаний и поддержкой принципа огораживания границ менее 0,001. Если при построении линейной регрессии учесть факторы образования и возраста, все равно уровень знаний остается четким индикатором отношения к принципу огораживания границ: $p < 0,002$.

11. Эти значения взяты из линейной регрессии, в которой возраст и образование участников неизменны — 35 лет и 4 года в колледже.

12. $p < 0,001$. Хотя ситуация с Северной Каролиной оказалась похожей, данные были статистически незначимыми ($p < 0,277$). В этом исследовании участвовало 228 испытуемых.

13. $p < 0,001$ для вопроса про динозавров. Средний рейтинг ответивших утвердительно — 7,31 из 10, отрицательно — 4,51 из 10.

14. Национальное географическое общество, 2006.

15. Norton and Ariely, 2011, 9.

16. Schrager, 2014.

17. Statista, «Shares of Household Income of Quintiles in the United States from 1970 to 2014»: Bit.ly/1PkkUng.

18. Kiatpongsan and Norton, 2014.

19. Norton and Ariely, 2011, 12.

20. Kohut, 2015.

21. Cohn, Taylor, Lopez, et al., 2013.

22. Ibid.

23. Desvousges, Johnson, Dunford, et al., 1992.

24. Ipsos MORI, 2014.

25. Ibid.

26. Ibid.

27. Romano, 2011.

28. $p < 0,005$, размер выборочной группы — 462.

3. История для чайников

1. Terkel, 2010; Los Angeles Times, 2014.
2. См. статью «Мало что знают об истории?» (Don't Know Much About History?), July 2, 2010: bit.ly/1Na7nzX.
3. Wilson, 2015.
4. Newsweek, 2011.
5. Wilson, 2015.
6. Интервью автора с Генри Редигером, 16.03.2015.
7. Beloit College, Mindset List, 2016 list: bit.ly/1CpeE3G.
8. Koppel and Berntsen, 2014.
9. Skiena and Ward, Time, 2013.
10. В выборочных группах было примерно по 160 человек. Погрешность в отношении тех, кого узнала примерно половина опрошенных, равна ± 8%.
11. Tauber, Dunlosky, Rawson, et al., 2013, 1123.
12. Gewertz, 2007.
13. Zaromb, Butler, Agarwal, and Roediger, 2013.
14. См. bit.ly/1e0891p; см. статью Matt Novak, «9 Albert Einstein Quotes That Are Totally Fake», Paleofuture, 14.03.2014: bit.ly/17hHKK7; Brown, 1983, 68.
15. Неологизм принадлежит британскому писателю и диктору Найджелу Рису. См.: Peters, 2009.
16. Deam, 2014.
17. Ibid.
18. Townes, 2014.
19. Legum, 2015.
20. Kurtz, 2014.
21. Cave, 1996, 35–36.
22. Интервью автора с Генри Редигером, 16.03.2015.
23. См.: *Philipp Bouhler.* Kampf um Deutschland: Ein Lesebuch für die deutsche Jugend [«Битва за Германию: Учебник для немецких школьников»] (Munich: Zentralverlag der NSDAP, Franz Eher Nachfolger, 1938). Некоторые фрагменты переведены на английский: bit.ly/1fG9qfC.

4. Правило каждого пятого

1. Luippold, 2010.
2. Антидиффамационная лига, 2014.
3. Данные Антидиффамационной лиги я взял на веб-сайте организации, но представил несколько по-другому. На сайте сказано, что о холокосте слышали 93% немцев и среди них 11% считают, что число погибших преувеличено. По-моему, нагляднее сопоставить число тех, кто никогда о холокосте не слышал, кто его отрицает и кто считает, что цифры преувеличены. Так что результаты многовариантных вопросов я вычел из 100% и получил процент тех, кто о холокосте никогда не слышал. Процентные показатели я округлил, поэтому в некоторых случаях они не сходятся.

4. См., к примеру: Boyd, 2008.
5. Wood, Douglas, and Sutton, 2012.
6. Lewandowsky, Gignac, and Oberauer, 2013, 2–3.

5. Малосведущий электорат

1. Krugman, 2015.
2. Carl, 2013.
3. Krugman, 2015.
4. Carl, 2013.
5. Garrison, 2006.
6. Исследовательский центр Пью, статья «Кто что знает о религии» (Who Knows What About Religion), 28.09.2010, pewrsr.ch/1pD7bxq.
7. $p < 0{,}742$. Размер выборочной группы был, однако, небольшим — 110 человек.
8. Центр государственной политики Анненберга, 2014.
9. Dooley, 2014.
10. Gorman, 2015.
11. Ramer, 2011.
12. Аудиозапись можно послушать, перейдя по ссылке bit.ly/1GpEhZu.
13. Vavreck, 2014.
14. Ibid.
15. Ibid.
16. Meyerson, 2014.
17. Lopez, 2014.
18. Ipsos MORI, 2014.
19. p-значение для корреляции между способностью назвать своих представителей власти и размером дохода менее 0,021; размер выборочной группы — 106. Как индикатор того, что если назвать может, то на выборы ходит: $p < 0{,}007$.

6. Каждый факт имеет свою цену

1. Sullivan, 2006.
2. Ibid.
3. Tylervigen.com.
4. См., например, отчет университетов об окладах выпускников на Payscale.com.
5. $p < 0{,}002$ для результатов теста.
6. $p < 0{,}004$.
7. Kahneman and Deaton, 2010; Luscombe, 2010.
8. $p < 0{,}371$.
9. В полной версии теста у испытуемых спросили столицу Бразилии, имя спикера палаты представителей, третью цифру числа π, где играет шорт-стоп и сколько времени нужно, чтобы удвоить капитал, вложенный под 7 % годовых.

7. Наука по бросовой цене

1. Youtu.be/s_5j1mVE8Sk.
2. Taegan Goddard, статья «Ученых в конгрессе осталось только двое» (Just Two Scientists Left in Congress), Taegan Goddard's Political Wire, January 6, 2015: bit.ly/1yz7u1F.
3. Национальный научный фонд, 2006.
4. Newport, 2014.
5. Luke Lewis, «Многие на Facebook решили, что Стивен Спилберг убил настоящего динозавра» (A Whole Bunch of People on Facebook Thought Steven Spielberg Killed a Real Dinosaur), BuzzFeed, July 11, 2014: bzfd.it/1dzn4k0.
6. Планка погрешности — ± 4,9%. Размер выборочной группы — 204.
7. Размер выборочной группы — 121.
8. Саган говорил и писал так неоднократно, впервые, видимо, в работе *Sagan*, 1973, 189–190.
9. Timmer, 2014.
10. Candisky and Siegel, 2014.
11. $p < 0{,}001$, размер выборочной группы — 204.
12. Ehrlinger, Johnson, Banner, et al., 2008.
13. $p < 0{,}129$, размер выборочной группы — 204.
14. *John F. Sargent Jr.,* The U. S. Science and Engineering Workforce: Recent, Current, and Projected Employment, Wages, and Unemployment, Congressional Research Service, February 19, 2014: bit.ly/1amEn69.
15. $p < 0{,}016$, размер выборочной группы — 124.
16. Размер выборочной группы — 204.

8. Грамматические полицейские и грамматические бунтари

1. McMillen, 2015.
2. Black, 2008.
3. Ibid.
4. GrubHub, 2013; Satran, 2013.
5. Paolo Rigiroli, список «Самых частых опечаток» (Top Misspelled), Quattro Formaggi, n.d.: bit.ly/1ThRAOP.
6. Джейн Блэк заметила эту опечатку в бистро «Йорктаун», расположенном в Арлингтоне, Виргиния.
7. Madison, 2010.
8. Размер выборочной группы для меню без ошибок — 222, для меню с ошибками — 215.
9. Memoli, 2014.
10. В тестах на грамматику: p-значение для корреляции с доходом — 0,605 и для корреляции с уровнем образования — 0,086, размер выборочной группы в обоих случаях — 117; p-значение для корреляции с возрастом — 0,125, размер выборочной группы — 226. В тестах на правописание корреляция с возрастом — 0,677, размер выборочной группы — 103.
11. Для правописания — $p = 0{,}079$, размер выборочной группы — 103. Для грамматики — $p = 0{,}246$, размер выборочной группы — 226.

12. $p = 0{,}023$, размер выборочной группы — 226. Обратите внимание, что *p*-значение — это вероятность того, что доход у населения больше, а не того, что 23 тысячи долларов в год — точная цифра.

13. Kleinman, 2014.

14. *p*-значение для результатов как по набору из восьми вопросов по жаргону, так и по набору из восьми вопросов по аббревиатурам оказалось равным 0,001.

15. $p = 0{,}878$ для вопросов про аббревиатуры и $p = 0{,}579$ для вопросов про жаргонизмы. В обоих исследованиях размер выборочной группы — 107; в вопросе про mansplain — 207.

16. O'Leary, 2013.

17. $p = 0{,}022$, размер выборочной группы — 183.

9. Нанослава

1. Bilton, 2015.
2. Ibid.
3. Grundberg and Hansegard, 2014.
4. Публикация в Twitter на странице @AnthonyDeVito, 7.01.2014.
5. Williams, 2015.
6. New York Post, 2013.
7. Размер выборочной группы — 261. Разница в узнавании Канье Уэста и Питбуля оказалась статистически незначимой. Планка погрешности — ± 5,9% в отношении Уэста и ± 5,8% в отношении Питбуля.
8. $p < 0{,}001$. Средний результат по тесту — около 70% у поколения миллениума и 30% у тех, кому за 60.
9. $p = 0{,}033$ для корреляции между знаниями хип-хопа и доходами. Если в линейную регрессию включить фактор возраста, то знания хип-хопа перестают быть индикатором дохода: $p = 0{,}371$.
10. Kalia, 2015.
11. Ibid.
12. Said, 2013.

10. Кошерны ли креветки?

1. Исследовательский центр Пью, 2010.
2. Ibid, 70.
3. Stephen Prothero, Religious Literacy Quiz, Исследовательский центр Пью, 2007: pewrsr.ch/1aLl9bd.
4. Prothero, 2007.
5. Sontag, 2007.
6. Исследовательский центр Пью, 2010 и 2015.
7. Исследовательский центр Пью, 2010, 4.
8. $p = 0{,}680$ для дохода, $p = 0{,}580$ для счастья, $p = 0{,}839$ для брака. Размер выборочной группы — 118.
9. Oppenheimer, 2007.
10. Размер выборочной группы — 118.

11. Философы и звезды реалити-шоу

1. Из предисловия к роману О. Уайльда «Портрет Дориана Грея» (1890). См. оригинал на bit.ly/1KfBR0J. Выше в тексте использован перевод М. Абкиной.

2. Christie's, Post-War and Contemporary Art sale results, November 12, 2013: bit.ly/1Ic0g77.

3. Размер выборочной группы — 164. Планка погрешности для художников, по которым результаты оказались самыми низкими, примерно равна 4%.

4. На Tumblr есть блог «454 W 23rd St New York, NY 10011–2157», где появился неологизм Shibboleth names («тайные знаки») и приводится список трудных для произнесения слов. См. bit.ly/1yTivoP.

5. $p = 0{,}026$, размер выборочной группы — 183.

6. $p = 0{,}011$.

7. См. сведения по кассовым сборам на The-Numbers.com. Я предположил, что в среднем билет в кино стоит 10 долларов.

8. Greenfeld, 2014.

9. $p < 0{,}001$ для образования, $p = 0{,}082$ для дохода. Размер выборочной группы — 119.

12. Секс и абсурд

1. Semuels, 2014.

2. Audrey Tang and Matt Itelson, Center Tests Americans' Sexual Literacy, SF State News, July 11, 2005: bit.ly/1OaylEz.

3. Semuels, 2014.

4. Vine, 2008.

5. Публикация в Twitter на странице @AliceDreger, 15.04.2015. См. также Nelson, 2015.

6. Lilienfeld and Graham, 1958.

7. Xu, Markowitz, Sternberg, and Aral, 2006.

8. Proctor and Schiebenger, 2008, 112.

9. Allday, 2006.

10. Oliver and Wood, 2014.

11. Consumer Reports, 2015, 37.

12. См. видеоролик на YouTube, bit.ly/1hxnfrr.

13. Zamon, 2014.

14. Consumer Reports, 2015, 40.

15. Размер выборочной группы — 151.

16. Цитата из выступления Ф. Дика «How to Build a Universe That Doesn't Fall Apart Two Days Later». См.: bit.ly/1koJyFx. (*Дик Ф.* Как создать вселенную, которая не рассыплется через пару дней / Пер. с англ. Д. Ковалевского.)

17. $p = 0{,}014$ для теста из 15 вопросов, часть которых была о здоровье.

18. $p = 0{,}029$.

19. Об этом я спросил в рамках теста из 15 вопросов, о котором уже упоминал. Результаты по этому тесту оказались также индикаторами здоровья. Вопрос о Верховном суде — $p = 0{,}041$, о Канте — $p = 0{,}027$, о Солнце — $p = 0{,}008$. Размер выборочной группы — 445.

13. Нападение на вратаря

1. См. публикации на Reddit, bit.ly/1ca4H4G.
2. Campbell, 2014.
3. $p = 0{,}009$, размер выборочной группы — 154.
4. CONSAD Research Corporation, 2009.
5. $p = 0{,}742$. p-значение для корреляции между доходом и спортивными знаниями равно 0,014.
6. $p = 0{,}359$, размер выборочной группы — 104.
7. Во втором исследовании $p = 0{,}044$, размер выборочной группы — 110. Разница в доходах оказалась несколько больше: 29 511 долларов в год (семейный доход) у тех, кто показал нулевой результат, и 87 092 доллара — кто выполнил задания без ошибок.
8. $p = 0{,}009$, размер выборочной группы — 110. Регрессия предполагает, что нулевому результату соответствует в среднем 3,89 из 10 по шкале счастья, тогда как безошибочному — 6,45.
9. Размер выборочной группы — 110.
10. $p = 0{,}024$ для корреляции с доходом. Размер выборочной группы — 117.

14. Маршмеллоу-тест

1. New York Daily News, June 3, 2013.
2. Piore, 2013.
3. Gallup News Service, 1999.
4. $p = 0{,}035$, размер выборочной группы — 322.
5. p-значение для корреляции между результатами теста и оценкой собственного счастья равна $p < 0{,}001$.
6. Gerardi, Goette, and Meier, 2010.
7. Ibid, 11.
8. Maranjian, 2015.
9. Согласно этому обиходному финансовому правилу, если число 72 разделить на годовую процентную ставку, то получится количество лет, через которые размер капиталовложений удвоится. В нашем примере число 72 делим на 7 и получаем 10,29 года. Ответ математически неточен, однако достаточно близок к действительности. В любом случае вкладчики довольствуются обычно приблизительной доходностью ставки.
10. p-значение для корреляции между результатами теста и дохода меньше 0,001. Размер выборочной группы — 427. У корреляции с капиталовложениями $p = 0{,}012$, размер выборочной группы — 322. Показатель счастья по трехбалльной шкале у тех, кто на вопрос о сложных процентах ответил

правильно, равен 2,091, тогда как ошибочному результату соответствует показатель 1,815 (при $p = 0{,}004$).

11. Casey, Somerville, Gotlib, et al., 2011; Schlam, Wilson, Shoda, et al., 2013.
12. Pelletier, 2013, 2.
13. Pelletier, 2013.
14. *Matthew Reed* and *Debbie Cochrane*. Student Debt and the Class of 2011 / Project on Student Debt of the Institute for College Access and Success. October 2012: bit.ly/21wksZ2.
15. См.: S. H., 2014.
16. Mandell and Klein, 2009.
17. Cole and Shastry, 2008.
18. $p = 0{,}026$, размер выборочной группы — 322.
19. $p = 0{,}004$. Оценили себя счастливее: $p = 0{,}012$. Размер выборочной группы — 322.

15. Ценность поверхностного образования

1. Цит. по: Sweet, 2010, 51.
2. Корреляция с *consensus* — $p = 0{,}019$, с *supersede* — $p = 0{,}002$. p-значению в обоих случаях нельзя не удивиться, притом что размер выборочной группы в 103 человека большим не назовешь.
3. $p = 0{,}014$, размер выборочной группы — 100.
4. $p = 0{,}132$, размер выборочной группы — 207.
5. Для простых опросников: $p < 0{,}001$, размер одной выборочной группы — 228, другой — 207. Для сложного опросника: $p = 0{,}003$, размер выборочной группы — 228.
6. LoBrutto, 1997, 19.
7. Chase and Simon, 1973.
8. См. раздел, посвященный Бетт Несмит Грэм, на сайте Famous Women Inventors (bit.ly/1Fn7Chu) и в Википедии.
9. Einstein, 1931, 97.
10. Про Эйнштейна и Дарвина — Уоллеса см.: Asimov, 2014.
11. Rosen, 2014.
12. Mohan, 2015.

16. Когда разумно все упрощать

1. Mobley, 2014.
2. p-значение для корреляционной связи (чем старше возраст, тем хуже опознаются пиктограммы) меньше 0,001, размер выборочной группы — 106.
3. Davis, Wolf, Bass, et al., 2006.
4. Brown, 2014.
5. Данные на 2013 г. представлены Всемирной организацией здравоохранения. См. bit.ly/1myPji2.
6. Frederick, 2005.
7. См. страницу «Условия приема» (Admissions) на сайте Массачусетского технологического института: bit.ly/1Qfyhfo.
8. Paddock, 2011.

9. Loewenstein, Friedman, McGill, et al., 2013.
10. Ibid, 860.
11. Размер выборочной группы — 268.
12. Размер выборочной группы — 121.
13. $p = 0{,}048$, размер выборочной группы — 267.
14. Размер выборочной группы — 268. Важно учесть, что правильными эти ответы будут только в США и Великобритании. Столовая ложка в Австралии вмещает четыре чайные и составляет две трети жидкой унции.
15. Размер выборочной группы — 268.
16. Weinberger, 2012. Я взял данные по периоду с 2002 по 2011 г. и получил средний показатель 5,48%.
17. Размер выборочной группы — 268.
18. Reed and Montoya, 2013.
19. Prange, n.d.
20. Reed and Montoya, 2013.

17. Знания, которые в нас вкладывают

1. См. статью, написанную с помощью новостного генератора «Celebrity Fake News Hoax Generator» на сайте FakeAWish.com, здесь: bit.ly/1n0YtS7.
2. Miller, 2014.
3. Интервью автора с Генри Редигером, 16.03.2015.
4. Ibid.
5. Интервью автора с Брайаном Кэткартом, 5.06.2015.
6. Размер выборочной группы — 458. На Fox News пришлось 56,6% ± 4,4% с уровнем точности в 95%.
7. В случае сомнений насчет National Enquirer см.: Poundstone, 1990, 311–315. Я попробовал проверить подлинность всех сообщений, появившихся в еженедельной газете за полтора месяца. Оказалось, что каждая из 196 историй основана на весьма реальных фактах. Даже публикации в таблоиде Weekly World News, известном надуманными историями, иллюстрации к которым размещены на обложке («Любвеобильный орангутанг слетел с катушек при виде гнома» (Love-Starved Orangutan Goes Ape for Dwarf), оказались на 96% подкреплены фактами.
8. Marshall, 2013.
9. Vavreck, 2015.
10. Ibid.
11. The Facts: Why Digital Detox?: bit.ly/1aLo1F9. Ссылки на статистические ресурсы не приводятся.
12. Fairleigh Dickinson, 2012, 3.

18. Загадка про ледниковый покров

1. Kahan, 2015, 22.
2. Ibid, 42. Однако не стоит полагать, что таяние льдов не является проблемой. Беспокоиться нужно о ледовом покрове, находящемся на суше, главным образом в Антарктике и в Гренландии.
3. Kahan, 2012.

4. Kahan, 2015, 29.
5. Ibid, 12.
6. Ibid, 14.
7. Цит. по: Федералист: Политические эссе А. Гамильтона, Дж. Мэдисона и Дж. Джея. М.: Прогресс — Литера, 1994. С. 78–86.
8. Оригинал цит. по: Fishkin and Luskin, 2005, 286.
9. Kruger and Dunning, 1999, 1131.
10. Aizenman, 2015.
11. Fishkin, 2006.
12. См. веб-сайт Центра совещательной демократии, cdd.stanford.edu.

19. Лиса и еж

1. Berlin, 1978, 22.
2. Ibid, 23.
3. Gara, 2014.
4. Tetlock, 2005.
5. «Hate group» — так называют сторонников «Остановим исламизацию Америки» в правозащитной организации Southern Poverty Law Center. См. в Википедии страницу «Stop Islamization of America»: bit.ly/1Q91MGd.
6. $p = 0{,}02$.
7. p-значение для корреляции между ответами на вопрос о виде спорта и о строительстве здания равно 0,039. Для вопроса о независимости $p = 0{,}004$. Для вопроса о злодее DC Comics $p = 0{,}004$. Правильные ответы: бейсбол, Великобритания, Джокер.
8. См. статью в Википедии: «List of Mosques in the United States»: bit.ly/1GBdPeT.
9. Barnard, 2010.
10. Freedman, 2010.
11. Нужно предупредить читателей о множественных сравнениях, статистической проблеме, которую так редко принимают во внимание журналисты и должностные лица. Считается, что результат тогда статистически значим, когда вероятность его возникновения исключительно в силу непроизвольной ошибки не превышает 5 %. Это обусловлено традиционными представлениями о науке, согласно которым сбор данных (и построение гипотезы) — процесс трудоемкий. Сегодня собрать данные можно без особых хлопот и больших денежных затрат благодаря интернету и программному обеспечению, которое отыщет все имеющиеся корреляционные связи. Все равно что проверить зараз несколько тысяч возможных гипотез. В таких условиях отделить зерна от плевел даже при помощи p-значения оказывается непросто. Исследователь должен быть готов к тому, что в каждой двадцатке проверенных гипотез ему попадется одна «значимая», но на самом деле ложная корреляция. В моих примерах можно усмотреть косвенные указания на проблему множественных сравнений, потому что я выбрал корреляции более-менее забавные и указывающие на связи общего характера между (а) знаниями

и (б) мнением или поведенческой реакцией, которую предполагает сам респондент. Однако я проявил осторожность и отобрал корреляции, состоящие из одного факта, у которых p-значения обладают высокой значимостью. В обеих таблицах p-значения в среднем для корреляций между результатами теста на общие знания и ответами на вопросы поведенческого типа оказались равны 0,007.

12. Для вопроса о сенаторах $p = 0{,}012$. Для всех остальных вопросов $p < 0{,}001$. Размер выборочной группы — 207.

13. p-значение для корреляции между знанием об аэропорте и знанием числа азиатов равно 0,001. Размер выборочной группы — 125. В группу я включил тех, кто ранее ответил, что азиатов среди американского населения 15 % или больше (по данным переписи доля азиатов — 5,6 %).

14. То же самое.

15. $p = 0{,}036$, размер выборочной группы — 282.

16. То же самое.

17. $p = 0{,}017$, размер выборочной группы — 207.

18. То же самое.

19. $p = 0{,}011$. p-значение для корреляции знаний о «Спутнике-1» и тактике огораживания границ менее 0,001. Размер выборочной группы — 228.

20. То же самое.

21. $p = 0{,}001$, размер выборочной группы — 217.

22. То же самое.

23. $p = 0{,}02$, размер выборочной группы — 282.

24. То же самое.

25. $p = 0{,}020$.

26. Для вопроса о вакцинации ребенка $p < 0{,}001$. Для вопроса о многоразовых пакетах $p = 0{,}002$. Для вопроса о стодолларовой лампочке $p = 0{,}009$. Размер выборочной группы — 207.

27. Для вопроса об аббревиатуре $p = 0{,}018$. Для вопроса о минерале $p = 0{,}007$. Для вопроса о «Вороне» По $p = 0{,}017$. Размер выборочной группы — 254.

28. $p = 0{,}007$. Размер выборочной группы — 207.

29. $p = 0{,}005$. Размер выборочной группы — 207.

30. То же самое.

31. $p = 0{,}026$. Размер выборочной группы — 282.

32. То же самое.

33. Точный результат: 18,9 % с погрешностью ±4,8 %. p-значение для корреляции со знанием или незнанием года террористических атак равна 0,001. Размер выборочной группы — 254.

ИСТОЧНИКИ

Aizenman, Nurith. “It’s Not a Come-On from a Cult. It’s a New Kind of Poll!” NPR *Morning Edition* story, aired May 18, 2015. n.pr/lAfszii.

Allday, Erin. “Safer Sex Info Goes High-Tech.” *SFGate,* April 26, 2006.

Annenberg Public Policy Center. “Americans Know Surprisingly Little About Their Government, Survey Finds.” September 17, 2014. bit.ly/1IsSaqy.

Anti-Defamation League. “ADL Global 100,” 2014. Global 100.adl.org.

Asimov, Isaac. “Isaac Asimov Asks, ‘How Do People Get New Ideas?’ ” *MIT Technology Review,* October 20, 2014.

Barnard, Anne. “In Lower Manhattan, 2 Mosques Have Firm Roots.” *New York Times,* August 13, 2010. nyti.ms/1FNjkWV.

Berlin, Isaiah. *Russian Thinkers.* Edited by Henry Hardy and Aileen Kelly. Vol. 1 of *Selected Writings.* London: Hogarth, 1978.

Bilton, Nick, “Jerome Jarre: The Making of a Vine Celebrity.” *New York Times,* January 28, 2015.

Bishop, George F., Robert W. Oldendick, Alfred Tuchfarber, and Stephen E. Bennett. “Pseudo-Opinions on Public Affairs.” *Public Opinion Quarterly* 44, no. 2 (1980): 198–209.

Bittenbender, Steve. “Kentucky Teacher Resigns Amid Parents’ Ebola Fears: Report.” Reuters, November 3, 2014.

Black, Jane. “Typos à la Carte, Ever a Specialty of the House.” *Washington Post,* June 18, 2008.

Boyd, Robynne. “Do People Only Use 10 Percent of Their Brains?” *Scientific American,* February 7, 2008. bit.ly/1lYfJv9.

Boylan, Jennifer Finney. “A Common Core for All of Us.” *New York Times,* March 22, 2014.

Brown, Eryn. “Doctors Learn to Push Back, Gently, Against Anti-Vaccination Movement.” *Los Angeles Times,* October 21, 2014.

Brown, Rita Mae. *Sudden Death*. New York: Bantam, 1983.

Campbell, Colin. "Obama Can't Stop Using Sports Metaphors to Explain Foreign Policy." *Business Insider*, May 29, 2014.

Candisky, Catherine, and Jim Siegel. "Intelligent Design Could Be Taught with Common Core's Repeal." *Columbus Dispatch*, August 20, 2014.

Carl, Jeremy. "Liberal Denial on Climate Change and Energy." *National Review*, October 23, 2013.

Casey, B. J., Leah H. Somerville, Ian H. Gotlib, Ozlem Ayduk, et al. "Behavioral and Neural Correlates of Delay of Gratification 40 Years Later." *Proceedings of the National Academy of Sciences* 108, no. 36 (September 6, 2011): 14998–15003. bit.ly/1Cg7lw6.

Cathcart, Brian. "Is Google Killing General Knowledge?" *Intelligent Life*, Summer 2009.

Cave, Alfred. *The Pequot War*. Amherst: University of Massachusetts Press, 1996.

Chase, W. G., and H. A. Simon. "Perception in Chess." *Cognitive Psychology 4* (1973): 55–81.

Cohn, D'Vera, Paul Taylor, Mark Hugo Lopez, et al. "Gun Homicide Rate Down 49% Since 1993 Peak; Public Unaware." Pew Research Center, May 7, 2013.

Cole, Shawn, and Gauri Kartini Shastry. "If You Are So Smart, Why Aren't You Rich? The Effects of Education, Financial Literacy and Cognitive Ability on Financial Market Participation." Harvard Business School Working Paper 09–071, November 2008.

Coley, Richard J., Madeline J. Goodman, and Anita M. Sands. "America's Skills Challenge: Millennials and the Future." Princeton, N.J.: Educational Testing Service, January 2015.

CONSAD Research Corporation. "An Analysis of Reasons for the Disparity in Wages Between Men and Women." Prepared for the US Department of Labor, January 12, 2009. bit.ly/1ielUWk.

Consumer Reports. "The Truth About Gluten." January 2015: 37–40.

Davis, Terry C., Michael S. Wolf, Pat F. Bass III, et al. "Literacy and Misunderstanding Prescription Drug Labels." *Annals of Internal Medicine* 145, no. 12 (December 19, 2006): 887–894.

De Groot, Adriaan. *Thought and Choice in Chess*. The Hague: Mouton, 1965. Reprint of the 1946 Dutch edition.

Deam, Jenny. "New U. S. History Curriculum Sparks Education Battle of 2014." *Los Angeles Times*, October 1, 2014.

Desvousges, William H., F. Reed Johnson, Richard W. Dunford, et al. "Measuring Nonuse Damages Using Contingent Valuation: An Experimental Evaluation of Accuracy." Research Triangle Institute Monograph 92–1, 1992.

Dickens, Charles. *Hard Times — For These Times*. Originally published in 1854. A Project Gutenberg eText is available at bit.ly/1pH9ASu.

Dooley, Erin. "Oops! Va. Judge Confuses Constitution, Declaration of Independence in Gay Marriage Ruling." ABC News, February 14, 2014.

Downs, Anthony. *An Economic Theory of Democracy*. New York: Harper & Brothers, 1957.

Dropp, Kyle, Joshua D. Kertzer, and Thomas Zeitzoff. "The Less Americans Know About Ukraine's Location, the More They Want U.S. to Intervene." *Washington Post*, April 7, 2014.

Ehrlinger, Joyce, Kerri Johnson, Matthew Banner, David Dunning, and Justin Kruger. "Why the Unskilled Are Unaware: Further Explorations of (Absent) Self-Insight Among the Incompetent." *Organizational Behavior and Human Decision Processes* 105, no. 1 (January 2008): 98–121.

Einstein, Albert. *Cosmic Religion: With Other Opinions and Aphorisms*. New York: Covici-Friede, 1931.

Fairleigh Dickinson University PublicMind Poll. "What You Know Depends on What You Watch: Current Events Knowledge Across Popular News Sources." May 3, 2012.

Fisher, Marc. "Steal This Idea." *Columbia Journalism Review*, March/April 2015.

Fishkin, James S. "The Nation in a Room." *Boston Review*, March 1, 2006.

Fishkin, James S., and Robert C. Luskin. "Experimenting with a Democratic Ideal: Deliberative Polling and Public Opinion." *ActaPolitica* 40 (2005): 284–298.

Foster, James. "Do Users Understand Mobile Menu Icons?" Exis, n.d. bit.ly/1DRUqpK.

Idem. "Don't Be Afraid of the Hamburger: A/B Test." Exis, n.d. bit.ly/1Cxj6NB.

Frederick, Shane. "Cognitive Reflection and Decision Making." *Journal of Economic Perspectives* 19(2005): 25–42.

Freedman, Samuel G. "Muslims and Islam Were Part of Twin Towers' Life." *New York Times*, September 10, 2010.

Gallup, George. "Public Opinion in a Democracy." The Stafford Little Lectures, Princeton University Extension Fund, 1939.

Gallup News Service. "Lotteries Most Popular Form of Gambling for Americans." June 17, 1999.

Gara, Tom. "McDonald's and Wendy's: A Modern-Day Fox vs Hedgehog." *Wall Street Journal*, January 24,2014.

Garrison, Jessica. "Guesswork Is the Norm When Voting for Judges." *Los Angeles Times*, May 28, 2006.

Garvey, Megan, and Jessica Garrison. "Judge's Loss Stuns Experts." *Los Angeles Times*, June 8, 2006.

Gerardi, Kristopher, Lorenz Goette, and Stephan Meier. "Financial Literacy and Subprime Mortgage Delinquency: Evidence from a Survey Matched to Administrative Data." Federal Reserve Bank of Atlanta Working Paper 2010–10, April 2010.

Gewertz, Ken. "Albert Einstein, Civil Rights Activist." *Harvard Gazette*, April 12, 2007.

Gorman, Sean. "Rick Perry Errs in Tying Patriotism Quote to Thomas Paine." *Richmond Times-Dispatch*, March 9, 2015.

Greenfeld, Karl Taro. "Faking Cultural Literacy." *New York Times*, May 24, 2014.

GrubHub. "Family Favorites Top the List of Most Misspelled Food Names." Press release. May 28,2013. bit.ly/1HGxs7V.

Grundberg, Sven, and Jens Hansegard. "YouTube's Biggest Draw Plays Games, Earns $4 Million a Year." *Wall Street* Journal, June 16,2014.

Henkel, Linda. "Point-and-Shoot Memories: The Influence of Taking Photos on Memory for a Museum Tour." *Psychological Science* 25, no. 2 (February 2014): 396–402. doi:10.1177/0956797613504438.

Hickey, Walter. "A New Poll Shows Americans Don't Actually Understand Anything About the Deficit." *Business Insider*, October 9, 2013. read.bi/1Cg9Iid.

Hillin, Taryn. " 'BoyNext Door' Screenwriter: That Cringe-y 'First Edition Iliad' Scene Was Not in My Script." *Fusion*, February 6,2015. fus.in/1ukOyBl.

Hirsch, E. D., Jr. *Cultural Literacy: What Every American Needs to Know*. New York: Houghton Mifflin, 1987.

Ipsos MORI. "Perceptions Are Not Reality: Things the World Gets Wrong." Perils of Perception Study, October 29, 2014. bit.ly/1ydnOFb.

Itzkoff, Dave. "Where the Deer and Chameleon Play." *New York Times*, February 25, 2011.

Kaczynski, Andrew. "Section of Rand Paul's Book Plagiarized Forbes Article." BuzzFeed, November 5, 2013. bzfd.it/1GLxbwP.

Kahan, Dan M. "Climate-Science Communication and the Measurement Problem." *Advances in Political Psychology* 36 (2015): 1–43.

Idem. "Why We Are Poles Apart on Climate Change." *Nature* 488, no. 7411 (August 15, 2012): 255.

Kahneman, Daniel, and Angus Deaton. "High Income Improves Evaluation of Life but Not Emotional Well-Being." *Proceedings of the National Academy of Sciences* 107, no. 38 (September 21, 2010): 16489–93. bit.ly/1yW8S9h.

Kahneman, Daniel, Ilana Ritov, and David A. Schkade. "Economic Preferences or Attitude Expressions? An Analysis of Dollar Responses to Public Issues." *Journal of Risk and Uncertainty* 19 (1999): 203–235.

Kalia, Ajay. " 'Music Was Better Back Then': When Do We Stop Keeping Up with Popular Music?" *Skynet & Ebert*, April 22, 2015. bit.ly/1HvgYMA.

Kiatpongsan, Sorapop, and Michael I. Norton. "How Much (More) Should CEOs Make? A Universal Desire for More Equal Pay." *Perspectives on Psychological Science* 9, no. 6 (November 2014): 587–593.

Klaus, Robert M., and Sam Glucksberg. "Social and Nonsocial Speech." *Scientific American* 236 (February 1977): 100–105.

Kleinman, Alexis. "FBI Crafts 83-Page Report on What Things Like 'LOL' and 'BRB' Mean." *Huffington Post*, June 18,2014.

Kohut, Andrew. "Despite Lower Crime Rates, Support for Gun Rights Increases." Pew Research Center, April 17, 2015.

Kopan, Tal. "Rand Paul on Plagiarism Charges: If Dueling Were Legal in Kentucky..." Politico, November 3, 2013. politi.co/1N9Vlqm.

Koppel, Jonathan, and Dorthe Berntsen. "Does Everything Happen When You Are Young? Introducing the Youth Bias." *Quarterly Journal of Experimental Psychology* 67 (2014): 417–423.

Kruger, Justin, and David Dunning. "Unskilled and Unaware of It: How Difficulties in Recognizing One's Own Incompetence Lead to Inflated Self-Assessments." *Journal of Personality and Social Psychology* 77 (1999): 1121–1134.

Krugman, Paul. "Hating Good Government." *New York Times*, January 18, 2015.

Kurtz, Stanley. "How the College Board Politicized U. S. History." *National Review*, August 25,2014.

Legum, Judd. "Oklahoma Lawmakers Vote Overwhelmingly to Ban Advanced Placement U. S. History." *ThinkProgress*, February 17, 2015.

Lewandowsky, Stephan, Gilles E. Gignac, and Klaus Oberauer. "The Role of Conspiracist Ideation and Worldviews in Predicting Rejection of Science." *PLoS ONE* 8, no. 10 (2013). doi:10.1371/journal.pone.0075637.

Lilienfeld, A. M., and S. Graham. "Validity in Determining Circumcision Status by Questionnaire as Related to Epidemiological Studies of Cancer of the Cervix." *Journal of the National Cancer Institute* 21, no. 4 (October 1958): 713–720.

Liu, James H. "Narratives and Social Memory from the Perspective of Social Representations of History." In *Narratives and Social Memory: Theoretical and Methodological Approaches,* edited by Rosa Cabecinhas and Lilia Abadia, 11–24. Braga, Portugal: University of Minho, 2013.

LoBrutto, Vincent. *Stanley Kubrick: A Biography.* New York: D. I. Fine, 1997.

Loewenstein, George, Joelle Y. Friedman, Barbara McGill, et al. "Consumers' Misunderstanding of Health Insurance." *Journal of Health Economics* 23 (2013): 850–862.

Lopez, Steve. "Idea of an L. A. Voteria Is Gaining Currency." *Los Angeles Times*, August 19, 2014.

Los Angeles Times. "A Textbook Case of Meddling in California." June 15, 2014.

Luippold, Ross. "The Craziest Beliefs Shared by 'One-in-Five' Americans." *Huffington Post*, August 24, 2010. huff.to/109CzMP.

Luscombe, Belinda. "Do We Need $75,000 a Year to Be Happy?" *Time*, September 6, 2010.

Madison, Jillian. "The Food Network Loves Mascarpone." *Food Network Humor*, April 15,2010. bit.ly/1ydqmTQ.

Mandell, Lewis, and Linda Schmid Klein. "The Impact of Financial Literacy Education on Subsequent Financial Behavior." *Journal of Financial Counseling and Planning* 20, no. 1 (2009): 15–24.

Maranjian, Selena. "The Simple 3-Question Financial Quiz Most Americans Fail: Can You Pass It?" *The Motley Fool*, March 10, 2015.

Marshall, Perry. "Why I Don't Watch the News & Why You Shouldn't Either." July 15, 2013. bit.ly/1GLARii.

McMillen, Andrew. "One Man's Quest to Rid Wikipedia of Exactly One Grammatical Mistake." *Medium*, February 3, 2015.

Memoli, Michael A. "Louisiana Congressman 'Very Sorry' After Video Shows Romantic Encounter." *Los Angeles Times*, April 8, 2014.

Meyerson, Harold. "How to Boost Voter Turnout in L.A. — and It Isn't Offering Prizes." *Los Angeles Times,* August 19, 2014.

Miller, Dean. "News Literacy Is Not Optional If You Need to Be Well-Informed." *New York Times,* February 28, 2014.

Mobley, Eric W. "The Ambiguous Hamburger Icon: Is the Icon Mystery Meat to Users?" February 12, 2014. bit.ly/1HR6Xbl.

Mohan, Geoffrey. "Can Money Buy Your Kids a Bigger Brain?" *Los Angeles Times,* March 30, 2015.

Mooney, Chris. *The Republican War on Science.* New York: Basic Books, 2006.

Morris, Errol. "The Anosognosic's Dilemma: Something's Wrong but You'll Never Know What It Is." *New York Times,* June 20, 2010.

National Geographic Education Foundation. "National Geographic-Roper Public Affairs 2006 Geographic Literacy Study." May 2006. on.natgeo.com/QrP3aj.

National Science Board. "Science and Engineering Indicators 2006." Arlington, Va.: National Science Foundation (volume 1, NSB 06–01; volume 2, NSB 06–01A). 1.usa.gov/1c9bk7i.

Nelson, Libby. "Read a Professor of Medicine's Outraged Tweets from Her Son's Abstinence-Only Sex Ed Class." *Vox,* April 15, 2015.

Nestojko, John F., Jason R. Finley, and Henry L. Roediger III. "Extending Cognition to External Agents." *Psychological Inquiry* 24, no. 4 (2013): 321–323.

Newell, Allen, and Herbert A. Simon. *Human Problem Solving*. Englewood Cliffs, N.J.: Prentice-Hall, 1972.

Newport, Frank. "In U.S., 42 % Believe Creationist View of Human Origins." Gallup Politics, June 2, 2014.

Newsweek. "Take the Quiz: What We Don't Know." March 20, 2011. bit.ly/1y56VvY.

New York Post. "Diddy Mistaken for Kanye West at Art Basel." December 6, 2013.

Nielsen. "Mobile Millennials: Over 85 % of Generation Y Owns Smartphones." September 5, 2014. bit.ly/1pyhyfG.

Noble, Kimberly G., Suzanne M. Houston, Natalie H. Brito, et al. "Family Income, Parental Education and Brain Structure in Children and Adolescents." *Nature Neuroscience 18*, no. 5 (May 2015): 773–778. doi:10.1038/ nn.3983.

Norton, Michael I., and Dan Ariely. "Building a Better America — One Wealth Quintile at a Time." *Perspectives on Psychological Science* 6, no. 1 (January 2011): 9–12.

O'Leary, Amy. "An Honor for the Creator of the GIF." *New York Times*, May 21, 2013.

Oliver, J. Eric, and Thomas Wood. "Medical Conspiracy Theories and Health Behaviors in the United States." *JAMA Internal Medicine* 174, no. 5 (May 2014): 817–818. doi:10.1001/jamainternmed.2014.190.

Oppenheimer, Mark. "Knowing Not." *New York Times*, June 10, 2007.

Paddock, Catharine. "Medicine Labels to Carry Clearer Instructions, UK." *Medical News Today*, March 4, 2011.

Parker, Dorothy. *Not Much Fun: The Lost Poems of Dorothy Parker.* Edited by Stuart Y. Silverstein. 1996. Reprint, New York: Scribner, 2009.

Pelletier, John. "National Report Card on State Efforts to Improve Financial Literacy in High Schools." Burlington, Vt.: Champlain College Center for Financial Literacy, 2013.

Peters, Mark. "If 'Mark Twain Said It,' He Probably Didn't." *Good*, September 27, 2009.

Pew Research Center. "America's Changing Religious Landscape." May 12, 2015. pewrsr.ch/1FhDslC.

Idem. "Emerging Nations Embrace Internet, Mobile Technology." February 13, 2014. pewrsr.ch/1mg8Nvc.

Idem. "Public's Knowledge of Science and Technology." April 22, 2013. pewrsr.ch/1Cp50xP.

Idem. "U.S. Religious Knowledge Survey." September 28, 2010. pewrsrch/1Cxom3u.

Piore, Adam. "Why We Keep Playing the Lottery." *Nautilus*, August 1, 2013.

Poundstone, William. *The Ultimate*. New York: Doubleday, 1990.

Prange, David. "A Sign of the Times." *National Oil and Lube News*, n.d. bit.ly/1c9d71K.

Proctor, Robert, and Londa Schiebinger, eds. *Agnotology: The Making and Unmaking of Ignorance*. Palo Alto, Ca.: Stanford University Press, 2008.

Prothero, Stephen. *Religious Literacy: What Every American Needs to Know—And Doesn't.* San Francisco: HarperOne, 2007.

Ramer, Holly. "Bachmann Flubs Revolutionary War Geography in NH." Boston.com, March 13, 2011.

Reed, Philip, and Ronald Montoya. "Stop Changing Your Oil." Edmunds.com, April 23,2013.

Roediger, Henry L., III, and Robert G. Crowder. "A Serial Position Effect in Recall of United States Presidents." *Bulletin of the Psychometric Society* 8, no. 4 (October 1976): 275–278.

Roediger, Henry L., III, and K. A. DeSoto. "Forgetting the Presidents." *Science* 346, no. 6213 (November 2014): 1106–1109.

Romano, Andrew. "How Ignorant Are Americans?" *Newsweek*, March 20, 2011.

Rosen, Jody. "The Knowledge, London's Legendary Taxi-Driver Test, Puts Up a Fight in the Age of GPS." *New York Times*, November 10, 2014.

Sagan, Carl. *The Cosmic Connection*. Garden City, N. Y.: Doubleday, 1973.

Said, Sammy. "The Most Expensive Celebrity Endorsements." The Richest, October 5, 2013. bit.ly/1Cp80dK.

Satran, Joe. "Misspelled Food Names: The 11 Dishes GrubHub Users Get Wrong the Most." *Huffington Post*, May 30, 2013. huff.to/109J1SN.

Schlam, Tanya R., Nicole L. Wilson, Yuichi Shoda, et al. "Preschoolers' Delay of Gratification Predicts Their Body Mass 30 Years Later." *Journal of Pediatrics* 162, no. 1 (January 2013): 90–93.

Schrager, Allison. "Are Americans Saving Too Much and Spending Too Little?" *Bloomberg Business*, October 27, 2014.

Seaman, Andrew M. "You're Not Alone: Medical Conspiracies Believed by Many." Reuters, March 19, 2014.

Semuels, Alana. "Sex Education Stumbles in Mississippi." *Los Angeles Times*, April 2, 2014.

S. H. "Financial Literacy: Back to Basics." *The Economist*, July 11, 2014.

Skiena, Steven, and Charles B. Ward. *Who's Bigger? Where Historical Figures Really Rank*. Cambridge, UK: Cambridge University Press, 2013.

Idem. "Who's Biggest? The 100 Most Significant Figures in History." *Time*, December 10, 2013.

Sontag, Susan. *At the Same Time: Essays and Speeches*. New York: Farrar, Straus and Giroux, 2007.

Sparrow, Betsy, Jenny Liu, and Daniel M. Wegner. "Google Effects on Memory: Cognitive Consequences of Having Information at Our Fingertips." *Science* 333, no. 6043 (August 2011): 776–778.

Stephens-Davidowitz, Seth. "Searching for Sex." *New York Times*, January 24, 2015.

Sullivan, Patricia. "William 'Bud' Post III; Unhappy Lottery Winner." *Washington Post*, January 20, 2006.

Sweet, Leonard. *Nudge: Awakening Each Other to the God Who's Already There*. Colorado Springs: David C. Cook, 2010.

Tauber, Sarah K., lohn Dunlosky, Katherine A. Rawson, et al. "General Knowledge Norms: Updated and Expanded from the Nelson and Narens (1980) Norms." *Behavioral Research Methods* 45, no. 4 (December 2013): 1115–1143.

Terkel, Amanda. "Texas Board of Education: Jefferson Davis and Obama's Middle Name Are Essential for Students to Learn." *ThinkProgress*, May 21, 2010.

Tetlock, Philip. *Expert Political Judgment: How Good Is It? How Can We Know?* Princeton, N.J.: Princeton University Press, 2005.

Timmer, John. "Ohio Lawmakers Want to Limit the Teaching of the Scientific Process." *Ars Technica*, August 26, 2014.

Townes, Carimah. "Denver Students Walk Out in Protest of Conservative Takeover of Curriculum." *ThinkProgress*, September 24, 2014.

Vavreck, Lynn. "The Power of Political Ignorance." *New York Times*, May 23, 2014.

Idem. "Why Network News Still Matters." *New York Times*, February 18, 2015.

Vine, Katy. "Faith, Hope, and Chastity." *Texas Monthly*, May 2008.

Wagstaff, Keith. "Forget Cursive: Teach Kids How to Code." *The Week*, November 14, 2013.

Way, Wendy L., and Karen Holden. "Teachers' Background and Capacity to Teach Personal Finance: Results of a National Study." National Endowment for Financial Education, March 2009. bit.ly/1Y4HW4Z.

Wegner, Daniel M., and Adrian F. Ward. "How Google Is Changing Your Brain." *Scientific American*, December 2013: 58–61.

Weinberger, Hannah. "Changing Gears: Is Knowing How to Drive Stick in America Still Essential?" CNN, July 19, 2012. cnn.it/1JoPpUJ.

Williams, Alex. "15 Minutes of Fame? More Like 15 Seconds of Nanofame." *New York Times*, February 6, 2015.

Wilson, Reid. "Arizona Will Require High School Students to Pass Citizenship Test to Graduate. Can You Pass?" *Washington Post*, January 16, 2015.

Wood, Michael J., Karen M. Douglas, and Robbie M. Sutton. "Dead and Alive: Beliefs in Contradictory Conspiracy Theories." *Social Psychological and Personality Science 3*, no. 6 (November 2012): 767–773.

Wu, Suzanne. "USC Survey Reveals Low Health Care Literacy." *USC News*, March 24, 2014. bit.ly/1GLGHjy.

Xu, Fujie, Lauri E. Markowitz, Maya R. Sternberg, and Sevgi O. Aral. "Prevalence of Circumcision in Men in the United States: Data from the National Health and Nutrition Examination Survey (NHANES), 1999–2002." XVI International AIDS Conference, 2006.

Zachs, Jeffrey M. "Why Movie 'Facts' Prevail." *New York Times*, February 13, 2015.

Zamon, Rebecca. "Dr. Oz Says Gluten-Free Diets Are a Scam." *Huffington Post Canada*, May 26, 2014.

Zaromb, Franklin, Andrew C. Butler, Pooja K. Agarwal, and Henry L. Roediger III. "Collective Memories of Three Wars in United States History in Younger and Older Adults." *Memory & Cognition* 42(2013): 383–399.

Содержание

Научно-популярное издание

Уильям Паундстоун

ГОЛОВА КАК РЕШЕТО

Зачем включать мозги в эпоху гаджетов и Google

Выпускающий редактор Н. Галактионова

Редактор Е. Беляева

Художественный редактор Н. Данильченко

Технический редактор Л. Синицына

Корректоры О. Левина, Т. Дмитриева, Е. Туманова, Т. Филиппова, Н. Соколова

Верстка Т. Коровенковой

ООО «Издательская Группа «Азбука-Аттикус» –
обладатель товарного знака «АЗБУКА БИЗНЕС»
119334, Москва, 5-й Донской проезд, д. 15, стр. 4
Тел. (495) 933-76-01, факс (495) 933-76-19
E-mail: sales@atticus-group.ru

Филиал ООО «Издательская Группа «Азбука-Аттикус»
в г. Санкт-Петербурге
191123, Санкт-Петербург, Воскресенская набережная, д. 12, лит. А
Тел. (812) 327-04-55
E-mail: trade@azbooka.spb.ru

ЧП «Издательство «Махаон-Украина»
Тел./факс (044) 490-99-01
e-mail: sale@machaon.kiev.ua

www.azbooka.ru; www.atticus-group.ru

Знак информационной продукции
(Федеральный закон № 436-ФЗ от 29.12.2010 г.) 16+

Подписано в печать 31.05.2017. Формат 60 × 90/16.
Бумага офсетная. Гарнитура «Charter». Печать офсетная.
Усл. печ. л. 22,0. Тираж 1500 экз. B-AZB-16790-01-R. Заказ 1635/17.

Отпечатано в соответствии с предоставленными материалами
в ООО «ИПК Парето-Принт». 170546, Тверская область,
Промышленная зона Боровлево-1, комплекс № 3А
www.pareto-print.ru